◈ 세력 분포도 1569~1573년경

지명	세력가	지명	세력가
가가	혼간지	시나노	오가사와라 나가토키 기소 요시마사
가이	다케다 신겐 · 가쓰요리	시마	구키 요시타카
고즈케	나가오 노리카게	아와	미요시 씨 호소카와 씨
기이, 이즈미	사이카 잇기 호리우치 씨	아키	모리 모토나리 · 데루모토
노토	하타케야마 요시쓰나	야마시로	마쓰나가 히사히데
단고	잇시키 요시미치	야마토	미요시 요시쓰구 하타케야마 다카마사 쓰쓰이 준케이
단바	하타노 씨		
도사	이치조 가네사다 · 우치마사 초소카베 모토치카	에치고	우에스기 겐신
도토미, 스루가	이마가와 우지자네	에치젠	아사쿠라 요시카게
무사시	오타 스케마사	엣추	진보 우지하루
미가와	도쿠가와 이에야스	오미	아사이 나가마사 · 히사마사 가모 씨 롯카쿠 요시카타
미노	엔도 씨		
빈고	고바야카와 다카카게		
사가미, 이즈	호조 우지야스 · 우지마사	오와리	오다 노부나가 사이토 다쓰오키
사누키, 이요	우쓰노미야 가게쓰나 고노 미치센 · 미치나오 사이온지 씨	와카사	다케다 요시무네 · 모토아키
		이가, 이세	기타바케 도모노리 간베 씨 나가노 씨
사도	혼조 시게나가		
셋쓰	혼간지 미후네 씨 이케다 씨	히다	미키 고레소나

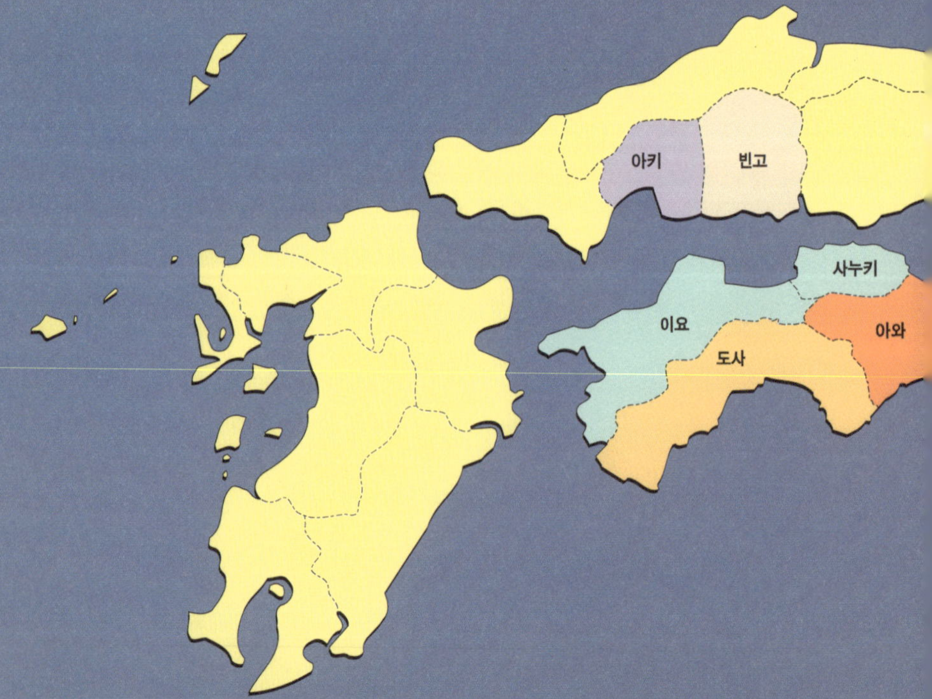

사도
노토
에치고
엣추
가가
고즈케
에치젠
히다
시나노
단고
와카사
무사시
단바
미노
가이
셋쓰
오미
미야코
야마시로
오와리
사가미
이가
미가와
스루가
이즈미
이세
도토미
이즈
시마
기이
야마토

무치
제 2 부 쾌도난마의 결단
5

난반(南蠻) 문화

16세기 중반 무렵부터 포르투갈 등 남유럽의 기독교 선교사와 상인들이 일본으로 건너
오자, 일본 국내에서는 이국 취미가 높아져 무장이고 서민이고 할 것 없이 모두가 그들
의 문화를 동경하게 되었다. 노부나가·히데요시·이에야스 등 당시의 세력가들은 이
러한 외국의 문물을 높이 평가하고 받아들였다. 그 영향은 무기뿐 아니라 일용품, 음식
물, 예술에 이르기까지 다양한 분야에 미쳤다. 특히 일찍부터 교역의 중요성에 눈을 떴
던 오다 노부나가는 서양의 신기술을 적극 채용하여, 이를 센코쿠 통일을 향한 기반으
로 활용했다.

▲ 우척

◀ 좌척

⬆ 포르투갈 선장 일행을 맞이하는 승려들

앞 그림 병풍의 우척 일부분(오른쪽에서 두 번째)을 확대한 것이다. 유럽의 대형 범선이 항구에 입항하고, 선장 일행이 상륙하여 난반지(南蠻寺)로 향하는 모습을 그리고 있다. 이 그림은 오사카 지정 유형문화재이다.

에치젠의 잇조다니(一乘谷)를 포위 공격하고 있는 노부나가 부대. 노부나가는 이세를 지배하에 두고 기후와 미야코가 안정권에 들어선 다음, 다케다 신겐을 견제할 목적으로 아사쿠라 요시카게가 영주로 있는 에치젠(越前)을 공략했다. 그러나 노부나가의 매제인 북 오미(近江)의 아사이 나가마사가 뜻밖에 에치젠의 편을 듦으로써 노부나가의 뜻은 좌절되고, 이후 나가마사와 노부나가는 철천지원수로 지내게 된다.

중세에 살았으면서도 근대인에 가까운 선견지명을 갖고 있었던 오다 노부나가의 동상

↥ 철포는 위력도 대단해서 인마를 살상할 수 있는 거리가 약 200미터에 이르렀다. 물론 명중도는 100미터가 한계였으나, 50미터의 거리라면 30퍼센트 이상의 적중률이 있었다. 그러나 철포의 가장 큰 약점은 탄약 장전에 시간이 걸린다는 것이었다. 소년 시절부터 철포에 익숙했던 노부나가는 이러한 약점을 극복하는 방안으로, 대량의 철포를 갖춘 다음 포수를 3단계로 나누어 잇달아 쏘게 함으로써 기관총과 같은 효과를 내게 했다. 이 그림은 마상에서 철포를 쏘는 것을 상상하여 그린 것인데, 실제로 철포대는 거의가 일반병인 아시가루로 구성되었다.

↥ 철포 그리고 화약을 쑤셔넣는 기구와 탄환들. 탄환의 크기는 맨 오른쪽이 약 2센티미터

오다 노부나가의 초상

다케다 신겐이 개성과 지략이 풍부한 장수들에 둘러싸여 있었던 반면, 오다 노부나가는 그 자신이 누구보다
뛰어난 군략가이자 중요한 순간에 가차없이 결단을 내리는 카리스마의 소유자였다.

제2부 쾌도난마의 결단

5

이자와 모토히코 지음 · 양억관 옮김

들녘

HASHA Vol. 1

by Motohiko Izawa

Copyright ©1995 by Motohiko Izawa

All right reserved

Korean Translation Copyright ©2001 by Dylnyouk Publishing Co.

Original Japanese edition published by Shodensha Publishing Co., Ltd.

Korean translation rights arranged with Shodensha Publishing Co., Ltd.

through Japan Foreign-Rights Centre/Best Agency

무사   **제2부 쾌도난마의 결단 5** ©들녘 2001

초판 1쇄 발행일	| 2001년 1월 15일 |
중판 1쇄 발행일	| 2005년 3월 18일 |
지은이	| 이자와 모토히코 |
옮긴이	| 양억관 |
펴낸이	| 이정원 |
펴낸곳	| 도서출판 들녘 |
등록일자	| 1987년 12월 12일 |
등록번호	| 10-156 |
주소	| 서울시 마포구 서교동 394-14 명성빌딩 2층 |
전화	| 편집:02-323-7366 | 영업:02-323-7849 | 팩시밀리:02-338-9640 |

값은 뒤표지에 있습니다. 잘못된 책은 구입하신 곳에서 바꿔드립니다.

ISBN 89-7527-469-1 (04830)

ISBN 89-7527-464-0 (전7권)

들녘 홈페이지   \| **www.ddd21.co.kr** \|

재미와 곁들여 일본사의 인물을 접할 좋은 기회

모든 문화에는 역사가 있다. 관습, 윤리, 정치체제, 미의식을 아우르는 한 공동체의 문명이나 문화는 결코 하루아침에 형성되는 것이 아니다. 지금 일본인의 의식이나 문화는 가깝게는 제국주의 시대에서 패전 이후의 미군정美軍政, 그리고 현대 서구문명에 많은 영향을 받아 형성된 것이다. 그 이전에는 메이지 유신(明治維新)이라는 거의 혁명에 가까운 사건에 많은 것을 신세지고 있다.

그리고 메이지 유신을 포함하여 현대에 이르는 일본인의 의식 거의 대부분은 1600년 세키가하라(關ヶ原)의 결전을 거쳐 도쿠가와 이에야스의 일본 통일로부터 1853년 페리의 흑선黑船이 도래하기까지 약 250년 사이에 형성된 것으로 역사학의 권위자들은 보고 있다. 그 가운데서도 초기와 후기의 혼란기를 제외하면 약 200년의 평화가 현재의 일본이라는 문명의 뼈대를 형성했다고 할 수 있다.

200년의 평화, 대단한 시간이다. 한 민족(국가) 공동체가 체제의 여하를 떠나서 한 문화의 스타일을 형성하기에 충분한 시간이다. 그러나 그것은 단순한 평화가 아니었다. 농축도가 짙은 평화였다. 거기에 이르기까지 1백 년이 넘게 그들은 미야코(京都)를 중심으로 목숨을 걸고 싸웠다.

이 소설은 그 1백 년 내전의 기간 중, 후기의 유력 세력의 하나였던 다케다 신겐(武田信玄)과 오다 노부나가(織田信長)를 중심으로 삼되, 신겐과 노부나가를 바깥에서 바라볼 수 있는 장치로서, 그들 신하의 시선으로 기술한 것이다. 국내에 이미 소개된 도쿠가와 이에야스의 일생을 다룬 소설 이후에 발견된 많은 사료를 활용하여 사실성을 더하였다.

다케다 신겐은 특별히 매력적인 인간미를 풍기는 인물이다. 그는 동양 전통의 무인이 갖추어야 할 지략과 카리스마를 모두 가진 인물이다. 손자의 병법에서 끌어들인 '풍림화산風林火山'의 깃발에는 그의 군사적 전략이 응축되어 있다. 싸우기 전에 온갖 권모술수와 회유책으로 적의 항복을 유도하고, 일단 싸움에 임하면 일본 최고의 기마 병단으로 철저히 공략한다. 그래서 신겐이란 이름은 거의 호랑이를 도망치게 하는 곶감 같은 울림을 가졌다. 전장에서는 얼굴이 닮은 동생을 그림자 무사로 활용하는 재미있는 장면도 연출하는 그였다. 신겐이 얼마나 강력했던가는, 일본 통일을 눈앞에 두고 급사한 이후 그의 나라 '가이(甲斐)'가 얼마나 허망하게 무너지는가를 보아도 알 수 있다. 이 전국시대의 무장들의 인물상만 분석해도 인간이 얼마나 다양하고 또 얼마나 어리석고, 때로는 얼마나 천재적인지를 알 수 있다.

그 가운데 도쿠가와 이에야스(德川家康)라는 인물도 재미있다. 신겐에게 패하여 도망치면서 똥오줌을 싸고, 그 몰골을 신하들에게 솔직하게 보이면서 꿋꿋한 자세로 화공畵工을 불러 그림을 그리게 하여 살아갈 날의 교훈으로 삼는 대범함과 활력을 가진 사람이었다.

도요토미 히데요시(豊臣秀吉)는 거의 종복從僕 수준에서 위를 향해 오로지 치고오른 사람이다. 치밀한 두뇌의 소유자였지만 그는 배운 게 없었다. 그러나 토목기술과 대인관계에 능했다. 한마디로 그는 인기 있는 사람이었고, 남에게 욕을 먹지 않는 사람이었다. 치밀한 두뇌의 소유자였지만 건방지게 나서지 않았다. 그러나 군사적 능력에서는 누구에게도 지지 않았다.

오다 노부나가는 거의 일본인이 아니다. 그는 일본사의 어떤 장면에서도 그와 비슷한 스타일을 발견할 수 없는 특이한 캐릭터의 소유자였다. 현대인에 가깝다고나 해야 할까. 천재였고, 강력한 미의식의 소유자였다. 1543년 다네가시마에 표착한 포르투갈인이 남긴 2정의 화승총에서 비롯된 철포의 전래 이후, 재빨리 철포를 전술에 도입하여 전쟁의 양상을 바꾸어버리는 기민함과 천재적 발상을 가진 인물이다.

전쟁 중에도 아즈치 땅에서 스모와 연희演戱 등의 흥행을 벌여 입장료를 받는 그 사고방식하며, 아즈치 성의 화려한 장식에다 예술품에 대한 취향과 감식안, 포르투갈의 선교사에게 야소교의 자유로운 포교를 허용하고 교회 설립을 인가하는 열린 태도하며, 남보다 몇 배나 바쁘게 사는 가운데서도 선교사를 불러들여 로마사 강의를 듣는 등 앎에 대한 욕구, 천황과 귀족들에 대한 혁명적 태도, 상인들의 독점 상권을 폐지하여 직접 세금을 거둬들이고자 하는 경제 감각, 몇만의 종교집단을 그냥 몰살시켜버리는 잔혹한 정치적 결단, 엄격한 군율과 아랫사람에 대한 엄한 태도, 이 모든 것을 종합해볼 때 그의 행위는 모든 면에 걸쳐 혁명적이었다.

그러나 앞에서 언급한 이들은, 어떤 사람들에게는 저주의 대상이며 악의 현현顯現이었다. 모치즈키 세이노스케라는 인물의 눈에 비친 다케다 신겐은 자신이 모시는 스와의 옛 주군을 살해하고, 사랑하고 흠모하는 미사 공주를 강탈한 살인자이며 도적에 지나지 않는다. 세이노스케는 미사 공주를 잃고 다케다 가의 몰락을 꿈꾸며 전국시대의 무사로서 다케다 가를 꺾어줄 무장을 찾아 방랑한다. 아마도 이 소설에서 전국시대 사무라이의 모습을 가장 잘 드러내주는 인물일 것이다. 자신의 이익과 목적에 따라 사무라이는 주인을 선택한다. 결코 주인이 사무라이를 선택하는 것이 아니다.

신겐의 군사軍師 야마모토 간스케도 스스로 주인을 찾아간다. 배신과 술수가 난무하는 난세亂世의 무사가 충성과 의리로 움직일 리는 없다. 사무라이는 그야말로 배신의 중심에 선 전투의 핵심 계급이었다. 그 사무라이 계급의 세이노스케와, 신겐 휘하에서 활약하는 군사 야마모토 간스케를 스승으로 둔 미남 무사 가스가 겐고로의 시선으로 바라본 신겐과 노부나가의 전국시대가 묘사되고 있다. 재미와 곁들여 일본사의 주요 인물을 접할 좋은 기회가 되기를 바란다.

양 억 관

◪ 다케다 신겐 | 武田信玄 |

동양 전통의 무인이 갖추어야 할 지략과 카리스마를 모두 가진 인물. '풍림화산風林火山' 이라는 군사적 전략이 담긴 깃발을 휘날리며 다케다의 전성기를 이룬다. 싸우기 전에 온갖 권모술수와 회유책으로 적의 항복을 유도하고, 일단 싸움에 임하면 일본 최고의 기마 부대로 철저히 공략하는 그는 오다 노부나가와 천하제패를 놓고 격돌하게 된다.

◉ 다케다 가의 사람들

| 고사카 마사노부 | 高坂昌信 |

가스가 겐고로에서 개명한 이름. 가이즈 성주로 발탁되어 신겐의 전폭적인 신뢰를 받는다. 간스케에게 군략을 전수받아 다케다의 군사軍師 역을 담당한다.

| 바바 노부하루 | 馬場信春 |

교라이시 민부(敎來石民部)에서 개명한 이름. 사무라이 대장을 거쳐 지모와 용맹이 뛰어난 무장으로, 신겐의 신임을 받는다.

| 나이토 마사토요 | 內藤昌豊 |

신겐의 친동생인 노부시게가 가와나카지마 전투에서 전사한 후 다케다의 부장격으로 지목될 만큼 기량이 뛰어난 인물. 신겐의 정예 중의 정예 부대의 대장으로 활약한다.

| 야마가타 마사카게 | 山縣昌景 |

오부 겐시로에서 개명한 이름. 형인 오부 도라마사가 신겐의 장남 요시노부 사건에 연좌되어 자결하자 오부 가문은 멸문 지경에 처한다. 이때 신겐의 배려로 야마가타 씨의 성을 받아 이름을 개명하였으며, 신겐의 호위무사를 거쳐 사무라이 대장으로 발탁된 인물이다.

| 다케다 가쓰요리 | 武田勝賴 |

스와의 미사 공주와 신겐 사이에서 난 아들. 신겐은 장남 요시노부를 할복케 하고 가쓰요리를 다케다의 후계자로 세운다. 무사로서는 최고의 기량을 가지고 있지만 군략의 재능이 부족하다.

| 아키야마 노부토모 | 秋山信友 |

본디 이름은 신자에몬. 젊은 시절, 간스케가 겐고로와 함께 키워낸 인재다. 노부나가의 숙모뻘인 쓰야가 다스리는 미노 국경의 이와무라(岩村) 성을 피 한방울 흘리지 않고 손에 넣는다.

| 아나야마 노부키미 | 穴山信君 |

신겐 누나의 아들임과 동시에 신겐의 둘째딸을 아내로 맞이했다. 주로 '바이세쓰(梅雪)' 라는 이름으로 불리며, 본진 수비를 담당한다.

| 오야마다 노부시게 | 小山田信茂 |

그의 어머니는 신겐의 아버지 노부토라의 누이로, 신겐과는 사촌지간이다. 신겐에게 전투에 대한 상담과 진언을 한다.

| 무토 기헤에 마사유키 | 武藤喜兵衛昌辛 |

사나다 유키타카의 3남. 신겐의 명에 따라 마사유키를 독립시켜 무토 성을 잇게 했다. 이후 신겐의 측근으로 수업을 받았으며 아시가루 총대장이다.

| 쓰치야 사다쓰나 | 土屋貞綱 |

다케다 수군 대장.

✪ 오다 노부나가 | 織田信長 |

북 이세를 공략하여 천하제패를 놓고 다케다 신겐과 자웅을 겨룬다. 튼튼한 경제력을 바탕으로 철포를 도입하여 전쟁의 양상을 바꾸어버리는 기민함과 천재적 발상을 지닌 인물이다. 일본 최강의 철포 부대와 함께 전업 병사로 다케다 군과 맞선다.

◉ 오다 가의 사람들

| 다카가와 가즈마스 | 瀧川一盆 |

고가 국의 닌자 출신이며 오다 가의 북 이세 총독을 맡고 있는 인물. '타도 다케다'를 외치는 모치즈키 세이노스케를 노부나가에게 소개시켜준다. 기타바타케의 오코치 성을 계략으로 손에 넣는 데 지대한 역할을 할 뿐만 아니라 노부나가의 신뢰를 한몸에 받고 있다.

| 시바타 가쓰이에 | 柴田勝家 |

오다 가의 중신들 우두머리며 최정예 부대의 맹장. 히데요시를 못마땅하게 생각하여 그와 마찰을 빚는다.

| 니와 나가히데 | 丹羽長秀 |

오다 가의 맹장으로, 니와 철포 부대의 대장이다.

| 기노시다 히데요시 | 木下秀吉 |

두뇌가 명석하여 아시가루를 거쳐 사무라이 대장이 된 인물. 정보 수집, 모략과 같은 분야에서 뛰어난 역량을 발휘하여 노부나가의 신임을 얻는다. 후일의 도요토미 히데요시다.

| 이케다 쓰네오키 | 池田恒興 |

오다 가의 맹장으로, 이케다 철포 부대의 대장이다.

| 모리 란마루 | 森蘭丸 |

노부나가의 시종. 비록 어린 나이지만 용모가 단아하고 두뇌가 명석하여 노부나가의 총애를 받는다.

◉ 그밖의 인물

| 모치즈키 세이노스케 | 望月誠之助 |

신겐에게 멸망당한 스와 일족이며, '타도 다케다'를 인생의 목적으로 삼는다. 어느덧 중년으로 접어든 그는 고즈쿠리 도모마사의 딸 후유를 구해준 일을 계기로 오다 노부나가의 휘하로 들어간다.

| 신카이 | 眞海 |

세이노스케의 동생으로 속명은 고지로. 덴카이의 죽음과 더불어 유랑하다가 우연한 일로 아시카가 요시아키 쇼군의 사자 노릇을 하게 된다.

| 고즈쿠리 도모마사 | 木造具政 |

후유 공주의 아버지이며 고즈쿠리 성주. 온후한 성품을 지니고 있는 그는 세이노스케의 인물됨을 보고 반하여 사위로 삼는다.

| 후유 공주 |

고즈쿠리 성주의 딸. 기타바타케 가로 납치되려는 순간 세이노스케의 도움으로 풀려난다. 그후 세이노스케에게 연모의 정을 느껴 적극적으로 구혼에 나서서 마침내 결혼한다.

| 기산타 | 喜三太 |

발이 빠르고 영리한 청년으로, 세이노스케가 부하로 발탁한다.

| 기타바타케 도모노리 | 北畠具敎 |

기타바타케의 성주. 노부나가의 침략에 겁을 먹고 노부나가의 차남인 노부오(信雄)를 데릴사위로 맞이할 뿐만 아니라 오코치 성을 넘겨준다.

| 기타바타케 이치사부로 | 北畠市三郎 |

혈기 넘치는 젊은이로, 후유 공주를 납치하려는 과정에서 세이노스케의 칼에 아버지가 죽자 세이노스케를 평생의 원수로 삼는다.

| 아사쿠라 요시카게 | 朝倉義景 |

에치젠 태수. 노부나가의 침공 소식에 급급해하나 아사이 나가마사가 반기를 들자 가까스로 위기를 모면한다. 이에 나가마사와 연합하여 노부나가에 대항한다.

| 아사이 나가마사 | 淺井長政 |

노부나가의 매제로 아사이 성의 성주. 노부나가의 아사쿠라 공략에 반기를 든다. 후에 신겐과 손을 잡고 노부나가의 에치젠 침공을 막는다.

| 아시카가 요시아키 | 足利義昭 |

제15대 쇼군으로, 노부나가의 비호를 받는다. 처음에는 아사쿠라 요시카게의 보호를 받았으나 자신의 위치를 확고하게 다지기 위해 노부나가에게 의탁한다. 하지만 정략적으로 자신을 이용하려는 노부나가가 못마땅하여 그를 타도할 기회를 노린다.

| 도쿠가와 이에야스 | 德川家康 |

미가와 출신으로 도토미 하마마쓰 성의 영주. 과거 이마가와의 군주인 요시모토로부터 모토(元)라는 한 자字를 하사받아 마쓰다이라 모토노부라 불렸으나, 이마가와 요시모토가 오다 노부나가의 기습을 받아 횡사하자 다시 독립된 영주의 직위를 되찾았다. 이름과 성을 고쳐 도쿠가와 이에야스라 칭하고, 이마가와 가와 절연, 오다 가와 동맹을 맺는다.

| **우에스기 겐신** | 上杉謙信 |

관동 관령, 에치고의 영주이며 정의를 중요시하는 인물. 나가오 가게토라에서 우에스기 마사토라, 그리고 데루토라를 거쳐 겐신으로 개명한다. 신겐의 영원한 숙적이다.

| **호조 우지야스** | 北條氏康 |

사가미, 이즈 두 나라를 다스리는 영주. 다케다, 이마가와의 삼국동맹으로 신겐의 딸을 며느리를 맞이한다. 그러나 신겐이 이마가와의 스루가를 차지하자 삼국동맹은 파기되고 신겐과 적대관계에 놓이게 된다. 그러다가 깊은 병에 걸려 호조 가의 안위를 염려해 아들에게 다시 다케다와 동맹관계를 맺으라는 유언을 남기고 세상을 떠난다.

| **호조 우지마사** | 北條氏政 |

우지야스의 장남. 신겐의 딸 오고 공주를 맞이하였으나 삼국동맹 파기로 아내를 다시 다케다 가로 보낸다. 의욕은 있으나 그리 명석하지 않은 인물로, 자신의 능력을 믿지 않는 아버지 우지야스에게 불만이 있지만, 아버지의 유언대로 다시 다케다와 동맹관계를 맺는다.

| **이마가와 우지자네** | 今川氏眞 |

이마가와 요시모토의 아들이며 축국蹴鞠만을 좋아하는 무능력한 인물. 신겐이 스루가를 침공할 때 슨푸 성을 버리고 도토미의 다케가와 성으로 도망친다.

| **고사** | 光佐 |

셋쓰의 이시야마 혼간지에 거점을 둔 문주인 겐뇨 상인. 신겐과는 동서지간이다. 수십만 신도의 잇코슈(一向宗)의 정점에 서 있는 법왕이다.

| **시모즈마 라이렌** | 下間賴廉 |

겐뇨의 대리인으로 혼간지의 교단을 이끌고 있는 인물.

차 례

1568년(에이로쿠 11년) 노부나가 · 신겐 세력도

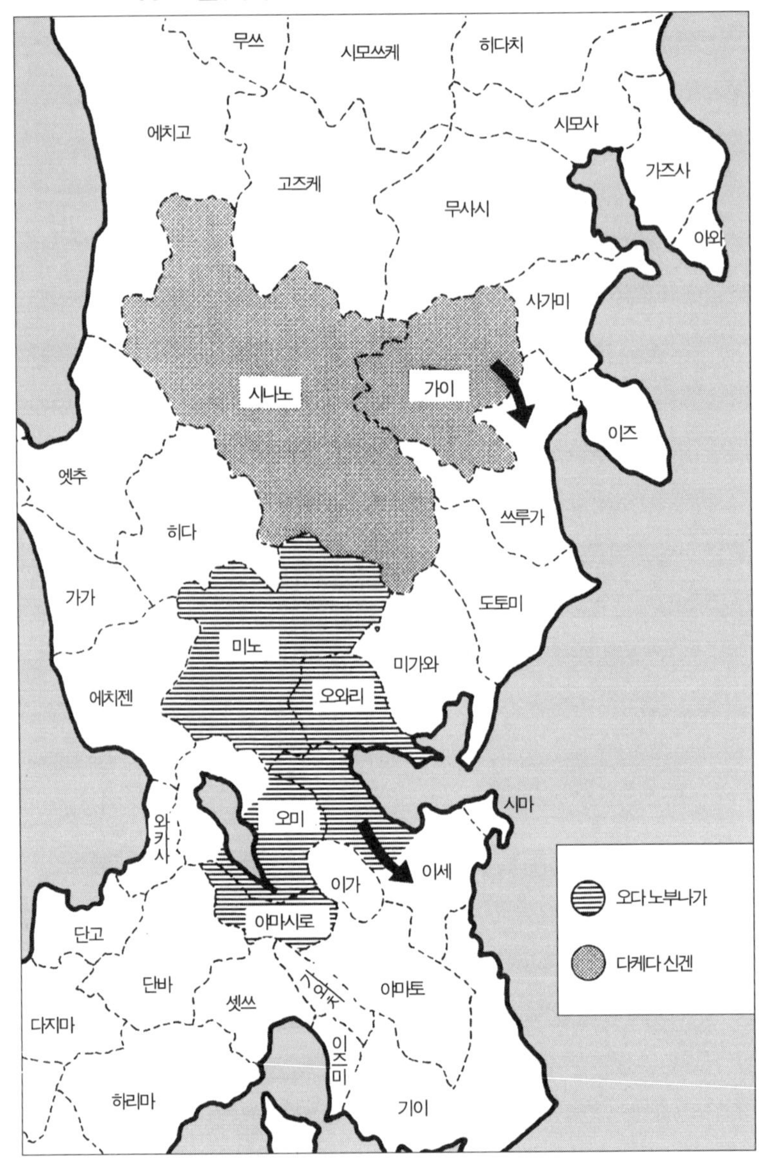

남국의 바람

1

기분 좋은 바닷바람이 해송海松 숲으로 불어오고 있었다.

새하얀 모래사장 저 너머로 푸른 바다가 펼쳐져 있었다. 바다 여기저기에 떠 있는 섬과 섬 사이로 돛단배들이 오가는 모습이 한가로웠다.

하루종일 바라보고 있어도 질리지 않는 풍경이었다.

그 소나무 둥치 아래, 큰 칼과 삿갓을 벗어둔 채 낮잠을 즐기던 사내는 문득 인기척을 느끼고 눈을 떴다.

다섯 명의 사내가 바다 쪽으로 걸어가고 있었다. 한 사람은 선두에 섰고, 나머지 네 사람은 멍석으로 만 길다란 물건 하나를 나르고 있었다. 다섯 사내는 수건으로 얼굴을 가리고 단도를 허리춤에 꽂고 있을 뿐이었지만, 낮잠을 즐기던 사내는 그들이 무사임을 한눈에 알 수 있었다.

아마도 그들은 백사장에 놓인 배로 그 짐을 옮길 생각인 것 같았다.

그 사내는 큰 칼을 허리춤에 차고 일행의 앞을 가로막았다.

"뭐야, 넌?"

두목으로 보이는 사내가 물었다.

"그 짐이 좀 수상해서 그래."

"뭐라고!"

"그 안에 뭐가 들었는지, 내가 좀 봐야겠어."

"겁이 없는 놈이로군. 긴말 않을 테니 조용히 꺼져."

이미 싸울 태세를 갖추고 있는 네 명의 사내를 눈길로 제지한 다음, 두목이 착 깔린 음침한 목소리로 말했다.

"뭔가 찔리는 게 있는 모양이로군. 그 안에 든 게 사람이 아닌가?"

정곡을 찔렸는지 두목의 안색이 갑자기 바뀌었다. 사내의 말이 이어졌다.

"인신 매매 아니면 유괴겠지. 어느 쪽이든 사람이 할 짓이 아냐. 목숨이 아까우면 그 자리에 내려놓고 조용히 떠나도록 해."

"이 녀석이 정말!"

"호오, 역시 무사였어. 그렇다면 단순한 사람 장사꾼이 아니라는 얘긴데."

그 순간 두목의 손이 칼자루 쪽으로 옮겨갔다. 그러나 사내가 더 빨랐다. 사내의 칼이 한 줄기 빛처럼 허공을 가르더니, 두목의 허리를 베어버렸다.

"크윽!"

짐승의 비명과 함께 두목이 피를 뿜어내며 땅바닥에 쓰러졌다.

사내는 재빨리 적의 왼쪽으로 이동하더니, 네 명의 얼굴을 날카로운 눈길로 바라보았다. 겁먹은 자를 벨 필요는 없었다. 그 네 명 가운데는 남다른 적의를 보이는 젊은이 하나가 섞여 있었다.

그 젊은이가 멍석을 던져버리고 칼을 빼려는 순간, 사내의 칼이 젊은이의 왼쪽 다리를 비스듬히 그었다. 가벼운 칼부림이었지만 젊은이는 맥없이 그 자리에 주저앉았다.

"자아, 어떡할 거냐? 순순히 물러나서 목숨을 보전할 테냐, 아니면 이 자리에서 모두 죽고 싶으냐? 잘 생각하는 게 좋을 거야."

사내는 빈틈없는 수비 자세를 취하면서 이렇게 말했다. 그것으로 충분했다.

나머지 세 사람은 반항할 힘도 없었다. 그들은 젊은이의 상처를 수건으로 감싸더니, 부축하며 자리에서 일으켜 세웠다.

"이름을 대라!"

젊은이는 증오에 찬 눈길로 사내를 향해 내뱉었다.

사내는 코웃음치면서 말했다.

"생쥐 같은 도둑놈에게 가르쳐줄 만큼 싸구려가 아냐. 그러나 네가 어느 가문의 누구라고 정식으로 인사를 하면 가르쳐줄 용의도 있다."

이 말을 듣고 젊은이는 아랫입술을 꼭 깨물었다.

"왜 말이 없느냐?"

"두고 보자. 이 원수는 반드시 갚고야 말겠다."

증오에 찬 젊은이의 눈을 바라보면서 문득 사내는 젊은 시절의 자신을 떠올렸다. 벌써 20년 전의 일이었다.

'나도 그때 저런 눈으로 원수를 바라보았겠지.'

여기서 목을 치는 게 옳을지도 모를 일이었다. 원한에 찬 젊은이. 앞으로 화근이 될지도 모를 일이 아닌가. 쓸데없는 동정심을 버리고 여기서 베어버리는 게 가장 좋다.

그러나 사내는 그러고 싶지 않았다.

"물러나라. 네 주인의 몸뚱이는 여기 두었다가 나중에 수습하면 될 거다.”

두목의 시체를 바라보는 젊은이의 눈길이 애달프기 짝이 없었다.

순간 사내는 몸을 움찔했다.

“네 아버지냐?”

젊은이는 두 사람의 부축을 받으면서 두목의 시체로 다가가더니 눈을 감겨주고, 땅바닥으로 향한 시체를 뒤집어 똑바로 뉘어주었다.

사내는 말없이 그 광경을 지켜보고 있었다.

그러고 나서 젊은이는 일행과 함께 백사장에 대놓은 조각배에 몸을 싣고 그 자리를 떠났다. 바다로 나가서도 젊은이는 몇 번이나 백사장 쪽을 노려보았다. 사내는 그 자리에 우두커니 서서 그 젊은이의, 증오에 찬 시선을 고스란히 받아주었다.

젊은이가 탄 배가 점처럼 작아지자, 사내는 피 묻은 칼을 닦고 멍석의 새끼줄을 풀었다.

그 안에서 나타난 것은, 의식을 잃은 젊은 아가씨의 창백한 얼굴이었다.

2

사내가 마구 소녀의 몸을 흔들자 소녀는 의식을 되찾았다.

“이제 정신이 드느냐?”

사내는 소녀의 어깨를 두 손으로 잡고 얼굴을 빤히 내려다보았다.

소녀는 잠시 멍하니 있다가 갑자기 눈을 반짝이면서 강렬한 적의를 보이는가 싶더니, 사내의 허리춤에서 작은 칼을 빼들고 벌떡 일어나 공격 자세를 취했다.

산고양이처럼 날렵하고 부드러운 몸놀림이었다.

"미인은 화를 내도 역시 보기가 좋아."

쓴웃음을 지으며 사내가 다가서려 하자, 소녀는 자신의 목에 칼을 대고 외쳤다.

"올 테면 와봐. 죽어줄 테니까."

"진정해라. 난 적이 아니다."

"……."

"네 발 아래를 봐라. 내가 벤 사람이다."

소녀는 시체를 보았다. 그러자 적의가 사라졌다.

"이제 걱정하지 않아도 돼. 놈들은 도망쳤어."

소녀는 칼을 떨어뜨리고 다시 기절하고 말았다.

'귀찮은 아가씨를 만났군.'

사내는 소녀를 안고 가까운 오두막 안으로 들어갔다.

소녀가 다시 의식을 되찾은 것은 그로부터 반각이 지나서였다.

소녀는 자신이 오두막 안의 짚더미 위에 누워 있음을 깨달았다.

"정신이 드느냐?"

반대편 벽에 몸을 기대고 앉은 사내가 입을 열었다.

얼굴이 반듯하고 키가 훤칠한 사무라이였다.

서른대여섯이나 되었을까, 차림새는 초라했지만 기품 있는 얼굴이었다.

'이분이 나를 구해주셨어.'

소녀는 남자 앞에 누워 있는 것이 부끄러워 몸을 벌떡 일으켰다.

"움직일 수 있다면 내가 집까지 바래다주지. 어느 집 딸이냐?"

소녀는 몸을 일으키고 반듯하게 앉아 고개를 숙이며 말했다.

"인사 올립니다. 소녀는 고즈쿠리 성의 성주 고즈쿠리 도모마사(木造

具政)의 딸 후유(冬)라고 합니다. 저를 구해주셔서 정말 감사합니다."

"고즈쿠리님의 따님이셨는가? 아, 내가 실례를 범했구먼. 난 모치즈키 세이노스케(望月誠之助)라고 하오"

사내는 자세를 가다듬고 자기 소개를 했다.

"세이노스케님."

후유는 그 이름을 가슴에 새기며 말을 이었다.

"세이노스케님은 아버님을 아시는지요?"

"아, 자세히는 모르오 이세의 고즈쿠리라면 천하가 알아주는 명문이니까, 그냥 이름만 알고 있을 뿐이오"

결코 과장된 말이 아니었다.

이세(伊勢) 신궁 때문에 모르는 사람이 없는 이세 국. 고즈쿠리는 그 이세의 남쪽 반을 지배하는 명문 기타바타케(北畠) 일족이었다. 기타바타케 가는 저 멀리 거슬러올라가면, 고다이고(後醍醐) 천황을 모셨던 기타바타케 지카후사(北畠親房)에 이른다. 귀족이다. 원래 높은 직위의 귀족은 지방에 거주하지 않지만, 도사(土佐)의 이치조(一條) 가, 히다(飛驒)의 아네코지(姉小路) 가, 이세의 기타바타케 가, 이 셋만이 삼국사三國司라 하여, 비록 지방에 있지만 미야코의 귀족에 준하는 대우를 받았다.

현재의 영주인 기타바타케 도모노리(北畠具教)도 주나곤(中納言)이다. 주나곤은 종삼위從三位의 관직이다. 사위나 오위의 직위를 하사받고 기뻐하는 시골 영주와는 격이 달랐다. 저 다케다 신겐조차 오위 다이젠 다이부(大膳大夫)에 지나지 않았다.

그리고 고즈쿠리는 그 이세 국 기타바타케의 가문으로, 가로직家老職을 맡고 있었다. 군주에 다음가는 자리였다.

"고즈쿠리님의 따님을 유괴하다니, 정말 겁이 없는 놈들이군. 혹시 오다(織田) 가에 속한 놈들일까?"

세이노스케는 이렇게 추측해보았다.

지금 기타바타케 가의 가장 큰 적은 이웃나라의 오다 노부나가(織田信長)다. 노부나가는 이미 일 년 전인 1568년(에이로쿠永祿 11년)에 북 이세를 손에 넣고, 미야코에 발을 들여놓았다.

입경入京, 그것이야말로 천하 통일의 첫걸음이 아닌가.

개인적으로 미야코를 구경하는 것은 아무나 할 수 있었다. 그러나 오다는 대군을 이끌고 미야코로 들어가, 미야코를 지배하고 있는 미요시 일당을 쳐부수고 실질적인 미야코 지배권을 손에 넣었다.

실질적인 지배권을 손에 넣었다고 하는 것은, 무로마치(室町) 막부를 재건하고 자신의 비호하에 있는 아시카가 요시아키(足利義昭)를 제15대 쇼군으로 내세워, 그 자신은 그 아래에 속하는 형식을 취했기 때문이다. 물론 형식일 뿐이었다.

그러나 그런 노부나가도 미야코에 상주할 수 없었다. 노부나가의 본거지는 기후(岐阜)이며, 북으로는 아사쿠라(朝倉), 동으로는 호조, 다케다와 같은 적을 두고 있는 이상 함부로 움직일 수 없었기 때문이다.

그 가운데서도 가장 큰 적은 다케다 신겐이다. 노부나가의 입경과 거의 때를 같이하여 신겐은 이마가와 가에게서 대국인 스루가를 빼앗았다. 스루가의 이마가와라면 한때 전국 영주들 가운데서 최고의 실력자로 누구나 인정해주던 인물이다. 이마가와 가는 노부나가가 이마가와 요시모토를 기습 전법으로 물리친 기적이 일어난 이래로 서산에 해가 지듯이 서서히 몰락의 길을 걷더니, 마침내 스루가, 도토미 두 나라를 다케다와 도쿠가와 이에야스에게 넘겨주고 말았던 것이다.

다케다 가는 그렇게 바라고 바라던 바다를 손에 넣었다.

그렇게 강력한 적이 산물이 풍부한 스루가에 진을 치고 있는 이상, 아무리 동맹군인 도쿠가와가 막아주고 있다 해도 노부나가는 함부로 움직일 수 없었다.

게다가 미야코에 이르는 길 또한 그리 안전하지 못했다.

북 오미의 아사이(淺井)는 동맹국이지만, 이가(伊賀)와 남 이세는 아직 노부나가에게 복속하지 않고 있는 실정이었다.

노부나가는 무엇보다도 남 이세를 손에 넣고 싶었다.

아니, 노부나가뿐만 아니라 전국의 영주 가운데 남 이세를 원하지 않는 자는 없을 것이다.

남 이세는 기후가 온난하고 작물이 잘 자랐다. 해산물이 풍부하고 교역도 활발했다. 그리고 '돈을 낳는 나무'라 할 수 있는 이세 신궁神宮이 있었다. 전국에서 수많은 참배객이 그 유서 깊은 신사와 절로 몰려들었다. 거부들의 기부금도 상당했다.

이세 기타바타케 가의 중신인 고즈쿠리 도모마사의 딸을 유괴한 범인을 오다의 졸개로 추측하는 것은 지극히 당연한 일이었다.

그러나 후유는 거기에는 아무 대답도 않고, 세이노스케의 출신을 물었다.

"세이노스케님은 어느 가문의 가신이신가요?"

"나 말이오? 난 그냥 천하를 방랑하는 낭인이라오 지금은 어느 영주도 모시고 있지 않소"

"이전에는 어느 영주를……?"

세이노스케는 칼을 앞으로 끌어당기며 말했다.

"북 시나노의 무라카미 요시키요님이셨지. 사무라이 대장을 했소"

"그럼 왜 무라카미님을 버리셨는가요?"

그 물음에 세이노스케는 당혹스런 표정을 지었다.

후유는 그 표정을 보고 퍼뜩 자신이 실례를 범하고 있다는 것을 깨닫고 얼굴을 붉혔다.

"정말 죄송해요, 쓸데없는 말을 해서."

"아니오, 마음에 둘 것 없소."

세이노스케는 자리에서 일어나 칼을 허리춤에 꽂았다.

"자아, 빨리 집으로 돌아가는 게 좋을 것 같소. 이 부근의 어부들은 신용할 만하오?"

"?"

"성에 심부름을 보낼 생각이오. 성에서 사람을 불러오는 게 좋겠소."

"예, 고즈쿠리 성이라고 하면 기꺼이 가줄 것입니다."

"그럼 나가도록 합시다."

세이노스케는 소녀를 데리고 밖으로 나왔다.

해변가 가까이에 어촌이 있었다.

아랫도리만 아슬아슬하게 가린 채, 마을 입구에 있는 마루에서 낮잠을 자고 있는 젊은이 하나가 눈에 들어왔다.

세이노스케는 젊은이에게 다가서더니 흔들어 깨웠다.

"어이, 젊은이, 미안하지만 심부름 좀 해주겠나?"

젊은이는 눈을 비비며 이상하다는 듯이 두 사람을 올려다보았다.

새카맣게 그을린, 단단한 몸매의 젊은이였다. 둥그런 눈이 영리해 보였다.

"무슨 일이신지요?"

세이노스케보다 후유의 차림새를 보고 젊은이는 공손한 태도를 보였다.

"이분은 고즈쿠리님의 따님이시다. 낭인인 모치즈키 세이노스케가 악당의 손에서 구했으니, 사람을 보내 빨리 데려가라고 일러라."

"무사님이 모치즈키 세이노스케고, 이 공주님 이름은?"

젊은이는 세이노스케의 이름을 복창하고, 후유의 이름까지 물었다.

세이노스케는 믿을 만한 젊은이라고 생각했다. 무조건 고개부터 끄덕이고 보는 사람은 믿을 수 없었다.

"후유님이시다. 정확히 전하도록 해. 빠를수록 좋아."

"알았습니다. 바람처럼 뛰어갔다 올게요. 달리기라면 나보다 빠른 사람은 없어요."

"패기 있는 젊은이로군. 그래, 자네 이름은?"

"기산타(喜三太)라고 합니다."

"그렇군. 그럼 기산타, 부탁한다. 그런데 기산타, 이 부근에 말을 가진 사람은 없느냐?"

"말이라면 촌장 집에 한 마리 있긴 한데, 그다지 좋은 말은 아닙니다. 밭을 갈 때 쓰는 말이라서……."

"좋아. 이런 형편에 좋고 나쁜 말을 가릴 수야 없지."

촌장 집을 가르쳐주고 나서 기산타는 바람처럼 달려갔다.

"달릴 때는 바람처럼이라더니……."

"예? 방금 뭐라고 하셨나요?"

"아니, 아무것도 아니오."

세이노스케는 쓴웃음을 지으며 촌장 집으로 들어섰다.

사정을 설명하고 말을 빌린 뒤, 세이노스케는 후유를 안고 말 위에 올라탔다.

"조금만 참으시오. 자아, 달리겠소!"

세이노스케는 볼품없어 보이는 말에 채찍질을 했다. 안장도 없는 노쇠한 말이 힘차게 달리기 시작했다.

'정말 멋져.'

후유는 정신이 아득해지는 것 같았다. 이세에 이렇듯 멋지게 말을 몰 수 있는 사람은 아마 없을 것이다.

"갑자기 왜 그리 얌전해졌소?"

후유의 태도가 이상해서 세이노스케가 물었다.

"세이노스케님은 정말 말을 잘 타세요"

"아, 이 정도는 아무것도 아니오 내가 태어난 스와라는 나라는 말이 없으면 하루도 지낼 수 없는 곳이지. 이 정도는 어린애도 탈 수 있소"

"스와는 어떤 나란가요?"

"산으로 둘러싸인, 추운 곳이오 커다란 호수가 있고, 겨울이 오면 호수가 꽁꽁 얼어붙어서 건너편까지 걸어갈 수도 있소"

"그렇게 큰 호수도 얼어요?"

"그렇고말고 남국 사람들은 믿기 힘들겠지만."

후유 공주와 이야기를 나누면서 세이노스케는 열심히 주위를 둘러보았다.

'그애는 어떻게 되었을까?'

기산타가 걱정스러웠다.

말을 너무 손쉽게 얻었다. 이렇게 달리면 도중에 그애를 추월해버릴지도 모른다. 물론 이쪽은 가도를 달리고 있지만, 기산타는 빠른 산길을 이용할 것이다. 1각(2시간) 정도나 달렸을까, 저편에서 수명의 기마 무사들이 달려오는 것이 보였다.

"저건?"

후유의 얼굴에 안도와 기쁨의 표정이 떠올랐다.

"아버지의 신하들이에요 아, 이제 됐다."

이렇게 말하던 후유의 표정이 갑자기 바뀌었다.

"아이, 재미없어."

"그게 무슨 말이오?"

"이대로 세이노스케님의 말을 타고 가고 싶은데……."

“허허, 아가씨가 이제 배부른 투정을 하는군.”
세이노스케는 어이없다는 듯이 웃었다.
기마무사의 선두는 초로의 사무라이였다.
“그대가 세이노스케님이시오?”
“그러하오. 아가씨를 인도하겠소이다.”
“정말 고맙소.”
사무라이들이 말에서 내렸다.
세이노스케도 말에서 내려 후유를 말에서 내려주었다.
“공주님, 무사하셔서 정말 다행입니다. 이 민부, 심장이 쭈그러드는 것 같았나이다.”
“세이노스케님 덕분이에요. 인사 올리세요.”
초로의 사무라이는 다시 세이노스케에게 정중하게 고개를 숙였다.
“인사가 늦었소이다. 소인은 고즈쿠리 도모마사의 가신, 야스모토 민부(安本民部)라 하오. 이번에 우리 공주님을 악당들의 손에서 구해주셔서 뭐라고 감사의 말씀을 드려야 할지 모르겠소이다.”
“아니오, 우연히 지나다가 그렇게 되었을 따름이오. 앞으로는 조심하도록 하시오. 그럼 소인은 이만.”
세이노스케가 말에 올라타려 했다.
민부가 서둘러 말렸다.
“잠깐만 기다려주시오. 주인께서도 인사드리고 싶으시다 하시오. 제발 성까지 같이 가주시지요.”
“아니오, 소인이 뭘 했다고. 난 이 말을 주인에게 돌려주어야 하오.”
“그런 일은 우리에게 맡겨주시오. 세이노스케님, 제발 소인의 얼굴을 봐서라도 성까지 동행해주시면 고맙겠소이다.”
세이노스케는 당혹스러웠다.

솔직히 말해, 아가씨를 구하지 않는 게 좋았다. 아니, 구해준 다음에 그냥 떠나야 했다.

고즈쿠리 성으로 가면 물론 환영받을 것이다. 딸의 생명을 구해준 은인이 아닌가. 당분간 의식주 걱정은 하지 않아도 될 것이다. 아니, 원한다면 돈도 얻을 수 있을 터였다.

관직을 주겠다고 할지도 몰랐다. 문제는 바로 그것이다.

이세로 온 것은 미야코로 가는 길에 신궁에 참배하고, 더불어 주변 정세를 직접 눈으로 살펴볼 생각에서였다.

이 땅의 영주인 기타바타케를 모실 생각은 추호도 없다. 하물며 그 신하인 고즈쿠리 성주임에야.

"세이노스케님, 같이 가세요. 그렇게 하지 않으시면 후유는 죽어버릴 거예요."

"무슨 말을 그렇게 하는가?"

세이노스케는 깜짝 놀란 표정으로 후유를 바라보았다.

후유의 표정은 심각했다.

"공주님!"

너무도 터무니없는 말에 놀란 민부가 나무라듯이 말했지만, 후유는 들은 척도 않고 세이노스케의 소매를 부여잡았다.

"만일 세이노스케님을 이대로 보낸다면, 난 은혜를 모르는 계집이라고 손가락질을 받겠지요. 제발 후유를 위해서 며칠만이라도 계셔주세요."

"허참, 이거 곤란하게 되었군."

세이노스케는 입으로는 이렇게 말했지만 그리 불쾌하지는 않았다.

젊은 아가씨가 소매를 부여잡고 있지 않은가.

결국 세이노스케는 성으로 가기로 했다.

3

고즈쿠리 성은 눈 아래로 이세 해안이 내려다보이는, 낮은 언덕에
자리잡고 있었다.

전망 좋은 성이었다. 성문 앞에서 기다리고 있던 시녀가 후유를 보
자마자 무너져 내리며 흐느껴 울었다.

"공주님, 정말 무사하셔서 다행이에요."

"미야기노, 울지 마. 난 아무렇지도 않아."

후유는 웃는 얼굴로 대답했다. 미야기노는 후유의 유모인 듯했다.

세이노스케는 새옷을 입고, 정청에서 고즈쿠리 도모마사 성주와 대
면했다.

도모마사는 갓 쉰을 넘긴 듯한, 퉁퉁한 체격에 얼굴이 불그스레한
사람이었다. 후유와는 전혀 닮지 않았다.

분위기가 따스하고 푸근했다. 사람을 거느리는 자에게는 더없이 소
중한 분위기라 할 수 있었다. 덕으로 다스릴 것인가 위엄으로 다스릴
것인가, 둘 중 하나다. 그 둘을 모두 갖추면 더 말할 것도 없지만, 그런
영주는 거의 찾아보기 힘들었다.

"내 딸을 구해주어서 정말 고맙네."

"아닙니다. 당연한 일을 했을 따름이옵니다."

세이노스케는 딱딱한 표정으로 이렇게 답례했다.

긴장해서가 아니었다. 고즈쿠리 도모마사가 자신에게 호의를 가지
는 것이 두려웠던 것이다. 절대로 이자에게 충성을 바칠 수 없다. 그래
서는 오랜 숙원을 이룰 수 없다.

"후유는 막내라서 버릇이 없다네. 너무 풀어서 키운 내 잘못일세. 열
아홉이나 된 딸애가 시집갈 생각은 않고, 정말 골칫거리야."

"성격이 무척 활달한 것 같사옵니다."

"흠, 사내라면 대단한 사무라이가 되었겠지만, 여식으로 태어나서 말일세. 그런데 세이노스케님은 북 시나노의 무라카미 가문에서 일을 하셨다고?"

후유에게서 들었는지 도모마사는 그것부터 물었다.

"그러하옵니다."

"그럼 가와나카지마의 전투에도 참가하셨겠구먼."

"예, 무라카미 요시키요 공의 신하로 참전하였사옵니다."

"호오, 그것 정말 대단하구먼."

도모마사는 몸을 앞으로 기울이며 말을 이었다.

"그 전투는 다케다와 우에스기가 자웅을 겨뤘던 격전으로, 이 서쪽에서도 유명하다네. 그 전투 이야기를 좀 해주지 않겠나?"

"……."

"왜 그러시나?"

"그 싸움에서 별로 좋은 일이 없었기에……."

세이노스케는 말을 아꼈다.

도모마사는 더 이상 채근하지 않았다. 아마도 이자는 가와나카지마에서 공을 세우지 못했거나, 또는 치명적인 실수를 범했을지도 모른다.

'후유의 말로는 무라카미의 사무라이 대장이었다고 하던데. 그런 자가 주군을 떠나다니, 분명 무슨 일이 있었던 모양이군.'

도모마사는 고개를 끄덕이며 말했다.

"잘 알았네. 오늘밤엔 그대를 환영하는 연회를 베풀 생각일세. 잠시 우리 성에 머물면서 천천히 쉬도록 하시게나."

세이노스케는 분위기상 도저히 거절할 수 없었다.

그날 밤, 고즈쿠리 가문의 가신들이 모인 가운데 성대한 연회가 베

풀어졌다.

둥근 달이 떠오르고, 정원의 등나무도 보라색 꽃을 활짝 피우고 있었다. 연회는 공주가 무사히 귀가했다는 기쁜 일도 있고 해서 처음부터 떠들썩하게 진행되었다. 도중에 후유가 나타나 세이노스케의 술잔에 술을 따르자, 다들 부러운 눈길로 세이노스케를 바라보았다.

"허어, 이제 시집갈 처녀가 외간 남자에게 술을 따르다니."

도모마사는 웃음 띤 표정으로 그렇게 분위기를 돋우었다.

그러자 후유가 뽀로퉁한 표정으로 대꾸했다.

"생명의 은인에게 이 정도도 못하면 어떡해요."

도모마사가 할말을 잃고 있자 좌중에서 웃음이 터져나왔다.

그러나 말석에 앉은 젊은 사무라이만은 웃지 않았다.

오코치 이치노신(大河內市之進)이라는 젊은이였다.

'저 녀석, 분명히 시비를 걸어오겠어.'

세이노스케의 예감이 맞아떨어졌다. 과연 이치노신은 술에 취한 척하면서 세이노스케 앞으로 다가와 앉았다.

"세이노스케님은 무라카미 요시키요님의 가신이었다고 들었소만."

이치노신이 날카로운 눈길로 노려보며 물었다.

"그렇소이다."

"그렇다면 가와나카지마 전투에 참가했겠지요?"

"그랬지요."

"가와나카지마 전투라면 다케다 신겐, 우에스기 데루토라(上杉輝虎)가 정면으로 부딪친 전대미문의 대격전이라 들었소만, 후학을 위해 그 이야기나 좀 해주시오."

"그만두지 못할까, 이치노신! 손님에게 무례하다."

도모마사가 나무랐지만 이치노신은 오히려 더 기세를 올렸다.

"내가 무례를 범하고 있소, 세이노스케님? 사무라이로서 전투 이야기를 궁금해하는 건 당연한 일. 그렇지 않소, 세이노스케님?"

"그대 말이 맞소이다."

세이노스케는 태연자약한 표정이었다.

"그렇다면 이야기해주시오. 가와나카지마에서 세이노스케님은 적의 수급首級을 얼마나 땄소?"

이치노신이 따지듯이 물었다.

"수급이 문제가 아니라오."

잔을 내려놓으며 세이노스케가 말했다.

"그건 또 무슨 말이오? 적의 목을 얼마나 따느냐, 그것이야말로 사무라이의 명예이며, 공명功名이 아니오?"

"총대장 우에스기님은 적의 수급에 연연하지 말라고 엄하게 명하셨소. 그래서 전군 퇴각의 명이 떨어질 때까지 적의 목을 따는 자는 아무도 없었소이다."

"왜 그런 명을?"

"그만큼 급박했으니까."

세이노스케는 모두를 둘러보며 말을 이었다.

"그 전투에 대해 잘 아시는 분도 계실 테지만, 다케다는 대군을 양분하여 우리 군을 협공하려 했소이다. 그러나 우에스기님은 그 허를 찔러 수비가 약한 다케다의 본진을 기습했소이다. 우물쭈물하다가 적의 별동대가 오면 우리가 오히려 협공당할 지경이었지요. 그래서 우에스기님은 본대의 직속 부대까지 보내 강습을 감행하였소. 그런 연유로 목을 딸 여유는 없었소이다."

"그렇지만 우에스기 군은 다케다의 반격을 받아 목을 던지고 도망쳤다는 소문도 있던데?"

도코로 슈메(所主馬)라는 중신이 물었다. 요컨대 목을 놓고 도망쳤다는 것은 목을 딴 사람이 있었다는 의미였다.

"그건 방금 말했듯이 총퇴각 명이 떨어져 서둘러 공을 세우려는 자들의 소행이었을 것이오 그때 서둘러 목을 땄던지, 아니면 총대장의 명을 거역하고 그 전에 목을 딴 자들이 있었을지도 모르겠소 오코치님의 말대로 목을 따는 것이야말로 사무라이의 공명이니까 말이오"

세이노스케의 설명을 듣고 모두들 납득하는 눈치였다.

목을 따는 것은 자신의 활약을 증명하는 일이다. 그렇게 하지 않으면 난투극이 벌어지는 가운데 누가 누구를 죽였는지 아무도 알 수 없다. 아무리 목을 따지 말라고 명해도 그게 통하지 않는 이유다. 본인은 그 명을 따른다 해도, 시체의 목을 따는 것이 주인을 위한 일이라고 생각하는 졸개도 있는 것이다.

"그렇다면 세이노스케님은 적을 많이 죽이긴 했지만 일부러 목을 따지 않았다는 말이오?"

"물론."

"그럼 어떤 적을 죽였소이까?"

노골적인 질문이었다. 그런 질문이 가능한 시대였다.

그러나 그 목소리에는 어딘지 모르게 공격적인 반감이 배어 있었다.

"잘 기억나지 않소이다. 일일이 이름을 물을 수 없는 노릇이니까. 단, 한 사람 아는 얼굴이 있었지만, 증거는 없소이다."

"그 사람 이름은?"

세이노스케는 망설였다.

보통 이름있는 장수의 목을 베면, 그 목을 따서 지참한다. 그 목을 검사관이 확인하여 장부에 기재하고, 그것을 바탕으로 주군으로부터 포상을 받는다. 후일의 증거로 삼기 위해 감정서를 발행하는 경우도 있다. 그것을 몇 장 가지고 있으면, 다른 가문에 채용될 때도 유리하다. 그러나 세이노스케가 가와나카지마에서 세운 공적을 증명할 만한 것은 아무것도 없었다.

그러므로 제멋대로 허풍을 떨어도 상관없다. 그러나 세이노스케는 솔직히 말했다.

"야마모토 간스케라는 자였소"

좌중에서 탄성이 터져나왔다.

"야마모토 간스케라면 신겐의 군사로서 신출귀몰한 작자로 알려져 있는데, 그 간스케를 말하는 겐가?"

도모마사가 물었다.

세이노스케는 고개를 끄덕였다.

"그러하옵니다."

좌중의 반은 감탄하고, 반은 세이노스케의 말을 의심했다. 특히, 이치노신은 더욱 그랬다. 물론 증거가 없었으므로 다른 자가 간스케를 죽였다고 허풍을 떨어도, 세이노스케로서는 반박할 방법이 없었다. 그런 의미에서 의심을 받는다 해도 할말이 없었다.

"그럼 세이노스케님은 야마모토 간스케를 죽이는 큰공을 세웠는데도 왜 무라카미님을 버렸소이까?"

"이치노신, 말이 너무 지나치지 않느냐!"

후유가 화를 냈다.

그러나 이치노신은 고개를 가로저었다.

"이건 반드시 들어봐야겠사옵니다. 주군께서는 전투에 관한 이야기는, 기회가 있으면 절대로 놓치지 말고 반드시 선배에게 물어보라 하셨나이다."

"이 경우는 달라!"

"공주, 잠깐만 기다려주시오."

세이노스케는 손을 들어 후유를 제지하고 말을 이었다.

"이치노신님의 말이 맞소이다. 대답하도록 하지요. 소인이 무라카미 가문을 떠난 한 가지 이유는 수치심 때문이었소."

"수치? 그러나 세이노스케님은 큰공을 세우지 않았소?"

"그에 앞서 먼저 이치노신님에게 물어보겠소이다. 이치노신님은 적의 목을 딴 적이 있소?"

"몇 번 있소만."

"그러나 이치노신님은 분명 주군의 직속 신하가 아니오? 직속 신하는 늘 주군의 측근에서 주군의 안전을 지킬 책임이 있지 않소?"

"당연하지요."

이치노신이 말하자 세이노스케의 표정이 약간 일그러졌다.

"그 임무를 나는 다하지 못했소이다."

"?"

"지금 생각해보면, 소인은 적의 총대장인 신겐의 목을 따는 것만 생각했던 것 같소. 거기에 정신이 팔려 있는 동안, 주군은 적군인 야마모토 부대의 화살을 목에 맞고 낙마하고 말았소이다."

모두는 마른침을 삼키며 세이노스케의 말을 듣고 있었다.

세이노스케의 말이 이어졌다.

"소인은 악귀가 되어 야마모토 간스케의 목을 쳤소이다. 그러나 그것뿐이오 오명은 씻을 수 없었지요."

"세이노스케님, 가와나카지마 전투에서 무라카미님이 전사했다는 이야기는 못 들었는데?"

도모마사가 이상하다는 듯이 물었다.

"그랬사옵니다. 다행히 화살이 급소를 피해 구사일생으로 목숨을 구했나이다. 그러나 그건 그저 살아남은 데 지나지 않은 것, 무장으로서 무라카미님의 생명은 이미 끝나버렸사옵니다."

"모를 말이군. 무슨 뜻인가?"

세이노스케는 쓸쓸하게 웃으며 말했다.

"구사일생으로 살아남은 자가 살아가는 방식에는 두 가지가 있는 줄 아옵니다. 하나는 죽음을 두려워하지 않는 불굴의 투사가 되는 것, 또 하나는 다시는 전장에 나서지 않고 그냥 오래 살기만을 바라는 사람이 되는 것. 아시겠사옵니까?"

"그렇군, 무라카미님이 그렇게 변하셨구먼."

"그렇다면 더욱더 주군 곁에 머물면서 그 앞날을 지켜주어야 하지 않소이까?"

비웃는 듯한 어조로 이치노신이 말했다.

"그렇게 해야 했는지도 모르오. 그러나 소인은 원래 무라카미 가문을 대대로 모셔온 신하가 아니오. 무라카미 가의 신하가 된 것은 나의 큰 뜻을 펼치기 위해서였소. 그러니 그 큰 뜻을 이룰 수 없는 무라카미 가에 머물 이유가 없었던 것이오."

"호오, 큰 뜻이라 했소이까? 그게 대체 무엇이오?"

여태까지 조용히 입을 다물고 있던 야스모토 민부가 처음으로 입을 열었다.

"다케다 신겐의 목을 치는 일."

아무 거리낌이 없는, 너무도 자연스런 어투에 모두가 경악했다.

"신겐의 목을? 과연 큰 뜻이라 해야겠소이다. 그런데 왜……?"

민부는 말꼬리를 흐렸다.

세이노스케는 그가 무슨 말을 하고 싶은지 금방 알아챘다.

"왜 이 부근에 나타났느냐는 말씀이로군요. 소인은 혼자 힘으로 신겐을 쓰러뜨릴 수 없소이다. 게다가 소인의 큰 뜻은 신겐 하나의 목만을 원하는 게 아니올시다.”

“그 외에 또 무엇을?”

“다케다 가를 이 세상에서 지워버리는 것이오. 그러기 위해서는 소인 혼자의 힘으로는 가당치 않소이다. 그 때문에 다케다 가를 적으로 삼는 영주, 아니 다케다 가를 이기고 그들을 멸망시킬 뜻을 가진 영주를 주군으로 모시고 싶은 것이지요. 봉록은 아무 상관이 없소이다. 단, 언젠가 반드시 가이를 치고 들어갈 군대의 선봉에 서는 것이 나의 절실한 바람이외다.”

생각지도 않은 세이노스케의 말에 좌중은 물을 끼얹은 듯이 조용해졌다. 계속되는 침묵을 깨뜨린 사람은 도모마사였다.

“세이노스케님, 내가 묻겠네. 왜 그렇게 다케다 가를 저주하는가?”

좌중의 시선이 다시 세이노스케에게로 집중되었다.

“소인의 고국은 스와이옵니다. 스와 대사의 제사장이시며 스와의 영주이신 스와 요리시게님의 가신이었나이다.”

세이노스케는 한마디, 한마디를 곱씹듯이 내뱉었다.

“스와는 평화로운 나라였사옵니다. 영주인 요리시게 공은 스와 백성들에게 존경받았고, 그 따님이신 미사 공주는 마치 보석처럼 아름다운 분이셨나이다. 그 두 분은 스와의 자랑이었지요. 그런데 어느 날, 신겐의 책략에 말려 하루아침에 모든 것이 무너지고 말았사옵니다.”

“이제야 생각이 났네. 벌써 이십 년 전의 일이 되었구먼. 스와의 요리시게님께서 할복하셨다는 이야기를 들은 것이.”

“그러하옵니다. 신겐의 술책에 속아 고후의 절에서 배를 가르지 않을 수 없었나이다. 게다가 신겐 놈은 공주까지 빼앗아 후실로 삼았사옵니다.”

세이노스케는 옛날의 광경이 떠올라 피가 솟구치는 느낌에 사로잡
혔다.

"당시 소인은 성인식도 치르지 않은 처지라, 주군 가를 위험에서 구
하기는커녕 공주의 몸도 지켜주지 못했나이다. 이 세이노스케, 그것이
평생 가슴에 맺힌 한이옵니다."

"그 공주라면, 혹시 스와 시로 가쓰요리님의?"

도모마사의 물음에 잠시 세이노스케는 침묵을 지켰다.

시로 가쓰요리(四郎勝賴)는 신겐과 미사 사이에 난 아들이다.

"어머님이시지요."

신음처럼 세이노스케는 말을 뱉어냈다.

"그렇게 되었구먼."

도모마사는 더 이상 말이 없었다.

4

세이노스케는 홀로 달을 바라보고 있었다. 오랜만에 옛날 일이 떠올
라 잠을 설쳤던 것이다.

고즈쿠리 성의 정원은 연못을 중심으로 화사한 꽃으로 장식되어, 무
척 아름다웠다. 연못 수면을 바라보면서, 세이노스케는 고향인 스와의
호수를 떠올렸다.

그 호수를 떠난 지 벌써 몇 년이 흘렀던가. 과연 그곳으로 돌아갈
날이 올 것인가.

"세이노스케님."

등뒤에서 목소리가 들려왔다. 거기에는 후유 공주가 서 있었다.

“공주!”

“뭘 하고 계시나요?”

“공주야말로 이렇게 야심한 시간에 웬일이오?”

“달이 너무 아름다워서요.”

“풍류를 즐기는 것도 좋지만, 자칫하다가 또 유괴당하면 어쩌려고.”

세이노스케가 어이없다는 표정으로 말하자 후유가 웃으며 되받았다.

“그때는 세이노스케님이 또 구해주시겠지요.”

“그럴 수만 있다면 다행이오만.”

“아, 정말 기뻐요.”

후유는 온몸으로 기쁨을 표현하며 말했다.

“세이노스케님, 지금 무슨 생각을 하고 계셨는지 알아맞혀볼까요?”

“?”

“스와의 공주님을 생각하신 거죠, 그렇죠?”

세이노스케는 어이가 없어 그냥 시선을 피해버렸다.

“봐요, 내가 맞혔잖아요. 굉장히 예쁜 공주님이셨겠지요? 아무리 세월이 가도 잊을 수 없을 정도로.”

“그럴지도 모르지.”

후유는 세이노스케의 말에 입을 삐죽 내밀었다.

“솔직해서 좋군요. 그렇지만 아가씨 앞에서 그런 말은 하는 게 아니랍니다. 눈앞에 제가 있는데 그런 말을 하시다니요.”

“에?”

세이노스케는 영문을 몰라 눈을 동그랗게 떴다.

“그럴 때에는 이렇게 말씀하셔야 해요. 아냐, 공주가 훨씬 아름다워, 라고, 말이죠.”

그 말을 듣고 세이노스케는 웃었다.

“뭐가 그리 우스우세요?”

“아니오. 내 앞에 계시는 공주는 정말 아름답소.”

웃으면서 세이노스케가 말했다.

“정말?”

“물론이지. 지금까지 만난 여인들 가운데서 다섯 손가락 안에 들 정도로.”

“세 손가락.”

후유는 간발의 틈도 주지 않고 말을 되받았다.

“하하하, 그렇소. 세 손가락 안에 드는 미인이시오.”

아직 어리다고, 세이노스케는 생각했다.

후유는 세이노스케의 생각을 직감적으로 알아차렸다.

“난 어린애가 아니에요.”

“공주, 난 그런 말을 한 적이 없소.”

“말하지 않아도 알 수 있어요.”

“공주, 내가 몇 살이나 돼 보이오? 공주의 아버지뻘이 되는 나이라오.”

“거짓말.”

“사실이오. 내년이면 마흔둘이 되니까.”

후유 공주는 눈을 동그랗게 떴다.

세이노스케는 고작 서른대여섯밖에 보이지 않았다.

“자아, 이제 돌아가서 쉬도록 하시오. 아버지가 딸에게 하는 말이오. 누가 알면 소동이 벌어질 거요.”

그것은 사실이었다.

유괴당했다가 오늘 돌아온 몸이 아닌가. 침실에 없다는 사실이 알려지면 성 안이 벌집을 쑤신 것처럼 떠들썩해질 것이다.

후유 공주는 세이노스케를 빤히 바라보았다.

"한마디해도 되겠어요?"

"어서 하시오"

"세이노스케님, 정말 미워요"

이렇게 말하고 후유 공주는 발길을 돌렸다.

세이노스케는 씁쓸한 미소를 지으며 그 자리에 서 있었다.

대체 몇 년 만에 이렇게 느긋한 기분을 맛보는가.

그것만으로도 이 성에 온 보람이 있다고 생각했다.

5

다음날 오후, 세이노스케는 도모마사에게 불려갔다.

세이노스케는 작별 인사를 할 좋은 기회라고 생각했다. 더 이상 있다가는 정이 깊어질 위험이 있었다. 큰 뜻을 이루기 위해서는 조용히 떠나는 것이 좋았다.

"난 자네에게 백 관을 봉록으로 제시할 생각이라네."

도모마사가 입을 열었다. 순간 세이노스케가 입을 열려 하자, 도모마사는 그를 제지하고 말을 이었다.

"잘 알고 있네. 자네의 뜻이라면 어제 들어서 잘 알고 있다네. 그래서 하는 말인데, 자네에게 소개할 사람이 있다네."

"누구신지요?"

의아한 표정을 지으며 세이노스케가 물었다.

"이름은 말하지 않겠네. 그러나 자네의 큰 뜻과 관련된 인물인 것만은 틀림없네. 어떠신가, 한번 만나보겠는가?"

"글쎄요"

세이노스케는 당혹스러웠다.

큰 뜻에 관련된 인물이라니, 일이 어떻게 돌아가는지 짐작조차 할 수 없었다. 세이노스케의 목적은 타도 다케다였다.

'기타바타케는 다케다와 아무런 관계도 없다. 그런데 누가 있단 말인가.'

고즈쿠리는 기타바타케 가의 중신이다. 당연히 그 사람이 기타바타케와 관련되어 있다는 말인데, 도무지 영문을 알 수 없었다.

"어떠신가. 만나보고 나서도 자네 마음이 움직이지 않는다면 어쩔 수 없는 노릇이네만, 그래도 좋으니 내 얼굴을 봐서라도 일단 만나보기라도 하시게."

일개 성주의 말을 감히 거절할 수 없는 입장이었다. 세이노스케는 거절할 수 없었다.

"그럼 만나도록 하겠사옵니다. 단, 이야기를 들을지 안 들을지는 그때 결정하도록 하겠나이다."

"그렇게 하시게. 그럼 됐네."

도모마사는 만면에 웃음을 떠올리며 측근을 불렀다.

"세이노스케님을 안내하도록 하여라."

"알겠사옵니다."

측근의 뒤를 따라 세이노스케는 정청을 나섰다. 두 사람은 말을 타고 성을 나서서, 마을 안에 있는 절로 들어섰다.

측근은 세이노스케를 방장에게 안내했다.

"여기서 기다려주십시오. 금방 돌아오겠습니다."

세이노스케는 주위를 둘러보았다. 새로 지은 건물이었다. 구석에 작은 불상이 안치되어 있었다. 본당이 아니므로 이 정도로 충분할 것이다.

'어떤 작자일까. 혹시 승려인가?'

세이노스케의 예상은 완전히 빗나가고 말았다.

마룻바닥이 위로 들리더니, 그 안에서 검은 옷을 입은 사내가 불쑥 모습을 드러냈다.

사내는 마루 위로 튀어오르면서 칼을 뽑아 들었다.

'닌자로군.'

세이노스케도 뒤로 물러서며 칼을 뽑아 들었다.

닌자는 사정없이 칼을 휘둘렀다. 세이노스케는 정면으로 칼을 받음과 동시에 몸을 옆으로 틀었다. 닌자는 제 힘에 못 이겨 뒤뚱거렸다.

세이노스케는 그 등을 향해 필살의 일격을 날렸다.

'놈! 끝났다.'

그런 생각도 한순간.

닌자는 가볍게 바닥을 한 번 구르더니 세이노스케의 칼을 피해버렸다. 그리고 다람쥐처럼 바닥에서 벌떡 일어섰다.

"이놈!"

다시 칼을 내리치려 하자 닌자가 외쳤다.

"잠깐!"

"뭐가 잠깐이냐, 이놈!"

"실례했소이다. 그대의 솜씨를 보고 싶어서 이렇게 실례를 범했소이다."

이렇게 말하고 닌자는 칼을 등에 찬 칼집으로 밀어넣더니 복면을 벗었다.

"고즈쿠리님이 소개하겠다고 한 사람이 바로 나요"

세이노스케는 긴장을 풀지 않은 채 여전히 칼을 겨누고 있었다.

상대는 닌자다. 함부로 믿었다가는 이쪽이 당하고 만다.

"내 말이 믿기지 않는 모양이구려."

닌자는 칼집 끈을 풀더니, 등에 찬 칼집을 풀어 자신의 오른쪽에 내려놓고 바닥에 털썩 주저앉았다. 이것은 적의가 없음을 나타내는 동작이었다. 오른손잡이가 칼을 뽑으려면 칼은 왼쪽에 놓아두어야 한다.

그러나 상대는 닌자가 아닌가. 사무라이라면 상대가 그런 동작을 한 이상 이쪽에서도 칼을 거두어야 했지만, 세이노스케는 여전히 칼을 겨누고 있었다.

"넌 누구냐?"

"고즈쿠리님한테서 듣지 못했는가?"

"이름을 말할 수 없다고 하셨다."

"아, 당연히 그렇게 하셨겠지."

남자는 빙긋 웃었다. 눈썹과 입술이 가늘었다. 웃음 띤 가는 눈에 애교가 넘쳐흘렀다.

'절대로 속지 않는다, 이놈!'

그렇게 웃음 띤 얼굴 뒤에 감추어진 야수의 본성을 세이노스케는 너무도 잘 알고 있었다.

남자는 자세를 고쳐 앉았다.

"그렇다면 내 소개를 하겠소이다. 소인, 오다 노부나가의 가신, 다키가와 가즈마스(瀧川一益)라 하오. 잘 부탁하오."

"뭐라고! 오다 가의 가신이라 했느냐?"

세이노스케는 영문을 알 수 없었다.

기타바타케 가와 오다 가는 적이 아닌가. 그렇다면 기타바타케 가의 중신인 고즈쿠리 가도 당연히 오다 가와 적이어야 한다.

'도대체 어떻게 된 노릇인가. 도모마사님이 만나라고 한 사람이 과연 다키가와, 이 사람이란 말인가?'

세이노스케는 곤혹스러웠다.

6

"아직도 모르시겠소?"

가즈마스는 여전히 웃음 띤 얼굴이었다.

세이노스케는 혼란을 수습하는 데 약간의 시간이 필요했다. 적이어야 할 오다와 고즈쿠리가 이렇게 뒤로 손을 잡고 있었던 말인가.

'배신인가……?'

이윽고 세이노스케의 생각이 여기에 이르렀다.

가즈마스는 민감하게 세이노스케의 마음을 읽어냈다.

"이제야 알아차리신 모양이구먼. 그렇소, 그대 생각이 맞소 도모마사님은 오다 가와 운명을 같이하기로 하셨소"

세이노스케는 후웃, 하고 숨을 내쉬어 몸의 긴장을 푼 다음, 칼을 거두었다.

가즈마스가 손뼉을 탁 쳤다.

"이제야 날 믿어주시는구먼. 자, 자리에 앉으시오"

세이노스케는 가즈마스와 마주보며 바닥에 앉았다.

"그대에 대해서는 도모마사님한테서 들었소 세이노스케님이라고 하시더군."

"모치즈키 세이노스케라 하오"

세이노스케는 퉁명스런 말투로 자기 소개를 했다. 정식으로 자신의 이름을 대는 것도 도대체 몇 년 만인지 알 수 없었다.

"소인은 오다 노부나가님의 신하로……."

"다키가와 가즈마스님, 이름을 두 번 댈 필요는 없지 않소?"

세이노스케는 기분이 좋지 않았다.

가즈마스는 그런 말투를 마음에 두지 않는 듯, 여전히 밝은 표정으로 말했다.

"세이노스케님은 스와 출신이시라고?"

"그렇소."

"소인은 고가(甲賀) 출신이오 잘 아시겠지만, 모치즈키 성은 원래 고가가 발상지 아니오? 소인의 친척 가운데에도 모치즈키 성이 많이 있소 우리는 동족이라 해도 좋을 거요 이렇게 만나서 정말 반갑구려."

"가즈마스님, 용건부터 먼저 말하시오 소인은 천하를 유랑하는 낭인이라서."

세이노스케는 울화통이 치밀어 단도직입적으로 말했다.

가즈마스는 고개를 끄덕였다.

"그래야겠지. 그럼 말하겠소 세이노스케님, 우리 주군인 오다 가를 위해 일해볼 생각은 없으신가?"

세이노스케는 놀란 눈으로 가즈마스를 바라보았다.

가즈마스는 웃음을 거두고 심각한 표정을 지었다.

"가즈마스님, 왜 내게 그런 말을?"

세이노스케가 물었다.

"오다 가는 지금 천하에서 인재를 모으고 있소 그대처럼 뛰어난 사무라이라면 두 손을 들고 환영하오 물론 사무라이라고 다 좋다는 건 아니오 우리는 다케다 가에 관해서라면 하나라도 더 알아야 할 처지라오"

"가즈마스님, 소인은 큰 뜻을 품고 있는 몸이라……."

"아, 그거라면 잘 알고 있소"

"?"

"그대는 다케다 신겐의 목을 따는 것이 평생 소원이라 하지 않았소? 들어서 알고 있소 바로 그런 이유로 다케다 가와 자웅을 겨룰 수 있는 분을 모시고 싶다고, 그것도 잘 알고 있소 그렇다면 우리 오다 가야말로 거기에 적합한 가문이 아니겠소? 다케다를 쓰러뜨리기 위해서는 다른 길은 없을 거요”

“오다님은 다케다 가와 자웅을 겨룰 각오가 되어 있소?”

“물론 있고말고”

‘이건 거짓말이다.’

세이노스케는 이렇게 생각했다.

오다 가와 다케다 가의 관계는 결코 나쁘지 않았다. 노부나가는 매년 수차례에 걸쳐 가이의 신겐에게 대량의 공물을 보내고 있었다. 그리고 노부나가의 장남인 노부타다(信忠)와 신겐의 막내딸 마쓰 공주는 혼약을 맺은 사이다. 혼례는 후일로 미루었지만, 다케다와 오다는 사돈이다.

“왜 그러시오?”

가즈마스는 세이노스케의 표정에 변화가 일고 있음을 알아챘다.

세이노스케가 솔직히 말했다.

“가즈마스님, 오다님은 다케다와 적대하기는커녕 사돈의 연을 맺지 않았소?”

“아하하하, 세이노스케님처럼 노련한 사무라이가 그런 말을 하시다니, 참 의외로구려.”

가즈마스가 호탕하게 웃음을 터뜨렸다.

“무슨 말이오?”

세이노스케는 화가 치밀었다.

“아, 실례했소 이런 난세에 사돈의 인연이란 어차피 방편에 지나지 않소 임시방편이란 말이오 단지 급한 불을 끄자는 데에 지나지 않다는 걸 왜 모르시나?”

가즈마스는 엄숙한 표정으로 말을 이었다.

"우리 주군, 오다 노부나가님은 언젠가 천하를 호령하실 거요 다케다 신겐이 우리 주군의 신하가 된다면, 딱히 목을 딸 필요는 없겠지. 그러나 신겐은 절대로 머리를 숙이고 들어올 사람이 아니오"

세이노스케의 표정이 분노에서 놀라움으로 바뀌었다.

지금까지 이렇게 명확한 어조로 천하를 손에 넣겠다고 말하는 자는 없었다. 게다가 다케다를 적으로 삼겠다는 사람은 더더욱 없었다.

그 신겐이, 스스로 천하를 자신의 손아귀에 넣겠다고 호언장담하는 다케다 신겐이 노부나가의 신하가 될 리는 없다.

'오다와 다케다는 언젠가 반드시 부딪칠 것이다.'

가즈마스는 마치 세이노스케의 마음을 들여다보기라도 한 것처럼 느긋한 미소를 머금고 말을 이었다.

"한번 우리 주군을 만나 보시겠소, 세이노스케님? 오다 노부나가 공은 평범한 분이 아니오 이 다키가와 가즈마스, 목숨을 걸어도 아깝지 않소 절로 그런 생각을 갖게 하는, 그런 분이라오 어떠신가, 세이노스케님?"

열기를 띤 가즈마스의 설득에 세이노스케의 마음은 서서히 움직이기 시작했다. 세이노스케 자신이 그것을 느끼고 있었다.

'오다 노부나가, 도대체 어떤 사내이기에?'

세이노스케는 지금이라도 기후로 달려가 노부나가를 만나고 싶은 심정이었다.

스루가 쟁탈

1

다케다 신겐은 일만팔천의 병사를 거느리고 스루가의 오키쓰(興津)에 있었다.

사가미(相模)의 호조 우지마사와 대치하기를 벌써 90일.

'이제 어떡한다?'

신겐의 고민은 이 군사를 어떻게 움직일 것인가였다.

작년 겨울, 신겐은 그렇게 바라고 바라던 스루가를 손에 넣었다. 스루가는 기후가 온난하고 비옥한 땅이며, 그 무엇보다도 바다와 접한 나라였다. 바다는 풍부한 물자를 제공할 뿐만 아니라 교역의 이점도 제공해주었다. 바다만 있으면, 대량의 물자를 비교적 간단히 옮길 수 있었다.

신겐의 영토, 가이와 시나노에는 바다가 없었다. 천하 제패를 꿈꾸는 다케다 가로서는 반드시 바다가 있는 나라를 손에 넣어야 했다.

신겐은 거의 포기하고 있었다. 스루가, 도토미를 모두 다스리는 이마가와 가와 사가미, 이즈 두 나라를 다스리는 호조 가는 강력했다. 두 나라의 군주인 이마가와 요시모토, 호조 우지야스 모두 영특한 자들이었다. 다케다 가가 바다로 나서기 위해서는 이 두 가문을 공략해야만 하는데, 시나노를 빼앗기 전의 다케다 가에는 그런 힘이 없었다.

어쩔 수 없이 신겐은 군사인 야마모토 간스케의 권유에 따라 이마가와, 호조 두 가문과 혼인 정책으로 동맹을 맺었다. 신겐의 딸은 호조 우지야스의 아들인 우지마사에게, 우지야스의 딸은 이마가와 요시모토의 아들인 우지자네에게, 요시모토의 딸은 신겐의 아들인 요시노부에게 시집가는 형태로 삼국동맹을 맺었다.

이 동맹 덕분에 신겐은 이마가와, 호조라는 적수와 손을 잡고, 시나노 공략과 우에스기 데루토라와의 결전에 전념할 수 있었다. 그러나 바닷길로 나서서 미야코로 나아가겠다는 생각은 이미 물거품이 되어 버렸다.

그래도 신겐은 일관되게 시나노를 공략하여 대국의 주인이 되었다. 이제는 내륙을 따라 미야코로 나아가게 될 거라고 생각했다. 바로 그때, 한 발 앞서서 미야코로 향하던 이마가와 요시모토가 오와리의 덴가쿠하자마(田樂狹間)에서 오다 노부나가에 의해 목숨을 잃고 말았다.

신겐에게는 더없는 행운이었다.

첫째, 요시모토의 후계자인 우지자네는 멍청이였다. 이런 난세에 아침부터 저녁까지 축국(蹴鞠)이나 하며 노는 어리석은 영주였다. 요시모토라면 두렵지만, 우지자네 정도는 도저히 다케다의 상대가 아니었다.

둘째, 요시모토의 목을 딴 노부나가가 스루가라는 나라에 아무런 관심도 보이지 않았다는 점이다. 노부나가는 동쪽보다 서쪽으로 나아가려 했다. 물론 입경의 꿈을 달성하기 위해서였다.

스루가와 도토미 두 나라는 무주공산이 되어버렸다. 이제는 그것을 누가 손에 넣는가 하는 문제만 남았을 뿐이었다.

당연히 신겐이 전면에 나섰다.

시나노를 손에 넣고서 국력의 기초를 다지고 있던 신겐에게는 바다에 접한 나라, 스루가는 그야말로 하늘이 내려준 보물이었다. 시나노와 스루가, 이 두 나라만 손에 넣으면 천하제패도 꿈만은 아니다.

신겐은 주도면밀하게 준비를 거듭했다.

유일한 장애물은 스루가 침공을 반대하는 이마가와의 딸을 아내로 맞이한 장남 요시노부였다. 결국 요시노부에게 배를 갈라 자결하게 했다.

스와의 미사 공주가 낳은 가쓰요리를 새로운 후계자로 삼았다. 그 가쓰요리에게 오다 가의 양녀를 맺어주고, 평범하기 짝이 없는 영주 때문에 미래에 불안을 느끼고 있던 이마가와 중신들을 하나하나 포섭하여, 신겐은 드디어 스루가로 밀고 들어갔다.

아사히나, 세나, 가쓰라야마와 같은 이마가와 중신들의 배신으로, 싸움다운 싸움 한 번 없이 다케다 가는 스루가의 수도인 슨푸로 들어갔다.

이마가와 우지자네는 어이없게도 이마가와의 주성인 슨푸를 버리고, 도토미의 가케가와 성으로 도망쳤다.

신겐은 피 한방울 흘리지 않고 슨푸 성을 손에 넣었다.

거기까지는 좋았다.

그러나 신겐의 행위는 배신이기도 했고, 동맹 조약의 파기이기도 했다. 적어도 호조 우지야스는 그렇게 판단했다. 그는 장남인 우지마사에게 사만의 대군을 주어, 이마가와 가 구원에 나서게 했던 것이다. 또한 우지마사에게 시집와 있던 신겐의 딸, 오고 공주를 친정으로 돌려보냈다.

신겐은 오랜만에 만난 딸에게서 원망에 찬 눈길을 고스란히 받아야 했다. 오고 공주는 우지마사와의 사이에 여섯 명의 자식을 낳았는데도 생이별을 해야만 했다. 모든 것이 아버지 때문에, 스루가를 손에 넣으려는 아버지의 야망 때문이었다.

신겐은 스루가 때문에 장남인 요시노부를 죽였고, 이번에는 딸의 행복한 가정을 파괴해버렸다. 그런 희생까지 치렀으니, 신겐으로서는 스루가를 손에 넣지 않을 수 없었다.

그러나 이번에는 호조가 대군을 이끌고 쳐들어온 것이다.

'자아, 이 사태를 어떡한다?'

신겐은 90일 동안 몇 번이나 같은 말을 되뇌고 있었다.

호조 군은 사만, 이쪽은 일만팔천. 명백히 열세였다. 원래 사가미의 군사들은 그리 강하지 못했다. 수적으로는 열세지만 충분히 대응할 수 있었다. 단, 여기서 발이 묶여서는 곤란했다.

다케다 군의 주체는 징발된 백성이었다.

모내기철에는 본국으로 돌려보내야 한다. 그렇게 하지 않으면 가을의 수확에 문제가 생긴다. 가이도, 시나노도 국력의 기초는 벼농사였다. 그 생산량이 줄어들면 심각한 문제가 발생할 수 있었다.

그것이 신겐의 고민거리였다.

이 비옥한 땅을 고스란히 넘겨주고 여기를 떠나야 할 것인가. 그냥 머물기에는 다른 문제가 또 하나 있었다. 그것은 스루가의 혼란을 틈타 혹시 우에스기 데루토라가 다시 시나노를 침공해 들어올지 모른다는 불안이었다.

'간스케라면 어떻게 했을까?'

신겐은 쓰라린 가슴으로 간스케를 그리워했다.

이럴 때에 죽은 간스케만 있다면 멋들어진 지혜를 짜냈을 텐데.

간스케가 없는 지금, 다케다 가의 군사 자리는 비어 있었다. 그 모략의 재능을 이을 사람은 사나다 유키타카뿐이다. 그러나 간스케에 비해 능력이 떨어졌다. 오히려 신겐은 간스케의 가르침을 받았던 겐고로에게 기대를 걸었다.

겐고로는 고사카 단조 마사노부의 옛 이름이었다.

가와나카지마 전투 이래로, 겐고로는 대 우에스기의 최전선인 시나노 가이즈 성에 머물고 있었다. 그 성주로 발탁되었던 것이다. 북쪽 최전선인 가이즈와 남쪽 최전선인 오키쓰(興津). 다케다 가의 판도가 확대되면서 유능한 장수들이 각지로 흩어졌다.

가능하다면 겐고로 아니면 사나다 유키타카를 측근에 두고, 머리를 맞대고 지혜를 짜내고 싶었다. 그러나 그건 불가능한 일이었다.

유키타카는 지금 신겐이 없는 고후 수비를 맡고 있었다.

본군이 타국에서 싸울 때이니만큼, 확실한 사람이 아니면 본군을 맡길 수 없었다. 가이즈 성도 그랬다. 다케다 가에는 아들인 가쓰요리를 비롯하여 용맹한 무사들이 수도 없이 많지만, 모략의 재능으로 보자면 고작 둘 정도뿐이었다.

굳이 하나를 더 들자면, 간스케가 만년에 발탁한 야마가타 마사카게 정도가 될 것이다. 그런 책사 하나가 기마병 일천, 아니 십만의 병사에 못지않다는 것을 신겐은 너무도 잘 알고 있었다.

"고사카님이 오셨사옵니다."
측근이 아뢰었다.
"그래, 이제야 왔구나."
신겐은 까까머리를 쓰다듬으며 만면에 웃음을 흘렸다.
문을 열고 복도로 나섰다. 이곳은 다케다 군이 임시 본부로 사용하고 있는 절이었다.

"저쪽 작은 방에 자리를 마련해라."

"옛?"

신겐의 말에 측근은 눈을 동그랗게 떴다. 넓은 본당이 있지 않은가.

"괜찮다. 오랜만에 바둑이나 한 판 두고 싶구나."

이것은 본심이 아니었다. 사실 바둑보다 더 즐거운 일이 기다리고 있었다. 바둑돌을 잡는 것보다 더 즐거운 일, 바로 나라를 잡는 일이었다.

이제 곧 오십을 눈앞에 둔 신겐에게, 세상에 이렇듯 즐거운 일도 있었던가, 하는 경의를 느끼게 하는 일이었다.

그리고 그 이야기 상대는 지금 겐고로뿐이었다.

신겐이 방에 들어서자 겐고로는 이미 자리를 잡고 있었다.

"주군, 정말 오랜만에 뵙사옵니다."

"그래, 잘 지냈느냐?"

신겐이 상좌에 앉았다.

남자에게 어울리지 않는 말이지만, 그야말로 천하절색이었다. 가이와 시나노를 통틀어 이런 미남은 다시없을 터였다.

이런 미남이 장가를 들지 않았다는 것도 겐고로의 이름을 유명하게 했다. 가이즈 성주라는 중직을 맡은 사무라이가 아내가 없다는 것은 거의 불가사의한 일이었다.

"왜 자식을 만들지 않나?"

신겐이 놀리듯이 묻자 겐고로는 불퉁한 표정으로 대답했다.

"필요없사옵니다."

"자식도 없이 고사카 가문을 어떻게 하려고?"

"조카인 소지로에게 물려줘야지요."

"왜 그리 고집을 부리나? 자식을 만드는 것도 충성이야."

신겐의 말은 빈말이 아니었다.

고사카 가문은 다케다를 지탱하는 중요한 기둥의 하나였다. 군주가 남자를 많이 거느리면 거느릴수록 다케다의 전력은 증강되는 것이다.

"주군께선 그런 용건으로 저를 부르셨나이까?"

신겐은 쓴웃음을 지으며 말했다.

"잘 알지 않느냐, 지금 내 입장을. 자네의 지혜를 빌리려고 이렇게 부른 게야."

"제게 무슨 지혜가 있겠사옵니까?"

겐고로는 여전히 불퉁한 표정이었다.

"없을 리가 없지."

신겐은 달래듯이 말하고 있었다.

"주군이 마음에 두신 그대로 실행하시면 될 것이옵니다. 제가 나설 자리는 아닌 것 같사옵니다."

"내가 마음에 둔 대로?"

신겐은 시치미를 뗐다.

사실은 생각해둔 것이 있었다. 단, 그것이 최선책인지 아닌지 누군가의 의견을 듣고 싶어, 저 멀리 가이즈 성에 있는 겐고로를 일부러 불러들인 것이었다.

"난 모르겠는데? 자네 생각을 말해봐."

겐고로는 고개를 끄덕이더니 가슴에서 지도를 꺼내 펼쳤다.

가이, 시나노, 스루가, 도토미, 사가미 등 다섯 개 나라를 중심으로 제작된 지도였다.

본국인 가이가 중앙에 위치해 있었다.

그 북쪽에는 고즈케, 에치고가 있고, 동으로는 무사시, 사가미가 있었다. 또, 서쪽에는 시나노가 있고, 남으로는 이즈, 스루가, 도토미가 있었다. 나아가 그 서쪽에는 도쿠가와 이에야스의 나라인 미가와, 그리고 오다 노부나가의 오와리가 있었다.

이 가운데 가이와 시나노가 신겐의 영지였다. 거기에 새로 스루가가 더해졌지만, 아직 완전히 장악했다고 보기에는 한계가 있었다.

주성인 슨푸 성은 손에 넣었지만, 전 군주인 이마가와 우지자네가 바로 곁의 도토미로 도망쳐, 그 주성인 가케가와에서 버티고 있었다. 그 이마가와 우지자네를 원조하기 위해, 동쪽의 사가미 오다와라 성에서 호조의 대군이 와 있었다.

그리고 신겐은 정월부터 벌써 90일 동안이나 이들 군사와 대치하고 있었던 것이다.

"우리 다케다로서는 절대로 스루가를 포기할 수 없고, 이번 기회에 우지자네를 쫓아내고 도토미까지 손에 넣어야 하는데 호조가 방해를 놓고 있으니, 이 사태를 어떻게 해결하느냐는 것이 주군의 고민이시겠지요."

겐고로의 말에 신겐은 고소를 금치 못했다.

'놈, 말투까지 간스케를 빼닮았구나.'

신겐은 심각한 표정을 지으며 고개를 끄덕였다.

"네 말이 맞다. 어떡하면 좋겠느냐?"

"주군의 생각대로 하소서."

"그러니까 그게 뭔지 말을 하라고 하지 않느냐?"

안달을 하며 신겐이 물었다.

겐고로는 고쳐 앉으며 한마디로 대답했다.

"물러나야지요."

"물러나? 이 스루가를 버리란 말이냐?"

신겐은 눈을 둥그렇게 떴다.

"그러하옵니다."

"이유를 말해봐."

"간단한 일이옵니다. 우리 군대는 백성의 힘에 의존하고 있으므로 타국에 오래 주둔할 수 없사옵니다. 이대로 스루가에 앉아 있다가는 올해의 수확이 줄어들 것이므로, 손실이 크옵니다. 그뿐만 아니라 다케다 본군이 없는 틈을 노려 에치고나 고즈케의 적이 움직일지도 모르옵니다. 스루가도 아깝지만, 가이와 시나노가 있기에 타국의 정벌도 가능한 일이지요. 이대로 가다가는 아무것도 되지 않사옵니다."

"역시 그렇군."

신겐도 그런 생각을 하고 있었다.

이미 4월도 중순을 지나고 있었다. 모내기 때문에라도 물러나지 않을 수 없었다. 농부를 잃은 밭과 논에는 잡초만 무성할 터였다. 그러나 지금이라도 물러나면 충분히 경작할 수 있었다.

하지만 고생해서 손에 넣은 이 스루가를 고스란히 적의 손에 넘겨줘야 한다는 생각을 하니 허망하기 짝이 없었다.

이 나라를 얻기 위해서 장남을 죽이고 딸을 희생시키고, 대국인 호조를 적으로 돌리는 위험을 감수했다. 여기서 물러나면 그 모든 희생이 물거품으로 돌아간다. 아니, 그냥 무로 돌아가는 정도면 괜찮다. 호조를 적으로 돌려버린 비참한 결과를 혹으로 달아놓고 말았다.

그래도 가이로 돌아가지 않을 수 없는 지경에 빠진 것이었다.

'그 바보 같은 우지자네에게 이렇게 당할 줄이야……'

이것이 첫 번째 오판이었다.

스루가를 침공할 때 스루가, 도토미 두 나라의 태수인 이마가와 우지자네는 싸움 한 번 하지 않고 슨푸 성을 버렸다. 멍청이는 어쩔 수 없다고 세상 사람들이 다 웃었지만, 지금 와서 보니 우지자네의 전술은 그리 나쁘지 않았다.

왜냐하면 만일 우지자네가 슨푸 성에서 농성했더라면, 이미 오래 전에 신겐은 이마가와 가를 멸망시키고 말았을 것이기 때문이다. 그래서 이마가와 가가 완전히 사라져버리면 스루가, 도토미 양국은 자동적으로 신겐의 손안으로 들어오게 된다. 그것이 난세의 숙명이다.

이마가와 가신들도 주인 없는 몸이 되어, 자연히 다케다의 품으로 투항해 들어올 터였다. 비 온 뒤에 땅이 더 굳어진다는 말이 있지 않은가. 그러나 우지자네는 도망쳤다. 결과적으로 이마가와 가는 살아남았다. 그것도 도토미라는 한 나라가 남아 있고, 그 주성인 가케가와 성에 우지자네는 건재해 있었다. 동맹국이라는 명목으로 호조가 그 멍청이를 지원하고 있었던 것이다.

그러니 더욱 사태는 곤란했다.

우지자네는 목숨이 아까워 도망쳤을 것이 분명했다. 그 바보가 아무 생각 없이 본능적으로 한 행동이 결과적으로 스루가의 다케다 군을, 동쪽의 호조 군과 서쪽의 도토미 군이 협공하는 태세를 취하게 만들었던 것이다.

다케다에게 그 두 군대를 일거에 물리칠 힘은 없었다. 호조 군과 붙으면 뒤에서 이마가와 군이 치고 들어올 것이다. 그렇다고 해서 이마가와 가를 완전히 멸망시키기 위해 가케가와 성을 공략하면, 이번에는 호조 군이 배후를 치고 들어올 것이다. 게다가 가이로 가는 도주로마저 차단당할 위험이 있었다.

다케다 군은 타국에서 지구전을 펼칠 만한 힘이 없었다. 그렇기 때문에 90일 동안 신겐은 꼼짝도 할 수 없었던 것이다. 그것을 아는 호조 군은 지구전을 펼치고 있었다. 호조 우지마사도 그리 영리한 편은 아니지만, 그 아버지인 우지야스가 건재해 있으니 만만치 않았다.

“물러나는 수밖에 없겠군.”

신겐은 자포자기한 목소리로 말했다.

정말 애석한 일이었다.

신겐도 그것밖에 길이 없다는 것을 잘 알고 있었다. 겐고로의 말대로 너무도 당연한 일이었다.

그러나 허망했다. 이렇게 허망한 방법 외에 정말 다른 길은 없는 것일까. 그것을 확인하기 위해 겐고로를 불러들였던 것이다.

하지만 겐고로의 결론 또한 마찬가지였다.

신겐은 탄식했다.

‘만일 간스케라면, 이럴 경우에 분명히 눈이 번쩍 띄는 지혜를 발휘했을 게야. 겐고로로는 아직 무리야.’

이렇게 생각하는 신겐 자신에게도 좋은 방책이 떠오르지 않으니 어쩔 수 없는 노릇이었다.

“총퇴각의 명을 내려야겠지. 병사들이 기뻐하겠군.”

이것이 유일한 위안거리였다.

그러나 그 말을 듣고 겐고로는 고개를 갸우뚱했다.

“우선 사자를 보내야겠지요”

신겐은 생각지도 않은 말에 눈을 동그랗게 떴다.

“난데없이 사자라니, 어디로 보낸단 말이냐?”

겐고로가 미소를 지으며 되물었다.

“알고 계시지 않사옵니까?”

‘이놈이!’

신겐은 화가 치밀었다.

이런 어투도 간스케를 그대로 빼닮은 겐고로였다. 간스케는 외모가 추악하고, 겐고로는 아름답다. 그러나 두 사람은 놀랄 정도로 닮았다.

신겐은 가끔 겐고로와 간스케를 혼동할 때도 있었다.

"어디로 보낸단 말이냐, 겐고로?"

"도쿠가와님이지요."

겐고로는 태연자약하게 말했다.

"이에야스라고?"

"주군, 설마 주군께서는 이 스루가를 그냥 버리실 생각은 아니시겠지요?"

"슨푸 성에 병사를 남기자는 말이냐?"

신겐은 그건 쓸데없는 일이라고 생각하고 있었다.

본군이 물러나버리면, 슨푸 성에 남은 소수의 병사로는 도저히 성을 지킬 수 없었다. 어차피 이마가와와 호조의 공격을 받아 함락되고 말 것이다.

"그런 말이 아니옵니다."

겐고로는 단호하게 부정했다.

"그럼 슨푸 성에 불이라도 지르란 말이냐?"

그것도 한 가지 방법이기는 했다.

슨푸는 물론이고, 스루가의 모든 성에 불을 지를 수 있다. 그렇게 되면 적은 모든 성을 다시 축조하지 않으면 안 된다. 막대한 비용과 막대한 인력이 소모된다. 물론 군사력에도 구멍이 뚫리게 될 것이다.

그러나 겐고로는 다시 고개를 가로저었다.

"불을 지를 곳은 우지자네의 관이옵니다. 성은 그대로 남겨두어야 하옵니다."

"?"

신겐은 무슨 말인지 알아들을 수 없었다.

성은 요새이며 일종의 병기다. 그러나 관은 단순한 주거지에 불과할

뿐이다. 그런 관에 불을 질러 무슨 득이 있단 말인가. 다시 스루가를
칠 때 방해가 되는 것은 성이지 관이 아니다.

"겐고로, 무슨 연유로 이에야스에게 사자를 보내라 하느냐?"

"이 스루가를 도쿠가와님에게 드리는 거지요"

전혀 예상치 못한 겐고로의 말에, 신겐은 자신의 귀를 의심하지 않
을 수 없었다.

2

"이 스루가를 이에야스 놈에게 주란 말이냐?"

너무도 어이없는 말이었다.

"왜, 왜, 그자에게 이 나라를 주어야 한단 말이냐?"

평범한 신하가 이런 말을 했더라면, 단번에 호통을 치고 물리쳤을
것이다. 그러나 상대는 총애하는 겐고로였다. 단지 그 이유 때문에 신
겐은 꾹 참으면서 물었다.

겐고로는 미소를 띠며 말했다.

"먼저 손해를 보고 더 큰 득을 본다는 것이 주군의 입버릇이 아니옵
니까? 이번 경우도 그러하지요"

그것은 죽은 간스케의 말이었다.

"예끼 이놈! 알아듣도록 아뢰지 못할까!"

신겐은 울화통을 터뜨렸다.

겐고로는 고개를 끄덕이며 말을 이었다.

"지금 우리 군사들이 곤경에 처한 이유는 바로 우지자네 때문이옵
니다. 그 비겁한 놈이 싸움 한 번 하지 않고 도토미의 가케가와 성으로

도망치고 말았나이다. 그 때문에 우리는 배후에 적을 두어 꼼짝달싹도 하지 못해, 손안에 든 보물을 던져야 할 지경에 빠졌사옵니다.”

“흠.”

“그러므로 우리가 무엇보다 우선적으로 생각해야 할 사안은 우지자네를 가케가와에서 쫓아낼 것, 그것만 달성되면 어떻게든 처리할 수 있을 것이옵니다.”

“그게 가능하다면 이런 고생을 왜 하겠어?”

신겐이 불만스럽게 중얼거렸다.

만일 우지자네가 이 스루가에 머무르기만 했다면 신겐의 스루가 제패는 보다 용이했을 것이다.

설령 슨푸 성에 숨어 있다 해도, 가이와 스루가는 국경을 접하고 있다. 언제든지 공격할 수 있었다. 그런데 멀리 도토미로 가버렸다. 이건 곤란하다. 더 이상 깊이 들어가다가는, 다케다 군은 호조와 이마가와 군의 협공을 받게 될 터였다.

그래서 더욱 화가 치밀었다. 멍청이가 겁을 집어먹고 취한 행동이 결과적으로 최선의 전술이 되어버렸던 것이다.

만일 우지자네가 스루가에 조금이라도 머물렀더라면 도토미로 도망치지도 못했을 것이다. 이전부터 도토미를 노리고 있던 도쿠가와 이에야스가 혼란을 틈타 가케가와 성을 함락시키고 말았을 것이기 때문이다.

도쿠가와 이에야스는, 신겐이 우지자네 다음으로 싫어하는 인물이었다.

신겐이 스루가를 공략하는 틈을 타서 이에야스는 마치 불난 집에서 물건을 훔치는 도적처럼, 유유히 도토미로 들어가 본국인 미가와에 가까운 하마마쓰(浜松) 성을 빼앗아버렸다. 기왕 그렇게 한 바에야 더 동쪽으로 진출하여, 가케가와 성까지 공략하기라도 했으면 신겐도 불만이 없었을 것이다. 이에야스가 가케가와 성을 함락시키고 이마가와 가를 멸망시켜준다면, 신겐은 등뒤에 적을 두는 불리한 사태에 직면하지 않아도 되었다.

그러나 얄밉게도 이에야스는 도토미의 서쪽 반을 손에 넣은 다음, 동쪽으로는 눈길 한 번 주지도 않았다. 도쿠가와와 이마가와가 가케가와 성에서 전투를 벌였다면, 신겐도 호조 군을 칠 가능성이 있었다.

이른바 현재의 교착 상태를 만들어낸 장본인은 바로 이에야스였던 것이다. 그 이에야스에게, 다케다에게 아무런 이익도 안 되는 그 사내에게 왜 스루가를 그냥 내주어야 한단 말인가.

"주군, 90일 동안 몇 번이나 도쿠가와님에게 사자를 보내셨지 않사옵니까?"

"그랬지."

신겐은 고개를 끄덕이며 말했다. 이에야스뿐만 아니라 그 배후에 있는 노부나가에게도 보냈다. 그가 바라는 것은 단 하나뿐이었다. 하루라도 빨리 가케가와 성을 공략해달라는 것이었다.

그러나 이에야스는 앉은자리에서 꼼짝도 하지 않았다.

"주군의 간곡한 요청에도 불구하고 도쿠가와님은 가케가와를 공격하지 않았사옵니다. 무엇 때문이라고 생각하시는지요"

겐고로가 웃음 띤 얼굴로 이렇게 물었다.

"……?"

"도쿠가와님이 바보로 보이십니까?"

그 말을 들고서야 신겐은 자신이 이 문제를 깊이 생각해보지 않았다는 사실을 깨달았다.

신겐으로서는 동 도토미도 주고, 가케가와 성도 주고, 이른바 도토미 전지역을 줄 테니 빨리 공격을 가하라는 뜻을 전했다고 생각했다.

그런데도 눈앞의 보물을 취하려 하지 않는, 이에야스라는 사내가 너무
도 어리석게 보였던 것이다.

그러나 그것은 자신의 일방적인 관점밖에 안 된다는 사실을 깨달은
것이다.

"옛날, 어느 분이 입버릇처럼 두 눈으로 사물을 보라고 하셨사옵니
다. 한 눈으로 보아서는 세상이 똑바로 보이지 않는다고 말입니다."

그것은 간스케의 입버릇이었다. 상대의 관점에 서서 사물을 바라보
는 태도를 잊어서는 안 된다고 신겐은 그제야 손을 들었다.

"그래그래, 내가 졌다. 내가 알아듣게끔 어디 속시원히 설명해보아
라. 왜 이에야스에게 이 스루가를 주어야 하는지를."

"그 전에 도쿠가와님이 가케가와 성을 공략하지 않는 이유 말씀인
데, 한번 도쿠가와님의 입장에 서서 생각해보겠나이다. 가령 도쿠가와
님의 신하들이, '주군, 왜 가케가와 성을 공략하지 않습니까?' 하고 묻
는다면, 내가 도쿠가와님이라면 이렇게 대답하겠사옵니다.

'바보 같은 소리. 가케가와 성은 견고한 요새라 하루아침에 함락되
지 않아. 우지자네도 슨푸 성 시절과는 달리, 지금은 막다른 궁지에 몰
려 죽을힘을 다해 저항할 게 분명해. 그러는 사이에 스루가에 있는 다
케다 군도 물러나고 말 테고 그러면 호조의 군대는 거침없이 스루가
를 가로질러 가케가와까지 밀고 들어오겠지. 그런 상황에서 우리가 이
길 가능성은 없어. 아니, 오히려 자칫 잘못하면 서 도토미까지 빼앗기
고 말지도 몰라' 하고 말입니다."

신겐이 혀를 끌끌 찼다.

겐고로가 다시 말을 이었다.

"'이대로 가만 내버려두는 게 좋아. 우리는 이미 서 도토미를 손에
넣지 않았느냐. 언젠가 틈을 봐서 동쪽 반을 차지하면 돼. 우지자네를

서둘러 멸망시키고 호조와 대립하기보다는, 오히려 가케가와에 머물게 하는 게 나아. 강국과 국경을 접하기보다는 약국을 방패로 삼아 강국에 대항하는 게 좋단 말이다. 지금 여기서 가케가와 성을 공략하면 다케다에게 좋은 일만 시킬 따름이야. 우리 도쿠가와는 호조에게 원한을 사서 자칫하다가는 서西 도토미조차 잃고 말 게야. 그러니 가만히 내버려두어라.' 아마 이렇게 말할 것이옵니다."

신겐이 무릎을 치면서 감탄했다.

겐고로는 여유로운 태도로 다시 입을 열었다.

"그럼 도쿠가와님의 무거운 엉덩이를 들어올려 가케가와를 치게 하려면 어떻게 해야 하겠나이까? 아니, 직접 공격을 가하지 않아도 좋사옵니다. 중요한 것은 우지자네를 가케가와 성에서 쫓아내기만 하면 되는 것이지요"

"공격하지 않고 쫓아낼 방법이 있겠느냐?"

"그건 충분히 가능하옵니다. 그러기 위해서 스루가를 주어야겠지요"

"미끼로?"

"그러하옵니다."

신겐은 고개를 갸우뚱했다.

미끼라고는 하지만 스루가를 줄 테니 가케가와 성을 공략해달라는, 단순한 거래는 아닐 터였다.

"주군, 아무래도 스루가를 그냥 주기에는 아까우시겠지요?"

"물론이지. 피와 눈물로 손에 넣은 나라가 아니더냐?"

절절한 감정이 배인 말이었다. 신겐이 이런 말을 할 수 있는 상대는, 가족 이외에는 겐고로와 사나다 유키타카뿐이었다.

"생각하기에 따라 다르옵니다. 여하튼 이 나라는 버리지 않을 수 없는 땅입니다. 그렇다면 호조나 이마가와에게 주기보다는 화끈하게 도쿠가와님에게 주는 게 훨씬 낫지 않겠사옵니까?"

"그러나 겐고로, 그렇게 하면 가케가와 성은 함락되겠느냐?"

"분명 그렇게 될 것이옵니다."

겐고로는 단언했다.

"어떻게?"

신겐의 물음에 겐고로는 눈앞의 지도를 두 손으로 받쳐들고 그것을 한 번 접어 보였다.

'그렇군!'

신겐은 그제야 알 수 있었다. 그와 동시에 겐고로가 얼마나 뛰어난 재능을 가졌는지 새삼 깨닫고 감탄했다.

3

서 도토미 최고의 성, 하마마쓰 성에 본거지를 둔 도쿠가와 이에야스에게 다케다의 사자가 찾아간 것은 그 다음날이었다.

이에야스는 사자의 이름이 신겐의 최측근인 고사카 마사노부라는 말을 듣고, 놀라기보다는 오히려 혀를 끌끌 찼다.

무슨 용건인지를 이미 파악하고 있었기 때문이다. 하루라도 빨리 가케가와 성을 공략해달라는 말일 것이다. 물론 전혀 그럴 생각은 없었다.

지금까지 수명의 사자가 찾아와 그런 말을 전했던 것이다. 대답 또한 천편일률적이었다. 아직 서 도토미가 안정되지 않았으므로 동쪽으로 출병할 수 없다고 거절했다.

그 말은 반은 사실이고, 반은 구실이었다. 일방적으로 다케다에게 이익만 주는 출병을 굳이 할 이유가 없었던 것이다.

'신겐 정도 되는 인물이 그런 것도 깨닫지 못한다는 말인가.'

이에야스는 짜증이 났다.

찾아오는 사자도 점점 거물급으로 바뀌어갔다. 오늘은 고사카 마사노부였다. 가이즈 성주로서 북쪽 방어를 담당하고 있는 고사카를 보낼 정도라니, 신겐도 꽤 안달이 난 모양이라고 생각했다. 고사카는 집요하게 가케가와에 대한 공략을 요청할 것임에 틀림없다.

그러나 현재의 이에야스는 어떤 조건을 제시한다 해도 가케가와 성을 공략할 생각은 없었다.

이에야스는 무거운 마음으로 접견실로 나아가 사자를 만났다.

사카이 다다쓰구(酒井忠次), 이시카와 가즈마사(石川數正), 사카키바라 야스마사(榊原康政)와 같은 중역들도 짜증스런 표정을 짓고 있었다.

이에야스의 즐거움이라면 미남으로 유명한 고사카 마사노부의 얼굴을 직접 본다는 것뿐이었다.

"고사카 마사노부가 인사 올립니다."

겐고로가 자기 소개를 했다.

'호오, 소문대로 과연 미남이구먼.'

이에야스는 겐고로가 사자로서 형식적인 인사를 하는 동안, 그 얼굴을 뚫어져라 바라보았다.

이런 미남이 저 거칠기로 유명한 다케다 가에서 용맹무쌍하다는 평가를 받고 있는 것이었다. 그 자리에 앉은 모두가, 사람이란 겉모습만으로 판단해서는 안 된다는 것을 절감하는 순간이었다.

그러나 겐고로의 본령은 오히려 군사로서의 자질에 있었다. 그리고 그것은 도쿠가와 가뿐만 아니라 다케다 가에서조차 인정받지 못하고 있었다.

드디어 그 본령을 발휘할 기회를 얻은 것이다.

"그런데 사자님은 무슨 용건으로 오셨는가?"

겐고로의 인사가 끝나자 이에야스는 형식적인 질문을 던졌다.

그 질문에 대해 사자가 가케가와에 대한 출병을 요청한다, 그러면 자신을 그것을 거부한다, 그런 식으로 진행되리라.

그런데 사자는 전혀 다른 말을 꺼내는 것이었다.

"오늘은 도쿠가와님께 드릴 선물을 가지고 왔사옵니다."

'이번에는 선물 공세로군.'

이에야스는 조금도 즐겁지 않았다. 선물을 받는 것은 즐겁지만, 귀찮은 조건이 붙어 있을 게 분명했다. 그래도 이에야스는 의례적으로 물었다.

"그것 참 고마운 말씀이군. 무슨 선물인가? 저 유명한 가이의 말인가, 아니면 금인가?"

"그런 선물이 아니옵니다. 보다 크고, 보다 가치 있는 물건이옵니다."

"호오, 그럼 성이라도 주시겠다는 말인가."

이에야스의 말에 일동은 웃음을 터뜨렸다.

그러나 겐고로는 심각한 표정을 지우지 않고 또렷한 어조로 말했다.

"스루가를 드리겠나이다."

"!"

이에야스는 자신의 귀를 의심했다. 잘못 들었는가, 하고 생각했다. 그러나 분명 사자는 그렇게 말했다.

이에야스는 몸을 앞으로 기울이며 물었다.

"사자님, 다시 한 번 말씀해보시게, 방금 뭐라고 하셨나?"

"다케다 가는 스루가를 도쿠가와님에게 바치겠다는 말씀이옵니다."

겐고로는 한마디, 한마디 곱씹듯이 말했다.

"사자님, 너무 장난이 심하지 않은가?"

화난 목소리로 말한 사람은 중신 우두머리인 사카이 다다쓰구였다.

겐고로는 다다쓰구를 흘끗 바라보고 나서 다시 입을 열었다.

"다다쓰구님, 소인은 주군인 다케다의 대리로서 여기에 온 것이옵니다. 장난으로 말할 입장이 아니옵니다."

"그럼 진심이란 말인가? 정말로 신겐님께서 이 이에야스에게 스루가를 주신다는 말씀인가?"

"그러하옵니다."

좌중은 너무도 어이가 없어 입을 딱 벌렸다.

이런 이야기는 들어본 적도 없었다. 목숨을 걸고 손에 넣은 땅을 타국의 영주에게 고스란히 넘겨준다니, 정말 제정신으로 하는 말인가.

'흠, 그런 뜻이었어.'

이에야스는 그제야 사태를 파악하고 입을 열었다.

"신겐님의 뜻은 이런 것이겠지. 먼저 가케가와를 공략해서 함락시켜달라. 그러면 그 대가로 스루가를 주겠다는……."

이에야스의 말에 중신들의 표정이 바뀌었다.

그렇다면 전혀 엉뚱한 이야기는 아니었다. 그러나 그런 제안을 받아들일 수는 없었다. 그런 약속은 늘 허언으로 끝나게 마련이니까.

그러나 겐고로는 고개를 가로저었다.

"아니옵니다, 그런 조건은 없사옵니다. 그냥 스루가를 드리겠다는 말씀이옵니다."

"모를 일이야."

이에야스는 당혹스러웠다.

왜 신겐은 이런 바보 같은 제안을 해오는 것일까?

"준다, 준다 하는데, 도대체 언제 주겠다는 말인가. 백 년 후라면 안 받느니만 못하지 않겠는가, 사자님?"

“그렇지 않사옵니다. 날짜도 이미 정해져 있사옵니다. 사흘 후가 어떠신지요? 슨푸에서 우리 군대를 일거에 물리고 성을 비워드리겠나이다.”

“주군, 함정이옵니다. 무슨 꿍꿍이속이 있음이 분명하옵니다.”

갑자기 다다쓰구가 외쳤다.

“물렀거라, 다다쓰구!”

이에야스가 다다쓰구에게 호통을 쳤다.

“그런 의심을 하시는 것도 무리는 아니지요. 그렇다면 우리 군대가 모두 물러난 후, 성으로 들어오시면 될 것이옵니다. 그래도 마음이 놓이지 않으신다면 감시를 붙여도 좋사옵니다.”

겐고로가 덧붙인 말에 이에야스의 머리는 더욱 혼란스러워졌다.

“고사카님, 아무리 생각해봐도 이해할 수 없네. 그렇게 해서 다케다가에 무슨 득이 되는가?”

이에야스는 솔직하게 물었다.

“걱정해주셔서 감사하옵니다. 그러나 이것 또한 우리 가문에게 득이 되는 일이옵니다. 그러기에 말씀드리는 것이옵니다.”

“스루가를 버리는 것이 ‘득’이 되는가?”

“그러하옵니다. 물론 그것만으로는 득이 될 리가 없지요. 그후의 일이 우리 주군께 득이 되옵니다.”

“?”

이에야스는 도저히 이해할 수 없었다.

이 미남 사자는 도대체 무슨 말을 하고 있는가.

“그후의 일이라면, 무엇을 두고 하는 말인가?”

“그것은 도쿠가와님의 가슴속에 대답이 있사오니, 소인이 말씀 올리지 않아도 될 줄 아옵니다.”

이 부분은 미묘한 문제라, 특별히 세심한 주의를 요하는 일이었다.

겐고로는 이에야스에게 요청할 일이 있다. 그러나 그것을 강요해서는 안 되고, 묻지도 않았는데 일부러 말을 해서 가르쳐주어서도 안 될 일이었다.

이에야스는 그렇듯 상대의 미묘한 호흡을 충분히 이해하고 있었다.

"그럼 고사카님, 이렇게 말해보도록 하겠네. 만일 고사카님이 나 이에야스라면 이 제안을 받아들이겠는가?"

"그 비유는 소인의 권한을 벗어나는 일이라……."

겐고로는 일단 거절한 후에 다시 말을 이었다.

"그런 조건이라면 일단 받아들이겠나이다."

"호오, 그 다음엔 어떻게 하겠는가?"

"가케가와 성의 이마가와에게 사자를 보내겠사옵니다."

"사자의 용건은?"

"우리는 스루가를 보유하고 있다, 이것을 귀하에게 드릴 테니 도토미 동쪽과 교환하지 않겠느냐고 하겠나이다."

이에야스는 눈을 동그랗게 떴다.

중신들 사이에서 경악에 찬 탄성이 터져나왔다.

나라의 교환이란 상상도 못 한 이야기였다. 본 적도, 들은 적도 없는 이야기였다.

'불가능한 일은 아니야.'

그 말을 듣고서야 비로소 이에야스는 그것이 탁상공론만은 아니라는 사실을 깨달았다.

무엇보다 이마가와 우지자네가 이 제안을 받아들일 것이 분명했다.

원래 이마가와의 본거지는 스루가다. 스루가 쪽이 도토미보다 나라도 크고 풍족했다. 아무리 우지자네가 어리석다고 하지만, 이런 지경에 스루가와 도토미를 모두 달라고 하지는 않을 것이다. 도토미의 반을 스루가와 교환할 수만 있다면 그 기쁨은 말로 표현할 수 없을 만큼 클 것이다.

"고사카님, 그러나 만일 내가 이마가와에게 사자를 보내지 않고 스루가에 자리를 잡고 앉는다면 어떻게 하시겠나?"

이에야스는 상대의 심중을 떠보았다.

겐고로가 빙긋 웃으면서 대답했다.

"소인을 놀리지 마시옵소서. 천하제일의 두뇌로 명성이 자자한 군께서 그렇게 하실 리가 없나이다."

"왜 하지 않는다고 하느냐?"

"스루가에는 호조의 병사들이 와 있사옵니다."

겐고로는 먼저 현실적인 문제를 거론했다.

"그러므로 스루가를 손에 넣기 위해서는, 호조와 피를 흘리며 싸워서 이기지 않으면 아니 되옵니다. 또한 동 도토미와 교환하지 않는다면 군의 본국인 미가와, 서 도토미와 새로이 손에 넣은 스루가 사이에 동 도토미라는 적국이 생기지 않사옵니까? 그렇게 언제 협공당할지 알 수 없는 처지에서 어떻게 적과 싸울 수 있겠나이까?"

겐고로의 말 그대로였다.

영지는 하나로 연결되어 있어야 한다. 떨어져 있으면 병사를 파견할 수도, 보급을 할 수도 없게 된다. 영지 사이에 적국이 가로놓여 있으면, 언젠가는 분단되어 남의 손에 빼앗기고 만다.

최악의 경우, 이에야스는 보급로가 차단되어 스루가에 고립되고 말 위험도 있었다. 그렇게 되면 자신의 목숨도 위태롭고, 본국인 미가와조차 위험에 빠지고 만다. 그런 빈틈을 노리고 치고 들어올 작자가 반드시 나타나게 마련이기 때문이었다.

그런 의미에서 멀리 떨어진 스루가보다는, 설령 반쪽짜리 나라라 하더라도 땅이 연결된 동 도토미 쪽이 훨씬 더 가치가 있었다. 그러므로 이에야스에게도 두 나라를 교환하는 것이 이익이었다.

'그렇다면 다케다는 무슨 생각으로?'

이에야스는 그것이 의문스러웠다.

다케다는 무슨 이익이 있어서 이런 제안을 하는 것일까?

그 의문을, 이에야스는 겐고로에게 단도직입적으로 물었다.

"우리에게도 큰 이익이 있사옵니다."

"그 이익이란?"

"이마가와가 슨푸로 돌아온다는 사실이옵니다."

"?"

"솔직하게 말씀 올리자면, 우리에게 가장 곤란한 것은 이마가와가 슨푸 성이 아닌, 가케가와 성에 숨어 있는 것이옵니다."

겐고로는 솔직하게 말했다.

이제 와서 거짓말을 할 필요는 없었다. 속일 이유가 없는 것이다.

'과연 그렇군. 우지자네가 슨푸로 돌아오면 이마가와 구원을 명분으로 출병한 호조도 물러나지 않을 수 없겠지. 신겐은 그런 상황을 만들어놓은 다음, 천천히 스루가를 취할 생각이로군.'

이에야스는 그제야 모든 것을 알 수 있었다.

가케가와 성이 없어진 상황이라면 우지자네는 슨푸 성에서 신겐을 맞아 싸울 수밖에 없다. 더 이상 도망칠 곳이 없기 때문이다.

'이것이 신겐의 이마가와 봉쇄 방책인가. 도대체 누가 이런 묘안을 생각해냈을까?'

신겐일까, 아니면 눈앞의 고사카일까? 아마도 고사카일 것이라고 이에야스는 판단했다. 만일 신겐이라면 벌써 어떻게든 손을 썼을 것이다.

이에야스는 겐고로의 기량을 다시 한 번 가늠해보고 싶었다.

"고사카님, 그럼 다시 한 번 묻겠네. 우리가 나라를 교환하고 도토미 전부를 손에 넣은 후의 일이 되겠지만, 다시 스루가를 원한다면 어떻게 하시겠나?"

"일단 남의 손에 넘겨준 것은 이미 우리 것이 아니옵니다. 그것을 어떻게 사용하든 군의 자유이며, 우리에게 실례가 되는 일도 아닌 줄 아옵니다."

"스루가를 손에 넣겠다는 말이로군. 나더러 손댈 생각일랑 말라는 게지?"

"천부당만부당하신 말씀. 어떻게 감히 소인이 그런 말을 할 수 있겠사옵니까?"

겐고로는 서둘러 손을 흔들며 말을 이었다.

"단지 소인은 도쿠가와 가와 다케다 가가 오래오래 돈독한 우의를 유지할 수 있기를 바랄 따름이옵니다."

"호오, 돈독한 우의라고 했는가? 그건 나도 바라는 바네."

이에야스는 이렇게 말하고 호탕하게 웃었다.

웃으면서도 눈은 웃고 있지 않았다.

겐고로도 마찬가지였다.

이에야스는 전율하지 않을 수 없었다.

'정말 대단한 군략가야. 고사카 마사노부, 정말 무서운 존재로고'

4

겐고로의 공작은 성공적이었다.

하마마쓰 성에서 이에야스의 승낙을 받은 겐고로는 즉시 슨푸로 돌아와, 이번에는 주군인 신겐에게 한 가지를 요청했다.

"관을 불태운다고?"

신겐은 이상한 생각이 들어 다시 확인하듯이 물었다.

스루가라는 한 나라를, 즉 슨푸 성을 비롯한 모든 것을 도쿠가와 이에야스에게 넘겨준다. 그것은 잘 알고 있는 사실이다. 그렇게 결정한 이상, 가능한 한 고스란히 넘겨주어야 상대도 기뻐할 것이다. 은혜를 느끼게 해야 하는 것이다.

그런데도 이 미남 군사는 이마가와가 상주하던 그 관만은 불태워야 한다고 주장하고 있었다.

'성이라면 몰라도……'

신겐은 이런 생각을 하고 있었다.

성이라면 의미가 없는 것도 아니다. 성은 일종의 요새다. 병기의 일종이라 해도 좋다. 그것을 고스란히 적에게 넘겨주어서는 안 된다는 것이 전장의 상식이다. 고스란히 넘겨주면 적은 그것을 이용할 것이기 때문이다.

그러나 이번에는 사정이 달랐다.

이에야스도 적임에는 틀림없지만, 지금 눈앞에 닥친 적은 아니다. 그러므로 성은 그냥 넘겨준다. 나라도 넘겨준다. 그런데 이제 와서 군사적으로 아무 관련도 없는 관을 불태운다는 것이 대체 무슨 의미가 있단 말인가.

"겐고로."

신겐은 그 이유를 물으려고 했다.

그러나 겐고로는 머리를 숙이며 신겐의 말을 가로막아버렸다.

"그렇게 하겠나이다. 그럼 즉시 불을 지르도록 하겠사옵니다."

"……"

신겐은 쓴웃음을 지었다.

'이놈, 나더러 그 의미를 생각해보란 게로군.'

간스케가 살아서 돌아온 것 같았다. 신겐은 그렇게 생각했다. 겐고로만 곁에 있으면, 앞으로의 전략에도 아무런 불안이 없을 것 같았다.

"잘 알아서 해봐."

결국 신겐은 고개를 끄덕이고 말았다.

사흘 후, 도쿠가와와 약속한 대로 다케다 군은 성을 버리고 본국인 가이로 향했다.

도쿠가와 측에서는 슨푸 성을 인수하기 위해, 사카이 다다쓰구가 삼백의 병사를 이끌고 선발대로 나타났다.

겐고로는 갑옷도 걸치지 않은 평복 차림으로, 몇 명의 수행원과 함께 다다쓰구를 맞이했다.

"다다쓰구님, 수고가 많으시오 성내에는 아무도 없으니 들어가셔서 조사해보시기 바랍니다."

"그렇게 하지요"

다다쓰구는 말 위에서 단호한 어조로 말했다.

다다쓰구의 마음이 손에 닿을 듯이 다가왔다. 의심하고 있는 것이다. 아직도 다케다의 술책이 아닌가 의심하고 있는 게 틀림없었다.

슨푸 성을 미끼로 이에야스를 불러내어, 복병으로 하여금 기습 공격을 가하도록 한다. 다다쓰구는 그것을 경계하고 있는 것이다. 처음부터 본군을 보내지 않고, 병사 삼백 명만을 데려온 것이 그 증거였다.

다다쓰구는 만일 이것이 다케다의 책략이라면 이 자리에서 죽을 각오를 하고 있는 것이었다. 그러나 가볍게 목을 내줄 수야 없다. 비록 상대가 되지 못한다 하더라도 끝까지 싸울 생각이었다. 그러나 질 수밖에 없는 싸움이라 많은 병사를 데리고 올 수도 없었다. 그래서 삼백 정도를 거느렸던 것이다. 이 정도면 사무라이로서 부끄럽지 않게 저항할 수 있고, 성에서 농성전을 펼칠 수도 있다.

다다쓰구는 그런 생각으로 이 정도의 병력을 거느리고 온 것이었다. 그 다다쓰구가 성내에서 무엇을 중점적으로 조사를 벌일지도 겐고로는 알고 있었다.

우선 성내에 복병이 없는지 철저히 조사할 터였다. 그리고 망루에 올라 주위를 둘러본다. 또, 척후병을 보내 다케다 본군의 철수를 확인한다. 기습을 방지하기 위해서다.

나아가 성벽이나 해자가 무너지지는 않았는지 조사하고, 군량은 충분히 저장되어 있는지 살핀다. 그리고 성문을 굳게 닫고, 들판에 진을 치고서 경계하고 있는 이에야스에게 봉화를 올려 입성을 알린다.

아마도 겐고로 일행은 거지처럼 성에서 쫓겨나리라.

겐고로의 예상대로였다.

"고사카님, 수고가 많았소 이 성을 아무 이상 없이 인수하였소이다. 주군 도쿠가와님을 대신하여 말씀드리오 다케다님께 인사를 전해주시오"

말은 정중했지만 다다쓰구는 성내에 서 있었고, 겐고로는 이제 쫓겨날 사람으로 성문 밖에 서 있었다.

인정사정이 없었다. 성문은 그 말이 끝나기가 무섭게 닫혀버렸다.

겐고로는 말을 성문 밖에 매둔 것만도 다행이라고 생각했다.

"너무 무례하지 않은가요?"

함께 있던 소지로가 물었다. 소지로는 겐고로 누나의 아들로, 겐고로의 옛날 성姓인 가스가를 쓰고 있었다. 아내와 자식이 없는 겐고로는 언젠가 고사카 가문을 소지로에게 물려줄 생각이었다.

이제 막 스물을 넘은, 이목구비가 수려한 젊은이였다.

“괜찮다. 대장이라면 몰라도 일개 사무라이의 태도로는 훌륭하다고
봐야 해.”

“?”

“사무라이는 전투 상황을 무엇보다 염두에 두어야 하는 거란다. 적
에게 뒤를 보이지 않아야 해. 예의는 그 다음에 차리면 되는 게야.”

겐고로는 말에 올라탄 다음, 큰 소리로 성을 향하여 외쳤다.

“다다쓰구님, 한 가지 잊은 게 있소이다!”

“무엇이오?”

아니나다를까, 문 바로 곁에서 소리가 들려왔다.

문을 닫았다고 해서 금방 자리를 뜰 다다쓰구가 아니었다. 여전히
겐고로에 대한 경계심을 풀지 않고 귀를 쫑긋 세우고 있었던 것이다.

“정말 죄송한 일이지만, 깨끗이 넘겨주어야 할 이마가와 관을 불태
우고 말았소이다. 정말 애석한 일이오. 군께 잘 말씀드려 주시오.”

“잘 알았소.”

다다쓰구는 별로 불쾌해하는 것 같지도 않았다.

성만 무사히 받으면 그만이었다. 관이 그대로 있으면 좋겠지만, 없
어도 상관없는 일이다. 가까운 절을 사용하면 그만이기 때문이었다.

다다쓰구에게는 그리 중요한 문제가 아니었다.

“꿈만 같구나, 이 성을 그냥 손에 넣다니.”

이에야스는 성에 들어서자마자 망루에 올라 사방을 둘러보았다.

남쪽으로 뻗은 드넓은 바다, 그 뒤로 후지 산이 보였다. 그리고 눈앞
으로 넓은 평야가 펼쳐져 있었다. 하늘과 땅의 축복을 받은, 풍성한 나
라였다.

“주군, 이 성을 그냥 이마가와의 꼬맹이에게 넘겨주기는 정말 아깝

사옵니다.”

다다쓰구의 독기 어린 말에 이에야스는 쓴웃음을 지었다.

“우지자네는 스루가와 도토미, 두 나라를 다스리는 태수가 아니시냐? 님이라는 존칭을 쓰도록 해라.”

“아니옵니다. 그런 멍청이는 꼬맹이라 불려 마땅하옵니다.”

다다쓰구는 고집을 부렸다.

미가와의 마쓰다이라 가는 이마가와 가에 대해 한을 품고 있었다. 골수까지 맺힌 한이었다. 옛날의 마쓰다이라 가문은 이마가와 가의 주구走狗였다. 원래는 독립된 영주였지만, 힘이 부족하여 이마가와 가의 지배하에 들어갔던 것이다.

이마가와 가의, 마쓰다이라 가에 대한 조치는 너무도 가혹했다. 전쟁이 벌어지면 항상 최전선에 배치되었고, 전사율이 높은, 가장 곤란한 역할을 담당해야만 했다. 옛날, 이에야스 영주의 이름은 마쓰다이라 모토노부(松平元信)였다. 이마가와의 군주인 요시모토로부터 모토(元)라는 한 자字를 하사받았고, 그 일족의 나이든 여자와 인연을 맺어야 했다. 굴욕과 인종의 세월이었다.

그것이 단번에 역전되고 말았다.

1560년(에이로쿠 3년) 5월, 이마가와 요시모토가 오다 노부나가의 기습을 받아, 오와리의 덴가쿠하자마에서 이슬처럼 사라져버렸다. 그 요시모토의 횡사 덕분에 미가와 마쓰다이라 가문은 다시 독립된 영주의 직위를 되찾을 수 있었다.

이제는 이마가와에게 머리를 숙일 필요도 없어졌다.

이름도 성도 고쳐 도쿠가와 이에야스라 칭하고, 이마가와 가와 절연하고 오다 가와 동맹을 맺었다. 오히려 지금은 이마가와를 핍박할 수 있는 위치에 있었다.

옛날, 무릎을 꿇고 바라보아야 했던 주인의 성을 손에 넣었다.

이에야스와 다다쓰구는 북받치는 감정을 억누를 수 없었다. 그런 만큼 다다쓰구는 이 성을 놓치고 싶지 않았다. 저주스런 요시모토의 아들인 우지자네에게 고스란히 이 성을 넘겨줄 필요는 없다고 생각했다.

"돌려주는 것이 아니다. 바꾸는 게야."

이에야스는 이렇게 말했다.

다다쓰구는 물론 그런 사실을 잘 알고 있었다. 애당초 그렇게 결정되어 있던 일이었다. 그러나 성으로 들어서고 보니 아깝기 그지없었다.

"고사카의 말을 잘 새겨보도록 해라. 다다쓰구, 영지란 하나로 연결되어야 가치가 있는 게야."

이에야스가 타이르듯이 말했다.

스루가에 대한 욕심 때문에 이 성에 머문다고 해서 이 나라가 손에 들어오는 것은 아니었다. 오히려 본국인 미가와와 차단되어, 적국에 의해 무슨 봉변을 당할지 모를 일이었다.

다다쓰구는 고개를 끄덕였다. 이에야스도 다다쓰구의 기분을 모를 리가 없었다.

옛날, 파리를 보듯이 자신들을 취급했던 이마가와 사무라이, 그 이마가와 사무라이에게 복수하기 위해서는 스루가를 취하는 것이 가장 좋았다. 도토미도 이마가와의 영지임에는 틀림없지만, 역시 스루가에 비해 상당히 격이 떨어지는 곳이었다.

이마가와 가는 명문이다. 아시카가 쇼군의 일족이다.

만일 미야코의 쇼군 가에서 대가 끊어지면, 그 뒤를 이을 가문이 바로 이마가와라는 말이 떠돌 정도다. 더욱이 비옥한 스루가와 도토미를 보유하고, 해산물과 금광도 있어서 재력으로도 어느 영주 못지않다.

이에야스는 소년 시절, 인질로 이마가와 관에 끌려왔을 때를 잊지 못했다. 굴욕적인 일이었다. 그러나 이마가와 관의 위용은 정말 대단했다.

이마가와 사무라이는 그 관을 고쇼(御所)라고 불렀다.

고쇼란 본래 천자가 사는 집을 일컫는 말이다. 이마가와 관은 고쇼라 불리기에 합당할 정도로 화려하고 우아한 건축물이었다. 실제로 미야코에 있는 진짜 고쇼가 난세를 맞이하여 폐허로 변해가고 있음에 비해, 이 이마가와 고쇼는 일국에서 가장 잘 정비된 어전御殿이었다.

그 어전의 정청에서, 이마가와 요시모토는 귀족의 정장 차림으로 군림하고 있었다. 에보시(烏帽子 : 귀족의 모자)를 쓰고, 노우시(直衣 : 귀족의 평복)를 입고, 이를 검게 물들이고 있었다.

그 정원에는 미야코의 귀족들이 초대되어 축국 蹴鞠 을 즐겼다.

머리가 둔해서 바보 취급을 받는 이마가와 우지자네도 축국 하나만큼은 잘했다. 이에야스는 어린 시절부터 우지자네를 잘 알고 있었다. 인질이었던 이에야스는, 어린 우지자네의 놀이 상대가 돼주어야 했다.

불쾌할 때도 없진 않았지만, 이마가와 신하들에 비해 우지자네는 악의를 내비치지 않았다. 그 우지자네는 그저, 사람 좋고 착한, 귀족 가문에서 태어나 곱게 자랐으면 행복했을, 그런 사람에 지나지 않았다.

다다쓰구는 그 아버지인 요시모토에 대한 감정 때문에 우지자네를 미워했지만, 그 본성을 잘 알고 있는 이에야스는 우지자네를 미워하고 싶지 않았다.

'그저 축국과 사치를 좋아하고, 마음이 여린 사내일 뿐이다.'

그렇기 때문에 이번 계략도 성공할 수 있었다.

이에야스가 정중히 예를 갖추고 스루가와 도토미를 교환하자고 하면, 우지자네는 두말없이 그러자고 할 것이다.

'흠, 고사카 놈, 여기까지 읽고 있었어.'

이에야스는 문득 이런 생각을 했지만, 설마 싶어 그 생각을 지워버렸다. 이에야스와 우지자네의 교류, 그리고 두 사람 사이의 미묘한 감정. 그것을 시나노 사람인 고사카가 알 리 없지 않은가.

이에야스는 다다쓰구를 가케가와 성에 파견할 사자로 명했다.

"명심해서 이렇게 말하도록 해라. 이마가와님과 죽마고우였던 이에야스의 손에 스루가가 있다고 만일 원한다면 가케가와 성과 바꾸어도 좋다고 말이다."

"과연 믿어줄지?"

다다쓰구는 오직 그것이 불안했다.

"정 필요하다면 인질을 낼 수도 있지만, 그럴 필요는 없을 게다. 우지자네도 찬성할 게야."

"……."

"빨리 고향으로 돌아오고 싶은 마음이지. 우지자네는 하루라도 빨리 이 스루가로 돌아와 관의 정원에서 축국을 즐기고 싶을 게야. 원하는 거라곤 그것밖에 없는, 기특한 사람이지."

이런 말을 하는 이에야스도 어이가 없다는 듯이 쓴웃음을 지었다.

다다쓰구는 안됐다는 듯이 말했다.

"그건 뜻대로 안 될 것이옵니다."

"응? 왜 안 된다는 게냐?"

"관에 불이 나서 타버렸다고 하옵니다."

"뭐라고! 그걸 왜 이제야 아뢰느냐?"

이에야스가 놀란 목소리로 물었다.

"고사카가 돌아가면서 그런 말을 했사옵니다."

"다다쓰구, 왜 빨리 아뢰지 않았느냐?"

"정말 죄송하옵니다. 그렇지만 관이야 불탄들 아무 상관없는 일이 아니옵니까?"

다다쓰구가 의외라는 듯이 되받았다.

이 나라는 곧장 이마가와의 손으로 넘어가게 되어 있지 않은가. 관을 잃었다 한들, 돈을 들여 다시 세우는 것은 이마가와 가의 일이었다. 도쿠가와 가는 한푼도 손해를 보지 않는다.

그러나 이에야스는 혀를 끌끌 찼다. 실화失火라는 것은 구실에 불과할 것이다. 신겐이 그런 행동을 허락할 리가 없었다. 다케다 가에는 희대의 책사인 고사카가 있지 않은가.

'고사카가 불태웠을 것이다. 그렇지만 무슨 이유로?'

이에야스는 자문해보았다. 그리고 그 대답을 알았을 때, 분노하기보다는 먼저 감탄하지 않을 수 없었다.

"주군, 왜 그러시나이까?"

"고사카 놈, 왜 성을 놔두고 관을 불태웠는지 이유를 알겠느냐?"

"예……?"

다다쓰구는 영문을 몰라 말꼬리를 높였다.

이에야스가 벌레 씹은 표정으로 말했다.

"우지자네가 여기에 돌아오면 틀림없이 이렇게 말할 게다. 난 성 따위에 살기 싫다, 빨리 관을 다시 세워라, 하고 말이야. 그것도 원래의 고쇼와 똑같은 건물로"

"그렇지만 주군, 그렇게 하면 곤란하옵니다."

"뭐가 곤란하다는 게냐?"

이에야스가 신하의 얼굴을 노려보며 물었다.

"이마가와 가로서는 나라 하나를 잃어버린 위기 상황이라 할 수 있사옵니다. 그렇다면 아무 쓸모도 없는 관을 짓기보다는 스루가 일국을 안정시키는 데 힘을 모아야 할 것이옵니다. 그런 곳에 돈을 쓸 바에야

토착 사무라이에게 뿌리거나, 활과 철포鐵砲를 사들여 군비를 갖추어야 할 것이옵니다.”

“그건 맞는 말이다. 평범한 무장이라면 그렇게 할 게야. 그러나 자네는 우지자네를 모르고 있어. 그는 철포를 사는 것보다 축국에 관한 책을 살 게야. 그런 사내지. 틀림없이 이곳으로 돌아오자마자 관을 재건하도록 명할 게야. 그렇다면 다다쓰구, 어떤 일이 벌어지겠느냐?”

“어떤 일?”

“그것도 모르겠느냐!”

이에야스는 화난 듯한 목소리로 말을 이었다.

“요즘 들어 전쟁을 벌이느라 이마가와 가의 재정은 그리 좋지 않을 것이다. 당연히 백성과 토착 사무라이들로부터 세금을 거두고 일손을 징발해서, 이렇게 위급한 상황에 그런 말도 안 되는 건축을 시작할 게야. 자네가 이마가와 가의 관리라면 어떻게 할 것이냐? 이런 주군은 믿을 수 없다고 떠나지 않겠느냐?”

“주군, 소인은 죽는 한이 있어도 주군을 배신하지 않을 것이옵니다!”

다다쓰구가 처절한 목소리로 외쳤다. 이에야스는 어이가 없었다.

“그냥 비유해서 하는 말이다. 자네가 이마가와의 사무라이라면 어떻게 할 것인가를 묻고 있는 게야.”

“역시 믿을 수 없는 주군이라 생각하고 떠날 것이옵니다.”

다다쓰구는 괴로운 목소리로 대답했다.

“그게 바로 관을 불태운 고사카의 목적이란 말이다.”

이에야스의 말에 다다쓰구는 눈알을 뒤룩거리며 되받았다.

“그, 그럼, 고사카는 처음부터 그것을 노리고 관에 불을 질렀단 말씀이옵니까?”

이에야스는 고개를 끄덕였다.

평범한 무장이라면 절대로 그런 행동은 하지 않는다. 즉, 관을 불태워도 아무 소용이 없다. 그러나 우지자네에게는 효과가 있었다. 그런데 고사카는 어떻게 그런 예상까지 할 수 있었을까?

예측할 수 있는 것은 하나뿐이었다.

고사카는 우지자네의 성격과 기호를 철저히 알고 있다는 것. 분명 세심하게 조사했을 터였다. 그 조사를 바탕으로 수를 쓴 것이다.

'신겐 놈, 좋은 신하를 두었어.'

이에야스는 진심으로 부러워했다.

속임수

1

세이노스케는 다키가와 가즈마스의 안내를 받아, 오다 노부나가의 본거지인 기후(岐阜)로 들어섰다.

세이노스케는 여태 이렇듯 넓고 번화한 거리는 본 적이 없었다.

"가즈마스님, 오늘이 무슨 축제날이라도 되는가?"

세이노스케는 궁금해서 견딜 수가 없었다. 이렇게 번화하고 사람이 북적대는 거리라니, 보통 축제가 아닌 것 같았다.

가즈마스가 웃으며 말했다.

"그럴지도 모르지. 이 성 아래는 매일이 축제니까 말이오"

세이노스케는 보았다. 세상의 모든 물건이 저잣거리에 나와 있는 것을. 큰 말에서 작은 바늘까지. 게다가 여기저기 몸을 파는 여자들도 보였다.

시나노와 가이에서는 열흘에 한 번 정도 장터를 볼 수 있을 뿐이고,

축제는 거의 찾아볼 수도 없었다.

그리고 성을 보고 나서, 세이노스케는 다시 한 번 벌어진 입을 다물지 못했다. 평야 속에 맑은 물이 흐르는 냇가가 있고, 그 곁에 우뚝 솟은 바위산. 그 바위산 위에 지금까지 본 적도 없는, 이상한 건물이 하나 서 있었다.

그것은 중국의 옛날이야기 속에서나 나옴직한 산성이었다.

'신겐과는 차원이 다르군.'

적어도 재력에 있어서 그랬다. 신겐은 이렇게 풍요로운 거리를 가지고 있지 않았다. 또한 이렇게 큰 성도 없었다.

'이 정도면 이길 수 있을지도 몰라.'

세이노스케는 점점 흥분되어갔다. 평생의 소원이 신겐을 쓰러뜨리는 일이었다. 그 바람을 이루어줄 무장이 여기에 있을지도 모른다.

산기슭의 저택으로 들어서는 순간, 세이노스케는 그 멋들어진 내부 장식을 보고 세 번째로 놀랐다. 문과 천장에는 화려함의 극치를 보여주는 원색 그림이 그려져 있었다. 이렇게 화려한 건물은 세상에 태어나서 처음 보았다.

"너무 놀라지 마시오"

가즈마스는 세이노스케와 나란히 거실에 앉았다.

"가부키¹⁾를 즐기시는 분이라오"

"가부키?"

세이노스케는 의아한 표정을 지었다.

가즈마스는 고개를 끄덕이며 설명했다.

"요즘 유행하는 말이지. 이렇게 특별히 화려함을 좋아하는 것을 그

---

1)가부키(傾き) : 이 시대에 유행한 속된 풍속. 화려하고, 일탈적이고, 방탕한 것을 멋으로 여기는 풍속. 가부키(歌舞伎)도 여기서 비롯되었다.

렇게 말한다오. 주군께서 가부키를 좋아하신다는 것, 명심해두는 게 좋을 거요."

잠시 후 노부나가가 나타났다. 노부나가는 귀인답지 않게 빠른 발걸음으로, 시종 한 명만을 데리고 상좌에 앉았다.

"저자가 세이노스케인가?"

약간 새되고 공기를 날카롭게 가르는 듯한 음성이었다.

"핫, 모치즈키 세이노스케이옵니다."

가즈마스는 바닥에 넓죽 엎드린 채 대답했다.

"세이노스케라고 했느냐? 자아, 어서 고개를 들어라."

바닥에 넓죽 엎드려 있던 세이노스케는, 고개를 들고 처음으로 노부나가의 얼굴을 똑바로 쳐다보았다.

가부좌를 틀고 앉아 있었다.

근육질의 몸을 적색과 갈색 줄무늬 평상복으로 감싸고, 번뜩이는 눈동자로 이쪽을 뚫어져라 응시하고 있었다. 나이는 서른여섯이라고 하니 세이노스케보다 다섯 살 아래지만, 나이보다 훨씬 젊어 보였다.

"자네는 신겐을 잘 알고 있다고 하던데, 사실인가?"

"그러하옵니다. 사자로서 만난 적이 있사옵니다. 그후 전장에서 몇 번 마주친 적이 있나이다."

"흠, 그랬군. 그래, 신겐은 어떤 놈인가?"

노부나가는 단도직입적으로 물었다.

"속이 검은 사내이옵니다."

세이노스케는 주저 없이 대답했다.

노부나가는 무슨 일이든 우물쭈물하는 것을 가장 싫어하는 성격임을 간파했기 때문이다. 과연 세이노스케의 생각이 맞아떨어졌다.

"속이 검다고, 그 외에는?"

노부나가가 담담한 표정으로 물었다.

"영리한 자이옵니다. 또 다른 것이라면, 희대의 난봉꾼으로……."

"여자를 좋아하는군. 자네의 옛 주인인 스와 요리시게님의 따님도 그 독니에 물렸다지?"

"……."

세이노스케는 별로 기분이 좋지 않았다. 그 문제만큼은 새삼 거론하고 싶지 않았던 것이다.

노부나가가 웃음을 거두고 다시 물었다.

"자네의 평생 소원은 신겐을 쓰러뜨리고 다케다 가를 멸망시키는 일이라 들었는데, 그게 사실이냐?"

헛된 말은 절대로 허락지 않겠다는 단호한 어조였다.

"그러하옵니다."

세이노스케는 가슴을 펴고 노부나가를 정면으로 쏘아보며 당당하게 말했다.

"그렇다면 이 노부나가에게 충성을 다하라. 신겐을 쓰러뜨릴 사람은 이 노부나가뿐이니까."

"과연 믿어도 되는 말씀이시온지요?"

세이노스케는 일부러 도발적인 말을 던져보았다.

가즈마스는 두근거리는 가슴으로 두 사람의 대화를 지켜보았다.

노부나가가 세이노스케를 흘끗 보더니 호탕한 웃음을 터뜨렸다.

"제법이야, 마음에 들었어. 믿어도 돼. 나는 한번 던진 말은 반드시 실행하는 사람이다. 신겐이 나에게 머리를 숙이고 말고삐를 끈다면 목숨만은 살려줄 수 있지."

세이노스케는 그 말이 떨어지자마자 바닥에 두 손을 짚었다.

"모치즈키 세이노스케, 주군을 위해 목숨을 바치겠사옵니다."

"호오, 그래, 정말 잘 생각했다. 잔을 가지고 오너라."

세이노스케와 술잔을 나누고, 노부나가는 기분 좋게 말했다.

"일단 봉록은 이백 관으로 하마. 신분은 나의 직속으로 한다. 단, 자네는 여기 있는 다키가와 가즈마스에게 맡기겠다. 앞으로 모든 일은 가즈마스의 지시에 따르도록 하라."

"명을 받들겠나이다."

세이노스케는 머리를 숙이며 명을 받아들였다.

"정말 축하할 일이야."

가즈마스도 축복해주었다.

"자네는 지금이라도 당장 다케다를 치고 싶겠지만, 아직 때가 아니야. 잠시 가즈마스를 따라 이세 정벌에 전념하라. 언젠가는 때가 올 것이야. 그러나 그때까지 우리가 다케다 공략의 뜻을 가지고 있다는 사실을 절대로 다른 곳에 누설해서는 안 되느니라."

노부나가는 세이노스케와 가즈마스, 두 사람에게 명했다.

"명을 받드옵니다."

가즈마스가 대표로 대답했다.

노부나가는 만족스럽게 고개를 끄덕이고, 이번에는 세이노스케를 향해 말했다.

"나도 곧 이세로 갈 것이다. 자네의 솜씨를 한껏 발휘해보도록."

2

노부나가가 팔만의 대군을 이끌고 기후를 출발한 것은 그해 8월 20일의 일이었다. 오다 군은 오와리 교스(淸洲)에서 이세의 구와나(桑名)로 들어가, 사흘 후에는 시라코(白子)를 거쳐 고즈쿠리 성으로 들어섰다.

행군 도중에 비가 내리기 시작하여, 사람이고 말이고 흠뻑 젖어 있었다. 세이노스케도 가즈마스 군대의 일원으로 종군하고 있었다. 오다가에 들어가면서 새로운 부하 몇 명을 고용했다.

그 가운데에는 기산타라는 젊은이도 있었다. 세이노스케가 고즈쿠리의 후유 공주를 구출했을 때, 성으로 달려가 심부름해주었던 젊은이였다. 발이 빠르고 영리하다는 것을 간파하고, 세이노스케는 기산타를 설득하여 부하로 받아들였다.

"기분 나쁜 비로군."

세이노스케는 뿌연 길을 돌아보며 입을 열었다.

"올해는 비가 많은 것 같습니다."

기산타가 말했다.

"이 비는 오래 내릴 게야."

"어떻게 그걸 아십니까?"

"몸이 아프니까."

"?"

세이노스케는 오른쪽 어깨를 주무르며 말했다.

"칼에 베인 곳도 아프지만, 맞은 곳이 더 아프지. 가능한 한 상처를 입지 않도록 해라."

"전장에 나서면 그렇게 되지 않겠지요."

기산타는 하얀 이를 드러내며 되받았다.

"그럴지도 모르지."

팔만 대군이 고즈쿠리 성에 모두 들어간다는 것은 불가능한 일이었다. 입성하여 비를 피할 수 있는 사람은 노부나가와 그 측근들 정도였다. 성주인 도모마사도 노부나가에게 관을 비워주고, 그 자신은 다른 곳에 머물고 있을 터였다.

가즈마스 일행은 얼마 전에 세이노스케와 가즈마스가 만났던 절을 중심으로, 몇 군데의 마을에 나뉘어 들어갔다. 숙소로 변한 절과 민가에 이미 돈을 지급했다는 말을 듣고, 세이노스케가 놀라서 가즈마스에게 물었다.

"가즈마스님, 오다 가에서는 이럴 경우에 얼마를 지급하오?"

"늘 지불하지는 않소. 그러나 앞으로는 이곳도 우리 오다 가의 영지가 될 테니 백성에게 돈을 지불한다고 손해볼 건 없지. 시나노에서는 그렇게 하지 않소?"

"그렇게 하고 싶어도 돈이 없소."

세이노스케는 솔직하게 대답했다.

그런 돈이 있으면 말과 철포를 살 것이다. 시나노의 경제는 그다지 풍족하지 못했다. 아직도 물물교환이 널리 행해지고 있었다. 그러나 쌀의 경우를 보아도, 원정을 떠날 때 백성들에게서 갹출하는 경우는 있어도, 거꾸로 지불하는 경우는 상상도 할 수 없었다.

'경제가 달라. 전혀 차원이 달라.'

세이노스케는 비로소 절감했다. 듣는 것과 보는 것이 이렇게 다를 줄은 몰랐다. 백문이 불여일견이라는 말을 실감하는 순간이었다.

세이노스케가 또다시 놀란 것은, 오와리에서는 백성에 이르기까지 하루에 세 끼를 먹는다는 사실이었다. 시나노와 가이에서는 점심이란 것이 없었다. 전투 때에 한해서 도시락이 나오는 것이 고작이다. 그런데 이 나라의 백성은 늘 세 끼를 먹고 있었다. 그것도 쌀밥으로.

시나노에서는 메밀이나 피 같은 잡곡을 먹지만, 부족한 실정이었다. 이렇듯 엄청난 격차를 두 나라 백성들은 서로 모르고 있었다.

이야기는 들은 적이 있었다. 그러나 두 눈으로 볼 때까지는 믿어지지 않았다. 한편, 이 나라의 백성들은 시나노와 가이의 백성이 그렇게 가난할 줄은 상상도 못 하고 있을 터였다.

"그렇군. 그렇다면 돈으로 사들이는 것도 하나의 방법이 되겠어."

가즈마스가 중얼거렸다.

"음?"

무슨 뜻인지 몰라 의아해하는 세이노스케에게, 가즈마스가 정색을 하고 말했다.

"시나노, 가이, 두 나라를 돈으로 사들인다는 말이오."

"설마?"

"안 될 것도 없지."

가즈마스가 농담을 하고 있는 것 같지 않았다.

이런 잡담을 주고받고 있는데, 성주인 고즈쿠리 도모마사의 사자가 찾아왔다. 얼굴을 아는 야스모토 민부였다.

"세이노스케님, 오랜만이오."

민부가 고개를 숙였다.

세이노스케도 고개 숙여 인사를 했다. 오다 가에 들어온 이래로, 세이노스케는 다키가와 가즈마스의 본거지인 가니에(蟹江) 성에 있었던 것이다. 고즈쿠리 성은 석 달 만이었다.

"성주께서 꼭 한번 만나고 싶어하시오. 같이 가지 않겠소이까?"

"아니오, 지금은 행군 중이라서."

세이노스케는 거절했다.

세이노스케는 오다 가에 들어와서 아직 한 번도 전투를 해보지 않았지만, 오다 군의 별동대는 이미 기타바타케의 성을 공략하고 있었다. 그 가운데에서도 기노시다 도키치로 히데요시(木下藤吉郎秀吉 : 후일의 도요토미 히데요시)가 이끄는 부대는 아사카 성을 함락했다.

“괜찮소.”

의외로 가즈마스가 그러라고 권했다.

“그렇지만 가즈마스님.”

오다 군의 군기는 엄격했다. 전쟁 중에 제멋대로 이탈하는 사무라이는 군기 위반으로, 무조건 참형으로 다스리게 되어 있었다. 그것을 잘 알고 주의를 준 사람이 바로 가즈마스 자신이 아니었던가.

“괜찮소. 이 건에 대해선 이미 주군의 허락을 받아두었소.”

“주군의?”

세이노스케는 점점 더 이해할 수 없었다.

가즈마스가 빙긋 웃으면서 말했다.

“괜찮으니 다녀오시오. 이렇게 비가 오니 내일 출발도 늦어질 게요.”

“?”

고개를 갸웃거리면서도 세이노스케는 민부를 따라가기로 작정했다. 민부는 세이노스케를 성 아래에 있는 호농豪農의 저택으로 안내했다.

노부나가를 위해 성을 비워준 고즈쿠리 도모마사는 그 대신 이 집을 빌려 쓰고 있었다.

“이쪽이오.”

민부는 세이노스케를 안방 깊숙한 곳으로 안내했다.

“세이노스케님을 데리고 왔사옵니다.”

세이노스케는 놀랐다. 거기에는 고즈쿠리 가문의 중신은 한 사람도 없었고, 군주인 도모마사와 그의 딸인 후유가 있을 뿐이었다.

“잘 왔네.”

도모마사는 그 온후한 얼굴에 웃음을 가득 담고, 세이노스케를 환영해주었다.

“성주께서도 건강하셨사옵니까?”

세이노스케는 헤어진 후의 과정에 대해, 인사를 겸해서 상세히 이야
기했다.

"후유 공주도 건강하셨소?"

후유는 입을 삐쭉 내밀며 얼굴을 돌려버렸다. 화가 난 모양이었다.

"후유는 세이노스케님이 뭘 하고 지내시는지 전혀 몰랐어요."

"……."

"세이노스케님은 바로 코앞에 계시면서도 편지 한 장 없었잖아요."

"어허, 손님에게 무례하게 무슨 말버릇이냐? 세이노스케님은 이제
막 새로운 주군을 모시게 되어 바쁜 몸이야. 더구나 가풍이 엄하기로
소문난 오다 가가 아니냐. 고생도 심할 게야."

도모마사가 딸을 달랬다.

"이해해주시니 정말 감사하옵니다."

세이노스케가 머리를 숙였다.

"자아, 한 잔 들지, 그래. 후유, 빨리 술을 따라야지."

"난 몰라요!"

"그러다가 세이노스케님이 널 싫어하면 어떡하려고?"

도모마사가 이렇게 말하자 후유는 못이기는 척 주전자를 들어올려,
도모마사와 세이노스케의 술잔에 술을 따랐다.

"어떠신가, 오다 가의 신하가 된 기분이?"

"하루하루 놀라운 일뿐이옵니다. 시나노의 산원숭이에게는 너무 눈
부신 곳이옵니다."

"호오, 눈부시다?"

"모든 것이 풍성한 데 놀랐나이다. 마음속까지 햇살이 비추는 것 같
은 느낌이옵니다. 이세와 오와리에는 바다도 있고 따스한 나라여서 정
말 부럽사옵니다."

“아, 그런 뜻이었나?”

“그러고 보니 이 술도 맛있사옵니다. 아무래도 쌀이 좋기 때문이 아닐까 합니다만. 시나노는 작황이 나빠서 술을 빚을 때에도 좋은 쌀을 사용할 수 없나이다.”

세이노스케는 술잔을 두 손으로 받쳐들고 물끄러미 술을 내려다보았다.

“그렇구면. 그럼 병사들은 어떠한가?”

“병사라니요?”

“흠, 군대 말일세. 가이와 시나노 병사 한 사람은 타국의 세 사람에 비할 수 있다고들 하더구면.”

도모마사의 물음에 세이노스케는 대답을 망설였다.

그 말을 긍정한다는 것은 오다 가와 고즈쿠리 가의 병사를 얕보는 셈이 되기 때문이었다. 그러나 거짓말은 할 수 없었다.

“이쪽 병사들이 훨씬 약해 보이옵니다.”

“약하겠지.”

도모마사는 이미 예상했다는 듯이 빙긋 웃었다.

사실, 오다 가에 몸을 의탁한 세이노스케를 실망시킨 것도 바로 그 점이었다. 신겐과 자웅을 겨루기 위해서는 다케다 기마 군단과 싸워서 이기지 않으면 안 된다. 그러나 세이노스케가 보기에는, 오다 가의 기마대는 도저히 다케다의 적수가 아니었다. 물론 아직 싸우는 것을 본 적은 없었다. 그러나 행군하는 모습만 보아도, 세이노스케와 같은 역전의 용사는 한눈에 알아볼 수 있었다.

‘이래서야 언제 신겐과 싸울 수 있을지⋯⋯.’

유일한 방법은 노부나가가 미야코를 장악하고 비옥한 나라를 많이 거느린 후, 많은 병사를 훈련시켜 수적인 우세를 확보한 다음에 다케다 군과 싸우는 것뿐이었다. 다행히 가이와 시나노, 두 나라는 오와리나 이세에 비한다면 가난하기 짝이 없는 나라였다. 이 두 나라에 머무는 한 다케다 가의 힘도 별 게 아닐 것이다.

'절대 스루가를 주어서는 안 된다. 스루가를 손에 넣으면 다케다의 힘에 경제력까지 가세하게 된다. 그랬다가는 심각한 사태가 벌어진다.'

세이노스케가 멍하니 이런 생각을 하고 있는데, 도모마사가 갑자기 자세를 고쳐 앉으며 입을 열었다.

"그런데 세이노스케님, 꼭 부탁할 말이 있다네."

"무슨 말씀이시온지?"

도모마사는 흘끗 딸의 얼굴을 바라보더니 다시 입을 열었다.

"내 딸을 받아주지 않겠나?"

"!"

세이노스케는 놀란 눈으로 후유를 보았다.

후유는 부끄러운 듯이 고개를 숙였다.

"어떠신가? 버릇없는 딸이지만, 승낙해주지 않으시겠나?"

"아버님, 버릇이 없다니요!"

후유의 항의에 도모마사는 쓴웃음을 지으며 말했다.

"이런 딸이라네."

"도모마사님, 왜 소인에게?"

"흠, 이 말괄량이가 말일세, 시집을 가고 싶다지 않은가? 이런 일은 처음일세. 나도 이번 기회를 놓치고 싶지 않다네. 그리고 세이노스케님, 이 건에 대해서는 이미 오다님의 승낙을 받아두었네."

"주군의 승낙을!"

세이노스케는 놀라지 않을 수 없었다.

"흠, 오다님도 축하할 일이라고 하시며, 반드시 성사시키도록 하라고 하셨네."

"그, 그러나 소인 같은 자가 어떻게 성주의 따님을……."

세이노스케가 당혹스런 표정으로 말했다.

"세이노스케님은 이 후유가 싫으신가요?"

후유가 세이노스케를 뚫어져라 쳐다보며 물었다.

"아니, 그게 아니라……."

세이노스케는 머뭇거렸다.

"어떠신가, 세이노스케님?"

도모마사가 다시 물었다.

"예……."

세이노스케는 필사적으로 구실을 찾아보았다.

후유가 싫은 것은 아니었다. 단지, 신겐의 목을 따는 것을 평생의 목적으로 살아가는 자신이, 마흔을 넘은 나이에 이제 와서 젊은 아가씨를 색시로 맞이한다는 것이 어울리지 않다고 생각했기 때문이다.

"언제 전장의 이슬로 사라질지 모를 소인이라……."

"그건 우리도 마찬가지라네. 그런 걸 마음에 둔다면 이런 난세에 누가 장가를 들 수 있겠나?"

도모마사의 말이 옳다. 세이노스케는 할말을 잃고 말았다.

3

"그래서 어떻게 했소?"

가즈마스가 목을 쭉 빼고 물었다.

"일단 생각해보겠다고 했소"

세이노스케의 대답에 가즈마스는 어이가 없었다.

"뭘 그리 망설이시오? 이렇게 좋은 기회가 어디 있다고 명문의 딸이 아니오? 게다가 젊고 내가 대신 차지하고 싶은 심정이구먼."

"그럼 드릴까?"

"무슨 그런 농담을 하시나. 내게는 그 나이만한 딸이 있소"

"아, 그러셨군. 아직 시집은 가지 않았소?"

"사위는 정해져 있소"

가즈마스는 잠시 말을 끊었다가 다시 이었다.

"기타바타케 일족으로 도모타케라 하오. 아주 영특한 젊은이지."

"기타바타케?"

세이노스케는 그 다음 말을 삼켜버렸다.

가즈마스는 오다 가의 북 이세 총독이며, 노부나가로부터 남 이세 공략에 대한 전권을 위임받고 있었다. 고즈쿠리를 오다 진영으로 끌어들인 것도 가즈마스의 공적이었다.

'그렇다면 나 역시 다키가와 가즈마스에게 조종당하는 신세란 말인가?'

"아니, 그건 아니오"

가즈마스는 세이노스케의 마음을 읽고 강하게 부정했다.

"내가 그런 제안을 한 것은 주군을 위해서라고 생각했기 때문이오 게다가 후유 공주도 그대를 좋아하지 않소? 난 친구로서 권하는 거요"

"친구로서, 라고 하셨소?"

세이노스케는 날카로운 표정으로 가즈마스를 노려보았다.

"그렇고말고"

가즈마스는 조금도 망설임 없이 대답했다.

"그렇다면 믿도록 하지."

세이노스케가 표정을 부드럽게 풀며 말했다.

"그럼 진행시켜도 좋겠지?"

"너무 서두는 것 같소만."

"?"

"난 오다 가의 신참이오. 아직 아무런 공도 세우지 못했소."

"알았소이다."

이 말과 동시에 가즈마스의 표정이 갑자기 밝아졌다.

"그럼 우선 공을 세울 일이야. 그런 다음에 당당히 후유 공주를 아내로 맞이하면 되지 않겠소? 그게 좋겠어."

"아니, 잠깐, 그건……."

"마침 잘됐소. 그 공을 세울 기회 말인데, 그대의 의견을 듣고 싶소."

가즈마스는 세이노스케의 항의를 못 들은 척하고, 품속에서 한 장의 지도를 꺼냈다.

세이노스케의 눈이 번득였다. 그것은 성의 그림 도면이었다.

"기타바타케의 주성인 오코치(大河內) 성내의 그림이오."

가즈마스는 그림을 바닥에 펼치고 촛불을 끌어당기더니, 바닥에 털썩 앉았다. 세이노스케도 마주 보고 앉았다.

"오코치? 기타바타케의 주성은 다케(多氣) 성이 아니었던가?"

"그건 고쇼요. 이세 땅 주인이 사는 공관이지. 적을 맞아 싸우기에는 너무 허술해. 그에 비해 이곳은 요새요. 오늘 정도면 아마 기타바타케도 이 성으로 옮겼을 게야."

가즈마스가 자신만만한 목소리로 설명했다.

"아주 견고해 보이는군."

세이노스케는 낮게 중얼거렸다.

오코치 성은 낮은 산 위에 있었다. 동쪽과 북쪽에는 강이 흐르고, 서쪽과 남쪽에는 깊은 계곡이 자리잡고 있었다. 오랜만에 세이노스케는 고향의 산천을 떠올렸다. 시나노에도 이런 산성이 많았다.

"아주 상세히 조사해두었구먼."

세이노스케는 감탄해 마지않았다. 성의 양상이 손에 잡힐 듯이 다가왔다.

"이 성이 요새라는 것을 알고 있었으니까."

가즈마스가 낮은 목소리로 말했다. 세이노스케는 충분히 납득할 수 있었다. 아마도 가즈마스는 모든 수단을 강구하여 정보를 모았을 것이다. 그 가운데에는 가즈마스 자신이 현지에 가서 직접 수집한 정보도 있을 터였다.

다키가와 가즈마스라는 이 사내는 오다 가의 병력 일천을 거느리는 장수이면서, 또한 스스로 첩자가 되어 적지에서 조사 활동까지 벌이는 행동가이기도 했다.

"그대라면 어떻게 공략할 텐가?"

가즈마스가 물었다.

"북쪽은 어떻소?"

세이노스케가 대답했다.

지도를 보는 한, 북쪽 절벽이 가장 오르기 쉬워 보였다.

"그쪽은 안 되오."

"?"

"그쪽은 살모사 계곡이라 해서, 놈들이 살모사를 대량으로 풀어놓았지. 어둠을 틈타 오르다가는 큰코다칠 게요."

"그럼 동쪽 강을 건너 당당히 치고 들어가면 어떻겠소?"

"힘으로?"

세이노스케가 고개를 끄덕였다.

"돌아가는 길 같지만 사실은 이쪽이 가장 빠를 게요. 성 공략은 우선 약한 곳부터 쳐야지. 만일 약한 곳이 없다면, 보급로를 차단하고서 성 안에서 견디지 못하게 오래오래 기다려야 하고"

"그렇지만 주군은 그 방법을 좋아하지 않소"

"왜?"

가즈마스는 떨떠름한 표정으로 말했다.

"오다 가의 힘을 천하에 알리기 위해서 하루라도 빨리 함락시키라는 명이오. 불꽃처럼 강렬하게."

"적의 수는?"

"거의 오천 정도로 보면 될 게요"

"우리는 팔만이나 되지 않소? 오천 대 팔만, 아무리 성이 견고하다고 하지만 우리가 이기게 되어 있소. 서둘다가는 오히려 곤란한 사태에 직면할지도 모르오"

"흠, 그건 또 무슨 뜻이오?"

가즈마스가 의아한 표정을 지었다.

"팔만 대 오천, 누가 봐도 팔만이 이기는 것은 당연한 일. 강습을 가해 성을 함락시키지 못하면 다른 나라 사람들의 비웃음을 살 게 뻔하오. 오다 군은 약하다, 믿음직스럽지 못하다, 그런 소문이 퍼질 게요"

세이노스케가 걱정스럽게 말했다.

"옳은 말이오. 그러나 주군은 그렇게 생각지 않고 있소. 아마도 힘으로 공략할 생각인 것 같소"

"그건 하책下策이오. 가즈마스님, 주군께 말씀 올리도록 하시오. 회의가 열리면, 힘으로 공략하는 것은 옳지 못하다고 간청하시오"

가즈마스는 한숨을 내쉬었다.

"그렇게 말씀드리고 싶소만, 주군 나름대로 생각이 있는 것 같소. 힘으로 공략해도 반드시 이길 수 있다고 말이오.”

“어떻게?”

“이건 절대로 남에게 발설해서는 안 되는 일이오.”

가즈마스는 목소리를 낮추었다.

“그대는 우리 오다 가에 철포가 몇 정이나 있는지 알고 있소?”

“글쎄?”

세이노스케는 고개를 갸웃했다. 물론 이것은 군사 기밀이다.

“대략 추측해서 어디 한번 말해보시오.”

“이백 정도?”

신겐도 그 정도이거나 아니면 그보다 더 적을 것이다. 철포는 너무 비싼 무기이기 때문이었다.

“오다 가에는 일천이 있소.”

“일천!”

세이노스케는 입을 딱 벌렸다. 가즈마스가 태연한 표정으로 말했다.

“아마도 앞으로 이삼 년만 있으면 이천은 될 거요.”

“그 많은 철포를 다 써먹을 수 있을까?”

세이노스케가 의아해하는 것은, 사수가 그만큼 되느냐는 것 때문이 아니라 화약이 문제라는 의미였다. 화약의 원료인 연초烟硝는 국내에서 생산되지 않아 모두 해외에서 상인들이 들여오고 있었다. 그 화약이 대량으로 공급되기만 한다면, 철포가 아무리 많아도 충분히 써먹을 수 있다.

바다에 접한 땅을 보유하지 못한 다케다가 철포 채용에 소극적인 것도 바로 그런 이유 때문이었다. 실제로 철포 한 정을 살 돈이면 말 세 필, 또는 사무라이 한 명을 채용할 수 있다. 화약을 대량 수입할 수 없다면, 사람을 고용하는 것이 더 좋다고 생각하는 것이 당연했다.

그러나 오다 가는 그렇지 않다고 가즈마스는 말하고 있었다.

"주군께서 사카이를 장악하신 것도 그 때문이오."

가즈마스는 그렇게 설명했다.

그 이야기는 이미 세이노스케도 들어서 알고 있었다.

과거, 노부나가가 아시카가 요시아키를 동반하고 미야코로 들어가 무로마치 막부의 수호자로서 천하 제패의 길을 걷기 시작하면서, 무엇보다 우선적으로 바랐던 것은 인근 제국의 영토가 아니라, 사카이와 오즈(大津)에 자신의 관리를 파견하는 일이었다.

노부나가가 새로이 쇼군 자리에 앉은 요시아키의 허락을 받아 그렇게 하자, 다른 영주들은 이상하다는 눈길로 바라보았다. 개중에는 비웃는 자도 있었다. 어리석은 자라고. 그러나 세이노스케는 그들이 얼마나 천박한 생각을 하고 있는지 잘 알고 있었다.

'외국의 산물이 모이는 사카이를 장악하면 화약을 대량으로 손에 넣을 수 있을 뿐만 아니라, 다른 영주들의 손에 화약이 들어가지 못하게 할 수도 있다.'

그렇게 되면 다른 영주들이 아무리 철포를 끌어모은다 해도, 그것은 단순히 쇠막대기에 지나지 않는다. 그러므로 다른 영주들은 비싼 돈을 들여 철포를 사들이려 하지 않을 것이다. 따라서 철포는 더 싼 가격으로 오다 가에게만 공급될 것이다.

'그렇군!'

세이노스케는 눈이 번쩍 뜨이는 것 같은 느낌을 받았다.

노부나가라는 사내는 거기까지 계산하고 손을 쓰고 있었던 것이다.

"주군은 이 전투를 위해 철포 오백 정을 준비해두었소. 철포대의 일제 공격으로 오코치 성을 함락시킬 생각이라오."

가즈마스가 말했다.

$$4$$

‘철포 오백으로!’

세이노스케는 신음을 뱉어냈다.

그 이상 참신한 전술은 없을 것이다. 일본에서 그런 전술을 들고나온 영주는 아직 하나도 없었다. 아니, 그렇게 하고 싶어도 할 수 없었다. 그렇듯 대량으로 철포를 소유하고 있는 영주는 아무도 없었기 때문이다.

“그렇게 한다고 잘되겠소?”

세이노스케가 가즈마스에게 물었다.

“성 공략에서 가장 어려운 점은 성내에서 쏟아져 나오는 화살이 아니겠소? 그런데 철포는 화살이 닿지 않는 거리에서 조준 사격이 가능하단 말이오 적이 철포가 두려워 성내에 움츠리면, 성벽을 넘어 들어가 정면 승부를 걸 수 있지 않겠소?”

“과연 그럴듯하군.”

이야기를 들어보니 잘될 것도 같았다.

철포의 약점이라면 기동성이 떨어진다는 점이다. 그 때문에 세이노스케가 참가했던 가와나카지마의 전투에서처럼, 기병대와 맞부딪치면 별 쓸모가 없었다.

철포를 한 발 쏘고 재장전하는 데까지는 시간이 걸린다. 그 사이에 적이 치고 들어오면 상대할 방법이 없었다.

그러므로 철포의 가장 큰 이점은 방어에 있다고, 세이노스케는 생각해왔다. 성에 엎드려서 공격해 들어오는 적을 조준해서 공략할 수 있다. 재장전하는 동안 적의 기습을 걱정하지 않아도 되고, 비가 와도 성내에 있으면 충분히 대응할 수 있다. 심지가 물에 젖지 않기 때문이다.

“오코치 성내의 철포 수는?”

“글쎄, 열 정은 있다고 봐야겠지. 화약 비축량도 그 정도일 게요.”

가즈마스가 자신있게 말했다.

이 사내가 그렇게 말하는 것으로 봐서는 충분히 조사한 결과일 것이다. 그러나 세이노스케는 불길한 예감을 떨쳐버릴 수 없었다.

5

노부나가의 본군은 고즈쿠리 성에서 사흘을 머물렀다. 계속 비가 내렸기 때문이다. 그리고 나흘째인 8월 26일, 이윽고 맑게 개인 하늘을 바라보며 적장인 기타바타케가 농성하고 있는 오코치 성으로 향했다.

오코치 성은 해안선에서 몇 리 내륙으로 들어간 산 위에 위치하고 있었다. 그렇게 높은 산은 아니지만, 주위를 강이 둘러싸고 있어서 공략하기 어려운 성이었다. 오코치 성과 강의 대각선 위치에 노부나가는 본진을 두었다.

작전 회의석상에서 노부나가는 야습을 주장했다.

“야음을 틈타 성벽에 접근한 뒤, 해가 뜸과 동시에 철포로 공격하여 일거에 함락시키는 거다.”

이론異論이 없었다.

이 전투는 노부나가의 새로운 전술을 시험하는 무대이기도 했다. 모두 그 사실을 잘 알고 있었다. 새로운 전술이므로 시험해보지 않으면 그 효과를 알 수 없었다. 따라서 이론을 제기하는 자가 없는 것도 당연했다.

“내일 새벽 니와, 이케다, 이나바 세 부대가 공격할 것이오.”

가즈마스는 회의를 마치고 돌아와 세이노스케에게 설명했다. 가즈마스 부대는 다른 많은 부대와 함께 노부나가의 본진 가까이서 야영을 했다.

"철포 공격?"

니와(丹羽), 이케다(池田), 이나바(稻葉) 세 부대는 철포대라고 해도 좋을 정도로 많은 철포를 보유하고 있었다. 즉, 소수의 기마 사무라이에, 아시가루와 다수의 철포 아시가루로 구성되어 있었다.

"흠, 우리는 예비대로 그후에 공격하게 되어 있소. 그대의 솜씨를 한 번 보고 싶었는데 말이야."

가즈마스가 심술궂은 표정으로 말을 건넸다.

선진先陣에 서면 공을 세울 기회가 많아진다. 예비대에서는 그런 기회를 거의 누릴 수 없다.

세이노스케는 하늘을 올려다보았다. 해가 서쪽으로 기울어가고 있었다. 석양에 물든 구름조차 없을 정도로 활짝 갠 날씨였다.

"가즈마스님, 주군에게 야습은 그만두자고 말해주지 않겠소?"

갑작스런 말에 가즈마스는 놀란 눈으로 세이노스케를 바라보았다.

"그건 또 무슨 뜻이오?"

"오늘 저녁, 아니 새벽이 될지 모르지만, 비가 내릴 것 같소."

"비?"

가즈마스는 하늘을 올려다보았다. 비가 내릴 징후는 어디서도 찾아볼 수 없었다. 가즈마스가 의아한 눈길로 세이노스케를 바라보았다.

"난 알 수 있소."

세이노스케는 그 이유는 말하지 않았다. 이전에 한 번 설명했다가 웃음거리가 된 적이 있었기 때문이다. 이유를 말하지 않는 편이 상대방을 설득하는 데 더 좋을 것 같았다. 그러나 그건 무리였다.

가즈마스가 집요하게 그 이유를 물었다.

"그만두시오."

더 이상 참지 못하고 세이노스케가 상대의 말을 막았다.

"만일 그게 사실이라면 성 공략은 실패하게 될 테니, 반드시 이유를 알아야 하지 않겠소?"

가즈마스의 말이 옳았다. 공격대는 철포대를 중심으로 편성되어 있었다. 적을 화력으로 제압하고, 그 틈에 성내로 돌입하는 작전인 것이다. 만일 철포를 사용하지 못한다면 이길 수 없었다.

"그럼 주군께 직접 말하고 오겠소."

"그것도 좋지만, 이유도 말하지 않고 설득하긴 힘들 거요."

"……"

"도대체 왜 그러는지, 이번 기회에 속시원히 말해보시오."

"웃지 않겠소?"

"웃어?"

가즈마스가 의아한 표정으로 되물었다.

세이노스케는 더 이상 물러설 수 없어서 말하기로 결심했다.

"상처가 아프니까."

"상처?"

"오래 된 상처가 아프면 반드시 비가 내린다오."

세이노스케의 말에 가즈마스는 입을 딱 벌렸다.

"모를 일이군. 상처가 아프면 왜 비가 내리지?"

"이유는 나도 모르오. 그러나 지금까지 한 번도 틀린 적이 없었소. 아마도 습기 때문이 아닌가 하는 생각이 들지만……"

"그 상처가 지금 아프오?"

"그렇소."

“흠, 그랬군.”

가즈마스가 자리에서 일어섰다.

“어디로 가는 거요?”

“본진으로.”

“괜찮겠소?”

“물론.”

가즈마스는 투구를 고쳐쓰며 말을 이었다.

“질 전투를 하도록 내버려둘 수 없지 않겠소?”

“그렇지만 믿어주실까?”

“그건 모르지.”

가즈마스는 본진으로 가서 노부나가에게 세이노스케의 말을 전했다. 그러나 노부나가는 일소에 부쳤다.

니와, 이케다, 이나바 부대에 의한 공격은 예정대로 감행되었다. 각 부대가 함성을 지르며 돌격을 감행하려는 순간, 갑자기 천둥 번개와 함께 비가 뿌리기 시작했다.

철포대는 심지를 확인할 겨를도 없이 사용 불능 상태에 빠져버렸다. 그에 비해 성 쪽의 철포는 마음껏 불을 뿜었고, 활도 제 역할을 다했다. 세 부대의 병사들은 수많은 전사자를 내고 후퇴하지 않을 수 없었다. 이렇게 하여 오코치 성 공략의 서전은 노부나가 쪽의 참패로 끝나고 말았다.

6

다음날, 세이노스케는 노부나가에게 불려갔다.

“오래 된 상처와 비, 역시 노병의 말을 경청해야 했어.”

노부나가는 사람들을 물리치고 측근만을 곁에 둔 채 세이노스케를 기다리고 있었다.

“황공하옵니다.”

세이노스케가 머리를 숙였다.

“비는 계속 내리겠느냐?”

“아니옵니다. 아마도 내일이면 활짝 개일 것이옵니다.”

“그런가?”

노부나가는 의자에 앉은 채 하늘을 흘끗 올려다보았다.

“철포란 얼마나 비에 약한 놈인지 철저히 깨닫는 기회가 되었어.”

세이노스케는 노부나가가 무엇 때문에 자신을 불러들였는지 짐작조차 할 수 없었다.

“자네는 어떻게 보나? 이번 성 공략, 힘들 것 같은가?”

“예?”

세이노스케는 잠시 주저했다. 다른 장수라도 있다면 희망적인 말도 할 수 있겠지만, 솔직히 그렇게 말하고 싶은 기분이 아니었다.

“성 쪽의 사기가 충천한 것 같사옵니다.”

“그럼 힘들겠군.”

“예.”

서전에서 참담하게 물러난 것이 좋지 않았다.

성내의 병사들은 기세가 올라 오다 군을 경멸하고 있을 것이다.

“신겐이라면 어떻게 할 것 같은가?”

노부나가의 느닷없는 질문에 세이노스케는 당황했다.

노부나가가 심각한 표정으로 다시 물었다.

“자네는 신겐을 잘 알고 있지 않은가? 그의 사고방식도 잘 알고 있겠지. 신겐이라면 어떻게 공략할 것 같은가?"

"예, 그건……."

세이노스케는 잠시 뜸을 들이다가 다시 입을 열었다.

"아마도 속임수를 쓸 것이옵니다."

"속임수?"

"그러하옵니다. 신겐은 손자의 병법을 깃발에 새겼사옵니다. 그 손자를 보면, 성 공략은 하책 중의 하책, 싸우지 않고 이기는 것이 최상이라 되어 있사옵니다."

"흠."

노부나가는 팔짱을 끼고 생각에 잠겼다.

"그럼, 어떻게 속이겠느냐?"

세이노스케는 서둘러 생각을 정리하고 입을 열었다.

"기타바타케 가는 이세의 고쿠시(國司 : 조정에서 파견한 지방 장관)로서, 관위도 다이나곤(大納言)에 오른 명문이옵니다. 그런 가문을 파멸시키고 싶지는 않을 것이옵니다. 그러므로 기타바타케에게 싸움을 그만두고 싶은 마음을 일으켜야 하옵니다."

"그렇다면 왜 나와 싸우고 있는가?"

"그것은 주군께서 공격을 가했기 때문이옵니다. 아니, 보다 정확히 말씀드리자면, 기타바타케 가는 주군을 경멸하고 있사옵니다. 오기로라도 오다 가에 무릎을 꿇고 싶지 않겠지만, 이대로 파멸의 길을 걸을 수도 없사옵니다. 유서 깊은 가문이라 더욱 그러할 것이옵니다. 신겐이라면 바로 이 점을 파고들 것이옵니다."

세이노스케는 씁쓸한 기억을 떠올리며 이렇게 말했다. 생각해보면, 주가主家인 스와 가도, 자신의 본가本家인 모치즈키 가도 모두 그 수법에 넘어가지 않았던가.

어차피 멸문될 바에야 있는 힘을 다해 싸워, 다케다의 간담을 서늘케 하고 장렬한 최후를 맞는 편이 더 좋았다. 그러나 신겐의 교묘한 속임수에 넘어가 두 가문의 주인은 한결같이 배를 갈라야 했고, 그 일족은 다케다의 지배하에 복속되고 말았다.

"그럼 어떻게 속일 수 있겠느냐?"

노부나가가 집요하게 물었다.

세이노스케는 그 물음을 받고 당황했다. 구체적으로 어떻게 하면 좋을지, 그것은 기타바타케 가의 사정, 주인의 성격 등을 알아야 가능한 일이다.

세이노스케는 그 점을 지적했다.

"여하튼 기타바타케에게 이대로 가면 반드시 파멸한다는 것을 깨닫게 하고, 협상에 응하면 살아남을 수 있다는 것을 알려주어야 하옵니다. 그리고 협상에 응하게 만들기 위해서는, 형식적으로라도 기타바타케의 체면을 세워주어야 하옵니다. 결코 패배한 것이 아니며, 오다 가에 무릎을 꿇은 것이 아니라는 형식을 취해야 하나이다. 이 점이 중요하옵니다."

노부나가가 크게 고개를 끄덕였다.

"알았다. 그럼 자네가 묘안을 내도록 해봐."

"!"

세이노스케는 깜짝 놀라 저도 모르게 노부나가의 얼굴을 올려다보았다.

노부나가는 당연하다는 듯이 말을 이었다.

"가즈마사가 기타바타케 가에 대해 잘 알고 있다. 가즈마사와 의논하여 묘안을 짜내보도록. 한 달 여유를 주겠다. 그 사이에 나는 오코치 성을 공략하여, 이대로 가면 군량이 떨어져 죽는 수밖에 없다는 사실을 기타바타케에게 알려주도록 하지."

"예, 명을 받드옵니다."

"그럼 물러가도록 하라."

이렇게 말하고, 노부나가는 자리에서 벌떡 일어나 자신이 먼저 막사 밖으로 나가버렸다. 그 자리에 남겨진 세이노스케는 잠시 멍하니 앉아 있었다.

"어려운 문제야."

돌아와서 자세한 이야기를 전하자, 가즈마스가 신음처럼 내뱉었다.

세이노스케는 떨떠름한 표정이었다.

"왜 그러오? 어려운 문제이긴 하지만, 난 그대가 정말 부럽소."

"왜?"

세이노스케가 물었다.

"주군께 직접 명을 받지 않았소? 이 문제만 잘 해결하면 출세는 문제도 아니지."

"출세는 아무래도 좋소. 신겐을 죽일 수만 있다면."

가즈마스는 어이가 없었다.

"정말 욕심이 없는 사내로구먼."

"게다가 난 속임수나 쓰려고 오다 가에 충성을 맹세한 것이 아니오. 창을 들고 전장에서 마음껏 싸우는 것이 나에게는 어울리는 일이오."

"그만 마음을 가라앉히시오. 내가 의논 상대가 되어주겠소. 어떻게 든 기타바타케를 속일 수단을 강구해봅시다."

가즈마스가 세이노스케의 어깨를 두드리며 달랬다.

세이노스케는 여전히 떨떠름한 표정으로 고개를 끄덕였다.

7

그로부터 한 달, 노부나가는 오코치 성을 포위한 채 시간을 보냈다.

그 사이 세이노스케가 놀란 것은 두 가지였다. 노부나가는 오코치 성의 전의를 상실시키기 위해, 그리고 보급로를 차단하기 위해 성 아래의 마을을 모두 불질러버렸다.

그건 그런 대로 납득할 수 있는 조치였다. 어느 영주든 할 만한 일이었기 때문이다. 그런데 노부나가는 그 마을을 불태우면서 마을 사람들 전원에게 보상을 했던 것이다. 전답은 불을 지른다고 해서 없어지는 것이 아니었다. 집은 돈만 있으면 언제든지 다시 지을 수 있었다.

그 때문에 마을 사람들 가운데는 오히려 좋아하는 사람도 있었다. 아마 시나노와 가이에서라면 갑자기 불을 질러버리거나, 아니면 고작 사전에 예고하는 정도에 그치고 말았을 것이다.

그러나 노부나가는 일부러 돈을 지불했다.

"백성을 소중히 여기는 주군이로군."

세이노스케가 감탄하면서 말하자, 가즈마스는 마치 자신이 칭찬을 들은 것처럼 겸연쩍게 웃으며 말했다.

"어차피 오다 가의 영지가 될 테니 원한을 살 필요야 없지 않소? 돈을 지불하면 백성들을 모두 우리편으로 만들 수 있지."

"그렇군."

납득이 가는 말이었다. 아마 신겐도 그렇게 하고 싶을 것이다. 그러나 경제력이 없으면 불가능한 일이다. 풍부한 재력이 없이는 결코 상상할 수 없다.

세이노스케는 오다 가의 실력을 재인식하지 않을 수 없었다. 단언해도 좋았다.

이런 행동을 할 수 있는 영주는 전국에서 노부나가뿐일 것이다.

"좋은 생각이 떠올랐소"

가즈마스가 말했다.

"속임수?"

세이노스케가 물었다.

"전술이라고 합시다, 전술이라고 말이오"

"아, 알았소 어서 말이나 해보시오"

"그대가 한 말을 잘 생각해보았지."

"?"

의아한 표정을 짓는 세이노스케를 바라보며, 가즈마스는 고개를 끄덕이며 말했다.

"체면을 세워주면 되오 오기로라도 오다 가의 지배를 받고 싶지 않을 거라고 했지? 그렇다면 대답은 하나뿐이오 우리 쪽에서 머리를 수그리고 들어가면 돼."

"머리를 수그려?"

세이노스케는 더욱 이해할 수 없었다.

오코치 성은 지금 완강하게 저항하고 있었다. 그러나 팔만 대 오천, 누가 보아도 승패는 결정난 것이나 다름없었다. 가만히 기다리고만 있어도, 마치 익은 감이 떨어지듯이 성은 함락되게 되어 있었다.

"그렇게 기다릴 시간만 있으면 고생할 필요도 없겠지."

가즈마스는 이렇게 설명했다.

지금 노부나가는 기후에 본거지를 둔 채로, 미야코의 쇼군 가를 비호하는 태세를 취하고 있었다. 이른바 양동 작전이라고 할 수 있는데, 천하 제패를 꿈꾸는 오다의 주위에는 적밖에 없었다. 이런 형편에 이렇게 작은 성 하나에 오래 붙들려 있다가는 반反오다 세력이 언제 어디서 들고일어날지 몰랐다.

"그러므로 주군은 철포로 단번에 결판을 내려 하는 것이오 그러나 그게 잘되지 않아."

"그렇다고 적의 군량이 다 떨어질 때까지 기다릴 수도 없고"

"그렇소 그래서 한 달 동안 수단을 강구하라고 명하신 거요 그 사이 이대로는 결코 견딜 수 없다는 것을 기타바타케가 우리에게 똑똑히 가르쳐주었지."

"그럼 머리를 수그린다는 건 무슨 뜻이오?"

"사돈관계를 맺는 거지."

"사돈? 오다 가의 공주를 기타바타케에게 준다는 말이오?"

"아니오 기타바타케 가에는 사내자식이 없소"

"?"

"지금 열한 살 난 딸 하나가 있을 뿐이오"

"그럼, 방법이 없지 않소?"

가즈마스가 미소를 지으며 대답했다.

"그런데 다행히 우리 주군께는 젊은 군이 계시오 차남인 노부오(信雄)님이시지. 나이도 기타바타케 공주보다 한 살 위라오"

"그럼, 설마!"

"설마라고 생각하는 것도 당연하겠지. 그 노부오님을 기타바타케 가문에 데릴사위로 주는 거요"

세이노스케는 너무도 어이가 없었다. 이기고 있는 쪽이 지고 있는 쪽에 데릴사위를 간청하다니. 상대는 무엇보다, 기타바타케라는 가문의 멸문을 두려워하고 있었다. 그러나 딸밖에 없으므로 언젠가는 데릴사위를 두지 않으면 안 된다.

그런데 오다 가가 데릴사위를 제안한다?

기타바타케 가로서는 더없이 좋은 조건이었다. 오직 마음에 걸리는 게 있다면, 품격이 낮은 집안에서 데릴사위를 맞이한다는 것뿐이다.

그러나 멸문의 화를 당하는 것보다는 백 번, 천 번 나은 일이었다.

'과연 묘안이로군.'

세이노스케는 새삼 감탄했다. 기타바타케의 내정에 정통한 가즈마스가 아니면 짜낼 수 없는 지혜였다. 이제는 협상의 계기만 만들어내면 되었다. 상대는 자부심 강한 명문이었다. 자칫 화를 돋우면 협상은 물 건너가고 만다.

"우선 주군께 상신上申하여 재가를 얻어야겠소"

세이노스케는 가즈마스와 함께 노부나가의 진으로 나아갔다.

가즈마스가 설명했다.

노부나가는 말없이 듣고 있다가 간단히 한마디만 던졌다.

"좋아, 모든 걸 맡기겠다."

그렇게 재가가 떨어졌다.

"주군, 한 가지 부탁이 있사옵니다."

가즈마스가 말했다.

"어서 말해보아라."

"협상에 들어가기 전에 다시 한 번 기타바타케의 간담을 서늘하게 해둘 필요가 있을 줄 아옵니다."

"잘 알고 있다."

노부나가도 그럴 생각이었다.

다시 한 번 총공격을 감행한다. 그렇게 해서 기타바타케에게 멸문의 위기를 절실히 느끼게 해주는 것이다. 단, 상대의 원한을 살 정도로 너무 심하게 공격해서는 안 된다. 그랬다가는 협상도 물거품이 되고 말 것이다.

"철포를 쓰면 좋을 듯싶사옵니다."

세이노스케가 진언했다.

"호오!"

노부나가는 세이노스케를 바라보았다.

"철포를 모두 한곳에 모아, 성내를 향하여 일제 사격을 개시하는 것이옵니다. 이보다 더 좋은 협박은 없을 줄 아옵니다."

"어둠 속에서 쏘아봐야 맞지도 않을 텐데, 그래서 무슨 협박이 되겠소?"

가즈마스의 말에 세이노스케는 고개를 가로저었다.

"아니, 아주 멋진 협박이 될 수 있소. 많은 사상자를 내면 오히려 협상에 좋지 않은 영향을 끼칠 수도 있으니 말이오."

"철포가 무슨 소용이 있겠소? 오히려 우리를 경멸할지도 모르지."

"아니오. 그건 오다 가 사람들이 철포에 익숙해 있어서 그렇게 생각할 뿐이오."

세이노스케는 일단 말을 끊었다가, 노부나가 쪽을 바라보며 다시 말을 이었다.

"소인, 주군을 모신 후에 처음으로 이렇게 많은 철포를 보게 되었사옵니다. 또한 철포의 굉음이 얼마나 대단한가를 처음 알았나이다. 고막이 떨어져 나가는 것 같은 충격을 받았사옵니다."

그것은 세이노스케의 실감이었다. 무라카미 가에도 여러 정의 철포가 있었고, 가와나카지마 전투에서도 철포의 굉음을 들은 적이 있었다.

그러나 오다 가의 철포는 질과 양에서 그에 비할 바가 아니었다. 그 철포 오백 정을 늘어세우고 일제 사격을 개시하면, 천둥 같은 그 소리에 얼이 빠져버릴 것이다. 물론 서전에서도 그런 굉음이 울려야 마땅했지만, 비 때문에 실패하고 말았던 것이다.

결국 현재까지 한 번도 시도하지 않고 있었다.

"재미있어. 해볼 만한 가치가 있는 일이야."

노부나가는 비로소 웃음을 터뜨렸다.

그 작전은 대성공을 거두었다. 맹장 이나바 잇데쓰(稻葉一鐵)가 이끄는 철포대가 성을 향해, 몇 번에 걸쳐 철포를 발사했다. 그것은 이 나라 사람들이 여태 한 번도 들어보지 못했던, 처절한 굉음이었다.

'오다 가의 철포 아시가루 가운데에는 귀가 먹은 자도 있다고 하더니…….'

농담이라고 생각했지만, 그것이 농담이 아님을 세이노스케는 새삼 깨달았다. 그런 굉음을 매일 듣다 보면 귀가 먹는 것도 이상하지 않은 일이다. 게다가 오다 가의 철포 아시가루는 잘 훈련되어 있었다. 당연한 일이지만, 오다 가 이외에는 그런 철포 병사들을 찾아볼 수 없었다.

우선, 어느 나라의 영주도 철포 아시가루를 훈련시키고 있지 않았다. 훈련시키고 싶어도 그렇게 할 수 없었던 것이다. 화약을 입수할 수 없기 때문이다. 훈련에 사용할 화약이 있다면 실전을 위해 아껴둘 터였다. 그러므로 당연히 젊은이에게 철포 사격술을 가르칠 기회가 줄어든다. 따라서 철포 아시가루는 고참 병사들이면서, 고집 센 장인 기질을 가진 사람들로 구성되지 않을 수 없었다.

세이노스케는 오다 가에 와서, 무엇보다도 철포대가 젊다는 사실에 놀라지 않을 수 없었다. 그 젊은 아시가루들의 동작은 매우 민첩했다. 실제로 탄약 장전에서 발사까지, 천하 제일이라고 해도 과언이 아니었다. 그 하나만 보아도, 평소에 얼마나 철저히 훈련되어 있는지 알 수 있었다.

솔직히 말해, 오다 군 가운데에서 다케다 군을 이길 수 있는 것을 들라면 이 철포대 하나뿐이었다. 기마대, 창 부대, 활 부대, 아시가루 부대 모두가 다케다 군에 비해 열세를 면치 못했다. 지금 신겐과 싸운 다면 오다 군은 절대로 이길 수 없을 것이다.

'아직 그 싸움은 먼 미래의 일이다.'

세이노스케는 지금의 일만을 생각하기로 했다.

노부나가는 총명한 영주였다. 지금 당장 다케다와 싸울 생각은 없었다. 그렇기 때문에 이세를 손에 넣고 힘을 축적하려는 것이다.

"아무래도 우리가 나설 차례인 것 같소"

총공격이 끝날 즈음, 말없이 보고 있던 가즈마스가 불쑥 말했다.

"나도 같이 가겠소"

세이노스케가 말했다.

가즈마스는 내일이라도 사자로서 오코치 성으로 들어가 협상을 벌 여야 했다.

"잘 들으시오, 자칫하면."

가즈마스는 손으로 목을 치는 시늉을 했다.

"그대 혼자 보낼 수야 없지. 나도 같이 가겠소"

세이노스케는 책임을 지고 싶었다. 주군의 명을 받은 사람은 세이노 스케 자신이다. 만일의 경우에는 책임을 져야 한다. 그럴 바에는 차라 리 가즈마스와 같이 사자로 가는 것이 속이 편했다.

물론 목을 걸어야 한다. 기타바타케 가가 굴욕스러운 협상보다 명예 로운 죽음을 선택한다면, 두 사람은 그 자리에서 난도질당하고 말 것 이다.

잘되고 안 되고는 오로지 가즈마스의 혀에 달려 있다고 해도 과언이 아니었다.

"그럼 같이 갑시다. 나도 혼자 지옥에 가기는 싫으니까."

가즈마스가 눈을 찡긋거리며 말하고는 웃었다.

8

다음날, 세이노스케는 가즈마스와 함께 오코치 성문을 통과했다. 성주인 도모노리는 무장으로서는 보기 드문 추남에다 뚱보였다. 전투 중인데도 귀족의 정식 복장을 하고 있었다. 모자를 쓰고, 이도 검게 물들이고 있었던 것이다.

그 도모노리가 가즈마스를 어떤 눈길로 바라보는지, 세이노스케는 바닥에 엎드려 있으면서도 거기에 온 신경을 집중시키고 있었다.

어지간한 사람이 아니면, 눈만 봐도 마음의 움직임이 나타나게 되어 있다. 그것도 처음이 중요했다. 조금 시간이 지나면 안정을 취할 수 있지만, 처음 대할 때는 아무래도 마음의 움직임을 감추기가 힘들었다.

"가즈마스라고 했는가? 여기에 온 이유가 뭔지 말해보아라."

감정을 억제한 어투였다. 그러나 가즈마스를 바라보는 도모노리의 눈은 적의보다도 두려움에 떨고 있었다.

'겁먹었다.'

세이노스케는 직감했다. 그리고 동시에 안도했다. 협상이 잘 풀려나갈 거라는 확신이 들었다.

"귀가에 드릴 기쁜 선물을 들고 왔나이다."

가즈마스는 만면에 웃음을 머금고 이야기를 꺼냈다.

세이노스케는 묘한 기분이 들었다. 옛날, 이런 장면을 어디선가 본 듯한 기분이 들었기 때문이다.

'왜 이런 기분이 들까?'

세이노스케가 기억을 더듬는 동안, 가즈마스의 이야기는 점점 앞으로 나아가고 있었다. 도모노리는 분명 제안을 받아들일 태세였다.

조건은 세 가지였다. 하나는, 도모노리가 노부나가의 차남인 노부오를 데릴사위로 맞이할 것. 둘은, 즉시 은거하고 데릴사위에게 전권을 건네줄 것. 셋은, 오코치 성을 넘겨줄 것.

"이 나라에 사는 건 괜찮겠지?"

도모노리가 가즈마스의 눈을 똑바로 응시하며 물었다.

"그야 물론이옵니다."

가즈마스는 웃음을 머금으며 말을 이었다.

"저택을 지어드리겠나이다. 거기서 젊은 영주에게 유익한 자문을 해주시옵소서."

"흠."

도모노리는 고개를 끄덕였다. 이제 곧 승낙의 말이 튀어나올 것이다. 그 자리에 있는 누구도 그렇게 생각하고 있을 때였다.

"잠깐, 소인은 반대하옵니다."

가신들 가운데에서 거친 목소리로 외치는 자가 있었다.

세이노스케는 그쪽을 바라보는 순간 가슴이 철렁했다. 고즈쿠리의 후유 공주를 구해주었을 때, 어쩔 수 없이 베어버린 사무라이가 있었다. 그때 세이노스케를 원한에 찬 눈길로 바라보던 젊은 사무라이, 바로 그였던 것이다.

상대도 세이노스케를 알아보았다. 세이노스케에게 흘끗 증오의 눈길을 던지고는 시선을 돌렸다.

"우리 기타바타케 일족은 그 옛날 헤이안(平安)시대 때부터 이어온 유서 깊은 가문이옵니다. 어디서 굴러먹던 개 뼈다귀 줄도 모르는 그런 작자를 맞이하다니, 이건 말도 안 될 일이옵니다. 천하의 웃음거리가 될 것이옵니다."

일순 정청에는 정적이 감돌았다. 젊은이의 말이 옳다. 아무도 그를 비난하지 못했다.

도모노리는 무슨 말로 달래야 할지 당혹스러워했다.

"과연 그렇소. 기타바타케는 천하의 명문임에 틀림없소이다."

가즈마스는 일단 이렇게 말을 시작했다.

"그러므로 결코 대가 끊어져서는 안 되지 않사오이까? 이대로 가면 기타바타케, 오다 양가는 원수가 되어 서로가 죽을 때까지 싸워야 할 거요. 설마 그런 사태를 바라는 건 아니겠지요?"

"그렇고말고. 옳으신 말씀이야, 사자님."

도모노리가 즉각 반응했다.

"그렇지만, 주군!"

"물렀거라, 이치사부로!"

도모노리가 아니라 곁에 앉은 노신하가 나무랐다.

이치사부로라는 젊은이는 떨떠름한 표정으로 입을 다물었다.

"오다님에게 전하게. 이 도모노리, 기쁜 마음으로 노부오를 사위로 맞이하겠다고."

"하앗! 명을 받드옵니다."

가즈마스가 넓죽 엎드렸다가 고개를 드는 순간, 흘긋 세이노스케를 바라보며 빙긋 웃었다. 힘든 임무를 완수하는 순간이었다.

그러나 세이노스케는 이치사부로라는 젊은이의 존재가 마음에 걸려, 바늘방석에 앉은 기분이었다. 아니나다를까, 젊은이는 성문으로 걸어가는 세이노스케의 뒤를 따라왔다.

"소인은 기타바타케의 가신인 기타바타케 이치사부로(北畠市三郎)라 하오. 그대의 이름을 알고 싶소."

칼로 허공을 가르는 듯한 목소리였다. 세이노스케가 사자의 신분이 아니었다면 칼을 들고 치고 들어왔을지도 모른다.

세이노스케도 배에 힘을 가득 넣고 대답했다.

"오다의 가신인 모치즈키 세이노스케라 하네."

"세이노스케님, 언젠가는 다시 만나게 될 게요."

이치사부로는 이렇게 말하고는 발길을 돌려 성 안으로 사라졌다.

"뭐야, 저 녀석은?"

가즈마스가 이상하다는 표정으로 물었다.

세이노스케는 묵묵히 고개만 가로저었다.

다음날, 노부오와 기타바타케 딸의 혼례식이 거행되었다.

기타바타케 도모노리가 오코치 성을 넘겨주는 순간, 노부나가는 북 이세에 이어 남 이세마저 자신의 영지로 편입시켰다.

미마세 고개의 역습

1

노부나가가 이세를 완전히 손에 넣은 뒤, 이세 신궁에 참배하며 승전을 보고한 것은 10월 15일. 바로 그날 다케다 신겐은 이만의 대군을 거느리고 호조 우지야스의 영지인 사가미로 침입했다.

거기에는 천하 제일의 성, 오다와라(小田原) 성이 있었다.

예전에 우에스기 겐신(上杉謙信)이 십만 대군으로 포위하고서도 물러나지 않을 수 없었던 난공불락의 요새이기도 하다. 겐신이 성을 공략한 이후, 오다와라 성 공략을 시도한 무장은 다시 없었다. 천하의 명장이 십만이라는 대군을 거느리고서도 손 한 번 대지 못했던 성이다.

오다와라 성은 함락할 수 없다. 이것은 천하의 상식이 되었다. 십만으로 함락하지 못한 성을 이만으로 함락한다는 것은 꿈과도 같은 일이다. 그런데 다케다 신겐은 대체 무슨 생각인지, 그 오다와라 성을 치고 들어온 것이었다. 중신들은 신겐의 의도를 읽을 수 없어서 곤혹스러워했다. 십만으로 함락시키지 못한 성을 어떻게 이만으로 함락시킬 수 있겠는가.

그런데 왜? 중신들은 의아해했다.

그런 와중에 신겐은 아들인 가쓰요리를 본진으로 불러들여 둘만의 시간을 가졌다. 가쓰요리는 스와의 미사 공주를 빼닮은 자식으로, 올해 스물넷이었다.

장남인 노부하루는 스루가를 얻는 과정에서 할복시키고 말았다. 차남은 장님이고, 삼남은 일찍이 세상을 떠나고 말았다. 가문을 이을 자식은 가쓰요리 외에는 없었다.

신겐의 눈으로 봐도, 가쓰요리는 무사로서는 최고의 기량을 가지고 있었다. 사무라이 대장으로 삼기에는, 이만큼 뛰어난 기량을 가진 인물도 없을 것이다.

그러나 대장으로서의 자질은 그렇지 않았다. 아니, 극단적으로 말해 대장은 싸울 줄 몰라도 된다. 군략의 재능만 있으면 되는 것이다.

그래서 기회만 있으면 군략에 대해 가르치려 했다.

"시로, 이 아비가 왜 승산도 없는 오다와라 성을 치는지 알겠느냐?"

신겐은 가쓰요리와 술을 주고받으며 물었다.

"이길 승산이 없다고는 생각지 않사옵니다."

가쓰요리가 항의하듯이 말했다. 가쓰요리는 신겐보다는 어머니를 빼닮았다. 씩씩한 무사다움은 평판이 자자할 정도였다.

"호오, 그럼 이 성을 무너뜨릴 수 있단 말이냐?"

"그러하옵니다. 싸움은 해봐야 아는 것이 아니옵니까?"

"그야 물론 그렇지. 그러나 해보지 않아도 알 수 있는 일이 있다. 오다와라 성은 함락할 수 없다는 사실은 천하에서 모르는 사람이 없지."

"그렇게는 생각지 않사옵니다."

가쓰요리가 완고하게 고개를 가로저었다.

"왜? 일 년치 군량은 비축되어 있을 게야. 아니, 더 있을지도 몰라. 성 방어도 주도면밀해. 어느 곳 하나 빈틈이라고는 없다. 어떻게 함락시킬 생각이냐?"

"책략으로."

"책략이라. 그래, 어떤 책략으로?"

"……."

가쓰요리는 입을 다물었다. 거기까지는 생각해보지 않은 것 같았다.

신겐이 쓴웃음을 지으며 말했다.

"잘 들어라. 그런 방법이 있었다면 이미 내가 손을 썼을 것이다. 그러나 호조 우지야스 놈은 만만치가 않아. 호조 가에 우지야스가 있는 한, 책략으로는 불가능하다는 사실을 알아야 한다."

"그럼 왜 아버님께서는 사가미로 오셨나이까?"

"그러니까 내가 묻지 않느냐? 시로, 생각해보아라."

"모르겠사옵니다."

"머리를 좀 쓰도록 해라. 잘 들어라. 내가 오다와라 성을 공략하는 것은 성을 함락시키기 위해서가 아니라, 호조를 이기기 위함이다."

"?"

"성을 함락시키지 않아도 호조에게 이길 수 있다. 그리고 이김으로써 성이 아니라 한 나라를 손에 넣으려 하는 것이니라."

"이 사가미를, 말씀이신가요?"

가쓰요리의 물음에 신겐은 크게 고개를 끄덕이며 말했다.

"스루가를 두고 하는 말이다."

"스루가?"

가쓰요리는 눈을 동그랗게 떴다.

스루가는 이웃나라이며, 이마가와의 영지였다. 영주인 우지자네가 정치에서 손을 놓고 있기 때문에, 사실상 친척이자 동맹자인 호조가 지배하고 있었다. 그렇다고는 하지만, 스루가를 손에 넣으려면 스루가를 직접 공격하면 될 것이지, 왜 이웃나라인 사가미를 공격하는가. 성도 사가미 쪽이 더 견고하지 않은가. 왜 하필이면 난공불락의 성이 있는 호조의 본국을 친단 말인가.

가쓰요리는 영문을 알 수 없었다.

신겐은 바로 그 점을 아들에게 가르치기 위해 불러들인 것이었다.

'역시 시로의 기량으로는 무리로군.'

신겐은 실망했다. 그러나 실망하고만 있을 수는 없었다. 다케다의 후계자이기에.

'생각해보면, 나 또한 가쓰요리 나이 때는 아무것도 모르지 않았던가. 똑바른 군사만 붙이면 걱정할 필요가 없을 게야.'

신겐이 손뼉을 쳐서 측근을 불러들였다.

"고사카를 오라고 일러라."

"고사카? 겐고로 말인가요?"

가쓰요리는 묘한 표정을 지었다.

"그렇다. 넌 잘 모르겠지만, 고사카야말로 다케다 가의 꾀주머니다. 아, 겐고로, 어서 오너라."

신겐은 기분 좋게 겐고로를 맞이했다.

"주군, 부르셨나이까?"

겐고로는 예를 올리고 나서 마련된 자리에 앉았다.

"겐고로, 지금 나는 이 오다와라 성 공략의 의미를 설명하고 있다만, 나보다 자네가 말하는 쪽이 좋을 것 같다. 시로에게 가르쳐주도록."

"아니옵니다. 감히 소인의 천박한 재능으로 어떻게 군을 가르치겠나이까?"

겐고로는 황송한 듯이 고개를 숙였다.

가쓰요리도 떨떠름한 표정을 짓고 있었다.

"괜찮다, 내가 허락하마."

신겐이 강하게 말하자, 겐고로는 순순히 그 말에 따랐다.

"군."

"그냥 시로라고 불러."

가쓰요리가 칼로 무를 자르듯이 되받았다.

겐고로는 고개를 끄덕이며 이야기를 시작했다.

"그럼 시로님, 애당초 이 오다와라 공략은 오다와라 공략이면서 오다와라 공략이 아니옵니다. 우리의 목적은 스루가에 있사옵니다."

"그건 들었어. 왜 스루가를 손에 넣기 위해 오다와라를 공략해야 하는지 말해봐."

"스루가를 원한다면 스루가를 쳐야 되지 않느냐는 말씀이겠지요?"

"물론."

"그렇다면 스루가를 친다고 하지요. 스루가가 이마가와의 영지라고는 하나 그건 이름만 그럴 뿐, 지금은 호조의 지배하에 있사옵니다. 호조는 이 풍요로운 나라를 빼앗기지 않으려고 대군을 이끌고 스루가로 들어와, 슨푸 성의 병사들과 함께 완강하게 저항할 것이옵니다."

"싸운다면 깨부수면 되지 않느냐?"

가쓰요리가 의기충천하여 되받았다.

겐고로가 고개를 가로저었다.

"우리 마음대로 싸울 수만 있다면 그것도 괜찮겠지요. 허나, 호조는 그런 정면 대결을 피해 지구전으로 갈 것이옵니다."

"어떻게 아느냐?"

“다케다 가의 군대는 강해, 정면으로 대결하면 많은 손상을 입거나 패배할 것임을 알고 있을 터. 그렇다면 정면 대결은 하책 중의 하책, 절대로 그렇게 하지는 않을 것이옵니다. 우리의 결정적인 약점을 잘 알고 있기에 말이옵니다.”

“약점? 그게 무슨 말인가? 우리 병사들이 호조 병사들에게 뒤떨어지기라도 한단 말인가?”

“그런 말씀이 아니옵니다. 우리가 훨씬 강하나이다. 그것을 잘 아는 호조이기에 정면 대결을 피해 지구전을 펼칠 것이고, 그렇게 시간을 벌면서 우리가 제풀에 지치기를 기다릴 것이옵니다.”

“제풀에 지쳐?”

“그러하옵니다. 우리 병사들은 백성들이 대부분이라, 타국에서 오래 싸울 수 없나이다. 그러나 호조 가에는 바다가 있고, 온난한 기후 덕에 산물이 풍성하옵니다. 따라서 호조는 전투가 설령 일 년 동안 계속된다 해도 아무 문제가 없나이다. 그런 점에서는 우리보다 훨씬 유리한 조건이라 해야 하옵니다.”

“……”

“따라서 이렇게 말씀드릴 수 있나이다. 스루가를 아무리 손에 넣고 싶어도 그들을 이길 수 없사옵니다. 뼈를 깎는 고통만 당하다가 가이로 회군할 수밖에 없게 되옵니다.”

“그렇다면 이 사가미도 마찬가지 아닌가! 사가미는 호조의 본국, 천하무적의 오다와라 성에 틀어박히면 일 년은 충분히 싸울 수 있다. 그곳을 치고 들어간들, 땅을 얻기는커녕 피투성이가 되어 가이로 돌아갈 수밖에 없지 않으냐?”

가쓰요리가 거친 음성으로 되받았다.

“그러나 반드시 그렇지만은 않다는 것이 재미있지 않사옵니까?”

겐고로의 말에 신겐은 풋, 하고 웃음을 터뜨렸다.

조롱당하고 있는 듯한 느낌에 가쓰요리는 점점 더 화가 치밀었다.

"대체 무슨 말을 하고 있는 거야. 알아듣게 설명해봐!"

가쓰요리는 겐고로를 향해 울화통을 터뜨렸다.

"말씀드리지요. 오다와라 성을 공략하지 않고 호조에게 이길 수 있는 한 가지 방법이 있사옵니다."

겐고로는 여전히 태연자약한 표정으로 담담하게 말했다.

'적은 성에 틀어박혀 코빼기도 보이지 않고 있다. 그런데 공격도 하지 않고 어떻게 이길 수 있단 말인가.'

가쓰요리는 점점 더 부아가 치밀었다.

2

"적, 호조는 성에 틀어박혀 있나이다. 그 성은 천하무적의 요새, 그렇다면 우리가 이기기 위해서는 우선 호조 군을 성 밖으로 유인하지 않으면 안 되옵니다."

"유인한다고?"

가쓰요리는 겐고로를 노려보았다.

"그렇지요."

"어떻게?"

"도망치는 게지요."

"도망?"

의아해하는 가쓰요리를 바라보며 겐고로는 크게 고개를 끄덕였다.

"호조가 성에 틀어박혀 있는 이상, 우리보다 월등히 유리하옵니다.

그러므로 이 이점을 버리고 나오게 하려면 미끼를 던져야 하나이다.”

“미끼라니?”

“그게 바로 도망이지요.”

“적에게 등을 보인다는 말인가?”

가쓰요리는 눈꼬리를 치켜올리며 따졌다.

겐고로가 그 눈을 응시한 채 말했다.

“여기서는 적의 대장, 호조 우지야스의 입장에 서서 생각하도록 하시옵소서. 적, 즉 성을 포위하고 있는 다케다 군이 갑자기 물러났사옵니다. 우지야스라면, 시로님이 우지야스라면 어떻게 하시겠나이까?”

“쫓아야지. 쫓아가서 적장의 목을 벨 것이야.”

분연히 외치는 가쓰요리를 향해, 겐고로는 비로소 미소를 보냈다.

“그게 바로 성 밖으로 나온다는 말이 아니겠나이까.”

“……”

갑자기 입을 꾹 다물고 있는 가쓰요리를 보고 신겐이 웃었다.

“시로, 이제야 알겠느냐? 그것이 바로 군략이란 것이다.”

“아버님, 그렇게 하지 않아도 호조에게 이길 수 있사옵니다.”

가쓰요리가 외쳤다.

“호오, 어떻게? 그런 방책이 있다면 어디 좀 들어보자꾸나.”

신겐의 말에 가쓰요리는 꿀 먹은 벙어리가 되었다.

겐고로는 말없이 지켜보고 있었다. 자칫 한마디라도 잘못하면, 이 귀공자는 오히려 더 날뛸 것이 분명했다.

‘정면으로 치는 것만이 병법은 아니다. 임기응변이 무엇보다 중요하다는 사실만이라도 깨우쳐준다면……’

모르는 것도 무리가 아닐 것이다. 그것을 알려면 몇 번이나 처절한 패배를 맛보아야 한다. 사람이란 아픔을 알아야 배울 수 있다.

그러나 가쓰요리는 아직 한 번도 패배해본 경험이 없었다. 그것도 단순한 패전으로는 아무 의미가 없었다. 대장으로서 일군을 지휘하다가 패배를 맛보아야만 진정한 패전을 경험하는 게 된다.

'어차피 불가능한 일이다.'

겐고로는 체념하지 않을 수 없었다. 신겐조차 다케다 가의 동량이 된 후, 전군을 이끈 전투에서 두 번이나 패배를 맛보았다. 그러나 그 패배가 오늘의 신겐이라는 명장을 만들어냈다. 따라서 가쓰요리가 다케다의 군주가 된 다음, 실제로 지휘권을 휘두르다가 패배를 맛보지 않으면 아무리 말로 설명해도 소용이 없는 일이었다.

그러나 그런 사실을 알면서도 군략의 진수를 가르치고 싶은 부모의 마음을 겐고로는 충분히 이해할 수 있었다.

신겐은 손수 지도를 꺼내 눈앞에 펼쳤다. 사가미에서 스루가, 그리고 가이에 걸친 지역을 그린 지도였다.

"겐고로."

신겐이 재촉했다.

겐고로는 몸을 앞으로 기울이며 가쓰요리 쪽을 바라보았다.

"다시 한 번 말씀드리지요. 이 전투는 오다와라 성 공략이면서 오다와라 성 공략이 아니며, 우리의 목적은 사가미가 아닌 스루가이옵니다."

"그건 알겠어."

가쓰요리는 짧게 대답했다.

겐고로는 고개를 끄덕이며 다시 입을 열었다.

"그럼 왜 스루가가 아닌 사가미를 공격하는 것인가? 그것은 설령 우리가 스루가를 친다 해도, 이 사가미가 우리를 방해할 것이기 때문이옵니다. 앞에서도 말씀드린 대로, 스루가에서 우리가 이길 공산은 거의 없나이다. 그러므로 스루가를 손에 넣기 위해서는 반드시 호조를 물러서게 해야 하옵니다. 그러기 위해서는 우선 호조에게 일격을 가하여, 우리와 싸우면 승산이 없다는 사실을 철저히 인식시켜둘 필요가 있나이다."

"그러나 적은 성에 틀어박혀 나올 생각도 하지 않고 있다. 그래서 일부러 도망치는 척하여, 적을 성 밖으로 유인해낸다는 말인가?"

"그러하옵니다. 과연 군다우신 통찰이십니다."

"쓸데없는 칭찬은 그만두고 어떤 방책인지나 말해봐."

가쓰요리가 호기심을 보이기 시작했다.

"예. 이걸 한번 보시옵소서."

겐고로는 지도상의 오다와라 성을 가리키며 설명했다.

"우선 내일 새벽, 우리는 서둘러 진을 거두고 동쪽으로 향할 것이옵니다. 가능한 한 적의 눈에 띄지 않도록."

"대낮에 정정당당히 진을 철수하면 되지 않느냐? 그러면 호조도 금방 알고서 뒤를 따라올 터인즉."

가쓰요리가 반대 의견을 피력하자 겐고로는 고개를 가로저었다.

"그건 좋지 않사옵니다."

"……."

"첫째, 그렇게 당당히 진을 철수하면, 우지야스는 다케다 군 쪽에 무슨 준비가 되어 있으리라 예상하고 밖으로 나오지 않을 것이옵니다. 몰래 살짝 도망쳐야 추격해올 것이옵니다. 문제는 시간이지요."

"시간?"

"만일 시로님이 우지야스라면, 어떻게 우리를 치시겠습니까?"

겐고로는 지도를 돌려 가쓰요리의 눈앞에 놓았다.

가쓰요리가 지도를 흘끗 보고서 대답했다.

"협공을 가해야지."

“협공?”

“당연한 일. 우리는 히라쓰카(平塚)를 거쳐 북상하여, 나카쓰가와(中津川), 미마세(三增) 고개를 넘어 쓰쿠이(津久井)로 향할 것이다. 고슈 가도에 들어서면 곧장 가이로 통하니까. 그것을 막기 위해서는 다키야마(瀧山) 등지에 있는, 무사시의 호조 세력 모두를 이 방면에 배치하고 우리의 퇴로를 차단할 테지. 그렇게 하면 후방에서 추격해온 호조 군과 우리를 협공할 태세가 갖춰지는 것. 그렇게 되면……”

가쓰요리는 그 다음 말을 삼키고 말았다. 호조 군이 그 작전을 구사하면, 다케다 군은 전멸당할 위험에 직면한다. 그 점을 깨달은 것이다.

“정말 대단하시옵니다. 옳으신 말씀. 그 전술을 취하면, 우리는 가이로 돌아가지도 못하고 사가미의 들판에서 종말을 맞이해야 할 것이옵니다.”

“불길한 말을!”

“아니옵니다. 그렇게 생각하게 만드는 것이 바로 군략이지요. 시로 님, 우지야스도 그렇게 생각할 것이옵니다. 바로 그 매력 때문에 난공불락의 성에서 나오게 되어 있나이다.”

“허나 이대로라면 질 것이 분명한데? 아니, 우리가 불리하지 않은가?”

“그러므로 시간이 문제라고 하였나이다.”

“……”

“협공당하지 않으려면 어떻게 해야 하옵니까? 간단하나이다. 협공이란 둘로 나뉘어야 가능한 일. 따라서 우리가 한쪽을 부숴버리면 적의 협공은 불가능하옵니다.”

“그럼 무사시 쪽을?”

가쓰요리는 그제야 깨달았다. 무사시 국에는 다키야마 성을 중심으로 세력을 펼치고 있는, 우지야스의 차남인 우지테루(氏照)가 총대장을 맡고 있는 군대로, 약 이만이 있다. 그들은 무사시 호족들의 집합체로, 마지못해 힘센 호조에게 복속하고 있을 뿐이었다.

실제로 다케다 군이 사가미를 침입했을 때, 힘을 다해 저항할 세력은 우지테루의 동생인 우지쿠니(氏邦)의 군대 수천 명뿐이다.

"그러하옵니다. 시간이 필요한 이유는 바로 무사시 세력을 치기 위해서지요. 우리가 오다와라 성의 포위망을 풀고 물러나기 전에 선발대를 쓰쿠이 쪽으로 보내야 하나이다. 우지야스는 우리 군이 슬그머니 물러난 것을 알게 되면 추격의 기회로 보고 급히 다키야마 성으로 사자를 보낼 것이옵니다. 물론 퇴로를 차단하라고 명하기 위해서지요."

"우지테루가 명을 받고 기세등등하게 다키야마 성을 나서는 것을 선발대가 친단 말이군."

가쓰요리의 말에 겐고로는 크게 고개를 끄덕였다.

"이어서 본군을 급히 진격시켜, 우지테루가 이끄는 무사시 군대를 완전히 괴멸시키는 것이지요."

"그러고 나서는?"

"미마세 고개에서 호조의 본군을 기다리는 거지요. 우지테루가 다케다 군을 저지하고 있을 것으로 믿고 있는 호조 군은, 불을 보고 날아드는 불나방처럼 다케다를 전멸시키기 위해 미마세 고개로 달려올 테니까요."

"바로 그때 포위하여 모두 죽여버리잔 말인가!"

가쓰요리가 놀란 목소리로 물었다.

"그렇게 잘된다는 보장은 없사옵니다."

겐고로가 미소를 떠올리며 대답했다.

"그러나 우리가 무사시 세력을 치기 전에 호조의 본군이 뒤에서 공격을 가해 온다면 어떻게 하겠는가?"

당연한 의문이었다. 그랬다가는 결국 협공당하는 꼴이 되고 만다.

그 의문에 대해서는 신겐이 대답했다.

"걱정 마라. 호조 본군은 이 겐고로에게, 아니 고사카에게 발목을 잡힐 것이다."

가쓰요리는 의아한 눈길로 겐고로를 바라보았다.

"활과 철포로 적의 허리를 쳐서 옴짝달싹도 못하게 하겠나이다."

"몇 명을 데리고 갈 텐가?"

"일천이면 족할 테지요."

"호조 군은 이만이 넘을 텐데, 고작 일천으로 이만 군대를 이길 수 있단 말인가!"

"이긴다고는 하지 않았나이다. 정면 승부를 걸 수야 없는 노릇이니, 그냥 훼방을 놓아서 발목을 잡겠다는 것뿐이옵니다."

"……."

"이곳은 오다와라 성뿐만 아니라 마을들도 산에 둘러싸여 있고, 한쪽은 바다로 트인 요새이옵니다. 그것이 호조의 이점이지요. 그러나 공략하기 힘들다는 것은, 다른 말로 바깥으로 나가기도 힘들다는 뜻. 오다와라의 출구에 병사를 배치해두면, 적은 숫자로도 대군의 움직임을 봉쇄할 수 있나이다."

"겐고로, 그렇게 해서 며칠을 잡아둘 수 있겠느냐?"

신겐이 물었다.

"일단 이틀, 잘만 되면 사흘이옵니다."

"나흘은?"

"좀 어려운 일인 줄 아옵니다."

"좋아. 시로, 겐고로의 솜씨를 잘 지켜보도록 해라."

신겐은 가쓰요리를 향해 힘주어 말했다.

3

그날 밤, 다케다 본군은 어둠을 틈타 은밀히 퇴각하기 시작했다. 그에 앞서, 오바타 오와리카미(小幡尾張守率)가 이끄는 일천이백의 군대가 일몰과 함께 미마세 고개로 향했다. 퇴각은 가능한 한 신속하게, 또한 호조에게 들키지 않게 진행되어야 했다. 다행히 호조 군은 모두 오다와라 성 안에 있었고, 야전과는 달라서 적의 척후병에게 발각될 염려도 없었다.

깃발과 막사는 고스란히 내버려둔 채 퇴각하는 것이었다.

성 쪽에서는 내일 아침이나 돼야 적의 퇴각 사실을 알게 될 것이다. 그때까지 본군은 가능한 한 좀더 미마세 고개 쪽으로 접근해야 한다.

최후미 부대는 겐고로, 즉 고사카가 이끄는 일천의 정예였다. 그들은 거의 새벽까지 본진에 머물면서, 횃불을 밝히는 등 적의 눈을 속이는 공작을 벌인다. 그리고 날이 밝아오면 후닥닥 도망치는 것이다. 아니, 도망치는 척하는 것이다.

"호조 우지야스가 우리의 책략에 걸려들까요?"

조카인 소지로가 물었다. 겐고로가 가문의 뒤를 잇게 할 생각인, 그 젊은이였다.

"걸려들지도 모르고, 안 걸려들지도 모른다."

겐고로는 마치 남의 일처럼 말했다.

투구를 벗고 갑옷 차림 그대로 팔짱을 낀 채 오다와라 성 쪽을 노려보고 있었다. 한 폭의 그림 같은 겐고로의 모습에 얼이 빠져 있던 소지로는 그 한마디에 깜짝 놀랐다.

"걸려들지 않으면 우리가 곤란하지 않사옵니까?"

"왜?"

겐고로가 고개를 돌리며 물었다.

소지로는 눈을 동그랗게 뜨고 되물었다.

"우리 술책에 말려들지 않으면 아무 보람이 없지 않나요?"

"보람? 소지로, 전쟁은 뭘 위해 하는 게냐?"

"……."

"왜 대답이 없느냐?"

"우리 전술이 허탕을 치면 이길 수 없지 않습니까?"

"어떻게 이길 수 없다고 생각하느냐?"

겐고로가 전혀 예상도 못 한 말을 하므로, 소지로의 머리는 점점 더욱 혼란스러워졌다.

"그건 이기기 위해 세운 작전이므로, 작전이 실패하면 지는 게 되는 셈이기 때문이지요"

"그러니까 작전이 실패하면 왜 이길 수 없다고 생각하느냐고 묻지 않느냐?"

소지로는 분연히 대답했다.

"그건 당연하지요"

"당연하다?"

겐고로는 풋, 하고 웃음을 터뜨렸다.

"반드시 그렇지만은 않다, 소지로 잘 생각해보아라. 내가 세운 책략의 진정한 목적이 무엇인지를."

"그야 호조 우지야스를 성 밖으로 유인하여 호조 군을 물리치기 위해서지요"

"그렇다. 그럼 그 술책이 실패하면 어떻게 되겠느냐?"

"……."

"모르겠느냐? 그것은 우지야스가 우리의 유인책에 말려들지는 않았으니, 이 오다와라 성 밖으로 나오지 않음을 의미하는 게야. 그렇다면 우리는 다키야마 성에 진을 치고 있는 우지테루 이하 무사시 세력만을 상대하면 그만이다. 무사시 군은 그나마 성 안에서는 우리와 어느 정도 맞설 수 있을지도 모르지만, 야전에서는 우리의 상대가 아니다. 게다가 오다와라의 본군마저 움직이지 않는다면 우리의 승리는 자명한 일이지.”

“하지만 오다와라의 본군뿐 아니라, 다키야마 성의 무사시 군대도 전혀 움직이지 않는다면 어떻게 하옵니까?”

“그렇다면 길을 따라 가이로 돌아가면 그만이다. 의외로 그게 나을지도 모를 일이야. 고생하지 않아서 좋고, 사람이 죽지 않아서 좋고.”

겐고로가 밝은 표정으로 웃었다.

“그럼 이번 출정은 허사로 돌아가는 게 아닙니까?”

“그렇지 않다, 소지로. 절대로 그렇지 않아. 잘 들어라. 호조는 결코 우리를 그냥 보내지 않을 것이야.”

겐고로가 정색을 하며 말했다.

“왜지요?”

“호조의 체면이 깎이니까.”

“?”

“오다와라 성에 틀어박혀 있는 건 좋아. 오다와라 성은 천하가 인정하는 요새이니, 성에 틀어박혀 적의 대군이 물러나기를 기다리는 것은 당연한 일. 그러나 적이 꼬리를 말고 도망치는, 절호의 기회를 놓친다는 것은 체면을 구기는 일이다. 무엇보다도 호조의 위세를 두려워하여 복속하고 있는 토착 사무라이들에게 뭔가 보여주지 않으면 안 돼. 그렇지 않으면, 겁쟁이 호조를 믿을 수 없다고 할 테니까.”

“과연 그렇네요. 그럼 호조는 어차피 우리를 쫓아오게 될 테니까요.”

소지로가 감탄에 겨운 목소리로 말했다.

"흠, 그러므로 우지야스도 나오지 않을 수 없을 게야."

"그렇다면 우리의 승리는 이미 결정난 것이나 다름없군요."

"그렇지만은 않다."

"?"

"호조 군을 모두 야전으로 이끌어낸 후에라도 우리가 협공당해버리면 아무 소용이 없다. 제 손으로 무덤을 파는 꼴이 되고 말아."

겐고로가 소지로의 어깨를 두드리며 덧붙였다.

"그래서 우리의 역할이 중요하다는 게야. 주군의 본군이 우지테루를 괴멸시킬 동안, 우리는 호조 본군의 발목을 잡고 있어야 한다."

"예."

소지로는 결의를 나타내며 힘차게 고개를 끄덕였다.

별안간 겐고로가 갑옷을 벗어 던졌다.

"왜 벗으시는지요?"

"우리는 정면 승부를 걸지 않아. 이만의 군대에 일천은 상대가 안 되지. 따라서 도망치기 쉬우려면 몸이 가벼워야 한다."

그 말을 듣고 소지로도 그 자리에서 갑옷을 벗어버렸다.

오다와라 성에 있던 우지야스는 새벽에야 다케다 군이 철수했다는 사실을 알았다.

"아버님, 즉시 추격해야 하옵니다."

곧바로 열린 작전 회의석상에서 장남인 우지마사가 우지야스에게 진언했다. 우지야스는 서른둘이 된 이 장남에게 모든 권한을 넘겨주고 은거한 상태였다. 그러나 국운이 걸린 중대한 결정은 모두 우지야스를 통해 이루어지는 것이 호조 가문의 불문율이었다.

"그렇게 하도록 해."

우지야스도 이의가 없었다.

여기서 다케다를 추격하여 손실을 입히기만 한다면, 스루가는 완전히 호조의 수중에 떨어진다. 호조와 다케다, 누가 진정한 강자인지를 천하에 알릴 수도 있었다. 그렇게 되면 거취를 망설이고 있던, 수많은 호족들이 호조에게 달려와 무릎을 꿇을 것이다. 그뿐만 아니라 관동의 지배권도 더욱 튼튼해질 것이다.

게다가 싸움터 자체가 자신의 영지가 아닌가. 지리적인 면에서도 단연 유리했다. 모든 조건이 갖추어졌다.

"우지마사, 우선 다키야마 성의 우지테루에게 전령을 보내도록 하라. 미마세 고개 부근에 진을 치고서 다케다의 퇴로를 차단하라고 말이다."

"알겠사옵니다."

"너는 전군을 이끌고 신겐의 뒤를 따라라. 절대로 놓쳐선 안 돼. 아니야, 나도 가야겠어."

"아버님께서?"

우지마사는 미간을 찌푸리다가 금방 웃음 띤 얼굴을 가장했다.

"아버님이 출진하시면 아군의 사기도 높아질 것이옵니다."

그건 사실이었다.

우지야스는 젊은 날, 저 유명한 '가와고에(河越)의 야전夜戰'에서 대승을 거둔 이후로 단 한 번도 패배하지 않은 명장이 아닌가.

그러나 우지마사는 마음이 불편했다. 아무리 백전백승의 맹장이라지만 우지야스는 이미 은거한 몸이고, 호조 가의 군주는 우지마사였다.

'아버님은 아직도 모든 것을 내게 맡기지 않으시는군.'

우지야스는 우지마사의 마음을 꿰뚫어보고 말했다.

"상대는 천하에서 교활하기로 소문난 신겐이다. 무슨 간계를 부릴지 모를 노릇이니, 조심하는 뜻에서 이 아비가 나서는 게야."

"잘 알겠사옵니다."

우지마사는 여전히 얼굴 가득 미소를 담고 대답했다.

호조 본군은 총 이만. 소수의 병사만 남겨 성을 지키게 하고, 거의 전부가 성을 나섰다.

'신겐 놈, 그냥 도망쳤단 말이지? 대체 무슨 꿍꿍이속이야?'

우지야스는 그게 마음에 걸렸다.

'여하튼 신겐은 가이로 돌아가지 않으면 안 된다. 절대로 이 사가미에 머물 수는 없지.'

이미 10월이다. 게다가 아침저녁의 추위는 예년과 비교가 안 될 정도였다. 높은 산에서는 벌써 눈이 내리고 있었다.

'신겐 놈, 반드시 목을 따고 말 테다.'

우지야스는 행군을 서둘렀다.

4

하루가 지났다.

신겐이 이끄는 다케다 본군은 이미 미마세 고개를 눈앞에 두고 있었다. 신겐은 전군의 행진을 멈추게 하고, 미마세 고개 부근으로 척후병을 보냈다.

"호조 우지테루를 대장으로 하는 무사시 군 이만, 고개 서남쪽에 진을 치고 있나이다."

"오바타 오와리카미, 미마세 고개 배후에 있는 쓰쿠이 성을 장악했사옵니다."

이어지는 보고를 통해 미마세 주변 정세가 명확해졌다.

오다와라에서 동쪽으로 나아가, 히라쓰카에서 사가미(相模) 강을 따라 북상한 본군은 지금 미마세 고개를 바로 눈앞에 두고 있었다. 그 북쪽 미마세 고개 입구에는 호조 우지테루가 이끄는 이만의 군대가 있었다. 그리고 그 북쪽 쓰쿠이 성에는 아군 약 일천이백이 대기하고 있는 중이었다. 쓰쿠이 성을 넘으면 고슈 가도였고 가이까지 길이 이어져 있었다.

'우지테루는 용병술을 모르는 작자다.'

신겐은 남모르게 미소짓고 있었다.

호조 군은 고개 위에도, 아래에도 있었다. 이럴 때에는 높은 곳에 진을 쳐야 했다. 그쪽이 전망이 좋다. 적은 경사면을 기어올라야 하므로 힘이 든다. 철포로 조준 사격을 가할 수 있다.

경사면 위에는 나무가 무성하여 진을 칠 수 없는 경우도 있었지만, 미마세 고개에는 잔디가 깔려 있을 뿐, 키 큰 나무는 거의 찾아볼 수 없었다. 즉, 고개 위에 포진하는 데 아무런 불편이 없는 것이다.

신겐은 작전을 세웠다. 처음에는 미마세 고개에 잠복하고 있는 호조 군과 정면 대결을 벌일 생각이었지만, 오히려 측면으로 우회하여 적을 뒤에서 기습하는 것이 더 유리하다는 것을 알았기 때문이다.

이 부근은 평야가 많은 사가미 중에서도 산이 깊은 지형이었다. 다케다 군은 가이, 시나노를 본거지로 하고 있어서 산악 전투에 능했다.

신겐은 군령을 발했다.

본대 일만삼천, 야마가타 마사카게 부대 오천은 미마세 고개 동남쪽 산을 따라 이동하여, 미마세 고개의 호조 군 뒤로 돌아든다. 그리고는 야음을 틈타 이동하여, 새벽과 함께 배후의 산 위에서 고개 아래에 있는 호조 군을 향해 일제 돌격을 개시한다. 본대와 야마가타 부대를 둘

미마세 고개 협공전 주변도

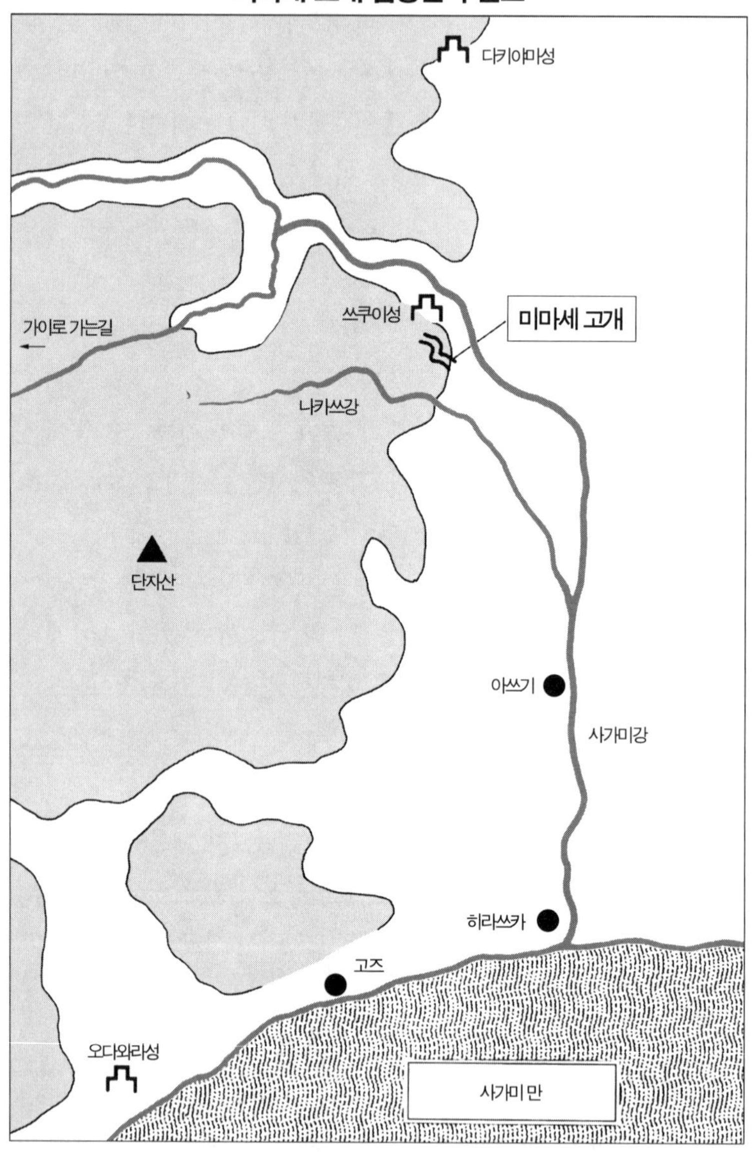

로 나눈 것은, 야마가타 부대를 더 우회하게 하여 적의 측면을 치기 위해서였다.

또한 군량 등의 보급 물자를 담당하는 보급 부대에는, 다케다 군의 정예 중의 정예인 나이토 마사토요(內藤昌豊) 부대 일천을 호위로 붙여두었다. 고국을 떠나 적지에서 싸우기 위해서는 무엇보다 군량이 중요했다. 이것을 빼앗기면 다케다 군은 꼬리를 말고 도망칠 수밖에 없었다. 그러므로 나이토 부대를 호위로 붙여두었던 것이다.

신겐은 그 점에 대해서는 안심하고 있었다.

이곳은 평야가 아닌 산악이다. 일단 그 산악 중심지로 파고들면, 호조 군은 쉽게 보급 부대를 발견할 수 없을 것이다. 게다가 나이토 부대가 호위하고 있었다. 보급에 대해서는 걱정할 필요가 없었다.

이제 우회 작전이 적에게 발각되지만 않으면 된다.

다케다 군은 산악 깊숙이 잠행했다. 적의 배후로 돌아들기 위해서는 최소한 하루가 걸린다. 직진하면 반나절의 일정이 되겠지만.

'겐고로, 부탁한다.'

신겐은 어둠을 향해 나지막이 속삭였다. 이 작전의 성공 여부는 겐고로 부대가 호조 본군의 발목을 얼마나 잡아주느냐에 달려 있었다.

한편, 우지야스는 초조감을 감출 수 없었다.

오다와라 성을 나서서 미마세 고개까지는 10리, 서둘러 달리면 하루면 족했다. 그런데도 우지야스 군대 이만은 하루가 지나도 겨우 2리밖에 움직이지 못했다.

그것은 다케다 군의 교묘한 교란 작전 때문이었다. 철포가 문제였다. 몇십 정 정도도 아니었다. 고작 몇 정밖에 안 되는 것 같았다.

대군이 진행하는 방향에서, 산 위에 엎드려 저격해오는 것이었다.

적은 총대장인 우지야스와 우지마사를 집요하게 노렸다. 소수의 적이 공격을 가해올 때마다 전군을 정지시키고 응전하지 않으면 안 되었다. 그러나 이쪽이 응전 태세를 취하면 상대는 재빨리 산으로 숨어버렸다.

처음에는 다수의 병사를 선발대로 보내어 추격전을 벌였지만, 상대는 산악 전투에 노련한 다케다 군이었다. 아무리 애를 써도 잡을 수가 없었다.

"아버님, 밤까지 기다리기로 하시지요."

우지마사가 진언했다.

"음."

우지야스는 고개를 끄덕였다.

적이 이렇게 나올 줄은 꿈에도 생각지 못했다. 고작 오천 정도의 후방 부대가 정면에서 길을 가로막고 기다리고 있을 것으로 생각했다.

적의 숫자는 오천보다 훨씬 적어 보였다. 그런데도 이만의 대군이 제대로 행군을 못하고 있는 것이다. 지형 탓도 있었다. 바다를 따라 이어지는 길에 면한 산, 그 산 위에서 저격하기란 식은 죽 먹기였다.

우지야스는, 적이 이런 작전을 쓰리라고는 꿈에도 생각지 못했다. 본래 지형을 이용한 작전은 그 지방의 군대가 써먹는 법이었으니까.

그런데 오히려 당하고 있지 않은가.

그날 밤, 우지야스는 잠을 이루지 못했다. 적이 야습을 감행했기 때문이다. 이번에는 보급 부대를 치고 들어왔다. 식량이 거의 다 불타고 말았다. 실수였다. 너무 안심하고 있었던 것이다.

우지야스는 생각보다 적의 숫자가 많다는 것을 알았다. 수십 명의 철포대가 아니라, 적어도 오백 이상, 아니 일천은 된다는 것을 알았다.

그러나 이미 엎질러진 물이었다. 아무리 영지 안이라고는 하지만, 이만의 대군을 굶기면서까지 진군할 수는 없는 노릇이었다.

군량을 확보하지 않을 수 없었다. 병사들이 각자 지참하고 있는 식량은 고작 이틀치. 이대로 산악전으로 돌입하면 위험했다. 만일 장기전으로 들어가면 군 전체가 위험에 직면하고 만다.

우지야스는 고우즈(國府津)에 진을 치고, 주변 마을에서 군량을 징발했다. 그 때문에 진군이 더욱 늦어지고 말았다.

5

신겐은 무사히 우회에 성공했다. 오다와라를 출발한 지 이틀째 밤이었다. 다행히 호조 우지테루가 이끄는 이만의 병사들은 전혀 눈치채지 못하고 있었다.

"잘 들어라. 날이 밝아오면 호조 우지테루와 우지쿠니 형제의 부대 오천을 칠 것이다."

신겐은 장수들을 모아놓고 주의를 주었다.

"그러나 호조를 돕기 위해 참전한 무사시 호족들의 군대는 절대로 건드려선 안 된다. 설령 철포대의 공격을 받는다 해도 반격을 가해서는 안 된다. 알겠느냐!"

"왜 그렇게 해야 하옵니까?"

즉시 반발하는 자가 있었다. 가쓰요리였다.

신겐이 바라던 질문이었다.

"왜냐하면 호족들에게는 우리와 싸울 의사가 전혀 없기 때문이다."

"?"

"그놈들은 호조의 위세에 겁을 먹은데다, 명에 따르지 않으면 목숨이 위험하므로 어쩔 수 없이 병사를 파견했을 뿐이다. 가능하다면 싸우고 싶지 않을 게야. 그러므로 우리의 진정한 적은 우지테루, 우지쿠니 형제가 이끄는 부대뿐이다. 이 부대를 쳐버리면 호족들은 오합지졸이 되어 도망치고 말 것이다. 전장에 나서는 것으로 호조에 대한 의리를 다했다고 생각할 테니까. 일단 목숨부터 구하고 보자는 자들이야.”

신겐이 힘주어 설명했다.

가쓰요리뿐만 아니라 다른 장수들도 묻고 싶은 말이었다.

“그러면 체면이 서지 않사옵니다.”

가쓰요리가 불만을 토로했다.

“전투는 체면을 차리기 위해 하는 게 아니다. 이기기 위해서 하는 게야. 이 점을 잊어선 안 돼. 공격하면 반드시 반격하게 마련이다. 가쓰요리, 너라도 뺨을 맞으면 상대의 뺨을 치려 할 테지?”

“당연하옵니다.”

“싸울 생각도 없는 무사시 병사들을 싸우게 만들어서야 되겠느냐?”

“……”

“따라서 우리도 공격하지 않아야 한다. 우리의 적은 우지테루의 군대 오천. 절대로 잊어선 안 돼!”

신겐이 엄하게 명했다.

날이 밝았다.

신겐은 자신의 지휘 본부를 고개 아래의 호조 군을 내려다보는, 낮은 산에 두었다. 주위는 넓은 풀밭이었다.

호조 군의 대장인 우지테루는 아군의 공포에 찬 비명소리를 듣고 눈을 떴다. 동생인 우지쿠니가 입에 게거품을 물고 뛰어들어왔다.

“형님, 적이오!”

“뭐, 적? 어디?”

우지테루는 눈을 비비며 앞쪽을 바라보았다.

적의 모습은 어디에도 없었다.

"아니오, 이쪽, 이쪽!"

우지쿠니는 반대 방향을 가리켰다. 우지테루는 그것을 보는 순간 간담이 서늘해졌다. 다케다 군은 뒤편 산 위에서 이쪽을 내려다보고 있는 것이었다. 일만여의 군사였지만, 우지테루의 눈에는 이만, 아니 삼만 정도로 보였다.

"으앗!"

우지테루는 저도 모르게 비명을 질렀다.

산이라기보다는 거의 언덕에 가까웠다. 그 경사면 위에서, 용맹하기로 천하에 알려진 다케다의 기마 부대가 돌격 준비를 하고 있었다.

'지금 공격을 당하면 끝장이다.'

우지테루는 즉시 군령을 발했다. 전위 부대를 즉시 뒤로 돌아오게 했다. 그러나 신겐은 그것을 기다리고 있었다. 산을 무너뜨릴 듯이 처절한 굉음이 울려퍼졌다. 다케다의 철포대가 우지테루 진을 지키기 위해 앞으로 나선 부대를 향해 일제 공격을 가한 것이다. 다케다의 철포대는 그 숫자가 많지 않았지만, 조준은 정확했다.

호조 군의 전위는 그 공격에 얼이 빠지고 말았다.

"돌격!"

신겐의 명령에, 기마대는 일제히 내달리기 시작했다.

함성이 울려퍼졌다. 잠에서 막 깨어나자마자 철포 공격을 받고 전의를 상실한 호조 군 속으로 돌격한 기마대는, 종횡무진 적의 목을 치기 시작했다.

우지테루는 군을 추스를 겨를조차 없었다. 전령을 보내어 주변 아군의 가세를 요청했지만, 무사시 호족의 군대는 의리상 다케다 군을 향해 철포를 몇 발 쏘는 정도에 그쳤다.

"일단 철수한다, 철수!"

우지테루가 외쳤다.

호조 군은 일제히 도망치기 시작했다. 그렇다고 해서 전장을 이탈하는 것은 아니었다. 얼마쯤 물러났다가 적의 추격이 느슨해지면, 태세를 고쳐 반격으로 돌아설 생각이었다. 다케다 군의 퇴로를 차단하고, 호조 본군와 합세하여 협공을 벌이는 것이 우지테루 군의 임무였다. 그렇기 때문에 절대로 패주해서는 안 되었다.

우지테루는 1리 정도 후퇴하더니, 한바라(半原)라는 평지에 이르러 기를 높이 치켜들고 병사들을 모아 부대를 재편성했다.

그러나 신겐은 이미 그런 움직임을 예상하고 있었다. 우지테루가 그렇게 할 것이라는 것, 어디에서 할 것이란 것까지 이미 알고 있었던 것이다. 신겐은 바로 그 점에 착안하여, 야마가타 마사카게에게 병사 오천을 주어 측면으로 파고들게 했던 것이다.

우지테루는 그 함정에 제대로 걸려들었다. 병사들이 반쯤 모였을 즈음, 야마가타 부대는 서쪽 경사면에서 우지테루의 본대를 급습했다.

두 번째 공격으로 우지테루 군은 속절없이 무너져 내렸다.

그 사이 신겐이 이끄는 본군은 고개 남쪽으로 별동대를 파견하여, 북상해오는 우지야스 군과 우지테루 군의 잔병이 합류하지 못하게 길목을 차단했다. 우지테루 군은 어쩔 수 없이 본거지인 다키야마 성으로 향하지 않을 수 없었다. 그 지경에 이르자, 무사시 호족의 병사들은 그림자도 찾아볼 수 없었다. 신겐의 예상대로, 총지휘자인 우지테루가 패퇴하자 그냥 줄행랑을 치고 말았던 것이다.

'이겼다!'

고개가 내려다보이는 산 위에서 신겐은 흡족한 미소를 머금었다.

우지테루 군 오천은 거의 괴멸 상태에 빠지고 말았다. 게다가 신겐이 무엇보다 두려워하던 우지야스의 본군에 우지테루 군이 합류하는 사태도 일어나지 않았다.

우지테루 군은 우지야스와는 반대편인 북쪽으로 도망치고 있었다. 우지야스는 우지테루 군대에 무슨 일이 일어났는지 전혀 모른 채 북상해오고 있는 것이다.

"주군께 아뢰옵니다."

전령이 달려왔다.

"아사리 우마노스케님, 전사하였나이다."

만면에 미소를 머금고 있던 신겐의 표정이 얼어붙었다.

아사리 우마노스케 노부타네(淺利右馬助信種), 신겐이 아끼는 무장이었다. 전사의 상황을 들어보니 철포에 맞았다는 것이었다.

'무사시의 병사들이 공격해도 반격하지 말라고 한 나의 명령 때문에…….'

우마노스케의 부대는 후위에 있었다. 저격한 것은 호조 군이 아니라 무사시 군대였을 것이다. 호조에 대한 의리 때문에 쏜 철포였으리라.

'결국 우마노스케를 죽이고 말았군.'

이것 한 가지가 유일한 회한이었다. 다행히 저격만 당했을 뿐, 목은 달아나지 않았다.

신겐은 우마노스케의 유해를 정중히 묻어주라고 명했다.

6

그 무렵 우지야스는 겨우 미마세 고개 남방 2리 지점에 도착했다.

결국 하루 만에 올 거리를 꼬박 사흘을 소요했던 것이다.

'신겐 놈, 이렇게 곤경에 빠뜨리다니, 두고 보자!'

우지야스는 분노로 온몸을 떨었다.

신겐의 부대는 마치 곰의 피부에 달라붙은 벼룩처럼 음산하고 집요하게 공격을 가해왔다. 죽을 고생을 하며 그 공격을 겨우 떨쳐버리고 여기까지 이른 것이었다.

'죽어도 협공당하기는 싫다는 게지?'

우지야스는 속으로 조소해 마지않았다.

신겐이 그토록 집요하게 발목을 잡는 이유는 그것밖에는 생각해볼 수 없었다. 우지테루가 이끄는 무사시 군대에게 퇴로를 차단당하고, 그 배후에서 우지야스가 이끄는 본군의 공격을 받는다.

절대로 이길 수 없는 그림이었다. 그러므로 신겐은 그런 사태를 피하기 위해 필사적으로 유격 작전을 펼치는 것이었다.

그러나 신겐은 아직 고슈 가도까지 나서지 못한 게 분명했다. 그렇기 때문에 우지테루의 군대를 쳐부숴야 했다. 아무리 신겐의 군대가 강하다고 하지만, 수적으로 우세한 우지테루 군을 그리 간단하게 격파할 수는 없을 것이다.

'신겐 놈, 드디어 네놈도 마지막이다.'

우지야스는 이렇게 생각했다. 그러나 그런 생각을 바꾸게 한 것은 장남인 우지마사의 들뜬 목소리였다.

"아버님, 드디어 신겐의 목을 안주로 술을 마실 수 있게 되었사옵니다."

그 한마디가 우지야스의 귀를 송곳처럼 찔렀다.

'가만?'

우지야스의 머릿속에 다른 생각이 떠올랐다.

‘신겐 정도 되는 장수가 이렇듯 간단히 궁지에 빠질 수 있는가?’

우지야스는 아들인 우지마사의 능력을 그리 높게 평가하지 않았다. 호조 가의 장남으로는 걸맞지 않은 그릇이었다. 특히, 군략 면에서는 자질이 없다고 보아야 했다.

그 아들이 기뻐하는 모습을 보고 우지야스는 고개를 갸우뚱했다. 싸움 잘하기로 유명한 신겐이 우지마사가 손뼉을 치며 좋아할, 그런 말도 안 되는 실책을 범하다니.

‘뭔가 있다.’

우지야스는 다시 생각해보았다.

그 집요한 방해 공작은 무엇을 의미하는 것일까. 간단히 생각하면, 본군의 진군을 방해하여 가이로 도망칠 시간을 벌자는 의미일 것이다.

그러나 과연 그럴까?

우지야스는 생각에 생각을 거듭해보았다.

신겐은 여전히 미마세 고개가 내려다보이는 산 위에 진을 치고 있었다. 고개를 둘러싼 산 그늘에 병사들이 매복해 있었다.

신겐의 전략은 이렇다.

다케다 군이 완전히 장악한 미마세 고개 주변에 병사들을 매복시켜 둔다. 호조 군이 나타난다. 당연히 본군은 신겐의 ‘풍림화산’의 깃발을 보고, 그곳을 향해 치고 들어올 것이다. 그러면 즉시 포위 작전을 펼쳐 적을 섬멸한다. 물론 호조 우지야스, 우지마사 부자의 목을 노린다. 이 두 사람만 죽여버리면 호조 가는 무너지고 말 테니까.

예전에 오다 노부나가가 이마가와 요시모토를 죽이고 스루가, 도토미의 태수인 이마가와 가를 파멸시켰듯이, 다케다는 호조의 나라인 사가미, 이즈, 무사시, 거기에 스루가를 단숨에 손에 넣고, 천하 제일의 요새인 오다와라 성을 장악할 수 있을 것이다.

아무리 난공불락의 성이라고는 하지만, 주인을 잃으면 약해지는 법이다.

신겐은 책상 앞에 앉아 눈 아래의 고개를 내려다보고 있었다.

이제 사냥감이 그물에 걸려들기를 기다리기만 하면 된다.

그때 겐고로가 달려왔다.

새카맣게 그을린 얼굴에, 눈빛이 빛났다.

"대승을 축하드리옵니다."

겐고로가 머리를 숙였다. 피로에 절은 표정이었다.

"수고가 많았다. 자네 덕분이야."

신겐은 위로의 말을 건넸다.

"황공하옵니다."

"이제는 대어를 낚을 차롄가."

신겐이 이렇게 말하자, 겐고로는 하얀 이를 드러내며 웃었다.

"그렇게만 되면 얼마나 좋겠나이까."

"내가 지금 무슨 생각을 하는 줄 아느냐?"

신겐이 물었다.

"아직 잡지도 못한 너구리 가죽으로 옷을 지을 생각이시지요."

겐고로의 대답에 신겐은 웃음을 터뜨렸다.

"자네가 보기에는 어떤가?"

"승률은 5할로 보아야 하지 않겠나이까?"

그 말을 듣고 신겐은 의외라는 표정을 지었다.

"5할이라니, 너무 박하지 않느냐?"

"상대는 우지야스가 아니옵니까?"

겐고로는 시선을 돌려 고개를 바라보았다. 아직 호조의 본군은 모습을 드러내지 않고 있었다.

"이쪽으로 와서 자네도 한번 내려다봐."

신겐은 의자를 겐고로에게 내주었다.

"눈치챌까?"

신겐은 기대에 부푼 가슴으로 물었다.

"1각만 지나면 알 수 있사옵니다."

잠시 침묵이 흘렀다. 신겐은 더 이상 참지 못하고 자리에서 벌떡 일어나, 지휘채를 흔들며 의자 주위를 서성거렸다.

겐고로는 묵묵히 그 모습을 지켜보았다.

그대로 반각이 흘렀다.

이윽고 척후병으로부터 소식이 날아들었다.

"호조 군 약 이만이 고개를 향해 다가오고 있사옵니다."

"드디어 왔느냐?"

신겐은 고개 쪽으로 시선을 고정시켰다. 이제 곧 시야에 들어올 것이다.

'오너라, 우지야스 목을 내놓아라.'

그렇게만 되면 다케다의 천하통일이 10년은 빨라질 수 있었다. 결코 젊지 않은 신겐에게, 그것은 인생 최대의 쾌거가 될 것이다. 그 순간이 바로 눈앞까지 다가와 있었다.

'왔다!'

신겐의 눈에도 호조 군의 선두가 보였다. 비늘 세 개의 문양이 선명히 아로새겨진 깃발을 앞세우고, 호조 군은 고개 바로 앞쪽에 모습을 드러냈다.

'오너라, 우지야스! 빨리 오너라.'

신겐은 기도하듯이 속으로 외쳤다.

우지야스의 본대가 고개에 접어들면 신겐이 지휘채를 흔들 것이다. 그것을 신호로 산 위에서 철포를 발사하고, 큰 깃발을 흔든다.

그러면 복병들이 일제히 돌격하여 호조 군의 퇴로를 차단한다.

그런 형태만 만들어진다면 호조 군에게 승리는 없다.

'……!'

믿을 수 없는 일이 벌어졌다. 고개 입구까지 온 호조 군이 갑자기 방향을 돌려 물러나기 시작했던 것이다.

"왜 그러느냐, 우지야스!"

신겐은 저도 모르게 우지야스의 이름을 외쳤다.

"아무래도 눈치를 챈 것 같사옵니다."

겐고로가 냉정한 목소리로 말을 건넸다.

겐고로는 우지야스의 목을 치는 것까지는 생각지 않았다. 그것이 가능하다면 그보다 더 좋은 일이 없을 테지만, 우지야스가 눈치챌 가능성이 더 크다고 보았던 것이다.

"과연 우지야스로군. 너구리 같은 놈, 걸려들지 않았구나."

흥분에서 깨어난 신겐이 쓴웃음을 흘리며 말했다.

"그렇지만 이번 전투는 대승리가 아니옵니까?"

겐고로는 진심으로 이렇게 말했다.

신겐도 크게 고개를 끄덕였다.

"이것으로 우지야스는 다케다에게 꼬리를 만 셈이야."

"그러하옵니다. 이것으로 스루가의 주인이 되셨나이다."

겐고로는 귀환하는 호조 군을 두 눈으로 확인하면서 말했다.

아즈치의 봄

1

1570년(에이로쿠 13년) 봄.

오다 군은 오랜만에 평온한 나날을 보내고 있었다.

오다 가는 이세를 장악하고, 미야코의 아시카가 쇼군의 비호자庇護
者로서 사실상 오다 왕국을 건설해가고 있었다.

군주인 노부나가는 여전히 기후를 본거지로 삼고서, 언제든지 미야
코를 장악할 태세를 갖추고 있었다. 노부나가의 마음은 점점 무로마치
막부를 떠나고 있었다.

아시카가 요시아키 쇼군은 원래 가쿠케이(覺慶)라는 승려였다. 그러
나 형인 요시테루를 비롯해, 아시카가 가의 남자들이 연달아 살해당하
자 어쩔 수 없이 환속하여 15대 쇼군 자리를 이어받았던 것이다.

난세였다.

아시카가 쇼군 가는 이미 이름뿐인 존재로, 영지도 없고 군대도 없

었다. 요시아키도 제 힘만으로는 미야코에 살 수 없는 형편이었다.

노부나가는 그렇듯 유랑자 신세에 빠진 요시아키를 끌어들였다.

요시아키는 그때까지 에치젠의 태수인 아사쿠라 요시카게(朝倉義景)에게 신세를 지고 있었다. 요시카게는 쇼군 가의 혈통을 이어받은 요시아키를 데리고 있으면서 심하게 괄시했다. 살 집을 마련해주고 마치 동냥이라도 주듯이 먹거리를 제공했지만, 그를 데리고 미야코로 갈 생각은 하지 않았다.

요시카게는 천하를 제패하려는 기백도, 야심도 없었다.

노부나가는 그 점에 착안했다. 요시아키에게 사자를 보내어 본국인 미노로 오게 한 다음, 주저 없이 군대를 이끌고 미야코로 들어갔다. 그리고 아시카가 쇼군 가를 다시 일으킨다는 명분하에 요시아키를 쇼군 자리에 앉히고, 그 자신이 뒤에서 조종하며 미야코, 사카이, 오즈로 세력을 뻗쳐 나갔다.

노부나가의 노림수는 일본 중앙부를 장악하여 그 경제력을 손에 넣는 것이었다.

그리고 또 한 가지 목적이 있었다. 철포였다.

새롭게 손에 넣은 오미(近江) 국에는 구니토모(國友)라는 마을이 있었다. 일본에서 손꼽히는 철포 산지였다. 그뿐만이 아니다. 철포에는 화약이 필요했다. 화약이 없으면 철포는 쇠막대기에 지나지 않았다. 그 화약을 제조하기 위해 절대적으로 필요한 것이 초석(연초)인데, 그것은 포르투갈이나 중국에서 수입하는 수밖에 없었다. 초석은 아직 국산화되지 못하고 있었다.

따라서 무역항을 장악해두면, 화약을 독점적으로 수입함으로써 다른 영주에 대한 공급을 끊어버릴 수 있는 것이다.

철포 생산지를 장악하고 화약의 수입항을 손에 넣으면, 오다 가는 일본 최고의 철포 영주가 될 수 있었다.

노부나가의 바람은 착착 현실화되어갔다. 이번 봄에 노부나가는 기후 성에 약간의 병사만 남겨둔 채 오미로 들어갔다. 오미의 비와(琵琶)호 언저리에는 조라쿠지(常樂寺)라는 마을이 있었다. 논 사이로 복잡하게 얽힌 수로가 어지럽게 내달리고, 봄 안개 긴 산 위를 비치는 달빛이 너무도 아름다운 곳이었다.

노부나가는 이곳의 봄 경치를 사랑했다.

군사들을 그곳에 주둔시키고, 노부나가는 사방으로 포고령을 발하였다. 전쟁을 위해서가 아니었다. 스모 흥행을 위해서였다.

노부나가는 스모를 좋아했다. 오미 국 전체의 스모 선수들이 모여들자 화려한 흥행이 벌어졌다. 햐쿠사이지노시카(百濟寺の鹿), 고시카(小鹿), 가와하라데라노다이진(河原寺の大進), 하시고쇼, 미야이메자에몬(宮居木左衛門), 아오치요우에몬(靑地与右衛門), 나마즈에마타이치로(鯰江又一郎) 등이 명승부를 펼쳤다. 노부나가뿐 아니라 주변 마을에서 모여든 구경꾼들도 열광해 마지않았다.

노부나가는 조라쿠지에서 세이노스케를 불러들였다.

이세 평정 이래, 세이노스케는 자신의 후견인인 다키가와 가즈마스와 함께 오코치 성에 머물렀다. 이세의 전 주인이었던 기타바타케 도모노리는, 노부나가의 차남인 노부오를 기타바타케의 후계자로 삼는다는 조건으로 항복하고 성을 떠났다.

세이노스케는 영문을 몰라 고개를 갸웃거리며 조라쿠지로 향했다. 주군이 신하에게 맡긴 가신을 직접 불러들인다는 것은 이례적인 일이었다.

오다 가는 오와리, 미노, 이세, 야마시로(山城), 야마토(大和), 이즈미(和泉) 등 여섯 나라와 오미의 반을 장악하고 있었다. 그 때문에 유력한 신하들을 각지로 파견하여, 그들에게 나라를 맡기고 있었다. 이세에는 가즈마스가 가 있었다. 세이노스케의 신분은 노부나가의 신하였지만, 같은 노부나가의 직속 신하인 가즈마스에게 맡겨진 상태였다. 그것을 '요리지카(寄親)'라고 한다.

그런데 요리지카를 건너뛰어, 노부나가에게서 직접 부름을 받은 것이었다.

노부나가는 조라쿠지가 내려다보이는 낮은 언덕 위에서 기다리고 있었다. 포르투갈 상인에게서 선물로 받은 망토를 걸치고, 한 손에는 돋보기 안경을 든 채 노부나가는 푸근한 미소를 머금고 있었다.

"잘 왔다. 어서 올라오너라."

"하앗!"

세이노스케는 땅바닥에 무릎을 꿇은 채 노부나가 쪽으로 다가갔다.

"일어서라. 여기서 경치나 감상하도록 하자꾸나."

노부나가의 말에 세이노스케는 무릎을 펴고 일어섰다.

"호오!"

세이노스케는 저도 모르게 감탄사를 발했다.

언덕 바로 아래에까지 호수가 찰랑이고 있었다.

그 앞쪽에는 봄 안개가 뽀얗게 끼어 있고, 히에이잔(比叡山) 산줄기가 보였다. 바로 눈앞은 넓은 논 지대였는데, 사방으로 뚫린 수로로 조각배들이 오가고 있었다. 중국의 산수화를 보는 듯한 절경이었다.

"정말 아름다운 경치이옵니다."

노부나가는 만족스럽게 고개를 끄덕이며 되받았다.

"흠, 세이노스케, 난 여기에 성을 세울 생각이다."

"성을?"

세이노스케는 눈을 동그랗게 뜨고 주군의 얼굴을 바라보았다.

"기후의 성보다 큰 놈을 말이다. 이 오미뿐 아니라 미야코 주변 지역을 장악하고, 북쪽까지 다스릴 거점으로 말이야. 이름도 정해두었다."

노부나가는 웃음을 머금으며 그 이름을 공표했다.

"아즈치(安土)."

"아즈치라 하셨나이까?"

"이렇게 쓴다."

노부나가는 안경을 시종에게 건네주고, 나뭇가지를 주워 땅바닥에 글자를 썼다.

"평안낙토平安樂土라는 뜻이옵니까?"

"그렇고말고 과연 명문 모치즈키 출신답다. 학문을 했구면."

"황공하옵니다."

"신겐이 스루가를 손에 넣었다고 하더군."

노부나가가 별안간 화제를 바꾸었다.

"내가 이세를 손에 넣은 것과 신겐이 스루가를 손에 넣은 것, 어느 쪽이 더 큰 것 같으냐?"

세이노스케는 일순 망설였다. 그러나 곧 마음을 정했다.

"황공하옵지만, 신겐이 얻은 것이 더 큰 줄 아옵니다."

노부나가의 얼굴에서 웃음이 사라졌다.

"왜 그렇게 생각하느냐?"

"신겐의 나라에는 바다가 없었사옵니다. 바다는 많은 부를 가져다주고, 그 바다가 있으면 외국과 직접 교역을 하여 철포나 화약을 마음껏 사들일 수 있나이다."

"신겐이 스루가 때문에 부강해졌단 말이냐?"

"그러하옵니다."

노부나가가 웃었다.

"그렇겠지. 나도 그렇게 생각한다."

"……."

"신겐을 그냥 내버려두면 네 말대로 외국과 무역을 시작할지 모른다. 부자가 되고 강해지겠지. 지금 쳐야 할까?"

세이노스케는 다시 무릎을 꿇고 노부나가를 올려다보았다.

왜 노부나가가 자신을 불렀는지, 그 이유를 알 것 같았다.

"친다고 하심은 도토미의 도쿠가와님과 합세하여, 신겐을 스루가에서 쫓아낸다는 말씀이오니까?"

"그렇다. 네 생각을 말해보아라."

노부나가가 심각한 표정으로 말했다. 노부나가 군단에 인재가 많다고는 하지만, 다케다 군과 실제로 싸워본 경험을 가진 사람은 세이노스케 한 사람뿐이라 해도 과언이 아니었다.

단순히 다케다 군과 한두 번 전투를 해본 자 정도는 있을지도 모르지만, 신겐과 직접 얼굴을 맞대고서 지난 반생을 적으로 부딪치며, 그 전략 전술을 알고 있는 사람은 세이노스케 외에는 없었다. 그 때문에 노부나가는 요리지카인 가즈마스를 건너뛰어, 직접 세이노스케를 불러들였던 것이다.

세이노스케는 생각을 가다듬었다.

신겐을 스루가에서 추방하는 일이 결코 불가능한 것만은 아니다. 신겐은 이마가와, 호조와 맺은 삼국동맹을 파기하고 스루가를 침략했다.

이마가와는 멸망한 것이나 다름없지만, 호조의 대국은 아직 건재해 있다. 호조는 스루가를 다케다에게 빼앗긴 것에 격분하고 있었고, 다케다가 더 강성해지는 것을 두려워하고 있었다.

그러므로 호조와 맹약을 맺어 사가미에서 출병케 하고, 도토미에서도 공세를 가한다면 스루가의 다케다는 궁지에 빠져들 것이다. 불가능한 일만은 아니었다.

그러나…….

"그만두시는 편이 좋을 줄 아옵니다."

세이노스케는 노부나가의 얼굴을 똑바로 쳐다보며 말했다.

노부나가는 말없이 세이노스케의 눈길을 정면으로 받았다.

이미 얼굴에서 웃음이 사라졌다. 이유를 말하라는, 그런 표정이었다.

"그렇다면……."

세이노스케는 아랫배에 힘을 준 다음 입을 열었다.

"오다 가의 병사는 다케다 가의 상대가 되지 못하옵니다."

"……."

"소인, 주군을 모시기 전에 다케다 병사 한 명이 오다 병사 셋은 상대할 수 있다는 이야기를 자주 들었나이다. 그러나 그것은 소문일 뿐, 아무리 그렇다고는 하지만 있을 수 없는 일이라고, 다케다 병사가 강하다고는 하지만 하나가 셋을 상대할 수는 없을 것이라고, 말도 안 되는 이야기라고, 거들먹거리기 좋아하는 신겐의 떨거지들이 오다 가를 깔보고 하는 이야기라고……."

"그런데 그게 사실이더란 말이냐?"

세이노스케는 말하기가 곤란하다는 표정을 지으며 잠시 망설이다가 말을 이었다.

"그러하옵니다. 지금 상태로는 수적으로 다케다의 세 배를 모아야 겨우 호각互角이옵니다. 승리를 거두려면 네 배, 다섯 배의 군사가 있어야 하옵니다."

"다케다가 일만이라면, 우리는 사만이 있어야 이길 수 있단 말이렷다?"

"그러하옵니다."

이렇게 대답하고 나서 세이노스케는 노부나가의 반응을 살폈다. 아마 평범한 장수였다면 화를 냈을 터였다. 세상의 어떤 영주든, 자신의 병사들이 약하다고 평하면 화를 낸다. 하물며 네 배 이상이 안 되면 이길 수 없다고 하니, 오기로라도 그 말에 반발하지 않을 수 없을 것이다.

그러나 노부나가의 반응은 달랐다. 격분하기는커녕 미소를 짓는 것이었다.

"이놈, 말 한번 잘하는구나."

"황공하옵니다."

머리를 숙이며 세이노스케는 가슴을 쓸어내렸다.

여기서 화를 내는 장수라면 절대로 다케다에게 이길 수 없다.

"그럼 그만둬야겠지."

마치 산책을 그만두겠다는 식으로 노부나가가 말했다.

세이노스케는 고개를 끄덕였다.

그것은 당연했다. 스루가에 주둔하는 다케다의 병사가 이만이라고 하자. 그렇다면 오다 가는 팔만을 동원해야 이길 수 있다는 말이다. 호조 군도 있지 않느냐고 할지도 모른다.

그러나 호조 군은 신겐을 스루가에서 쫓아낼 때까지만 동지가 되어줄 터였다. 신겐이 사라지면, 보물섬과 같은 스루가를 둘러싸고 오다와 호조는 적이 될 것이다. 호조 군은 신겐과의 싸움에서 지칠 대로 지친 오다 군에게 이빨을 드러내고 으르렁거릴 것이다. 무엇보다 호조 군은 스루가의 이웃인 사가미를 본거지로 하고 있지 않은가. 당연히 유리하다.

그렇다면 호조를 치면 되지 않는가. 그러나 호조에게는 난공불락의 오다와라 성이 있다. 그곳으로 도망쳐 들어가면 도저히 손을 쓸 수 없는 것이다. 게다가 오다와라를 치고 들어가면, 이번에는 신겐이 배후를 치고 들어올 터였다.

가이로 쫓겨났다고 가만있을 신겐이 아니었다.

그럼 십만의 대군을 모으면 어떨까? 오다에게 결코 불가능한 숫자
는 아니었다. 그러나 그 정도의 병사를 끌어모아 스루가를 공략하면,
당연히 각 영지의 수비가 약해진다.

그것을 주변 영주들이 가만히 보고 있어줄까? 절대로 그렇지 않을
것이다. 틈만 있으면 영지를 넓히려고 혈안이 되어 있는 자들이다. 게
다가 다케다는 외교술에 능했다. 에치젠의 아사쿠라 요시카게, 셋쓰(攝
津)의 혼간지, 또는 서쪽의 모리 모토나리(毛利元就)에게 사자를 보내,
노부나가의 허점을 노리라고 귀띔을 할 게 분명했다.

셋쓰의 혼간지는 노부나가를 불법佛法의 적敵으로 간주하고 있었다.
잇코잇기(一向一揆), 그 독실한 신앙심으로 뒷받침되는 일본 최강의 잇
기는 혼간지의 지령으로 움직였다. 그 본거지인 이시야마 혼간지 성도
오다와라 성에 필적할 만큼 난공불락의 요새였다.

노부나가는 이세의 나가시마(長島)와 셋쓰에서도 잇코잇기 때문에
애를 먹고 있었다. 신앙으로 뭉친 그들은 강했다. 함부로 다룰 수 있는
세력이 아닌 것이다. 우에스기 겐신조차 잇코잇기의 법석 때문에 패배
의 쓴잔을 마셔야 하지 않았던가.

그 배후에는 신겐이 도사리고 있었다. 신겐의 정실인 산조 부인과
혼간지의 문주(門主) 겐뇨(顯如) 상인上人의 부인은 자매다. 그러니 혼간
지는 신겐 편이라 보아도 무방했다.

그 혼간지가 노부나가의 빈틈을 그냥 내버려둘 리가 없었다. 또 한
사람, 에치젠의 아사쿠라 요시카게도 그렇다. 요시카게는 아시카가 요
시아키의 보호자였다. 요시아키를 자신의 손에서 빼앗아, 그 권위를
이용하여 천하를 호령하려 획책하려는 노부나가를 미워했다.

게다가 더욱 골치 아픈 일은, 그 요시카게와 요시아키 쇼군이 다시 손을 잡은 것이다. 처음에 요시아키는 노부나가에게 감사했다. 유랑 신세에서 노부나가 덕분에 쇼군의 자리에 앉았으니 그럴 만도 했다. 미야코에 살 수 있게 된 것도 다 노부나가 덕분이었다.

그러나 노부나가가 아시카가 쇼군 가를 '부활'시킨 것은 그 권위를 이용하여 천하를 호령하기 위한 것일 뿐, 딱히 자신에게 충성을 다하기 위해서가 아니라는 사실을 처절하게 깨달았던 것이다.

그리고 그것을 안 순간, 요시아키는 오히려 쇼군의 권위를 이용하여 노부나가를 치려고 생각했다. 구체적으로 각지의 영주에게 교서를 보내, '불충의 신 노부나가를 치라'고 명하면 되는 것이다.

누가 뭐래도 쇼군의 명령이었다. 그 어떤 영주도 형식적으로는 쇼군의 신하였다. 그 주인이 보내는 교서를 공손히 받들지 않으면 안 될 위치다. 쇼군을 존경하는 마음이 없다 해도 교서를 받은 이상, 노부나가를 칠 대의명분이 생기는 것이나 다름없었다.

요시아키와 요시카게는 점점 더 친밀해져갔다.

그와는 반대로, 노부나가의 마음은 점점 더 요시아키에게서 멀어져갔다. 얌전히 있어만 준다면 괜찮지만 쓸데없는 짓을 할 위험이 있다고 생각하여, 노부나가는 요시아키의 자유를 구속했다.

제멋대로 각국의 영주에게 통신을 할 수 없게 해두었다. 쇼군이 행하는 모든 일에 대해 노부나가의 허락을 받도록 했다. 요시아키로서는 그보다 더 심한 굴욕이 없었다. 쇼군이 신하의 명령을 들어야 하다니, 이건 말도 안 된다고 생각했다. 요시아키의 분노는 어떤 의미에서 당연한 일이었다.

자연히 요시아키는 노부나가를 미워하게 되었다. 그러나 그런 요시아키를 노부나가는 언제까지고 보호하지 않으면 안 되었다. 요시아키가 쇼군이므로.

한편, 요시아키도 당분간은 노부나가의 손바닥에서 놀아주지 않을 수 없었다. 요시아키에게는 군사력이라고는 눈곱만큼도 없었기에.

그러나 만일 노부나가가 미야코를 비우는 사이에 다른 영주가 미야코를 장악하면, 요시아키는 그쪽의 손을 들어줄 생각이었다. 그가 그런 생각을 하고 있다는 것은 주위 사람이라면 누구나 알고 있었다.

그 때문에 노부나가는 미야코를 비울 수가 없었다. 적어도 오다 군의 주력을 스루가까지 원정 보낼 형편이 아니었다.

'일단 자중하는 수밖에 없겠군.'

노부나가는 이미 생각을 굳히고 있었다. 그렇지만 확인하려는 의미에서, 다케다를 잘 아는 세이노스케를 불러서 의견을 들어보려 했던 것이다.

그것은 세이노스케의 기량을 가늠해보는 의미도 있었다.

세이노스케는 신겐에 대한 복수를 삶의 목표로 삼고 있는 사내다. 그러나 신겐에 대한 감정 때문에 냉정한 판단력을 상실한 사람이라면 별 가치가 없다. 그래서 노부나가는 세이노스케에게 미끼를 슬쩍 던져보았던 것이다. 신겐을 치려는 의견에 대해 세이노스케가 무조건 찬성하는지, 그 반응을 보고 싶었던 것이다.

'괜찮은 놈을 하나 건졌어.'

노부나가는 감탄했다. 횡재를 한 기분이었다.

상대의 대장을 저주하면서도 이번 전투는 질 가능성이 많으므로 그만두라고 하다니, 너무도 사려 깊은 판단이 아닌가.

노부나가는 결심했다.

언젠가 신겐과 자웅을 겨루지 않으면 안 된다. 그것은 천하를 노리는 이상 피해갈 수 없는 일이기도 했다. 그러므로 다케다전에 대비하

여 전략을 세워두어야 했다. 그 임무에 적합한 자도 지금 정해두는 것
이 합당했다.

세이노스케를 그 일원으로 삼겠다고, 노부나가는 결심을 굳혔다.

"붓을 가져오너라."

노부나가가 측근인 모리 란마루에게 명했다.

란마루는 재빨리 붓을 내밀었다. 노부나가는 품에서 종이를 꺼내더
니, 그 자리에서 편지를 쓰기 시작했다.

"이것을 가즈마스에게 보이도록 하라."

노부나가가 그 종이를 세이노스케에게 건네주며 말했다.

"명을 받드옵니다."

세이노스케는 그 서찰을 받아들고 노부나가의 처소를 빠져나왔다.

2

다음날, 세이노스케는 이세로 돌아왔다.

가즈마스는 오코치 성에 있었다.

기타바타케 가를 이은, 노부나가의 차남인 노부오를 보좌하면서 사
실상의 이세 총독으로 군림하고 있었다. 노부오가 성장할 때까지, 이
세의 통치는 가즈마스에게 위임되어 있었던 것이다.

그러나 가즈마스는 영주 흉내를 내며 방구석에 가만히 틀어박혀 있
을 인물이 아니었다. 닌자 복장을 하고서 사방을 돌아다니는 사람이었
다. 변장에도 능숙했다. 그러나 그 사실을 알고 있는 사람은 세이노스
케를 비롯해 극소수에 지나지 않았다.

세이노스케는 가즈마스의 거실로 찾아갔다.

가즈마스는 복도에서 무구武具를 손질하고 있었다.

"오, 어서 오시오 주군께선 건강하시오?"

"여전히 건강하시더군요."

세이노스케는 가슴을 쓸어내렸다.

가즈마스를 무시하고, 노부나가는 직접 자신을 불러들였다. 가즈마스가 그것을 섭섭하게 생각하지는 않는지, 그게 세이노스케의 마음에 걸렸던 것이다. 그러나 그런 것 같지는 않았다.

세이노스케는 서찰을 내밀었다.

"……?"

"주군께서 전하라 하셨소."

"주군께서?"

가즈마스는 그 서찰을 받아들고 읽었다.

세이노스케는 말없이 지켜보았다.

가즈마스가 다 읽고 난 다음 웃었다.

"무슨 내용이오?"

세이노스케가 물었다.

"그대를 부른 것은 다케다에 대해 알아보려 한 것이라는군. 신경쓰지 않아도 되오."

서찰을 접으면서 가즈마스가 말했다.

세이노스케는 감탄하지 않을 수 없었다. 노부나가의 배려였다. 가즈마스가 쓸데없는 데 신경쓰지 않도록 일부러 편지를 보낸 것이 분명했다. 세밀한 마음 씀씀이였다.

"그런데 주군은 다케다에 대해 무슨 말씀을 하셨소?"

가즈마스가 지나가는 투로 물었다. 역시 가즈마스도 그 부분이 궁금했던 것이다.

세이노스케는 주변을 둘러보며 목소리를 낮추었다.

“다케다를 쳐야 하는지를 물었소”

“뭐라고!”

가즈마스는 놀란 눈을 동그랗게 떴다.

세이노스케가 고개를 끄덕였다.

“그러나 왜 지금 시기에?”

“신겐이 스루가를 손에 넣은 모양이오”

“스루가를?”

“스루가에는 바다가 있지 않소? 바다가 있으면 외국과 교역을 할 수 있고”

“과연 그렇군. 역시 철포였어. 지금까지 바다가 없었던 다케다가 이제부터는 간단히 철포를 손에 넣을 수 있게 됐다, 그러니 절대로 다케다에게 스루가를 넘겨주어서는 안 된다, 이 말이지?”

과연 가즈마스답게 정확한 분석이었다.

“옳은 말이오”

“그래서 그대는 어떻게 대답했소?”

“그만두라고 했소”

“왜?”

“지금 오다 가의 힘으로는 신겐을 이길 수 없으니까.”

세이노스케는 이렇게 말하면서 미간을 찌푸렸다.

“이길 수 없단 말이오?”

가즈마스는 그리 화내는 기색도 없이 담담한 목소리로 물었다.

“애석하게도”

“역시 오다 군은 약한가?”

“약하오 다케다 군의 적수가 될 수 없어.”

세이노스케는 칼로 무를 자르듯이 말했다.

가즈마스가 쓴웃음을 머금으며 되받았다.

"그럼 그대의 평생 소원도 이룰 수 없겠구먼."

신겐의 목을 치는 일을 말하는 것이었다.

세이노스케는 고개를 가로저었다.

"병사의 숫자를 늘리면 되오. 적의 다섯 배 정도만 있으면 어떤 상대라도 이길 수 있소."

"다섯 배? 그건 좀 심하지 않을까?"

"다케다 군의 실력은 상상을 초월할 정도라오."

"……."

"아니면 성 안에서 철포로 조준 사격을 하는 것도 좋겠지."

세이노스케는 얼마 전에 있었던, 이 성을 무대로 한 공방전을 떠올렸다. 그때 성 안에 있던 기타바타케 군대가 많은 철포를 가졌더라면 과연 어떻게 되었을까. 아마도 힘으로 함락시킨다는 것은 불가능한 일이므로 군량이 떨어지기를 기다리는, 소극적인 전법을 구사할 수밖에 없었을 것이다.

성을 공략하기 위해서는, 공격하는 측이 수비하는 측보다 두 배의 병력을 가져야 한다는 것은 상식이었다. 그러나 성 쪽에 대량의 철포가 있다면 다섯 배의 병력이 필요할 것이다. 세이노스케는 오코치 성 공방전을 통해 그것을 깨달았다.

총대장인 노부나가와 가즈마스도 당연히 그것을 알고 있을 것이다.

"철포 앞에서는 아무리 용맹한 장수라도 견딜 수 없소. 다케다를 이기려면 역시 철포의 숫자를 더 늘려야 하오."

세이노스케의 말에 가즈마스가 되받았다.

"그렇지만 철포는 비에 약하오."

그것도 오코치 성 공방전이 남긴 교훈이었다.

맑은 날에는 대단한 위력을 발휘하는 철포지만, 비가 오면 단순히 막대기에 지나지 않는다. 서전에서는 갑작스런 비 때문에 처참한 꼴을 당해야 했다. 철포가 얼마나 비에 약한지를 처절히 깨닫는 순간이었다.

"성 안이라면 심지가 물에 젖지 않소"

"그럼 다케다가 치고 들어오기를 기다리잔 말이오? 성 안에서 철포로 공격을 한단 말인가?"

세이노스케가 고개를 끄덕였다.

"지금으로선 그 방법밖에 없소"

"세이노스케, 나 외의 사람에게 그 말을 해선 안 되오"

"잘 알고 있소"

다른 사람이 이 말을 들었더라면 벌컥 화를 낼 게 분명했다.

또는 겁쟁이라고 욕을 먹었을 것이다.

"놈들이 우리의 군량이 떨어지기를 기다리면 어떡하오?"

"하하하, 가즈마스님, 군량이 떨어지기를 기다려만 준다면 우리가 이길 수 있소"

세이노스케가 호탕하게 웃으며 말했다.

"……?"

"다케다의 약점은 바로 거기에 있소 다케다의 아시가루는 백성을 억지로 끌어모은 것이오 모내기철이나 추수 때가 되면 본국으로 돌아가지 않을 수 없소"

"과연 그렇군."

그러나 오다 가는 달랐다. 오다 가의 병사는 백성의 차남, 삼남, 그리고 유랑객 출신이 많았다. 밭뙈기 하나 없고, 경작할 의무도 없는 자들이었다. 말하자면 전업 병사들인 셈이다.

오다 가의 경제력이 그것을 가능하게 했다.

오와리, 미노, 이세 같은 오다의 영지는 땅이 척박한 가이와는 달리, 많은 인구를 먹여살릴 만큼 작황이 풍성했다. 싸우고 싶은 자는 싸우고, 농사짓고 싶은 자는 농사를 지으면 되었다. 그것이 이 나라에서는 가능한 일이었다.

'그러나 다케다가 스루가를 손에 넣으면 사정은 달라진다.'

세이노스케는 순간적으로 그런 사실을 깨달았다.

스루가는 가이와는 달랐다. 오와리, 이세에 지지 않을 만큼 풍요로운 땅이었다. 철포뿐 아니라 식량 문제도 일거에 해결해주었다.

지금 이후로 다케다 가의 약점은 해소될지도 모른다.

'과연, 주군은 거기까지 생각하고 계셨어.'

세이노스케는 노부나가의 통찰력에 새삼 경의를 표하지 않을 수 없었다. 언제나 적의 장점과 약점을 심사숙고하지 않았다면 거기까지 생각이 미칠 리가 없었다.

"왜 그러오?"

가즈마스가 의아한 눈길로 바라보았다.

세이노스케는 그런 사정을 설명했다.

가즈마스는 흥미롭게 듣고 있다가 입을 뗐다.

"그럼 주군이 다시 그대를 부르면 어떡할 생각이오? 이번에는 다케다 공격을 진언할 텐가?"

"아니, 역시 그만두어야 하오."

세이노스케가 고개를 가로저었다.

"그럼 어떻게 할 거요?"

"……"

"주군은 이세를 장악하셨소. 그와 동시에 신겐은 스루가를 손에 넣었지. 그런데 신겐을 공략할 시기가 성숙되지 않았다면, 앞으로 어떻게 해야 좋겠소?”

“힘을 비축해야지.”

“어떻게?”

“그건 주군이 결정할 일.”

세이노스케가 단호하게 말했다. 그렇게 대답할 수밖에 없었다. 달리 할말이 없었던 것이다.

“힘을 비축하려면 역시 나라를 하나씩 빼앗아야겠지. 셋쓰, 단바(丹波), 아니면 기이(紀伊).”

가즈마스는 구체적인 나라 이름을 들었다. 한결같이 강적이었다. 셋쓰는 잇코잇기의 지도자인 겐뇨 상인의 코앞이고, 그의 본거지인 이시야마 혼간지 성은 천하의 요새였다. 단바는 산이 깊어 치고 들어가기 힘든 곳이고, 기이에는 사이가(雜賀) 철포대라 하여, 일본 최강의 철포 군단이 있었다. 그 실력은 오다의 철포 부대와 맞먹었다.

어느 쪽을 치고, 어느 쪽과 손을 잡아야 할까.

그것이 문제였다. 그 모든 것이 노부나가의 판단에 달려 있었다.

“그런데 후유님이 와 계시오”

가즈마스가 갑자기 화제를 바꿨다.

“엣!”

세이노스케는 놀란 눈으로 가즈마스를 올려다보았다.

고즈쿠리 성주인 고즈쿠리 도모마사의 딸이라면 고즈쿠리 성에 있는 게 당연하지 않은가.

“지금 도모마사님께서 여기에 와 계시오 후유님과 동행해서 말이오 세이노스케, 그대와 도모마사님은 인연이 깊소 인사라도 하고 오지 그러시오”

"그렇지만······."

"어허 참, 사람하고는. 그러지 말고 만나고 오시오 이건 후견인으로서 명하는 거요."

가즈마스가 만면에 웃음을 머금고 말했다.

3

"세이노스케님, 조라쿠지는 어떠셨나요?"

후유는 평소와는 달리 공손하게 물어왔다.

"흠, 주군께서 장기 체류하실 정도로 정말 경치 좋은 곳이었소"

"본 거라곤 봄 경치뿐이었나요?"

"······?"

세이노스케는 후유의 말뜻을 몰라 고개를 갸웃했다.

"시침떼지 마세요."

"시침이라니, 내가 시침 뗄 일이 뭐가 있다고?"

"호숫가에는 아름다운 꽃들이 많이 핀다고 하잖아요"

"꽃이라, 그러나 난 꽃에는 흥미가 없소 꽃 이름 하나 아는 게 없을 정도지."

후유는 벌컥 화를 냈다.

"세이노스케님, 진심으로 하는 말씀이세요?"

세이노스케는 점점 더 오리무중이었다.

"세이노스케님은 여태 여자를 좋아해본 적이 없나요?"

"그런 적은 있었소"

세이노스케는 솔직히 대답했다. 숨겨도 소용없는 일이었다.

후유는 세이노스케를 뚫어져라 바라보았다. 그리고 천천히 입을 열었다.

"꽃이란 그걸 말하는 거예요."

세이노스케는 그제야 눈치를 챘다.

'그 말이었군. 호수의 나라에 핀 꽃, 오미의 여자들과 놀아나지 않았냐는 말이었어.'

세이노스케가 웃음을 터뜨렸다.

"그런 일은 없었소. 너무 바빠서 꽃을 딸 겨를도 없었지."

"정말?"

"정말이고말고. 거짓말은 하지 않소."

"아, 너무 기뻐."

후유가 손뼉을 치며 웃자 세이노스케도 웃었다.

"조라쿠지에 계신 주군께 갑자기 불려갔다가 오는 길이오. 내게 말씀이 계시다고 해서 말이오. 난 그냥 대답만 하고 왔지만."

"무슨 이야기를?"

"그건 말할 수 없소."

"흥!"

"오다 가의 미래가 걸린 문제요. 알려고 하지 마시오."

"그건 아주 좋은 일이로군요. 오다 가의 미래에 대해 주군께서 대화를 자청하실 정도라면, 신뢰받고 있다는 증거가 아니겠어요?"

"그건 그렇소."

"출세에는 문제가 없을 거예요."

"글쎄?"

"그렇고말고요. 후유는 너무 기뻐요."

세이노스케는 겸연쩍게 머리를 긁적였다.

오코치 성은 멋대가리 없는 성이었다. 적의 공격을 방어하기 위한 목적으로 만들어진 요새이기 때문이었다. 그래도 조촐한 정원은 마련되어 있었다.

그 정원에는 지금 세이노스케와 후유, 두 사람밖에 없었다.

"세이노스케님, 후유를 언제까지 이렇게 내버려두실 건가요?"

참다참다 뱉어내는 말이었다.

세이노스케는 정신이 퍼뜩 들었다.

"이대로 가면 후유는 이세 사람들의 웃음거리가 되고 말 거예요. 님에게서 버림받았다고 말이에요."

세이노스케는 황망히 말을 받았다.

"그런 말하지 마시오. 후유보다 예쁜 여자는 이 이세 어디서도 찾아볼 수 없을 거요."

"그럼 왜 저를 내버려두시는 건가요?"

후유의 말에 세이노스케는 더욱 당황했다.

"그건 내가 후유에게 어울리지 않기 때문이오."

"거짓말!"

"……."

"세이노스케님은 아직도 잊지 못하시는 거죠? 옛날에 모시던 공주님을."

"그건 아니오."

"정말?"

후유는 세이노스케의 눈동자를 똑바로 쳐다보았다.

세이노스케는 흔들리는 마음을 가눌 수가 없었다.

"세이노스케님."

후유가 간절한 목소리로 이름을 부르는, 바로 그 순간이었다.

갑자기 세이노스케는 등뒤에서 차가운 기운을 느끼고 몸을 틀었다. 칼바람이 불었다. 세이노스케가 한 걸음 물러나며 칼을 빼는 순간, 적의 정체를 보았다.

그 젊은이, 기타바타케 이치사부로였다.

"아버지의 원수, 모치즈키 세이노스케, 각오하라!"

이치사부로의 눈에 증오의 불길이 번지고 있었다.

"후유!"

세이노스케가 이름을 부르기도 전에 후유는 세이노스케의 등뒤로 몸을 숨겼다.

"바람둥이 자식, 부끄러운 줄 알아라."

이치사부로가 외쳤다.

"뭐라고! 네놈이야말로 부끄러운 줄 알아라."

세이노스케는 냉정한 어조로 되받았다.

"뭣이!"

이치사부로의 목소리는 떨리고 있었다.

"사람과 사람이 서로 좋아하는데 뭐가 부끄럽단 말이냐? 후유님과 나는 천지에 맹세코 부끄럽지 않다."

"……."

"그런데 너는 어떠냐? 내가 네 아버지를 벤 것은 어쩔 수 없는 일이었다. 벌건 대낮에 젊은 아가씨를 유괴하는 것은 언어도단, 도저히 사무라이가 할 일이 아니다. 그것을 응징하기 위해 벤 나에게 아버지의 원수라니, 말도 안 되는 소리!"

"이, 이놈!"

"게다가 아버지의 원수를 베겠다는 자가 왜 정정당당히 나서지 못하느냐? 등뒤에서 기습을 가하다니, 젊은이가 할 행동이 아니다."

"아버지의 원수를 갚는 일이다. 죽이기만 하면 돼."

"수단을 가릴 필요도 없단 말인가?"

"말이 필요없다. 죽어!"

이치사부로가 뛰어올랐다.

그 칼부림은 실전 경험이 풍부한 세이노스케의 눈으로 볼 때, 어린애 장난과도 같았다. 두세 번 칼이 부딪친 후, 세이노스케는 이치사부로의 칼을 날려버리고 엉덩방아를 찧게 만들었다.

그 목에 칼끝을 갖다대자 이치사부로는 모든 것을 포기하고 외쳤다.

"죽여라!"

"아직 미숙해. 그런 솜씨로는 정정당당하게 승부를 걸 수 없었겠지."

이치사부로의 얼굴이 굴욕감으로 벌겋게 물들어갔다.

"가거라."

세이노스케는 칼을 거두었다.

"……?"

"가라고 하지 않았느냐. 이번에는 네가 졌다. 더 솜씨를 닦은 후 오너라."

"적의 동정은 받지 않는다!"

"그렇다면 이 자리에서 배를 가르도록."

"……."

"여기서 배를 가르면, 넌 여자를 유괴하기 위해 태어나서는 결국 실패하고 죽는 꼴이 되겠지. 그래도 좋으냐?"

이치사부로는 증오의 눈길로 세이노스케를 뚫어져라 쏘아보았다. 그리고 바닥에 떨어진 칼을 손으로 더듬더니, 칼집에 꽂아넣었다.

"두고 봐라. 반드시 다시 찾아올 것이다."

이 말을 남기고 이치사부로는 사라졌다.

"왜 베지 않으셨나요?"

후유가 불만스럽게 말하자 세이노스케는 놀란 표정을 지었다.

"정말 무서운 말을 하는 아가씨로군."

"그 사람은 더 강해져서 나타날 거예요."

후유가 충고하듯이 말했다.

"내가 그자에게 베일 것 같은가?"

후유는 크게 고개를 가로저었다.

"그렇지는 않겠지만, 악연의 싹은 빨리 자를수록 좋지 않은가요?"

"그럼 후유 공주와의 인연도 끊어야겠군."

세이노스케는 농담으로 하는 말이었지만, 그 말이 떨어지기가 무섭게 후유가 울음을 터뜨렸다.

"너무하세요, 세이노스케님. 정말 너무하세요."

후유는 세이노스케의 가슴을 주먹으로 마구 쳤다.

"미안, 미안. 농담이오, 후유."

세이노스케는 후유에게 가슴을 내맡기고 그 자리에 한동안 서 있었다.

4

다음날 아침, 아직 해도 뜨지 않았는데 세이노스케는 정청의 넓은 마루에 홀로 앉아 있었다.

울먹이는 후유를 겨우 달래서 방으로 돌아가게 한 후, 세이노스케는 이곳으로 들어와 꼬박 날을 새웠다. 후유의 말, 그리고 증오에 찬 이치사부로의 눈길이 옛날을 떠오르게 했던 것이다.

'이치사부로는 옛날의 나와 같아.'

벌써 몇 년 전의 일이던가. 다케다의 영주인 하루노부가, 매제인 스와 요리시게를 모략으로 죽인 그 일이. 요리시게는 세이노스케의 옛 주인이었다. 그리고 하루노부는 지금의 신겐.

신겐, 아니 하루노부는 스와에 항복을 권하는 사자로 야마모토 간스케를 보냈다. 간스케는 교묘한 말로 요리시게를 설득하여 항복을 받아내고, 마침내 성문을 열게 했다.

그러나 그것은 하루노부의 덫이었다. 하루노부는 성문을 열게 한 뒤, 요리시게를 고후로 불러들여 배를 가르게 했다. 그뿐만 아니라 스와 사람들의 자부심이었던, 요리시게의 딸 미사를 후실로 삼아버렸다.

그 일을 생각할 때마다 세이노스케는 온몸의 피가 역류하는 듯한 느낌에 사로잡혔다. 그러나 문득 지난날을 돌이켜보니, 이세 기타바타케 가에 대해서 자신이 했던 일이, 그 옛날 간스케가 했던 역할과 다름없었다.

명문이란 자부심 하나로 겨우 명맥을 유지하고 있는 가문. 그 유서 깊은 가문에게 최후의 항전 기회마저 박탈하기 위해 미끼를 던지는 역할. 그야말로 왕년의 간스케가 아닌가.

기타바타케 가의 존속과 군주인 도모노리의 구명求命, 그것을 조건으로 오다 가는 기타바타케 가를 항복시키고, 성문을 열게 했다.

그러나 그 약속이 과연 지켜질까? 예전에 하루노부가 요리시게의 배를 가르게 했듯이, 노부나가도 도모노리를 죽이지 않을까? 그럴 가능성이 농후했다.

아무리 노부나가의 차남인 노부오가 기타바타케 가를 잇는다고 하지만, 기타바타케 일족은 아직도 건재했다. 그 가운데에는 이치사부로 같은 젊은이도 있었다.

이치사부로의 분노는 지난날 세이노스케의 분노이기도 했다. 이치사부로의 눈에는, 세이노스케는 아버지의 원수일 뿐만 아니라 기타바타케 가를 멸망으로 이끈, 악의 화신이기도 할 것이다.

바로 그 때문에 세이노스케는 이치사부로를 벨 수 없었다.

'업이로다.'

이 정청의 넓은 실내에서 가즈마사와 함께 기타바타케 도모노리를 만났을 때, 세이노스케는 뭔가 묘한 느낌을 받았다.

아주 오래 전에 똑같은 장면을 어디선가 본 듯한 느낌.

그때는 신경이 날카로워진 탓으로 돌렸지만, 지금은 확실히 알 수 있었다. 아주 오래 전, 스와의 구와바라 성의 정청에서 체험한 것이었다. 단, 그때 세이노스케는 공략하는 쪽이 아니라 지키는 쪽이었다.

30년 가까이 지난 뒤에 공수의 자리가 바뀌었을 따름이다.

'인생이란 묘한 거로군.'

가슴으로 절절한 회한이 밀려왔다. 후유와의 일도 그랬다. 후유는 성주의 딸, 세이노스케는 낯선 땅에서 흘러 들어온 인간이었다. 혹시 이세 사람들은 세이노스케를, 스와 사람들이 신겐을 바라보는 눈길로 보고 있을지도 모를 일이었다.

그렇지 않아, 하고 세이노스케는 마음속으로 외쳤다.

신겐은 미사 공주를 억지로 빼앗았지만, 세이노스케와 후유는 서로 사랑하는 사이다.

사랑, 문득 그 말이 세이노스케의 목에 걸렸다. 그렇게 말해도 좋은 것일까. 나는 정말로 후유의 사랑에 응하고 있는 것일까.

세이노스케는 밤새 그 생각에 매달리고 있었던 것이다.

얼마나 시간이 흘렀을까. 어둠의 끝자락이 물러날 즈음, 갑자기 성 안이 소란스러워졌다.

큰북이 울렸다. 모이라는 신호였다. 직위가 높은 사무라이들이 정청으로 모여들기 시작했다.

그 가운데는 후유의 아버지인 고즈쿠리 도모마사도 있었다.

"무슨 일인지요?"

세이노스케의 물음에 도모마사가 대답했다.

"중대한 연락 사항이 있는 모양일세."

도모마사도 아직 그 내용을 모르고 있는 것 같았다.

이윽고 사자가 들어오더니, 기타바타케의 성주인 노부오에게 서찰을 건네주었다. 그리고 그 내용을 전원에게 전하는 것은, 젊은 노부오를 보좌하는 가즈마스의 역할이었다.

모든 사람의 시선을 한 몸에 받으면서 가즈마스가 상좌에 앉았다.

그리고 그 말이 떨어지자, 모든 사람이 비명을 질렀다.

위기의 여름

1

"오늘 새벽, 주군께서는 에치젠 공략에 나서셨소!"

가즈마스가 이렇게 외쳤다.

'에치젠!'

놀란 것은 세이노스케뿐만이 아니었다. 에치젠이라면 아사쿠라 요시카게의 영지였다. 왜 지금 에치젠을 공략하는 것일까. 세이노스케만이 그 이유를 알고 있었다.

'주군은 이참에 아사쿠라를 멸망시키는 것이 득책得策이라고 판단하셨어.'

오다 가에는 여력이 있었다. 이세를 지배하에 두고, 기후와 미야코가 안정권에 들어섰다. 노부나가는 그 힘을 다케다에게 쏟아부으려 했다. 아마도 조라쿠지에서 스모 흥행을 벌인 것은 병사들에게 휴식을 주고, 스스로 생각할 시간을 가지기 위해서였을 것이다.

세이노스케는 노부나가의 질문을 받았을 때, 아직 다케다를 칠 시기가 아니라고 진언했다.

'주군은 그때 생각을 바꾸신 게야.'

물론 노부나가는 현명하다. 세이노스케의 진언이 없었다 하더라도 그런 판단을 내렸음이 틀림없었다. 그러나 세이노스케의 말이 결심을 바꾸는, 중요한 힘이 되었음은 의심할 여지가 없었다. 세이노스케는 어쩐지 아사쿠라 요시카게에게 미안한 생각이 들었다.

정청의 소란도 금방 잦아들었다.

이 전투에서 이세 군은 아무런 관계도 없었다. 미야코에 모여 있는 노부나가의 본군이 주력을 이룰 것이다. 이세 병사들은 이곳만 튼튼히 지키면 그만이었다.

"아사쿠라에게도 대단한 장수들이 있다고 하던데."

"그래도 우리 주군의 적은 아니지. 대장인 요시카게는 별볼일 없는 인물이야."

여기저기서 많은 말들이 터져나왔다.

오다 가의 가신들이 그런 생각을 하는 것은 당연했다.

노부나가가 이렇게 짧은 시간에 사실상 긴키(近畿 : 미야코 지금의 교토 부근의 땅) 지방의 영주로 부상한 이유는 무엇일까. 그것은 아시카가 요시아키를 적절히 이용한 덕분이었다. 쇼군 가의 피를 이어받았다는 것 외에는 아무 능력도 없는 사내를 쇼군으로 세우고, 노부나가는 지금의 지위를 손에 넣었다.

그것이 없었더라면 노부나가는 지금도 오와리, 미노의 두 나라를 다스리는 시골 영주에 지나지 않았을 것이다. 쇼군 가의 대리인으로서 움직일 수 있었기에, 미야코에서 마음껏 활동해도 아무도 불평할 수 없었던 것이다.

아시카가 쇼군 가의 부흥을 방해해서 되겠느냐고 닦달하면, 누구든지 조용히 물러나지 않을 수 없었다. 웃기는 일이지만 표면상으로는 신겐이나 겐신도, 호조 우지야스도, 아사쿠라 요시카게도, 노부나가도 모두 쇼군 가의 신하들이었다.

그러나 요시아키는 원래 요시카게의 비호를 받고 있었다. 그것을 노부나가가 낚아채버렸던 것이다. 그러므로 노부나가가 할 수 있는 일이면 요시카게도 못 할 이유가 없는 것이다. 적어도 오다 가에서는 그렇게 생각하고 있었다.

그 때문에 요시카게를 바보 취급했다. 마음만 먹었다면 그도 우리 주군처럼 천하를 호령할 수 있었을 것이라는, 조롱 섞인 이야기가 나돌고 있었다.

'허나, 그건 착각이지.'

오다의 신하 중에서 유일하게 세이노스케만은 생각이 달랐다. 요시카게가 요시아키를 비호하면서도 천하를 호령하려 하지 않았던 것은, 요시카게 자신의 우유부단함 때문이었을 것이다. 그러나 그뿐만은 아니었다.

아사쿠라의 병사는 다른 나라들과 마찬가지로, 징발된 백성이 주체를 이루고 있었다. 전문 사무라이는 기마병과 약간의 낭당郎黨뿐으로, 대부분의 아시가루는 농사를 짓는 백성들이었다. 따라서 모내기나 추수철이 오면 당연히 고향으로 돌아가야만 했다. 그렇게 하지 않으면 식량 생산이 떨어져, 나라 자체가 붕괴되고 만다.

게다가 그 시기에만 고향으로 돌아가면 될, 그런 문제가 아니었다. 모내기와 수확에만 사람 손이 필요한 것이 아니기 때문이다. 요컨대 상시常時로 전쟁 체제를 유지할 수 없을 뿐만 아니라, 나라를 장시간 비워둘 수도 없는 형편이었다. 천하를 호령하고 싶어도 불가능했다.

그러나 오다 가는 달랐다. 전국의 영주들 가운데에서 전업 아시가루를 두고 있는 곳은 오다 가뿐이다. 즉, 오다 가에서는 농사에 신경쓰지 않고, 언제든지 전쟁이 가능했다.

이 차이는 결정적이었다.

결코 아사쿠라 요시카게는 멍청이가 아니다.

그러나 오다 가의 사무라이들은 그렇게 생각하지 않았다.

'그 때문에 적을 너무 과소평가하는 게 아닐까?'

세이노스케는 이런 생각을 하면서 복도를 걸어갔다. 고즈쿠리 도모마사가 뒤를 따라왔다.

"세이노스케."

"아, 도모마사님."

세이노스케는 뒤를 돌아보았다.

도모마사는 주위를 둘러보더니 목소리를 낮추었다.

"후유를 잘 부탁하네."

"아……."

세이노스케는 무슨 말을 해야 좋을지 알 수 없었다.

"정 마음에 들지 않는다면 억지로 권하지는 않겠네만……."

"그렇지는 않사옵니다."

바로 그때 가즈마스가 다가와 세이노스케를 궁지에서 구해주었다.

도모마사는 가즈마스와 간단히 인사를 나누고 자리를 떴다.

"빨리 대답하라고 닦달을 했을 테지?"

가즈마스는 빙긋빙긋 웃으며 턱을 쓰다듬었다.

세이노스케가 고개를 끄덕였다.

"너무 남의 속을 태워도 좋지 않아. 사내답지 못하게 질질 끌면 안 되오."

"무슨 말을 하는 게요!"

세이노스케가 반발했다. 사내답지 못하다, 그것만큼 사무라이에게 모욕적인 말은 없었다. 다른 사람이 그런 말을 했다면 칼을 뽑아 들고 반발했겠지만, 상대가 가즈마스이니 그럴 수도 없는 노릇이었다.

"내 말은 너무 기다리게 해서는 안 된다는 거요."

"알고 있소."

세이노스케는 자신에게 다짐이라도 하듯이 그렇게 말했다.

"그럼 됐소."

그러더니 이내 가즈마스의 표정이 어두워졌다.

"왜 그러시오?"

대답 대신에 가즈마스는 문 쪽으로 눈길을 던졌다.

세이노스케는 가즈마스를 따라 자리에 앉았다.

"에치젠 공략은 그대의 지혜인가?"

대좌하자마자 가즈마스가 물었다.

"아니, 그런 말은 일절 없었소만."

"그럴 테지."

가즈마스는 팔짱을 끼며 말을 이었다.

"주군은 그대의 말을 듣고 아사쿠라 퇴치를 결심한 것 같소. 주군은 거병할 때까지 아무에게도 말하지 않겠다는 원칙을 세우신 게요."

"아사쿠라는 전혀 예상도 못하고 있을 거란 말이로군."

세이노스케가 되받았다. 오다 가를 위해서도 그게 좋았다.

그러나 가즈마스의 표정은 밝지 않았다.

"아닌 밤중에 홍두깨인 것은 아사이 나가마사(淺井長政)님도 마찬가지일 게요."

"나가마사님?"

갑작스럽게 나온 이름에 세이노스케는 고개를 갸웃했다.

물론 이름은 알고 있었다. 북 오미를 지배하는 영주였다. 영주인 아사이 나가마사는 노부나가의 동생을 아내로 맞이했다. 즉, 나가마사는 노부나가의 매제였다. 나가마사의 아내가 된 이치(市)는 절세의 미녀로 소문이 자자했다. 나가마사와 금슬도 좋아서, 이미 네 명의 자식을 두고 있었다.

오다 가 사람이라면 누구나 아는 사실이었다.

"나가마사님이 아무것도 모르고 있다면 곤란한 일이 생길 수도 있소"

"어째서?"

"그대는 모르겠지만, 아사이 가와 아사쿠라 가는 인연이 깊소"

가즈마스는 이야기를 시작했다

아사이 나가마사의 조부祖父인 스케마사(亮政)는 부근의 영주인 교고쿠(京極)를 모시는, 이름도 없는 사무라이에 지나지 않았다. 그러나 하극상의 시대 풍조를 타고 독립하여 영주가 되었다. 그의 가장 큰 적은 남 오미를 지배하는 롯카쿠(六角)였다.

신흥 영주인 아사이는 유서 깊은 가문인 롯카쿠의 공격을 받아, 멸망 위기에 처한 적이 한두 번이 아니었다. 그때마다 그를 도와준 사람이 바로 아사쿠라였다. 아사쿠라는 무슨 연유에서인지 처음부터 아사이에게 호의를 보이며, 세 번이나 원병을 보내 아사이를 도왔다.

아사이 가는 그 때문에 늘 아사쿠라 가문을 은인으로 여겨왔다.

"그럼 나가마사님은 이번 아사쿠라 공략을 무척 불쾌하게 생각하겠구면."

세이노스케가 입을 열었다.

"그 정도라면 괜찮은 일이지만……."

"……?"

"나가마사님은 누구보다도 의리를 중시하는 분이오 게다가 아사이 가에는 선대인 히사마사(久政)님이 아직 살아 계셔서, 중요한 일에는 반드시 나가마사님에게 조언을 한다고 합디다."

그 사연을 듣고 세이노스케는 가즈마스가 무엇을 걱정하는지 알 수 있었다.

"설마 그대는 나가마사님이 배신할지도 모른다는……."

"쉿, 목소리가 너무 크오."

일단 세이노스케에게 주의를 준 다음에 가즈마스가 말을 이었다.

"쓸데없는 걱정일지도 모르지. 그러나 만일 그런 사태가 벌어지면 중대한 결과를 초래하게 될지도 모르오."

그건 그랬다.

노부나가 군은 적지에서, 앞에서는 아사쿠라 군, 뒤에서는 아사이 군의 협공을 받게 될 것이다. 게다가 노부나가의 본진에 대한 지원 태세는 전혀 갖추어져 있지 않았다. 원래는 아사이 군이 지원 부대가 되어야 하는 것이다.

'주군이 위험하다!'

세이노스케는 새파랗게 질리고 말았다.

2

가즈마스의 예감은 맞아떨어졌다.

노부나가 군은 파죽지세로 에치젠을 침입하여 서전을 장식했으나, 어쩔 수 없이 물러서지 않을 수 없었다. 노부나가가 아사이의 반역을 전해들은 것은 에치젠 가나가사키(金ヶ崎) 부근의 야진에서였다.

‘나가마사가 배신을 하다니……’

천하의 노부나가도 새파랗게 질리지 않을 수 없었다.

아사이 군의 동원 능력은 그리 대단치 않았다. 고작 팔천 정도에 지나지 않았다. 오다 군은, 지원 부대인 도쿠가와 군까지 포함하여 삼만 오천에 이르렀다. 여기에 비해 아사쿠라 군은 일만오천, 아사이를 포함해도 이만삼천밖에 안 되었다.

수적으로는 오다 군이 유리하지만, 노부나가는 그런 숫자 놀음이 아무 소용없다는 것을 누구보다도 잘 알고 있었다. 그곳이 적지였기 때문이다. 아사쿠라 군은 성에 틀어박혀 느긋하게 수비만 하면 된다.

아무리 오다 군이 강한 전력을 가졌다 해도, 아사이 군에 의해 보급로가 차단되면 여지없이 무너지고 말 것이다. 아사쿠라 요시카게는 천천히 소모전을 펼쳐, 오다 군을 지치게 하여 힘이 빠지기만을 기다리면 된다.

거기에 대비하기 위해서는 발길을 돌려 아사이 군을 먼저 격파해야 하지 않을까.

‘아니다, 그것도 위험하다.’

노부나가는 즉시 그런 생각을 버렸다. 자칫하다가 아사이 군의 매복에 걸려들 위험이 있기 때문이다. 무엇보다, 에치젠에서 미야코로 향하는 길은 산길을 따라 행군해야 하는 험로(險路)이기 때문이었다. 자신이 나가마사라면 어떻게 할까. 노부나가는 다시 한 번 생각해보았다.

무슨 수를 쓰든 총대장인 노부나가의 처소를 파악하여, 거기에 모든 전력을 집중시킬 것이다. 그리고 오다 군이 미야코로 돌아가는 길을 철저히 봉쇄할 것이다. 그러는 사이에 에치젠을 출발한 아사쿠라 군이 오다 군의 배후를 치고 들어올 것이다. 퇴로가 차단되고 협공을 당한다. 그것도 평야가 아닌, 대군을 전개하기 어려운 산악 지대에서.

노부나가는 손톱을 깨물었다. 생각할 때의 버릇이었다.

'군대를 돌리는 것은 좋지 않다. 그러나 이대로 머물 수도 없다.'

우물쭈물할 틈이 없었다. 결단이 늦어지면 죽음이 기다리고 있을 뿐이었다.

"도망칠까?"

노부나가는 소리내어 그렇게 말해보았다.

그러고 보니 괜찮은 생각인 것도 같았다.

"작전 회의를 열 것이다."

노부나가가 측근에게 명했다.

장수들이 모여들었다.

중신들의 우두머리인 시바타 가쓰이에(柴田勝家), 니와 나가히데(丹羽長秀), 사쿠마 노부모리(佐久間信盛), 기노시다 히데요시(木下秀吉), 이케다 쓰네오키(池田恒興), 모리 요시나리(森可成), 모두가 오다 가에서 가장 우수한 장수들이었다.

그 가운데서 기노시다 히데요시는 가장 신참으로, 아시가루에서 시작하여 올라온 장수였다. 사무라이 가문조차 아닌 사람이었다. 그러나 히데요시는 누구보다 명석한 두뇌를 가지고 있었다.

'이에야스가 보이지 않아.'

작전 회의석상에 도쿠가와 이에야스의 모습이 보이지 않았다. 히데요시는 금방 그것을 깨달았다.

원래는 작전 회의석상에 불려나올 만한 사람이었다. 도쿠가와는 동맹군이었다. 군을 움직이는 일이니 반드시 의논도 해야 한다. 설령 이에야스가 아니라 하더라도 그 대리인을 불러야 마땅했다.

그러나 이에야스를 부르지 않았다. 그것은 무엇을 의미하는 것일까.

'주군은 도쿠가와를 버리고 도망칠 생각이시다.'

히데요시는 이렇게 추측했다.

동맹군인 이에야스를 미끼로 던져주려는 것이다. 그리고 노부나가 본진은 퇴각 의사가 없는 듯이 보이게 한다. 그런 속임수는 먹혀들기 힘들겠지만, 이에야스가 거기에 남게 되므로 자연히 아사쿠라 군에 대한 방패 역할을 할 터였다. 비정하기 짝이 없는 작전이었다.

그러나 노부나가는 그런 말은 한마디도 하지 않았다.

"난 미야코에 돌아가기로 했다."

그 말에 놀라는 사람은 없었다. 이미 아사이 가의 배신이 알려졌기 때문이었다. 노부나가가 퇴각하리란 것은 모두 예상하고 있었다. 문제는 어떻게 물러날 것인가였다.

"그대들은 차례대로 물러나도록 하라."

노부나가가 전원을 둘러보며 말했다.

한꺼번에 물러나지 않고 순서대로 물러날 경우, 한 가지 문제가 있었다. 과연 누가 후미에 설 것인가 하는 것이다. 최후미는 적의 공격을 막는 동시에 아군을 지키는 역할을 다해야 했다.

도망치는 병사에게 전의戰意가 있을 리 없다. 그에 비해 적의 전의는 높았다. 게다가 아군이 잘 도망칠 수 있도록 방패 역할도 해주어야 하므로 위험도 많고, 죽을 가능성도 높았다.

누구든 받아들이고 싶지 않은 역할이다. 누구든 빨리 철수하는 부대에 끼고 싶어한다. 그러나 아무도 그런 말을 입 밖에 낼 수 없었다.

무장으로서 체면이 걸려 있기 때문이었다. 한번 겁쟁이라는 평판이 나버리면, 경멸의 대상이 되어 아무도 따르지 않게 된다.

'좋은 기회다.'

히데요시는 이렇게 생각했다.

자신의 존재를 드러낼 절호의 기회로 파악한 것이다. 히데요시에게는 그렇게 하지 않으면 안 될 이유가 있었다. 다른 장수들이 그를 무시했기 때문이다.

히데요시는 아시가루에서 신분 상승한 무장이었다. 즉 백성 출신이다. 오로지 전장에서 세운 공으로 오다 가의 사무라이 대장이 되었다.

정보 수집, 모략과 같은 분야에서 뛰어난 역량을 발휘하여 노부나가의 신뢰를 얻었다. 그러나 오로지 전투만을 최고의 가치로 치는 정통 사무라이들은 그런 히데요시를 경멸했다. 창 하나 제대로 쓸 줄 모르는 백성 출신이라는 것이다.

자신에 대한 그런 평가를 불식시키기 위해서는 다른 장수들이 피하고 싶어하는 위험한 임무를 스스로 받아들일 필요가 있었다.

그것이 바로 후미 부대였다.

노부나가도 후미 부대의 임무가 얼마나 험난하고 위험한지 잘 알고 있었다. 그렇기 때문에 누구를 지목하여 맡길 수 없어서, 알아서 정하라고 결정을 넘겨버렸던 것이다. 장수들은 곤혹스러웠다. 하기 싫다고 할 수도 없고, 하고 싶다고 나설 수도 없었다. 목숨이 걸린 문제였다.

히데요시는 마치 내일 날씨라도 이야기하는 듯이 가벼운 목소리로 불쑥 입을 열었다.

"후미 부대는 소인이 맡겠사옵니다."

다들 놀란 얼굴로 히데요시를 돌아보았다.

노부나가도 눈을 동그랗게 떴다.

"히데요시, 네가 하겠단 말이냐?"

"그러하옵니다."

히데요시가 느긋한 미소를 머금었다.

"죽을 텐데도?"

노부나가가 심각한 표정으로 물었다.

"아니옵니다. 히데요시, 설령 십만 대군이 밀려온다 해도 반드시 살
아 돌아갈 것이옵니다."

"자신이 만만하구먼."

노부나가는 히데요시를 다시 보았다. 그것은 다른 장수들도 마찬가
지였다. 틈만 나면 히데요시를 못 잡아먹어서 으르렁대는 시바타 가쓰
이에도 아무 말이 없었다.

히데요시는 모든 사람을 위해 희생양이 되려 하고 있었다. 나무랄
상황이 아니었다.

"그렇게 하도록."

노부나가는 이 한마디를 남기고 안으로 들어가버렸다.

그 자리에 남은, 시바타를 비롯한 장수들은 결국 스스로 철수 순번
을 정하지 않을 수 없었다.

히데요시는 진지로 돌아와, 우선 이에야스에게 사자를 보냈다. 노부
나가가 이미 퇴각을 결정했다는 사실을 은밀히 전해준 것이다. 이에야
스는 거기에 대한 감사의 표시로 여러 정의 철포를 히데요시 진지로
보냈다. 히데요시의 용기에 감동한 장수들은 병사를 보내기도 하고,
말을 보내기도 했다. 히데요시에게 다행이었던 것은, 이에야스가 가능
한 한 마지막까지 남아서 도와주겠다고 자청한 것이었다.

게다가 아사쿠라 요시카게의 추격도 느슨하기 짝이 없었다.

결국 노부나가는 사지를 벗어나, 오미 구치키다니(朽木谷)를 거쳐 무
사히 미야코로 돌아올 수 있었다.

히데요시도 목숨을 건졌다.

노부나가의 에치젠 침공은 동맹국인 아사이의 배신을 불러일으켜,
스스로 판 함정에 빠지는 치명적인 결과를 낳고 말았다. 그러나 히데
요시는 무장으로서 자신의 가치를 천하에 알렸다.

3

"노부나가 놈, 아사이 나가마사에게 배신당하고 꽁지가 빠지게 도 망쳤다는군."

신겐은 가이의 쓰쓰지가사키 관에서 유쾌하게 웃었다.

상대는 겐고로, 즉 고사카 단조 마사노부였다. 다른 사람은 없었다. 신겐은 가이즈 성의 성주가 가이를 찾아올 때마다 별채에 앉아서 둘만의 밀담을 나누었다.

모략에 정통한 신하들이 거의 없는 탓도 있었다. 그러나 그보다는 모략을 스스로 짜내는 것이 신겐에게는 너무도 재미있었다.

"매제인 아사이에게 배신당했으니, 노부나가의 기반도 많이 흔들리지 않겠느냐?"

신겐이 묻자 겐고로는 고개를 끄덕이며 말했다.

"그러하옵니다. 노부나가의 본국은 미노. 미노와 교토를 잇는 요충지가 바로 오미 아니옵니까? 오미가 적의 손에 들어가면 노부나가의 영지는 분단되지 않을 수 없사옵니다."

"어디서부터 시작해야지?"

신겐은 겐고로에게 군사로서의 견해를 물었다.

"분단 상태가 계속되도록 지원을 해야 하나이다. 원래 우리 군대를 서쪽으로 보내야 하겠지만……."

겐고로는 말꼬리를 흐렸다.

애석하게도 다케다에게는 그럴 여력이 없었다. 신겐은 이마가와 가를 멸하고 스루가를 손에 넣었다. 스루가를 장악함으로써 강력한 경제력과 바다를 얻었다.

그러나 동시에 잃은 것도 있었다. 다케다, 이마가와, 호조의 삼국동맹, 즉 호조와의 우의를 잃은 것이었다. 지금 신겐이 대군을 거느리고 서쪽으로 향하면, 호조는 즉시 신겐의 배후를 치고 들어올 것이다.

그뿐만이 아니다. 아마도 호조 우지야스는 우에스기 겐신에게도 사자를 보내, 북쪽 에치고에서도 가이를 치고 들어오게 할 터였다.

요즘 들어 조용하긴 했지만, 겐신은 아직도 시나노 탈환을 노리고 있었다. 그 때문에 신겐은 곁에 두고 싶은 겐고로를 저 먼 국경 지대인 가이즈 성으로 내보냈던 것이다.

또한 모든 우려를 뿌리치고 서쪽으로 출병한다 해도, 도중에 도쿠가와 이에야스라는 장애물이 있었다. 노부나가와 굳게 손을 잡고 있는 이에야스를 무너뜨리지 못하는 한, 서쪽으로 나아갈 수 없었다.

이런저런 이유로, 지금 다케다는 서쪽으로 군사를 보내 아사이, 아사쿠라를 지원할 형편이 아니었다.

"스루가에 오다와라 성 같은 견고한 요새가 하나 더 있었더라면……."

신겐은 그답지 않게 푸념을 늘어놓았다. 다케다의 영지 내에는 성다운 성이 없었다. 신겐이 사는 곳도 성이 아니라 관이었다.

늘 '사람이 담이고, 사람이 성이고, 인정이 아군'이라고 되뇌는 것도 사실은 성다운 성이 없기 때문이었다.

가이와 같은 산악 국가인 경우에는, 나라 전체가 하나의 성이므로 딱히 성을 세울 필요가 없었다.

그러나 스루가나 시나노와 같은, 넓은 평야를 가진 나라에서는 큰 성이 필요했다. 그런 성만 하나 있으면 안심하고 나라를 비울 수 있다.

실제로 호조 우지야스나 우에스기 겐신이 자주 출병할 수 있는 것도, 오다와라 성이나 가스가 산성 같은 요새를 보유하고 있기 때문이었다. 노부나가도 본국인 미노에 기후 성을 가지고 있었다. 따라서 소수의 병력으로 몇 배의 적군을 물리칠 수 있었다. 그 때문에 대군을 거느리고 타국 원정을 떠날 수 있는 것이다.

그러나 평야가 넓은 나라이면서도 스루가에는 그렇게 큰 성이 없었다. 스루가 성이 있긴 하지만, 가스가 산성이나 오다와라 성에 비한다면 볼품이 없었다. 나태와 안일에 빠진 이마가와 가를 상징하는 듯한, 허술한 성이었다.

이마가와는 타국의 침략을 받을 수 있다는 것을 전혀 염두에 두고 있지 않았다. 확실히 이마가와의 선대인 요시모토 시대에는 그럴 가능성이 전혀 없었다. 이마가와 가의 실력은 최고였고, 그 당시의 적이었던 호조도 고작 국경을 위협하는 정도였을 뿐이다.

그러나 지금은 달랐다.

다케다가 지배하는 가이, 시나노, 스루가의 병사들을 동원하여 서쪽으로 치고 들어가면 호조가 그 틈을 노릴 터였다. 그렇다고 해서 원정대의 규모를 줄이면, 이에야스의 강력한 저지선에 부딪쳐 미야코와 오미에는 한 발짝도 들여놓지 못할 것이다.

노부나가를 쳐부술 절호의 기회를 맞이했건만, 신겐은 군사를 움직일 수 없었다. 신겐은 그 언저리를 잘 알고 있었다. 그러기에 겐고로에게 묻고 있는 것이다.

직접 노부나가를 칠 수는 없다. 그렇다면 지금 무엇을 해야 할까?

"방법은 있사옵니다."

겐고로는 확신에 찬 표정으로 말했다.

"어떤?"

"드디어 십만 대군을 거느리고 노부나가를 칠 때가 왔나이다."

"십만?"

신겐은 자신의 귀를 의심했다. 그토록 많은 병사를 동원할 수 있는 영주는 일본 전국 어디를 살펴보아도 없었다.

설사 노부나가라 하더라도 미노, 오와리, 이세 등의 병사를 모두 끌어모아야 가능한 숫자였다. 물론 모든 병사를 동원할 수는 없었다. 누군가는 집을 지켜야 하기 때문이었다. 이번 에치젠 공략에 노부나가가 동원한 군대는 동맹군인 도쿠가와 군대를 포함해 삼만오천 정도였다.

십만이라는 숫자는 그만큼 엄청난 것이다.

"그런 병사들이 어디 있단 말이냐?"

"있다마다요. 이 나라 방방곡곡에 있지 않사옵니까?"

"백성이야 어디에야 있지만, 어떻게 그들을 병사로 사용할 수 있단 말이냐?"

"그들이야말로 가장 훌륭한 병사이옵니다."

겐고로는 농담을 하고 있지 않았다.

"백성이 강병이 될 수 있다니, 마술이라도 부리겠단 말이냐?"

신겐은 어이가 없다는 듯이 물었다. 이 세상에서 그런 마술만 부릴 수 있다면, 천하제패는 식은 죽 먹기가 아닌가.

"될 수 있나이다."

"그런 마술사가 어디에 있단 말이냐?"

"셋쓰, 그것도 주군의 친척 중에 있사옵니다."

"그렇지, 고사(光佐)님이야!"

신겐은 그제야 크게 고개를 끄덕였다.

고사, 정식으로는 혼간지의 문주(門主)인 겐뇨 상인을 말한다. 겐뇨는 전국적으로 퍼져 있는 수십만 신도의 잇코슈(一向宗)의 정점에 서 있는 사람이었다. 법왕인 셈이다.

겐뇨가 한마디 명만 내리면, 문도(門徒)들은 물불을 가리지 않고 일어설 것이다. 그들은 죽음을 두려워하지 않았다. 오히려 법문을 위해 싸우다 죽으면 극락왕생한다는 믿음을 가지고 있었다.

무가로서 그보다 더 두려운 상대는 없었다. 하다못해 강력한 우에스기 겐신조차 혀를 내두른 상대가 바로 잇코잇기였다. 천하 제일의 요새인 가스가 산성을 보유하고, 신겐과 같은 정도의 군사 동원력을 가진 우에스기 겐신이 미야코로 통하는 가가 국을 지배하는 잇코슈 때문에 입경의 꿈을 접어야 했던 것이다.

그 겐뇨와 신겐은 동서지간이었다. 둘 다 산조 가의 딸을 아내로 삼았고, 신겐이 형, 겐뇨가 동생뻘인 관계였다.

그 인연 때문에 신겐은 겐신의 입경을 막을 수 있었다. 그리고 이번에는 노부나가 차례였다.

현재 겐뇨의 본거지는 이시야마 혼간지, 요새 같은 절이다. 그 이시야마 혼간지는 미야코의 바로 코앞인 셋쓰에 위치해 있었다. 노부나가가 아시카가 쇼군 가의 부흥을 내세우는 한, 겐뇨는 절대로 반反노부나가 노선을 취하지 않을 터였다.

그러나 겐뇨가 노부나가 타도 격문을 전국으로 내보내면 어떻게 될까? 수십만에 달하는 전국의 문도들이 노부나가와 첨예한 대립을 벌일 것이다.

문도는 백성뿐만이 아니다. 유력한 무사도 있고 상인도 있었다. 즉시 폭동을 일으킬 문도들도 적지 않을 터였다. 그리되면 노부나가는 애써 끓는 속을 삭일 테고 천하제패를 운운할 처지가 아닐 것이다.

"그런데 문주님이 그런 마음을 먹을까?"

신겐이 팔짱을 끼고 물었다.

무엇보다도 상대는 천하를 노리는 노부나가였다. 그 노부나가와 대립한다는 것은 혼간지의 존망이 걸린 문제였다.

그런 승부수를 던질 마음이 일어나게 해야 한다. 그것이 문제다.

조용히 있기만 해도 겐뇨는 그 지위를 유지할 수 있었다. 일부러 위험한 불 속에 뛰어들 필요는 없는 것이다.

"소인이 찾아뵙고 말씀을 올리겠나이다."

겐고로가 전혀 뜻밖의 말을 던졌다.

"자네가?"

"그러하옵니다. 자칫 잘못하면 일이 꼬일 수도 있으니, 다른 사람을 보낼 수야 없지 않겠나이까?"

겐고로의 말이 옳았다.

"가이즈 성은 어찌하고?"

"그림자 무사를 만들어두겠나이다. 조카인 소지로가 있사옵니다."

"그림자 무사를!"

다케다 가에는 자신의 그림자를 가진 사람이 둘 있었다.

신겐과 겐고로다. 군주인 신겐은 당연하지만, 신하의 몸인 겐고로까지 그림자를 가진다는 것은 매우 드문 일이었다. 아마도 다른 가문에서는 그 예를 찾아볼 수 없을 것이다.

겐고로는 우에스기 겐신이라는 적 때문에 가이즈 성에서 꼼짝도 할 수 없었다. 그러나 최근 들어 겐신은 시나노보다 관동 공략에 열중하고 있었다. 관동 관령의 책임을 다해야 한다는, 강렬한 자의식에 사로잡혀 있기 때문이었다.

그렇다면 가이즈 성에는 그림자를 두고, 자신은 다른 일을 하는 편이 다케다 가를 위한 일이 아닌가, 하고 겐고로는 생각했다. 그림자를 두는 일에 대해서는 이미 신겐의 허락을 받아놓은 상태였다.

그 이점도 적지 않았다.

지금도 다케다의 장수인 고사카 마사노부, 즉 겐고로는 가이즈 성에 있는 것으로 되어 있다. 따라서 마음대로 움직일 수 있고, 신변에 위험도 없었다. 만일 적이 겐고로가 다른 곳으로 돌아다닌다는 사실을 알게 되면 자객을 보내어 치려 할 것이다.

"셋쓰에 가겠단 말이냐?"

"예. 주군의 서찰을 지참하고 배로 가겠나이다."

"배? 배를 타본 적이 있느냐?"

"산골에서 자란 몸이옵니다. 그러나 앞으로 다케다의 사무라이는 배를 타야 하옵니다."

바다가 없는 다케다 가에는 당연히 수군도 없었다. 그러나 바다가 있는 스루가를 손에 넣음으로써, 이마가와가 거느리던 수군이 저절로 다케다 가의 손안에 들어왔다.

그러나 신겐은 아직 배를 타본 적이 없었다.

산에서 자란 다케다 사무라이가 육로가 아닌 해로로 셋쓰에 간다는 것은, 마치 달나라로 가는 것만큼이나 신기한 일이었다.

"괜찮겠느냐, 겐고로?"

"육로로 가면 미노 아니면 도토미 같은 적지를 지나야 하옵니다. 그러나 배를 타면 편히 잠을 잘 수 있을 것이옵니다."

겐고로는 이렇게 말하고 웃었다.

"좋아, 그렇게 자신있다면 반드시 일을 성사시키도록 해봐. 그럼 이제 서찰을 써야겠지?"

신겐도 웃으며 말했다.

"사실은 또 한 가지 부탁드릴 말씀이 있사옵니다."

겐고로가 바닥에 두 손을 짚으며 정중히 청했다.

"무슨 일이냐?"

"기쿠님을 저에게 맡겨주사이다."

"기쿠? 흠, 그런 생각이었군."

신겐은 고개를 끄덕였다.

기쿠 공주는 신겐의 넷째딸이다. 장녀는 호조 우지야스의 아들인 우지마사에게 주었고, 아들 여섯을 낳았지만 아버지의 동맹 파기로 인해 소박맞고 가이로 돌아와 있었다. 그러나 마음 고생을 하다가 돌아온 지 얼마 되지 않아서 세상을 뜨고 말았다.

둘째딸은 다케다 일족인 아나야마 노부키미에게 주었다.

셋째딸은 기소의 영주인 기소 요시마사에게 주었고, 다섯째 마쓰는 어릴 적에 노부나가의 아들인 노부타다와 혼약을 맺었다. 아직 그 혼약은 해소된 상태가 아니었다.

넷째딸인 기쿠만이 아직 혼처를 정하지 못하고 있었다.

그 아이를 맡겨달라는 것은 무슨 뜻일까.

말할 것도 없이 혼간지의 유력자와 인연을 맺자는 것이었다.

"후계자인 고쥬(光壽)님에게는 이미 부인이 계시지 않느냐?"

"그러하옵니다."

겐고로가 애석하다는 듯이 말했다.

"기쿠의 남편이라면 그 정도는 되어야 하는데……."

"잘 알고 있사옵니다. 그런 점을 상인께서 염두에 두시도록 하겠나이다."

혼간지의 잇코슈는 전국에서 유일하게 대처帶妻를 인정하는 종파였다. 그러므로 사돈을 맺을 수 있었다.

그러나 신겐은 선뜻 내키지 않았다. 이대로 노부나가와 교착 상태가 지속되면, 언젠가 마쓰 공주를 오다 가에 주어야 할지도 모른다. 그렇게 되면 기쿠와 마쓰는 적이 될 것이 아닌가.

'골육상쟁이 일어날지도 모르지.'

그것이 싫다면 겐고로의 제안을 물리쳐야 한다.

그러나 신겐은 마음을 정했다.

"네게 맡기겠다. 잘 가늠해서 처리하도록."

'자식이 없는 겐고로가 어찌 아비의 마음을 알까.'

오로지 그것만이 이 뛰어난 군사에 대한 신겐의 아쉬움이었다.

4

겐고로는 다음날 새벽, 스루가 만灣을 떠났다.

돛에는 다케다 가의 문장이 선명히 새겨져 있었다. 돛단배의 갑판에서 겐고로는 기분 좋게 아침 바람을 맞았다.

"이 상태로 닷새 안에 셋쓰에 닿을 수 있다면, 배 여행은 극락이야."

겐고로는 곁에 있는, 햇빛에 그을린 사내를 향해 말했다.

다케다의 수군 두령으로 임명된 쓰치야 사다쓰나(土屋貞綱)였다.

사다쓰나가 웃으며 말했다.

"배에는 극락도 있고 지옥도 있사옵니다."

"호오, 지옥도 있다고?"

"그러하옵니다."

"어디에 있느냐?"

"우리는 갑판 판자 하나 아래가 지옥이라는 말을 하옵니다. 이제 곧 아시게 될 테지요."

"그럼 나중에 즐기도록 하지."

갑판 위에는 또 다른 젊은이가 한 사람 있었다.

스물넷의 무토 기헤에마사유키(武藤喜兵衛昌辛), 성은 다르지만 사나다 유키타카의 3남이었다.

유키타카에게는 세 명의 자식이 있는데, 신겐의 명에 따라 마사유키를 독립시켜 무토 성을 잇게 했다.

이후, 신겐의 측근으로 훈련을 쌓았고, 지금은 아시가루 대장으로 있었다. 그 마사유키를 신겐은 배에 태우라고 했다.

겐고로도 이의가 없었다. 우수한 젊은이에게는 가능한 한 많은 경험을 쌓게 해주어야 한다. 겐고로는 예전에 간스케에게서 배운 것을 마사유키에게 전해줄 생각이었다. 물론 그 정도의 기량이 있을 때의 이야기지만.

마사유키가 두 사람 곁으로 다가왔다.

"자넨 배를 타본 적이 있나?"

"강에서는 타보았나이다."

"강에서? 그러나 강에서 타는 배와 바다에서 타는 배는 어른과 아이만큼이나 다를걸?"

"그래도 배는 배가 아니옵니까."

마사유키가 되받자 겐고로는 흘끗 쓰치야를 보고 물었다.

"그런가?"

"어른과 아이의 차이는 배의 크기만이 아니지요"

쓰치야는 마사유키 쪽을 바라보며 말을 이었다.

"바다와 강 그 자체도 어른과 아이만큼 다르옵니다."

"어떻게?"

"그건 이번 여행 중에 아주 잘 아시게 될 겁니다."

그 말은 옳았다.

이틀째 아침, 갑자기 사방이 어두워졌다. 겐고로는 백전노장의 용사였다. 마사유키도 청년 시절부터 풍부한 전투 경험을 쌓아왔다.

그러나 두 사람이 새파랗게 질린 얼굴로 몸을 부르르 떨고 있었다.

하늘은 검은 장막을 드리운 듯이 어두웠고, 배는 마치 나뭇잎처럼 출렁이기 시작했다. 사방으로 보이는 것이라고는 물, 물……. 겐고로와 마사유키는 제정신이 아니었다.

'지옥이라더니, 이걸 두고 하는 말이었어.'

그나마 이렇게 생각한 것은 그로부터 한참이 지난 후였다. 당시로서는 그런 여유조차 없었다. 겐고로는 바닥이 없는 외로움이 어떤 것인지를 처절히 맛보아야 했다.

무엇보다 고통스러웠던 것은 끊임없이 밀려오는 토악질이었다. 위 속에 든 모든 것을 쏟아내고, 마침내 누런 똥물까지 게워 올리면서 겐고로는 바다로 뛰어들어 죽고 싶은 충동을 느꼈다.

그것은 마사유키도 마찬가지였다.

그야말로 지옥 같은 시간이 지나자, 어느새 바다는 거울처럼 맑은 모습으로 변신했다.

겐고로는 그로부터 사흘 동안을, 반쯤 죽은 시체처럼 보내야 했다. 이윽고 체력을 회복했을 즈음, 배는 요도가와(淀川)의 하구로 들어서고 있었다.

"저길 보게! 저게 바로 이시야마 혼간지라네."

겐고로는 갑판으로 나와 저도 모르게 감탄사를 연발했다.

너무도 멋진 성이었다. 셋쓰의 들판에 불룩 솟아오른 대지가 있었다. 혼간지는 그 위에 우뚝 서 있었다. 절이라기보다 분명 성이었다. 거대한 가람도 불당이라기보다는 수많은 병사들을 수용하는 건물처럼 보였다.

무엇보다도 그 외곽의 견고함이 놀라울 정도였다. 군량만 충분하다면, 몇 년이라도 버틸 수 있을 것 같았다.

'오랜만에 성다운 성을 보는군.'

이런 기분은, 지금은 없는 간스케를 따라 오다와라 성을 본 이래로 처음이었다.

"마사유키님!"

겐고로는 유키타카의 아들을 정중하게 불렀다.

"예."

"난 저 성의 주인에게 오다 노부나가를 치도록 부추겨야 한다네."

"……."

"그대라면 어떻게 이야기를 끌고 가겠는가?"

"그건……."

마사유키는 잠시 생각하더니 다시 입을 열었다.

"문주님은 우리 주군과 동서지간이시니, 그것을……."

"그건 안 되지."

겐고로는 칼로 무를 자르듯이 부정해버렸다.

"왜 안 되옵니까?"

"동서의 인연 따위, 이런 난세에는 아침 이슬과도 같은 것이네. 노부나가와 싸운다는 것은 죽느냐 사느냐, 목숨을 걸어야 해. 아무리 동서지간이라 해도 목숨을 걸라고 할 수야 없는 노릇이 아닌가?"

"그렇지만 문주님은 의리가 돈독한 분이라 들었나이다."

겐고로는 쓴웃음을 지었다.

"의리? 그건 아무 소용이 없네. 의리를 이야기하려면, 우리가 먼저 생각해봐야 할 일이 있지."

"……?"

"마쓰 공주님 말일세."

마사유키가 깜짝 놀라는 표정을 지었다.

마쓰 공주는 지금도 오다 가의 적자인 노부타다의 약혼자였다. 형식상으로 보자면, 다케다와 오다는 사돈지간이다. 그런데 다케다는 지금 사돈관계인 오다를 쳐달라는 부탁을 하러, 이 혼간지에 사자를 파견한 것이다. 이상한 일이 아닌가. 당연히 혼간지는 그런 요구를 하기 전에 우선 오다와 절연하라고 요구할 것이다.

"그렇다면……."

"오다와 손을 끊으란 말인가?"

"예."

마사유키가 고개를 끄덕이자 겐고로는 고개를 가로저었다.

"그것도 좋지 않아. 지금 쇼군은 노부나가의 손안에 들어 있네. 함부로 움직이다가는 노부나가 놈, 쇼군에게 억지로 교서를 내리게 하여 다케다를 치라고 하겠지. 그렇게 되면 우에스기가 움직일 게야."

"……."

"그 융통성 없는 놈이 다시 시나노를 노리고 들어오면, 우린 오다를 상대할 겨를이 없네."

"그럼 우리는 오다와 손을 끊지도 않고 혼간지로 하여금 오다를 치게 한다는……?"

"그렇다네."

"너무 편리한 생각이 아니신지요?"

마사유키는 불가능한 일이라고 생각했다.

겐고로는 입가에 미소를 띠며 말했다.

"군략이란 우리에게 유리한 일이 일어나도록 하는 것이네. 그러기 위해서는 지혜를 써야 하지. 잘 보아두게."

겐고로 일행은 작은 배로 옮겨 타고 상륙하여, 즉시 혼간지의 강당에 들어섰다.

중앙의 높은 자리에 겐뇨 상인이 앉아 있었다. 겐뇨는 신겐보다 몇 살 아래이기도 했지만, 윤기 나는 피부가 그를 더욱 젊어 보이게 했다.

"형님은 잘 계신가?"

상인의 첫마디였다.

"건강하게 잘 계시옵니다. 그리고 상인님 걱정을 많이 하고 계시나이다."

"그것 참 고마운 일이로고"

형식적인 인사말이 끝나자, 즉시 승려 고관인 시모즈마 라이렌(下間賴廉)이 회담을 주재했다.

라이렌은 겐뇨의 대리인으로서 이 혼간지 교단을 이끌고 있었다. 겐뇨가 황제라면 라이렌은 재상이라고 해야 할 것이다. 나이는 서른넷이었다.

"용건은 소인이 듣겠나이다."

라이렌이 말했다.

겐고로는 미소를 머금고 입을 열었다.

"좋은 일로 왔소이다. 우리 주군께는 기쿠라는 공주가 계신데 주군께서 말씀하시길, 이 공주를 혼간지 쪽에 시집보내고 싶다고 하시면서, 상인님께 중매를 부탁드리고 싶다 하셨소이다."

라이렌은 표정 하나 바꾸지 않고 대답했다.

"과연 좋은 일이로군요. 그것으로 다케다님은 무슨 대가를 바라시는지?"

"라이렌, 무례하다!"

겐뇨가 나무랐다.

그러나 라이렌은 겐뇨를 향하여 가볍게 고개를 숙이며 대답했다.

"용서해주시옵소서. 이 라이렌에게는 이 절을 지킬 의무가 있사옵니다. 그러므로 때로는 예의를 지키지 못하는 경우도 있사옵니다."

그러고 나서 라이렌은 겐고로를 똑바로 쳐다보았다.

"라이렌님, 지금 이 절을 지킨다고 하셨소이까?"

겐고로는 재빨리 라이렌의 말꼬리를 잡았다.

"그러하오"

"그럼 내 묻겠소 절을 지킨다는 것이 무엇이오?"

겐고로의 물음에 라이렌은 얼굴을 찌푸렸다.

"그야 당연한 일, 법문과 가르침을 지키는 게지요"

"가르침을 지킨다는 것은 이 가람을 지킨다는 뜻이오?"

"……?"

"가르침을 지킨다는 것은 건물도 아니고 불상도 아니지 않소이까?"

"그건 옳으신 말씀이오"

라이렌이 고개를 끄덕였다.

건물이나 불상도 소중하지만, 그것은 물건에 지나지 않았다. 무엇보다 소중한 것은 가르침 그 자체이며, 그 가르침을 상징하는 것은 곧 상인이다.

"그렇다면 이 고사카 단조, 혼간지의 가르침을 지키기 위해 실례를 무릅쓰고 상인께 올릴 말씀이 있사옵니다."

"어서 말씀하시게, 고사카님."

겐뇨가 물었다.

겐고로는 바닥에 두 손을 짚고 가볍게 머리를 숙인 다음, 얼굴을 들었다.

"지금 즉시 오다 노부나가에게 항복하고, 이 절을 넘겨주셔야 하옵니다."

당내에서 경악에 찬 비명이 터져나왔다.

동석한 마사유키도 놀랐다. 그리고 울화통이 치밀어올랐다.

‘무슨 말을 하는 거야, 이 양반. 쓸데없는 말로 친구를 적으로 돌리다니.’

라이렌도 화가 치밀었다.

“고사카님, 무슨 말씀을 하시는 게요?”

“가르침을 지키기 위해서이지요.”

겐고로는 태연자약하게 말했다.

“그, 그러니까 어째서 가르침을 지키기 위해 오다 노부나가에게 항복해야 한단 말이오?”

“그건 굳이 말씀드리지 않아도, 오미 아네가와(姉川)에서 전투가 벌어지면 자연히 아시게 될 것이외다.”

“아네가와?”

라이렌을 비롯해 다른 승려들도 영문을 몰라 서로의 얼굴을 바라보았다. 그런 지명은 들어본 적이 없었다.

“앞으로 석 달 안에, 반드시 이곳에서 전투가 벌어질 것이오 승패는 소인도 알 수 없지만, 혼간지의 미래가 그 일전에 달려 있다고 해도 과언이 아닐 것이오”

겐고로는 침착 냉정한 목소리로 말했다.

5

겐뇨 상인과 혼간지의 가신들은 겐고로의 폭언에 놀라면서도 화가 치밀었다.

하필이면 노부나가에게 항복하라니. 이 군사가 도대체 제정신인가.

‘대체 무슨 생각을 하는 게야, 이 양반.’

겐고로와 동행한 마사유키조차 이렇게 생각했다.

겐뇨 상인은 그 자리의 다른 누구보다 냉정 침착했다. 상인이 조용히 물었다.

"고사카님, 오미 아네가와에서 전투가 벌어진다니, 대체 무슨 말인가?"

겐고로는 가볍게 예를 올리고 나서 대답했다.

"말씀 올리옵니다. 얼마 전, 오다 노부나가는 에치젠 아사쿠라 가를 공략하다가 매제인 아사이 나가마사의 배반을 불러일으켰나이다. 아사이의 영지인 북 오미는 미야코와 기후를 연결하는 요충지, 이 땅이 적의 손에 떨어지면 노부나가는 큰 타격을 받게 될 것이옵니다. 오미가 없으면 미야코와 미노는 고립 상태에 빠질 것이기 때문이옵니다. 노부나가로서는 무슨 일이 있어도 아사이를 쳐서 오미를 빼앗지 않으면 아니 되옵니다."

"그게 대체 우리와 무슨 상관이란 말이오?"

시모즈마 라이렌이 따지고들었다. 겐고로가 라이렌을 바라보았다.

라이렌은 무릎을 앞으로 내밀며 다시 말했다.

"그건 노부나가와 아사이의 싸움이 아니오? 우리와는 아무 상관도……."

"없다는 말씀이시오?"

"물론이오"

라이렌이 도발하듯이 대꾸하자 겐고로는 고개를 가로저었다.

"그렇지 않소이다. 잘 생각해보시오 노부나가는 무슨 수를 써서라도 아사이를 치려 하고 있소 한편, 아사쿠라는 반드시 아사이를 도울 것이오"

"어떻게 그걸 아시오?"

라이렌이 따졌다.

겐고로는 착 깔린 음성으로 대답했다.

"아사이가 망하면 다음은 아사쿠라 차례가 아니겠소이까?"

"……."

"원래 노부나가가 아사쿠라를 친 이유는, 천하통일의 야망에 아사쿠라가 방해되기 때문이오 아사이가 망하면, 노부나가는 반드시 아사쿠라를 칠 것이오 그렇다면 일찌감치 아사이를 도와 노부나가를 쳐야 하지 않겠소이까. 아사쿠라 쪽에서 그런 생각을 하는 건 당연한 일이 아니겠소?"

"그 아사이, 아사쿠라와 노부나가의 전투가 오미의 아네가와에서 벌어진다는 말인가?"

겐뇨가 물었다.

"그러하옵니다."

겐고로는 고개를 끄덕이며 대답했다.

"오미까지는 그렇다치고, 어떻게 아네가와라는 것까지 알 수 있는가?"

겐뇨는 그게 의아했다. 다케다 가에서 전투를 벌이는 것도 아닌데 말이다.

"병법과 군략의 이치로 보아, 십중팔구는 아네가와에서 싸울 수밖에 없사옵니다."

"그렇다면 어느 쪽이 이기겠소, 군사?"

이렇게 묻는 라이렌의 어투에는, 누가 들어도 노골적인 경멸감이 섞여 있다는 걸 느낄 수 있었다.

그러나 겐고로는 태연자약한 태도로 되받았다.

"그건 모르지요"

“호오, 그렇게 대단한 군사께서도 모르신다?”

“물렀거라, 라이렌!”

겐뇨가 나무라자 라이렌은 불만스런 표정으로 입을 다물었다.

“이 싸움은 승패가 반반이라, 어느 쪽이 이길지 소인도 가늠할 수 없나이다. 단 하나, 알고 있는 것이 있다면……”

겐고로는 얼굴을 들고, 겐뇨 상인을 향해 가볍게 예를 올린 후에 다시 말을 이었다.

“법왕 폐하가 아사이, 아사쿠라 양가를 도우신다면 이 전투는 반드시 이길 수 있다는 것이옵니다.”

“말도 안 되는 소리!”

라이렌이 벌컥 화를 냈다.

겐고로는 처음으로 라이렌을 노려보며 말했다.

“말도 안 되는 소리라고 했소이까!”

“영주간의 사적인 싸움이 아니오? 사적인 싸움에 왜 우리 문도가 관여해야 한단 말이오? 게다가 아까부터 그대가 하는 말은 도저히 앞뒤가 맞지 않소”

“라이렌님, 소인의 말이 그리도 가당찮게 들린단 말이오?”

“그렇지 않소이까? 그대는 처음부터 뭐라 하였소? 즉시 노부나가에게 항복하고, 이 성을 넘겨주라 하지 않았소?”

“물론 그렇게 말했소이다.”

겐고로는 주저없이 그 말을 인정했다.

“그렇다면 입에 침이 마르기도 전에 이번에는 아사이, 아사쿠라의 편을 들라니, 그건 노부나가와 싸우라는 말이 아니오?”

“물론 그렇소이다.”

“그것이 가당찮은 말이 아니고 무엇이란 말이오?”

"그렇다면 라이렌님, 내가 묻겠소이다. 라이렌님은 대체 노부나가와 싸우고 싶은 게요, 아니면 싸우고 싶지 않은 게요? 어디 그것부터 말씀해보시지요."

"그건……."

라이렌은 일순 허를 찔렸는지 잠깐 생각하고서 말했다.

"싸우지 않고 지낼 수 있다면 그보다 더 좋은 건 없지 않소이까?"

"그렇다면 문제는 간단하오. 처음 말씀드린 대로 노부나가에게 항복하시지요."

"항복!"

"그러하오. 노부나가라는 장수는 천하통일을 노리는 인물이외다. 천하를 통일한다는 것은 일본의 모든 사람을 신하로 삼는다는 것, 노부나가는 혼간지도 기꺼이 신하로 삼을 것이오."

"무, 무슨 망발을! 우리 혼간지가 노부나가의 신하라니!"

"이대로 가면 그렇게 된다는 말씀이외다."

"화친을 맺을 수도 없단 말인가?"

겐뇨가 물었다.

"없지는 않사옵니다."

"그건?"

"사카이처럼 하면 되옵니다."

사카이(堺), 일본 최고의 상업 도시 사카이는 혼간지와 가까운 곳에 있었다. 예전에 사카이는 자치 도시였다. 상인이 모여 조직을 만들고, 낭인을 고용하여 군비를 갖춤으로써 난세에도 평화를 유지해왔다.

그러나 노부나가는 그런 자치를 허용하지 않았다. 노부나가는 사카이를 자신의 지배하에 두려 했다. 그리고 우여곡절을 거쳐, 기어이 사카이를 지배하는 데 성공했다.

낭인들을 무장 해제시킨 뒤, 대관을 파견하고 군대를 주둔시켰다. 사카이는 자치를 잃었고, 상인들은 모두 노부나가의 신하가 되었다.

바로 곁의 도시에서 일어난 일이었다.

그 경위는 혼간지 사람들도 잘 알고 있었다.

"노부나가는 이 천지에 자신의 신하 외에는 아무것도 인정하려 하지 않소이다. 정말 싸움을 피하고 싶다면, 무릎을 꿇고 신하가 되는 수밖에 없지 않겠소? 신하가 된 이상 무기도 성도 모두 바치는 것은 당연한 일. 어떠시오, 라이렌님. 그래도 싸우지 않으시겠소?"

겐고로의 날카로운 목소리가 라이렌의 가슴을 파고들었다.

"아, 아니, 그런 일이라면 싸워야지요. 반드시 싸워야지요."

기백에 눌린 라이렌이 대꾸했다.

"정말이시오?"

겐고로는 다짐을 받으려는 듯이 되물었다. 라이렌은 고개를 끄덕였다. 겐고로는 얼굴을 활짝 펴고 웃었다.

"싸우려면 빠를수록 좋을 게요. 아군이 있을 때."

"아군이라면?"

"아사이, 아사쿠라."

겐고로는 잠시 좌중을 둘러본 다음, 다시 입을 열었다.

"아사이, 아사쿠라와 노부나가의 승부, 어느 쪽이 이길지는 알 수 없소이다. 그러나 가령 노부나가가 이겼다고 가정해보시오. 노부나가가 이기면 아사이, 아사쿠라는 멸문당할 것이며, 노부나가의 힘 또한 막강해질 것이오이다. 그렇게 강력한 힘을 바탕으로, 그 다음에 노부나가가 어디를 목표로 하겠나이까?"

겐고로는 마지막 말을 겐뇨를 향해 던졌다.

겐뇨가 고개를 끄덕였다.

"이 혼간지를 향해 온단 말인가?"

"그러하옵니다."

겐고로는 다시 얼굴을 들어 모두를 둘러보았다.

"그렇다면 지금 아사이, 아사쿠라와 노부나가의 일전을 그냥 지켜보고 있지만 말고 병사를 보내 돕는 쪽이 얼마나 이 종문에 이익이 되는지, 그건 새삼 말씀드리지 않아도 될 것이오이다."

좌중에 침묵이 흘렀다. 그러나 아무도 불만이나 반론을 펼치지 않았다. 겐고로의 말이 너무도 옳았기 때문이다.

겐뇨도, 라이렌 이하 승려들도 지금 혼간지가 어떤 입장에 처해 있는지 확실히 알 수 있었다.

'대단한 사람이다!'

마사유키는 감탄하고 있었다. 한때는 불안해서 어쩔 줄 몰라했지만, 논리적이고 뛰어난 겐고로의 언변을 듣는 사이에 혼간지의 공기가 완전히 바뀌어버렸다는 것을 깨달은 것이었다.

'고사카 단조, 난 이분을 따르리라.'

마사유키는 어느새 이렇게 결심하고 있는 자신을 깨달았다.

6

노부나가의 재앙은 계속되었다.

아사이 나가마사의 배신 때문에 구사일생으로 미야코로 돌아온 것도 잠시, 이번에는 미야코에서 기후로 돌아가는 도중에 철포 저격을 받았던 것이다.

그 모든 것이 아사이의 배신 때문이었다.

미야코에서 미노로 돌아가는 도중에 위치한 오미가 적국이 되었다. 그래서 소수의 정예만을 대동하고 샛길로 은밀히 돌아가지 않을 수 없었다. 그때 당했던 것이다. 그러나 가까운 거리에서 두 발이나 맞았는데도 노부나가는 무사했다. 한 발은 소매를 관통했고, 다른 한 발은 칼자루에 맞고 퉁겨져 나갔다.

가즈마스는 손짓을 곁들여 그 광경을 세이노스케에게 설명해주었다. 고가(甲賀)의 닌자 출신인 가즈마스는 철포의 명사수이기도 했다. 저격수는 히에이잔의 승병 가운데에서도 최고의 철포 사수로 인정받는 스기타 젠주(杉谷善住)라는 사실이 밝혀졌다.

"젠주 같은 명사수가 20간(間) 거리에서 두 발이나 쏘았는데도 돌아가시지 않다니, 우리 주군은 불사신이야."

가즈마스는 무릎을 치면서 감탄했다.

세이노스케도 동감이었다. 오다 가에 온 이후로 열심히 철포 사격술을 연마하고 있는 세이노스케였다. 다른 가문에서는 기마 사무라이가 철포를 쏘는 법이 없었다. 철포는 전문 아시가루에게 맡겼다. 무엇보다도 사무라이는 철포 같은 '비겁한' 무기를 사용해서는 안 된다는 편견이 있었던 것이다.

오다 가는 그렇지 않았다.

철포를 쏘는 것이 사무라이의 소양이었다. 또한 마음만 먹으면 얼마든지 쏠 수 있도록 지원해주었다. 철포와 화약은 충분히 보유하고 있었다. 다른 가문에서는 있을 수 없는 일이었다.

젠주는 노부나가가 오기를 기다리고 있었을 것이다. 미리 한 지점을 정해두고, 거기에 오기를 기다렸다가 쏘았을 터였다.

가장 어려운 것은, 도망치는 상대를 향해 서둘러 탄알을 장전하고 쏘는 일이다. 자세가 불안하면 정확히 조준할 수도 없었다.

그러나 젠주는 자리를 잡고 매복한 채 기다리고 있었다. 안정된 자세로 탄알을 장전하고, 심지에 불을 붙였다. 그것도 철포를 두 정이나 준비했다. 연속적으로 두 발을 쏘기 위해서였다.

조건은 완벽했다. 그런데도 맞히지 못했다. 아니, 맞혔지만 목숨을 빼앗지는 못했다.

'정말 주군은 운이 좋아.'

세이노스케는 내심 혀를 내둘렀다.

'이런 운이라면 천하를 통일할 수 있을지도 모르지.'

대장은 무엇보다도 기량이 중요하지만, 그에 못지않게 운도 따라주어야 한다는 것을 세이노스케는 새삼 깨달았다.

무라카미 요시키요, 우에스기 겐신, 그 두 사람은, 기량은 그 누구보다도 뛰어났지만 운이 따라주지 않았다. 성격 차이일지도 모른다. 겐신은 스스로 운을 낭비하는 경향이 강했다. 그러나 노부나가는 달랐다. 달라도 너무 달랐다.

"올해에는 정말 재앙이 많아."

세이노스케는 탄식했다. 아사쿠라 공략이 실패한 이후, 노부나가에게 재난이 끊일 날이 없었다.

"그러나 이번 일로 액운을 모두 떨쳐버렸는지도 모르지."

가즈마스가 말했다. 가즈마스의 견해에 의하면, 지금이 운이 가장 나쁠 때라는 것이다. 하지만 보통 사람이라면 목숨을 잃었을 테지만, 구사일생으로 목숨을 건졌으니 기운이 바뀌지 않았을까 하는 의미였다.

"그럴지도……."

가즈마스의 말에는 설득력이 있었다.

여태 살아온 과정을 보아도 그런 경우가 많았다.

절체절명의 위기를 넘기면 생각지도 않은 행운이 다가온다.

"그런데 가즈마스님."

세이노스케가 가즈마스를 바라보며 말했다.

"음?"

"오늘은 무슨 일로 오셨소이까?"

가즈마스가 노부나가의 기적 같은 생환을 이야기하러 찾아오지는 않았을 터였다.

"눈치를 챘구먼."

"설마 후유 이야기는 아니겠지요?"

설마라고 한 것은, 오다 가의 분위기가 바닥에 깔려 있었기 때문이다. 여하튼 오미를 회복할 때까지, 가신들은 모든 일에 인내하지 않으면 안 되었다.

"물론. 잠시 자리를 비워야 할 것 같아 그대에게 인사나 하려고 왔소."

"비우다니? 어디로 가오?"

이렇게 위급한 시국에 사실상의 이세 총독인 가즈마스가 자리를 비우다니.

"나가시마(長島)."

목소리를 낮추며 가즈마스가 짧게 말했다.

세이노스케는 놀란 눈으로 주위를 둘러보았다.

이세 나가시마는, 나가라가와(長良川) 하구에 있는 잇코 문도의 아성이었다. 이세는 오다 가의 영지이지만, 이 나가시마만은 손을 대지 않고 있었다.

간쇼지(願証寺)라는 큰절이 있고, 그곳을 중심으로 문도들이 자치 지구를 형성하고 있었다. 이곳에 손을 대면 혼간지와 전면전을 벌여야만 했다.

물론 폭동이 자주 일어나고 있었다. 그 폭동 세력과 오다 가의 군대가 싸운 적도 있었다. 그러나 지금까지는 국지전局地戰에 불과했다.

간쇼지는 다른 혼간지 계열의 절과 마찬가지로, 견고한 성곽으로 되어 있었다. 정면 대결로 성을 빼앗을 생각이라면 일 년 정도 농성전을 각오하지 않으면 안 된다. 설사 그렇게 해서 간쇼지를 함락시켰다 해도 잇코슈가 이 세상에서 사라지는 것은 아니었다.

그렇게 되면 이시야마 혼간지의 겐뇨는 전국의 문도에게 타도 노부나가를 명할 것이다. 오다 가는 전국 수십만에 달하는 문도들과 피로 피를 씻는 투쟁을 벌여야 할 것이다.

이른바 이세 나가시마는 노부나가의 영지의 뾰루지 같은 곳이었다. 자칫 잘못 건드렸다가는 큰일이 벌어진다.

가즈마스가 그 나가시마에 간다는 것이었다.

"사자로?"

"아니, 탐색하러 갈 뿐이오"

세이노스케는 점점 더 놀라지 않을 수 없었다.

그렇다면 은밀하게 행동한다는 뜻이었다. 만일 오다 가의 가신인 다키가와 가즈마스라는 것을 상대가 안다면 목숨을 내놓아야 할 것이다.

"왜 가야 하오?"

"불온한 움직임이 있으니까."

"……?"

"그대라면 알 게요 신겐과 혼간지의 깊은 관계를 말이오"

가즈마스가 속삭이듯이 말했다.

세이노스케는 눈을 동그랗게 떴다.

"설마 신겐과 혼간지가 손을 잡고 우리를 공격하기라도 한단 말이오?"

"쉿, 목소리가 너무 크오"

가즈마스는 일단 세이노스케의 입을 막고 나서 말을 이었다.

"그 설마가 사실이 되었소. 생각해보시오. 아사이의 배신으로 우리 오다 가의 영지는 분단당하고 말았소. 주군께 적대하는 세력의 입장에서 볼 때, 지금이야말로 절호의 기회가 아니겠소?"

"그래서 혼간지가 움직인다는 게요? 간쇼지가 문도들을 동원하여 우리를 친단 말이오?"

"음."

가즈마스는 벌떡 자리에서 일어나더니, 세이노스케 곁으로 다가와 귓속말을 했다.

"그래서 부탁이 있소. 나는 병에 걸려 자리에 누운 것으로 해두고 잠시 나가시마에 갈 거요. 행선지는 아무에게도 말하면 안 되오. 그대만 아는 비밀이니까. 만에 하나 돌아오지 못하게 되면 주군께 알려주시오."

"그럼 나도 가겠소."

"그대가?"

"어떻게 그대 혼자 보낼 수 있겠소?"

"세이노스케, 난 닌자 출신이오. 이런 일에는 익숙하다오."

"아니, 같이 갑시다. 혼자보다는 둘이 낫지 않겠소?"

세이노스케는 거머리처럼 달라붙었다.

가즈마스는 할 수 없다는 듯이 받아들였다.

"좋소, 한번 해보지, 뭐. 단, 정체가 발각되면 그대를 도울 수 없소."

"정체라면 나보다는 그대가 더 위험하지 않겠소?"

"……."

"난 시나노 사람이 아니오? 처음부터 그쪽 출신으로 이야기하면 되오. 사실이 그러니까. 그에 비해 그대는?"

"고가 사람은 어느 나라 사람으로도 변신할 수 있소. 문도도 될 수 있지. 그대는 문도에 대해 알고 있소?"

가즈마스가 물었다.

"……."

"하하하, 그럼 곤란하지 않소? 문도로 가장을 하고 나가시마로 잠입하는 데 말이오"

"그럼 가르쳐주시오"

세이노스케가 불퉁한 표정으로 말했다.

"좋소 그런데 우리 둘에 대해 누구에게 말을 남기고 갈 거요?"

가즈마스가 물었다.

세이노스케와 함께 가는 이상, 다른 누군가에게 이 사실을 알려야 했다. 물론 신뢰할 수 있는 인물이어야만 한다.

이세의 명목상의 주인은 노부나가의 차남으로, 기타바타케의 사위인 노부오다. 그러나 노부오도, 그 측근도 그렇게 뛰어난 기량을 가진 인물들이 아니었다.

"도모마사님은 어떨까?"

세이노스케가 제의했다.

"아, 그게 좋겠소"

후유의 아버지인 고즈쿠리 도모마사라면 입도 무겁고, 신뢰할 수 있었다.

가즈마스는 마치 소풍이라도 떠나는 사람처럼 자리에서 일어섰다.

7

이세 나가시마에 이르는 길은 상상을 초월할 정도로 경비가 삼엄했다. 세이노스케는 낭인, 가즈마스는 그 종복으로 변신했다. 길을 가면서 가즈마스는 '문도의 규약'을 세이노스케에게 가르쳐주었다.

"어려울 건 하나도 없소. 그냥 나무아미타불을 외우기만 하면 돼."

"그것만 외우면 되오?"

세이노스케는 믿을 수 없다는 표정을 지었다.

"그럼. 아침에 일어나서 나무아미타불, 아침을 먹고 나서 나무아미타불, 여자를 안을 때에도 나무아미타불, 저녁 해가 지면 나무아미타불, 그걸로 되는 거요."

"……"

"왜, 믿어지지 않소?"

"의심하는 건 아니지만 너무 간단한 가르침이라서."

"그 간단한 주문이 어리석은 백성의 마음을 사로잡고 있소. 경전을 읽거나 좌선도 하지 않고, 오로지 나무아미타불만 외우면 그만이지."

"왜 나무아미타불만 외울까?"

"그건 말이오, 그 작자들이 믿고 있는 아미타여래라는 부처가 어떤 악인이라도 구원해준다는 약속을 했기 때문이오."

"아미타여래."

세이노스케는 오랜만에 고향인 시나노의 선광사 불상을 떠올렸다.

선광사 부처도 아미타여래였다. 일본 최고의 불상이었다. 그 시나노의 백성을 통합하는 상징인 아미타여래는 다케다 신겐의 획책으로 가이로 옮겨졌다.

선광사 부처가 시나노로 돌아가지 않는 한, 시나노에 진정한 평화는 없을 것이다.

'고지로는 뭘 하고 있을까?'

문득 세이노스케는 출가한 신카이, 즉 동생 고지로를 떠올렸다.

신카이는 선광사 다이칸진에 속한 승려였다. 다행히 이곳 문도는 아니었다. 다이칸진은 천태종에 속했다. 선광사 부처를 지키는 종파에는 또 하나가 있었다. 다이혼간이라는 정토종계의 교단이었다. 그것도 다행히 이곳 문도와는 관계가 없었다.

잇코슈는 정토종에서 분파했는데, 정토종은 잇코슈처럼 과격한 가르침을 펴지 않았다.

"가즈마스님, 잇코슈 문도들은 왜 영주의 말을 듣지 않소?"

세이노스케는 문득 지금까지 한 번도 거기에 대해 생각해보지 않았다는 것을 알았다. 단순히 오다 가와 대립하는 종교 집단이라는 정도로밖에 여기지 않았다.

가즈마스는 그 이유를 알고 있었다.

"그건 아미타 앞에서는 주군도 없고 신하도 없기 때문이지. 모든 것이 평등하므로 누구에게도 머리를 숙일 필요가 없다는 게야."

"문도는 누구에게도 머리를 숙이지 않소?"

"누구에게도 숙이지 않는 건 아니오 법왕이나 승관, 그리고 혼간지에서 파견한 사자승에게는 머리를 숙이지."

"이상하군."

"응?"

"부처님 앞에서 주군도 신하도 없다면, 법왕도 사자승도 마찬가지가 아니오? 같은 동료에 지나지 않은데."

"하하하, 그대는 정말 재미있어."

가즈마스는 소리 높여 웃으며 말을 이었다.

"그러나 이건 인간 세상의 일이오 문도들 편을 드는 건 아니지만, 그렇게 하지 않으면 세상이 돌아가지 않소"

"정말 그럴까?"

세이노스케는 납득할 수 없었다.

간쇼지의 영역에 들어설 때까지 몇 군데의 검문소를 거쳤다.

거기에서 고향과 간쇼지를 방문하는 이유를 대야만 했다.

"소인은 니나노 국 스와 태생으로, 히라마쓰 신쿠로라 하오 여기는 소인의 종복인 이치스케."

세이노스케는 이렇게 말했다.

"무슨 용건으로 가시오?"

검문소를 지키고 있는 사무라이가 물었다.

"소인의 집안은 선대부터 문도이지만 아직 한 번도 이시야마에 가 본 적이 없어서, 이번 기회에 꼭 참배할 생각으로 서쪽으로 가고 있는 중이오 도중에 이곳 나가시마의 절도 참배하고 싶어서 가려 하오"

"아, 정말 잘 오셨소이다. 우리 절의 쇼이(証意)님은 법왕의 일문으로 명성이 자자하지요 법문을 듣고 가시면 고향에 좋은 선물이 될 겁니다, 나무아미타불."

"나무아미타불."

세이노스케와 가즈마스는 무사히 나가시마로 들어설 수 있었다.

나가시마는 이름 그대로 기소가와(木曾川), 나가라가와(長良川), 이비가와(揖斐川)라는 세 강의 하구에 발달한 삼각주로, 남북으로 길게 뻗은 지형이었다.

간쇼지는 그 삼각주의 한복판에 자리잡고 있었다.

'호오, 이건 마치 성이잖아!'

세이노스케는 눈을 동그랗게 떴다.

강의 삼각주에 위치하여 전후좌우가 모두 물이라 천연의 방어막을 형성하고 있었다. 게다가 물가에 담을 쌓아, 절 전체가 커다란 성벽으로 둘러싸여 있는 형태였다.

‘이 정도면 오천에서 일만은 충분히 농성전을 펼칠 수 있겠어.’

그렇다면 이 절을 함락시키려면 그 두 배에서 세 배, 즉 삼만의 병력을 동원하지 않으면 안 된다.

간쇼지가 절이라는 인식을 버리지 않으면 안 된다고 세이노스케는 생각했다. 어느 모로 보나 성이었다. 간쇼지가 아니라 간쇼지 성이라 해야 할 것이다.

“이시야마 혼간지는 이 성의 다섯 배는 되오”

가즈마스의 말에 세이노스케는 저도 모르게 비명을 지를 뻔했다.

이 성의 다섯 배라면 천하 제일의 거성巨城일지도 모른다. 이 나가시마도 다루기 힘든데, 그 다섯 배라니, 그야말로 상상을 초월했다.

“이전보다 더 견고해졌소”

가즈마스가 속삭이듯이 말했다.

간쇼지 주변에는 돌담으로 둥글게 감싼, 몇 개의 마을이 흩어져 있었다. 그 중에는 중심이 성의 형식으로 되어 있는 것도 있었다. 본성인 간쇼지를 지키는, 유력한 부속 성이 되는 셈이다.

그렇다면 적어도 오만의 병력은 있어야 할 것이다.

에치젠의 태수인 아사쿠라를 공략할 때에도 오다 가의 군대는 삼만 오천에 지나지 않았다. 그런데 이세 국의 한 귀퉁이를 차지하고 있는 잇코 세력을 치기 위해 오만을 동원해야 한다니.

‘이 종파는 정말 무서운 존재로군.’

가즈마스가 그토록 예민하게 문도들의 움직임을 주시하는 이유를 알 것도 같았다.

간쇼지 안에는 다다미 백 장을 깔 수 있을 정도로 넓은 강당이 있었다. 그 강당 안에는 근처에 사는 백성이나 낭인, 그리고 모든 계층의 신자들이 모여 있었다. 그리고 그곳에서 차를 대접하기도 했다.

두 사람은 자연스럽게 그 속으로 파고들었다.

"어디서 오셨소?"

인상 좋은 노인이 말을 걸어왔다.

두 사람에게는 더없이 좋은 기회였다.

"시나노에서 왔습니다."

"호오, 시나노, 그 먼 나라에서! 어디로 가는 길이오?"

"이시야마에 참배하러 갈 생각입니다."

"그것 참 기특한 생각이오 나도 한번 가보고 싶었는데, 아직 소원을 이루지 못하고 있다오"

"노인께서는 이곳 태생이신가요?"

세이노스케가 물었다.

"그렇소이다. 이 나가시마의 토착 사무라이라오 지금은 은퇴했지만 말이오"

"아, 그렇습니까. 이 지방 사람들은 거의 문도들이겠지요?"

"거의가 아니라 모두 그렇소"

노인이 웃으면서 말했다.

"모두? 한 사람도 남김없이?"

"그렇고말고 이 절의 문주님은 대단한 분이시지요 이 부근에서 문도가 아닌 사람은 하나도 없소이다."

"이곳 상인님을 어떻게 부르면 됩니까?"

"쇼이님이시지요 혈통을 따져보면 렌뇨(蓮如) 대성인의 자손이시고"

"호오, 정말 유서 깊은 가문 출신이시군요"

세이노스케는 감탄사를 터뜨렸다.

잇코슈는, 승려도 대처를 하고 자식을 낳는 것이 보통이었다. 렌뇨도 많은 자식을 낳았다.

노인은 신이 나서 이야기했다.

"그 유서 깊은 가문에 기쁜 소식이 있소. 정말 축하할 일이 말이오."

이 말을 듣고 가즈마스의 눈이 빛을 발했다.

"기쁜 소식이라면?"

"그건 말이오, 쇼이님의 뒤를 이을 겐닌(顯忍)님이 색시를 맞이하게 되었지요. 그것도 대단한 가문의 공주님을."

"그 가문은?"

가즈마스가 몸을 앞으로 기울이며 물었다.

"다케다."

"다케다라면, 저 가이의?"

"물론, 다케다 신겐님 말이오. 그 신겐님의 따님이 이 간쇼지의 마님이 되신단 말이오. 이보다 더 기쁜 일이 어디 있겠소?"

"아, 정말 그렇군요."

가즈마스는 태연을 가장하며 말했다.

'이건 정말 심각한 문제다.'

신겐과 이세 나가시마 잇코잇기가 손을 잡으면 골치 아픈 적이 될 것이다. 이미 신겐은 에치젠, 가가의 잇코잇기와 손을 잡았다. 그 결과, 이전에 두 번이나 입경했던 겐신도 길이 막혀, 미야코는 이제 꿈도 꾸지 못하고 있었다.

'만일 이곳의 잇코잇기 일당들이 있는 힘을 다해 오다 가에 대적한다면……?'

오다 가의 천하통일에 큰 걸림돌이 될 것이다. 이세, 오와리 양국의 경계선에 위치한 나가시마는 교통의 요충지였다.

'그 혼담을 무슨 수를 써서라도 파기시켜야 한다. 그런데 어떻게 파기시킬 수 있을까?'

자칫 잘못하면 잠자는 사자를 건드리는 결과를 낳을 것이다.

현재로서는 오다와 다케다는 우방이다. 우방이라고는 하지만 이미 명목뿐이다. 그러나 우방은 우방, 유명무실하긴 하지만 신겐의 딸 마쓰와 오다의 적자인 노부타다의 혼약이 아직 파기된 건 아니다.

여기서 수를 잘못 두면, 두 가문 사이에 금이 가고 말 것이다.

"어떻게 하지?"

세이노스케가 낮은 목소리로 물었다. 이 중요한 정보를 전하기 위해 서둘러 돌아가야 하지 않느냐는 뜻이었다.

가즈마스는 그 뜻을 민감하게 알아차렸다.

"아직은 아니오"

가즈마스는 여기까지 왔으니 좀더 간쇼지 내부 상황을 살펴보고 싶었다.

'쇼이와 겐닌의 얼굴을 봐두는 게 좋겠는데……'

가즈마스의 바람은 즉시 이루어졌다.

문도들 사이에서 탄성이 터지면서, 이윽고 전원이 옷매무새를 고치는 게 아닌가. 세이노스케와 가즈마스도 그들의 흉내를 내면서 지켜보았다. 아미타여래의 벽걸이 그림 아래로 중년 남자가 들어섰다. 그 곁에는 젊은 승려도 있었다.

"쇼이님과 겐닌님이시오"

아까 그 노인이 낮은 목소리로 속삭였다.

세이노스케는 단상의 두 사람을 살펴보았다. 두 사람 다 미야코의 귀족처럼 이목구비가 반듯했다. 특히, 젊은 겐닌 쪽은 눈이 튀어나올 정도로 미남이었다.

세이노스케의 머릿속에 숙적인 고사카 겐고로가 떠오를 정도였다.

가즈마스는 먹이감을 노리는 들짐승 같은 눈길로 두 사람을 바라보고 있었다.

법문이 시작되었다.

"문도 여러분, 잘들 오셨소 오늘은 아미타님의 불가사의한 서원에 대해 말씀드리겠소이다."

문도가 아닌 세이노스케와 가즈마스에게는 너무도 지겨운 법문이 오래오래 이어졌다.

단, 두 사람이 감탄하지 않을 수 없었던 것은, 그렇게 넓은 강당을 가득 메운 청중이 기침 소리 하나 내지 않고 쇼이의 법문을 경청하고 있다는 사실이었다. 이 힘이 창을 들고 일어나면 어떻게 될까 생각하면서, 세이노스케와 가즈마스는 전율하지 않을 수 없었다.

마지막으로 쇼이가 말했다.

"그럼 여러분, 염불을 외웁시다."

그 말이 떨어지자, 강당 안에 있는 사람들은 약속이나 한 듯이 '오!' 하고 탄성을 질렀다.

"나무아미타불."

"나무아미타불."

쇼이의 목소리에 화답하는 염불 소리가 당내를 울렸다.

세이노스케는 일순 공포심을 느꼈다.

"나무아미타불."

"나무아미타불."

"극락이여 오라."

"극락이여 오라."

"물러나라, 지옥."

"물러나라, 지옥."

"불적佛敵을 물리치자."

“불적을 물리치자.”

“불적을 물리치자.”

“불적을 물리치자.”

마지막 말은 쇼이가 아니라 겐닌이 외쳤다.

그 말이 떨어진 후에야 두 사람은 해방될 수 있었다.

바로 그 순간, 세이노스케는 등뒤로 다가오는, 칼날 같은 시선을 느꼈다.

“……!”

섬뜩한 기분으로 돌아보는데 한 젊은이가 눈에 들어왔다. 기타바타케 이치사부로였다.

‘낭패로군.’

세이노스케는 눈앞이 캄캄했다. 이치사부로가 빙긋 웃었다. 지금 이치사부로가, 여기 오다 가의 사무라이가 있다고 한마디만 외치면 문도들이 벌떼처럼 밀려올 것이다. 그렇게 되면 살아남을 가능성이 없었다.

가즈마스도 이치사부로를 알아챘다.

‘이젠 틀렸어.’

세이노스케는 모든 것을 체념했다. 생포될 바에야 가능한 한 많은 적을 지옥의 동반자로 삼는 것이 좋겠다고 생각했다.

문득 후유의 얼굴이 떠올랐다.

‘용서해주오, 후유 공주.’

그 다음 순간 상상도 못 한 일이 벌어졌다.

“이놈은 오다의 첩자다!”

큰소리로 외친 사람은 가즈마스였다. 이치사부로를 손가락으로 가리키며 그렇게 외친 것이었다. 이치사부로는 허를 찔렸다.

적의에 찬 시선들이 이치사부로에게 집중되었다.

“아, 아니오, 소인은……”

“입 닥쳐라, 이놈! 네놈을 잊을 줄 알고? 네놈은 기타바타케 이치사부로가 아니냐! 시치미 떼도 소용없다.”

가즈마스는 상대에게 반론의 틈을 주지 않았다.

기타바타케 이치사부로라는 사실에는 변함이 없었다. 그리고 기타바타케가 노부나가에게 항복했다는 것은 주지의 사실이었다.

이치사부로는 할말을 잃었다. 이치사부로가 아니라고 할 수도 없었다. 또한, 기타바타케는 이들의 적이 분명했다.

그러는 사이에 흥분한 문도들이 이치사부로를 덮쳤다.

“왜들 이러시오!”

이렇게 되고 보니, 아무도 이치사부로의 말에 귀기울이지 않았다.

“잠깐, 내 말을 들어보시오!”

“입 닥쳐라, 불적!”

문도들의 손길이 점점 더 거칠어져갔다.

가즈마스는 세이노스케의 소매를 끌어당겼다.

두 사람은 강당을 나섰다. 다른 사람과 마주치면 ‘오다의 첩자가 있어’ 하고 강당 안을 가리켰다.

“도대체 그대는!”

간쇼지에서 멀리 떨어져 나온 후, 세이노스케가 감탄하며 말했다.

“나를 다시 보았단 말이지?”

가즈마스는 의기양양하게 턱을 쓰다듬었다.

“그렇게 위급한 상황에서 어떻게 그런 지혜가?”

“그게 바로 닌자의 비결이오”

“닌자?”

“닌자는 말이오, 어떤 경우에도 죽어서는 안 돼. 그대처럼 화려하게 칼을 휘두르다 죽을 생각을 하면 안 되는 게요. 후유 공주가 울어."

"……."

세이노스케는 할말이 없었다.

"자, 서두릅시다. 들어올 때와는 달리 떠나는 자는 조사하지 않을 테지만, 그 젊은 놈이 뭐라고 고자질하면 귀찮아질 거요."

"죽이지는 않겠지?"

세이노스케가 가람 쪽을 바라보며 걱정스럽게 말했다.

"그대의 목이나 걱정하시지."

가즈마스는 어이없다는 듯이 웃었다.

8

가즈마스의 보고를 받고 노부나가는 결심했다.

'다케다와 혼간지가 손을 잡고, 아사이와 아사쿠라가 손을 잡으면 큰일이다.'

적의 동맹이 강화되기 전에 각개격파로 나갈 수밖에 없었다. 그러기 위해서는 먼저 아사이와 아사쿠라를 치고, 북 오미를 오다 가의 지배 하에 넣어야 했다.

"누구 없느냐! 도쿠가와님에게 사자를 보내라."

노부나가가 외쳤다.

6월 19일, 노부나가는 본군 이만구천을 거느리고 기후를 나섰다.

그리고 오미로 들어가, 21일에 아사이 나가마사가 있는 오다니(小谷) 성을 공격했다. 이 공격은 성을 함락시키려는 것이 아니라 아사이 군을 야전으로 끌어내기 위한 도발이었다.

24일, 사자의 요청에 응한 도쿠가와 이에야스는 도토미에서 오천의 병사를 이끌고 참전했다. 그에 대적해, 아사이 군을 응원하기 위해 아사쿠라 군 일만이 달려왔다.

아사이 군은 팔천이므로 아사이, 아사쿠라 연합군의 총수는 일만팔천, 거기에 대한 오다, 도쿠가와 연합군은 삼만사천이었다.

배에 가까운 숫자였다.

그러나 노부나가는 전혀 낙관할 수 없었다. 오다 가의 병력은 약했다. 그것은 세이노스케가 갈파한 그대로였다. 그에 비해 적인 아사이 군대는 정예 중의 정예로, 아마도 긴키 지방에서 가장 강력한 부대일 것이다.

이 병력과 같은 수의 병력으로 대응할 수 있는 것은 동맹군인 도쿠가와의 병사들뿐이었다. 그러나 도쿠가와 군대 오천은, 아사이 군대 팔천에 비해 수적으로 열세였다.

생각 끝에 노부나가는 다음과 같은 작전을 세웠다.

처음에는 아사이에 대해 도쿠가와를 대치시키려 했으나, 수적으로 열세라 승산이 없었다. 그래서 도쿠가와 군 오천을 아사쿠라의 일만과 대치하게 했다. 오천 대 일만은 숫자상 불리한 것 같지만, 아사쿠라 병사는 약했다. 일 대 이라도 충분히 대항할 수 있을 것이다.

한편, 오다 군 이만구천은 아사이 군 팔천을 맡았다. 삼 대 일이다. 아무리 오다 군 병사가 약하다고 하지만, 수적으로 유리하기 때문에 이길 수 있을 것으로 보았다. 가령 아사쿠라에 대치하는 도쿠가와가 지더라도, 아사히 군대만 봉쇄하면 그만이다.

이 전투의 목적은 북 오미의 지배권을 빼앗는 것이므로, 아사이의 힘만 없애버리면 된다.

'이겼다!'

노부나가는 확신했다.

야전에서 일거에 결판을 내버리면 된다. 농성할 가능성은 없었다. 아사쿠라 군 일만이 달려왔기 때문이다. 오다니 성에는 본군 이외에 일만이나 되는 병사를 먹여 살릴 군량이 없었다. 아사쿠라를 불러들였다는 것은, 아사이 나가마사도 야전에서 승패를 판가름할 생각임을 말해준다.

이 부근에서 결전을 치를 장소는 아네가와 주변의 습지뿐이었다.

노부나가는 아네가와의 남쪽에 군대를 배치했다. 강을 끼고 마주선 아사이 군에 대해 사카이 마사나오(坂井政尙), 이케다 쓰네오키, 기노시다 히데요시, 시바타 가쓰이에, 모리 요시나리, 사쿠마 노부모리 등 여섯 명의 장수에게 각각 두 개 부대씩을 주어 본진 앞에 배치했다.

여섯 장수에게 각기 두 개씩 할당된 부대에다 노부나가의 본진을 합쳐, 13단으로 포진하였던 것이다. 이에 대해 아사이 군은 고작 다섯 부대뿐이었다. 그 다섯 부대로 열세 부대를 깨부수지 못하면 아사이 군은 승리할 수 없었다.

한편, 좌익에는 도쿠가와 이에야스가 이끄는 오천의 병사가 강 건너편에 위치한 아사쿠라 군대와 대치하고 있었다. 도쿠가와에게 바라는 바는, 어떻게든 시간을 끌어 아사쿠라 부대가 아사이 부대를 돕지 못하게 하는 것이었다.

노부나가는 그 이상의 것을 바라지도 않았다. 또한 그것은 당연한 일이기도 했다. 이에야스 군대는 오천밖에 되지 않았기 때문이다.

'이것으로 이길 수 있다.'

노부나가는 다시 확신했다.

전투는 1570년 6월 28일 새벽에 시작되었다.

우선 아사이가 아네가와를 건너, 노부나가의 선봉인 사카이 부대를 덮쳤다. 노부나가의 계산으로는, 돌진해오는 아사이 군을 13단 포진으로 막고, 힘을 서서히 빼앗아 상대가 지칠 때쯤에 반격으로 나설 예정이었다.

노부나가는 최후미의 언덕에서 전황을 지켜보고 있었다.

그때 믿을 수 없는 일이 벌어졌다. 좌익인 도쿠가와 세력은 기대한 대로 선전하고 있었다. 그건 좋았다. 문제는 본군 쪽이었다.

신중하게 준비한 13단 포진이 아사이 군의 강력한 공격에 속절없이 무너져 내리고 있었다. 사카이, 이케다, 기노시다 부대는 눈 깜짝할 사이에 무너졌고, 오다 군 최정예인, 맹장 시바타 가쓰이에가 이끄는 부대까지 무너져 내리고 있었다.

'이제는 졌다!'

노부나가는 새파랗게 질렸다.

아사이 군은 기세를 타고 12단까지 밀고 들어왔다. 남은 것은 오다의 직속 부대뿐, 이것마저 무너지면 노부나가의 목숨이 위태로워진다.

'도망칠 수밖에 없단 말인가?'

그러나 지금 도망치면 전군이 무너져버릴 것이다. 게다가 이 전투에서 지면 북 오미는 물론이고, 전국의 반 노부나가 세력이 일제히 들고 일어설 것이다. 노부나가는 진퇴양난에 처해 있었다.

9

'도망쳐야 하는가?'

노부나가는 결단을 내리지 않을 수 없는 단계에 이르러 있었다.

에치젠에서 지고 이번에도 지면 아사이, 아사쿠라에게 두 번이나 패하는 꼴이 된다. 천하제패를 꿈꾸는 노부나가로서는 절대로 있어서는 안 될 패배였다.

그러나 도망치지 않을 수도 없다. 만일 여기서 죽으면 아무것도 이루지 못한다. 노부나가가 선택할 길은 오로지 하나뿐이었다.

노부나가가 자리에서 일어나려는 바로 그 순간, 좌익의 아사쿠라 군이 무너지기 시작했다.

"무슨 일이냐, 저건!"

노부나가가 외쳤다.

부하 하나가 뛰쳐나가 전황을 파악하고 돌아와 보고했다.

"도쿠가와님이 아사쿠라 군의 좌익을 치자 아사쿠라 군 전체가 무너지기 시작했나이다."

노부나가는 이때라고 생각했다. 자신의 퇴각에 대비해 마지막 순간까지 남겨두었던 이나바 잇데쓰 부대를 즉시 아사쿠라 공격으로 돌렸다. 한번 무너지기 시작하면 걷잡을 수 없다. 만일 병력 수가 많은 아사쿠라 군대만 무너뜨린다면, 선전하고 있는 아사이 군도 당황하게 되어 있다.

노부나가의 계산은 멋들어지게 적중했다.

아사쿠라 군대는 이나바 부대의 돌격에 패주를 시작했다. 그러자 이번에는 압도적인 우위를 점하고 있던 아사이 군대에서 동요가 일어나기 시작했다.

"고동을 불어라. 반격!"

이상하게도 지금까지 의기소침해 있던 노부나가 군이 단숨에 활기를 되찾기 시작했다. 믿을 수 없는 일이었다. 노부나가의 13단 포진을 깨부수고 있던 아사이 군이 꼬리를 말고 도망치기 시작했다.

'이겼다!'

이기긴 했지만 노부나가는 작전 실패를 통감했다.

에치젠 병사는 약했다. 아사이 병사의 반 정도의 힘밖에 안 되었다. 처음부터 그곳을 쳐야 했다.

'만일 잇코 문도들이 아사이 세력에 대거 합류한다면…….'

노부나가는 등줄기가 서늘해지는 것 같았다. 분명히 문도들도 참전하고 있었다. 그러나 수적으로 많지 않았다. 만일 혼간지 겐뇨의 지휘 아래, 잇기가 총력을 기울여 아사이, 아사쿠라를 지원했더라면…….

노부나가는 소름이 끼쳤다.

그랬더라면 지금쯤 노부나가는 들짐승의 간식거리로, 이 오미의 들판에 누워 있을 터였다.

사면초가四面楚歌

1

"주군은 드디어 이시야마 혼간지와 일전을 결의하신 모양이오"

가즈마스가 세이노스케에게 이렇게 말한 것은, 아네가와 전투를 승리로 장식한 지 두 달 후인 9월이었다.

"혼간지와?"

세이노스케는 드디어 올 것이 오고 말았다고 생각했다.

이시야마 혼간지, 법문을 위해서라면 죽음을 두려워하지 않는 지상 최강의 군단. 노부나가는 그 군단과 싸우지 않을 수 없었다. 그것은 세이노스케가 몸담고 있는 이세의 평화가 깨어진다는 것을 뜻한다.

이세에는 나가시마 간쇼지가 있었다. 지금까지 줄곧 산발적인 저항을 해온 나가시마 문도들이 이번에는 총력을 기울어 반항할 것이다.

나가시마라는 거점을 지키기 위해서 싸워온 문도들이 이번에는 오다 영지를 적극적으로 치고 들어온다. 그들을 상대로 싸우지 않으면 안 되었다.

"아무래도 올해에는 액이 낀 모양이야."

세이노스케가 중얼거렸다.

"액? 그럴지도 모르지."

가즈마스가 고개를 끄덕였다.

위급한 정세였다. 아네가와에서 아사이, 아사쿠라 연합군을 쳐부수긴 했지만, 두 군대가 완전히 파괴된 것은 아니었다.

여전히 북 오미 일부는 아사이의 수중에 들어 있었다. 이 아사이, 아사쿠라 군대에 이시야마 혼간지가 가세하면, 노부나가는 사방으로 적에게 포위당하는 셈이 되었다.

게다가 그 배후에는 아시카가 요시아키 쇼군이 버티고 있다는 소문이 퍼지고 있었다. 요시아키는 원래 낭인에 가까운 신분이었다. 그런 사람을 노부나가가 지원하여 쇼군 자리에 앉혀주었다. 그런데 요시아키는 그 은혜를 잊고 노부나가를 미워하기 시작했다. 꼭두각시로 살아가기가 싫었던 것이다.

요시아키는 진정한 쇼군이 되려 했다. 그래서 쇼군의 권위를 이용하여, 전국에 반 노부나가 기운을 일으키려 하고 있었다.

지금 그 전략이 성공을 거두고 있었다.

"어떻게 하면 좋겠소?"

세이노스케가 물었다.

"그냥 있을 수밖에. 일단 적의 동정을 살피는 수밖에 없을 게요."

가즈마스가 대답했다.

그렇다. 이쪽에서 움직일 수 있는 부대는 노부나가의 본진뿐이었다. 다른 오다 군은 자신의 성이나 영지를 지켜야 했다.

그 본군이 이윽고 움직이기 시작했다.

예전에 미야코 부근을 지배했던 미요시 일당이 미야코를 탈환하기 위해 천왕사天王寺 부근으로 진출했다. 그들을 치기 위해 노부나가의 본진이 출격한 것이다. 그러나 천왕사는 이시야마 혼간지에 가까운, 주요한 거점이었다. 지금까지 노부나가는 이 땅에 병사를 보내기를 주저했다. 그곳에 파병한다는 것은 이시야마 혼간지와 전면전을 선포하는 것이나 다름없기 때문이었다.

하지만 노부나가는 의도적으로 그렇게 했다. 그런 사태에 직면하자, 겐뇨 역시 마침내 노부나가와 전면전을 결의하지 않을 수 없었다.

"불적, 노부나가를 쳐라!"

겐뇨는 전국의 문도들에게 격문을 보냈다. 혼간지의 종이 새벽 들판을 가르며 울려퍼졌다. 노부나가 군은 처음으로 겐뇨 직속 부대와 격돌했다.

이세의 나가시마 간쇼지도 일어섰다. 그러나 나가시마 문도는 이세가 아닌, 오와리 쪽으로 창끝을 돌렸다. 오와리와 이세의 국경 지대에 있는 오기에(小木江) 성을 포위한 것이었다.

오기에 성은 노부나가의 동생인 노부오키가 지키고 있었다. 노부오키는 노부나가와 나이 차이가 많은 동생으로, 노부나가가 자식처럼 귀여워했다. 노부나가는 누구보다 아끼고 사랑하는 동생을 인질로 잡히는 꼴이 되고 말았다.

그러나 노부나가는 오기에 성 지원 명령을 내리지 않았다.

세이노스케는 가즈마스에게 따지고들었다.

"왜, 왜 주군께선 오기에 성을 돕지 않소?"

가즈마스가 떨떠름한 표정으로 대답했다.

"주군께서도 노부오키님을 돕고 싶은 마음이야 굴뚝같겠지."

"그렇다면, 왜?"

“세이노스케, 생각해보시오 어디서 병사들을 빼낼 수 있는지를.”

“이세의 병사를 보내면 될 게 아니오?”

“이세의 병사를 보내면 혼간지가 이세 쪽을 쳐서 빼앗을 텐데?”

“그럼 오와리에서.”

“오와리는 원래 방어가 약한 곳이오 동쪽은 도쿠가와님의 미가와, 북쪽은 미노, 서쪽은 이세, 모두 오다 가의 영지요 수비군도 얼마 되지 않아. 오기에 성 지원을 위해 세이슈(淸洲) 성에서 병사를 보내면 세이슈가 텅 비고 말겠지. 세이슈를 빼앗기면 오와리 전역이 문도 놈들의 손에 들어가고 마오.”

가즈마스가 원통하다는 듯이 말했다.

“그럼 본군은?”

“그건 적이 바라는 바요. 본군이 오와리로 돌아가면 혼간지와 미요시 일당, 거기에다 아사이, 아사쿠라가 파도처럼 미야코로 밀고 들어가, 요시아키 공과 함께 미야코를 장악하고 말 게요 그렇게 되면 여태까지 쌓아온 모든 것이 수포로 돌아가고 말지.”

세이노스케는 혀를 끌끌 찼다.

‘누굴까? 이렇게 약점을 파고드는 전술을 세운 자는?’

세이노스케의 뇌리에 한 사내의 얼굴이 떠올랐다.

다케다의 군사인 고사카 겐고로였다.

2

“겐고로, 너의 악마 같은 지혜도 정말 대단해졌어.”

신겐의 말에 겐고로는 쓴웃음을 지었다.

"악마 같은 지혜라니요? 군략이라고 말씀해주시옵소서."

"그래, 군략이라 해야겠지."

신겐이 바쁘게 고개를 끄덕였다.

겐뇨에게 오다 가의 가장 큰 약점인 오기에 성을 치도록 귀띔한 사람은 신겐이었다. 그러나 그 또한 겐고로의 책략에 의한 것이었다.

"노부나가는 어떻게 나오겠느냐?"

"평범한 사내라면 동생을 구하려 하겠지요."

"그렇지 않으면?"

신겐은 무릎을 앞으로 내밀었다.

"그냥 내버려둘지도 모르옵니다."

"과연 그렇게 할까?"

겐고로는 신겐의 눈을 똑바로 쳐다보았다.

"그럴지도 모르옵니다. 그 정도가 아니면 천하를 손에 넣을 수 없나이다."

"으흠, 천하를 제패할 사람은 바로 나다."

신겐과 겐고로는 목소리를 높여 웃었다.

한바탕 웃음을 터뜨린 후, 신겐은 갑자기 사람이 달라지기라도 한 것처럼 안광眼光을 번득이며 물었다.

"다음 수는?"

"역시 아사이, 아사쿠라이옵니다."

겐고로가 대답했다.

아사이, 아사쿠라의 움직임에 모든 것이 걸려 있었다.

"왜냐하면, 아사이가 이기게 되면 노부나가의 영지를 둘로 분할할 수 있기 때문이옵니다. 특히, 오미는 노부나가의 목을 죄는 요충지. 미야코와 기후, 그 둘을 가를 수만 있다면 노부나가의 힘은 반감될 터.

아니, 그 이상의 타격일지도 모르옵니다. 미야코에 들어갈 수 없다면 아시카가 쇼군 가는 이미 우리 손에 들어온 것이나 다름없나이다.”

“그후는 어떻게 하면 좋겠느냐, 겐고로?”

“우선 주군께서는 부쇼군이 되셔야 하옵니다.”

“호오, 부쇼군이라…….”

“그러하옵니다. 노부나가를 물리치면, 쇼군 가는 우리가 부탁하지 않아도 부쇼군 자리를 줄 것이옵니다. 너무도 간단한 일이옵니다.”

“그후는?”

신겐의 물음에 겐고로는 은은한 미소를 떠올렸다.

“잘 아시지 않사옵니까?”

신겐도 알고 있었다. 아시카가 가를 그냥 빼앗아버리는 것이다. 실력 있는 부쇼군이 명목뿐인 쇼군을 쓰러뜨리는 것이다.

노부나가처럼 벼락출세한 인물과는 달리, 다케다는 가이 겐지의 명문이었다. 정이대장군이 될 자격이 충분했다. 아시카가 요시아키를 쫓아내도 되고, 요시아키로부터 쇼군 자리를 물려받아도 된다.

여하튼 쇼군 신겐에 의해 다케다 막부가 열리는 것이다.

“후후후, 그렇지. 드디어 내 손에 천하가 굴러 들어오게 되는군.”

“아직 이르옵니다. 그러기 위해서는 먼저 노부나가를 물리쳐야 하옵니다.”

겐고로는 주군의 흥분을 가라앉혔다.

“아사이, 아사쿠라라고 했지?”

“그러하옵니다.”

신겐은 일어서서 창문을 열었다.

그렇게 활짝 피어 있던 진달래도 지고, 싸리꽃이 한창이었다.

“아사이는 어떻게 하면 좋겠느냐?”

"물고늘어져야 하옵니다."

겐고로가 기다렸다는 듯이 대답했다.

"물고늘어져?"

"그러하옵니다. 물고늘어지면 늘어질수록 노부나가는 진퇴양난에 처할 것이옵니다. 아사이는 본국만 지키면 그만일 것이나, 노부나가는 출진하여 아사이를 쳐야 하나이다. 어느 쪽이 유리한지는 불을 보듯 뻔한 일이 아니옵니까."

신겐은 창문을 닫았다.

"노부나가의 멸망도 가까워졌군."

신겐에게는 절호의 기회였다.

3

노부나가는 본군을 이끌고 다시 아사이, 아사쿠라 군과 대치했다.

이번 전장은 아네가와도 아니고, 아사이의 본거지인 오다니 성도 아니었다.

오미의 사카모토(坂本)였다. 사카모토에는 히에이잔 연력사延曆寺가 있었다. 그 옛날 8백 년 전, 왕성王城을 수호하기 위해 세운 천태종의 도량이었다. 이 절은 수천 승병을 거느리고 있었고, 그 실력은 영주에 버금갔다. 아니, 영주 이상이었다. 영주를 공략하려는 자는 있었지만, 이 히에이잔에 시비를 거는 자는 없었다. 권위와 실력 면에서 감히 히에이잔을 도발할 자는 없었다. 황실, 쇼군이라 해도 예외는 아니었다.

그 히에이잔과 아사이, 아사쿠라가 손을 잡았다.

천하의 노부나가도 거기에는 당할 재간이 없었다. 적이 히에이잔에 있는 한 공략은 불가능했다. 그러나 아사이 나가마사와 아사쿠라 요시카게는 산에서 꼼짝도 하지 않고 있었다.

노부나가는 히에이잔 입구에 위치한 사카모토에 이만의 병사를 포진시켰다.

횃불이 밝혀졌다. 북 오미의 오다니 성도 공략하고 싶고, 혼간지에도 병사를 보내고 싶고, 물론 오기에 성의 노부오키에게도 지원군을 보내고 싶었다. 그러나 여기에 발이 묶여 있는 한, 모두 꿈같은 이야기였다. 또한 여기에 붙잡혀 있다가는 심각한 사태가 일어날지도 몰랐다. 나라는 분단되고, 각지에서 반 노부나가의 세력이 일어설 것이다.

노부나가는 그것을 잘 알고 있었다. 그러나 알면서도 어쩔 도리가 없었다. 그 노부나가에게 비보가 날아들었다.

"오기에 성, 분투한 보람도 없이 함락당하여, 노부오키님께서 할복하셨나이다."

"노부오키가 죽었어!"

노부나가는 하늘을 올려다보았다. 미남, 미녀의 가계로 이름 높은 오다 가에서도 노부오키는 특출한 미남이었다. 노부나가는 그 동생을 사랑했고, 그 사랑 때문에 가장 안전한 오와리의 오기에 성을 주었던 것이다. 그게 오히려 악재였다.

노부나가는 분노로 몸을 부르르 떨었다.

이 모든 것이 매제인 아사이 나가마사의 배신 때문이었다. 나가마사의 배신만 없었더라도 지금쯤 아사쿠라 가는 멸망했을 것이고, 에치젠은 오다 가의 영지로 변해 있었을 터였다. 노부오키가 잇코 세력에게 목숨을 잃는 사태도 일어나지 않았을 것이다.

'나가마사, 이 죽일 놈!'

노부나가는 칼을 뽑아 들고 허공을 힘껏 갈랐다.

‘반드시 이 원수를 갚으리라! 나가마사 놈, 나를 배신한 것을 뼈에 사무치게 후회하도록 만들어줄 테다.’

노부나가는 이렇게 맹세했다.

한편, 아사이 나가마사와 아사쿠라 요시카게는 히에이잔 위에서 수차례 회합을 거듭하고 있었다. 앞으로의 방침에 대해서였다.

“난 슬슬 병사를 물릴 생각인데, 나가마사님 생각은 어떠시오?”

요시카게의 갑작스런 말에 나가마사는 놀랐다.

아닌밤중에 홍두깨 같은 소리였기 때문이다.

“요시카게님, 그건 안 됩니다.”

“그럼 어떻게 하실 생각이시오?”

요시카게가 불만스런 표정을 짓자, 나가마사가 당황하며 말했다.

“제가 좀 심한 말을 했습니다. 그렇지만 요시카게님, 지금 물러나시면 노부나가가 다시 살아날 게 아니겠습니까?”

나가마사는 스물여섯의 젊은 나이였다. 열 살 이상이나 연상이면서, 게다가 자부심 높은 명문 군주를 설득하려면 말을 정중히 해야 했다.

요시카게는 탁한 눈길로 나가마사를 바라보았다.

술 냄새가 풍겼다.

‘진중에서 술을 마시다니.’

나무라고 싶었지만 상대가 요시카게인지라 어쩔 수가 없었다.

“요시카게님, 노부나가는 지금 곤경에 처해 있습니다.”

“……”

나가마사는 필사적으로 설득했다.

“이 오미에 발을 묶어둘수록 노부나가는 고통스러워할 것입니다. 지금 노부나가는 그야말로 사면초가에 빠져, 이런 상태가 지속되면 반드시 무너질 것입니다.”

“나가마사님이야 그런 말이 가능하겠지만, 곤란하긴 나도 마찬가지요. 나의 본거지는 에치젠. 이제 곧 눈이 내려 길이 막힐 것이 아니오? 이대로 가면 난 나라를 잃고 마오.”

“물론 그럴지도 모르지요. 그러나 그건 노부나가도 마찬가지가 아닙니까? 요시카게님께서 여기에 노부나가를 묶어두시기만 하면……”

“군은 오미가 본거지이므로 그렇게 편한 말을 하는 게요. 나도, 노부나가도 이런 타국에서 설을 보내고 싶지는 않소이다. 여기서 일단 협상을 벌여 쌍방 병사를 물리는 것이……”

“협상!”

나가마사는 어이가 없었다. 너무 어이가 없어 더 이상 말이 나오지 않았다.

이 요시카게라는 사내는 대체 무슨 생각을 하고 있는 걸까.

전투는 어린애 장난이 아니다. 지금 오다와 아사이, 아사쿠라는 죽느냐 사느냐 하는 갈림길에 서 있었다. 누가 인내심이 더 있느냐는 것이 관건이다. 참는 자가 이기게 되어 있었다. 그런데 협상이라니, 말도 안 되는 소리였다.

협상을 벌이자고 하면, 호랑이 굴에서 빠져나갈 기회를 잡은 노부나가는 손뼉을 치며 즐거워하리라.

“요시카게님, 만일 군량이 문제라면 우리가 책임지겠습니다. 제발 조금만 더 참아주십시오”

“아, 호의는 고맙소이다.”

요시카게는 일단 고맙다는 인사를 했다. 그러나 그후의 말이 상대의 기대를 여지없이 깨뜨려버렸다.

“호의는 고맙지만, 난 물러나겠소. 이것은 쇼군의 뜻이오”

“쇼군?”

나가마사는 자신의 귀를 의심했다.

아시카가 쇼군이 왜 이런 자리에서 튀어나와야 한단 말인가.

"쇼군께서는, 이대로 가다가는 쌍방 모두 무너질 게 분명하니 노부나가와 화친을 맺으라고 명하셨소이다. 이게 바로 그 교시요"

요시카게가 상자에 든 서찰을 꺼내들었다.

나가마사는 다급히 서찰을 받아들고 펼쳐 보았다. 틀림없이 요시아키 쇼군의 서판이 있는 화친 권고서였다.

나가마사는 새파랗게 질리고 말았다.

'쇼군은 대체 무슨 생각을 하는 건가? 노부나가를 멸망시키고 싶지 않단 말인가?'

나가마사는 필사적으로 생각해보았다. 요시아키라는 사내는 그리 지혜로운 인간이 아니었다. 그러나 아무리 그렇다 하더라도, 이런 문서를 자신의 생각으로 낼 수 있을까? 누군가가 뒤에서 조종하고 있는 게 틀림없었다.

'노부나가일까?'

생각할 수 있는 건 그것뿐이었다. 이 화친으로 가장 득을 보는 것은 노부나가다. 노부나가가 요시아키 쇼군을 닦달하여 중재를 서게 한 것이 분명했다.

'아니, 절대로 그럴 리가 없어.'

나가마사는 자신의 생각을 부정했다. 그럴 리가 없었다.

아무리 요시아키라 해도, 이런 상황이 노부나가에게 얼마나 불리한가 정도는 알고 있을 것이다. 요시아키는 노부나가를 물리치기 위해 온갖 수단을 다 쓰고 있지 않은가. 그런 요시아키에게 노부나가가 찾아가서 아무리 부탁한들 응해줄 리가 없었다.

그러나 교서는 분명히 눈앞에 있었다. 가짜는 아닌 것 같았다.

그럼 대체 어떻게 이런 일이 가능한가.

'모를 일이야.'

나가마사는 눈앞이 캄캄해지는 것 같았다.

4

협상은 성립되었다.

노부나가는 그해 12월 중순, 마침내 본거지인 기후 성으로 돌아갈 수 있었다. 생애 최대의 위기에서 벗어난 것이었다. 북 오미 전선은 한때 교착 상태에 빠져 있었다. 그것만으로도 노부나가는 백만의 대군을 얻은 것 같은 기분이었다.

그러나 노부나가는 연말과 연초를 느긋하게 보낼, 그런 위인이 아니었다. 피로에 지친 병사들에게는 휴식을 주었지만, 그 자신은 패인 분석에 여념이 없었다.

가장 두려운 것은 반 노부나가 진영이 일제히 공격을 가해오는 일이었다. 그렇게 만들지 않기 위해서는 적을 분단시켜 각개격파로 나갈 필요가 있었다. 그 반대로, 적도 노부나가의 영토를 분단한 후에 일치단결하여 하나씩 격파하면 되는 것이다.

역시 가장 중요한 곳은 오미였다.

오미는 노부나가의 영지 가운데에서도 정중앙에 위치해 있었고, 그것도 노부나가의 본거지인 오와리, 미노와 미야코를 잇는 길목에 자리 잡고 있었다.

적이 힘을 모으기 전에 오미를 완전히 장악하지 않으면 안 된다. 이것이 앞으로 가장 중요한 작전 과제였다.

노부나가는 새해가 밝아올 즈음, 북 오미의 최전선인 요코야마 성을 지키는 기노시다 히데요시를 불러들여 아네가와 봉쇄를 명했다.

아네가와 일대에 경계선을 치고, 에치젠과 오미의 교통을 차단하는 작전이었다. 물론 이것은 아사이, 아사쿠라 및 에치젠과 잇코잇기의 연락을 차단하는 작전이기도 했다.

다음으로, 노부나가는 이세의 실질적안 총독인 다키가와 가즈마스를 불러들였다.

"세이노스케도 데리고 오너라."

노부나가의 명으로 세이노스케도 가즈마스와 동행했다.

세이노스케와 가즈마스는 기후 성의 한 방에서 노부나가를 만났다. 노부나가는 시종만을 데리고 상좌에 앉아 있었다. 중신들도 없었다. 이것은 노부나가가 비밀 지령을 내릴 때의 습관이었다. 가즈마스는 그 점을 잘 알고 있었다.

"세이노스케, 왜 아사이, 아사쿠라와 협상이 성립되었는지 알고 있느냐?"

노부나가의 첫마디였다.

"잘 모르겠사옵니다."

세이노스케는 솔직히 대답했다. 이세의 오다 가에서도 화제가 되고 있는 일이었다. 마치 하늘이 돕듯이, 쇼군이 자진해서 화친을 알선했다. 그것으로 노부나가는 위기의 순간을 피할 수 있었다.

어떻게 그런 일이 벌어졌을까.

노부나가는 어렴풋이 미소를 띠며 가즈마스를 보았다.

"가즈마스, 넌 어떻게 생각하느냐?"

"쇼군의 측근을 구워삶으셨겠지요. 이대로 가면 아사이는 물론이고 아사쿠라마저 히에이잔에 갇히고 말 것이라고 말이옵니다. 한시라도

빨리 아사쿠라를 구출해야 한다, 그래서 화친이 성립된 것인 줄 아옵
니다."

"하하하하."

노부나가는 통쾌하게 웃었다.

"잘 보았어. 사실이 그랬지."

"아마도 주군의 뜻을 받들어 아케치 주베에(明智十兵衛)님이 움직였
을 것이옵니다."

가즈마스의 말에 노부나가는 갑자기 기분 나쁜 표정을 지으며 되받
았다.

"가즈마스, 네게 그것까지는 묻지 않았다."

"핫, 황공하옵니다."

가즈마스는 황급히 머리를 숙였다.

노부나가는 사소한 일에도 쉽게 기분이 상하는 성격이었다. 그래서
함부로 뭘 물을 수도 없었다.

"그건 그렇고, 문제는 나가시마다."

노부나가는 즉시 기분을 추슬렀다.

"나가시마 문도 놈들, 모두 죽여버리고 말겠어!"

"……."

가즈마스는 세이노스케의 얼굴을 바라보았다. 노부나가는 한번 입
에 담은 말은 반드시 실행하는 사람이었다.

"그래서 말인데, 우선 자네가 할 일은 나가시마를 바쁘게 하는 일
이다."

"병사들을 이끌고 가서 견제하라는 분부이시온지요?"

노부나가가 고개를 끄덕이며 대답했다.

"우선 아사이를 정리해야 한다. 그러나 그 동안 오기에 성과 같은 사

태가 벌어지면 절대로 안 돼. 놈들의 눈을 이세에 못박아두어야겠어."

"명을 받드옵니다."

"말할 것도 없지만, 정면으로 싸워서는 안 돼. 그저 시선만 빼앗아두면 된다. 알겠느냐."

"명심하겠사옵니다. 원래가 닌자 출신인 소인인지라, 그런 임무라면 자신이 있사옵니다."

"좋아, 잘해보도록."

노부나가는 다음으로 세이노스케를 바라보았다.

"세이노스케, 신겐은 지금 무슨 생각을 하고 있겠느냐?"

"핫!"

세이노스케는 잠시 생각한 후에 입을 열었다.

"주군께서 방금 말씀하신, 왜 화친이 성립되었는지 그 원인을 찾느라 여념이 없을 것이옵니다."

"흠, 그렇겠지. 다른 사람도 아닌 신겐이니까. 내가 쇼군의 측근에게 손을 써서 아사쿠라와 화친을 맺게 했다는 것 정도는 금방 알아낼 테지. 그렇다면 네가 신겐이라면 어찌하겠느냐?"

"우선 아사쿠라에게 서찰을 보내, 앞으로는 절대로 이런 일이 있어서는 안 된다는 것을 알리겠나이다. 그러고 나서 쇼군과 연락을 취하려 할 것이옵니다."

"잘 보았다. 나도 그렇게 생각한다. 그럼 무엇부터 먼저 해야지?"

"사카모토와 같은 사태가 일어나지 않도록 만전을 기해야 할 것이옵니다. 아사이와 아사쿠라의 연락도 끊고"

"그건 이미 조치를 취해두었어."

"그럼 아사이를 빨리 쳐야 하옵니다. 아사이와 아사쿠라가 다시 손을 잡기 전에."

“그렇지, 역시 그래야겠지. 그 다음엔?”

노부나가가 만족스럽게 고개를 끄덕이며 물었다.

“……?”

세이노스케는 노부나가의 진의를 몰라 가즈마스 쪽을 돌아보았다.

가즈마스는 가볍게 고개를 끄덕였다.

‘……?’

“그 다음엔 신겐을 쳐야지.”

노부나가가 거침없이 말했다.

세이노스케는 깜짝 놀란 눈으로 노부나가를 바라보았다.

“아사이, 아사쿠라를 무너뜨리면, 이번에는 신겐과 혼간지가 손을 잡고 우리를 치려 할 게야. 세이노스케, 드디어 네가 나설 차례가 왔다.”

“핫!”

세이노스케의 온몸이 투지로 불타올랐다.

“명심하고 있도록.”

그것으로 회견은 끝났다.

이세로 돌아오는 길에 세이노스케가 가즈마스에게 물었다.

“가즈마스님, 대체 날 왜 불렀는지 모르겠소.”

“그대에게 활기를 불어넣어주기 위해서일 게요.”

“활기를?”

“그렇소. 그대는 원래 다케다 신겐을 쓰러뜨리기 위해 오다 가에 오지 않았소?”

“그건 그렇소만.”

능숙하게 말을 몰면서도 세이노스케는 뭔가 석연치 않음을 느꼈다.

“주군이 나에게, 앞으로 무엇을 어떻게 해야 하는지 묻지 않았소?”

“음? 아, 그건 그렇지.”

가즈마스는 모호하게 눈길을 돌렸다.

"무슨 생각으로 나에게 그런 걸 물었을까?"

그 물음에 가즈마스는 잠시 침묵을 지켰다. 세이노스케가 더 이상 참지 못하고 입을 열려는 순간, 가즈마스가 빙긋 웃으며 말했다.

"내가 이런 말을 한다고 화를 내지는 마시오."

"……?"

"주군은 말이오, 그대를 통해 평범한 사람의 생각을 알고 싶으셨던 게요."

"평범한 사람?"

가즈마스의 말에 세이노스케는 점점 더 오리무중에 빠져들었다.

"주군은 가끔 그런 식으로 말한다오. 즉, 적의 의표를 찌르기 위해 우선 평범한 장수라면 어떻게 생각할지, 그것을 확인하고 다른 수단을 강구하곤 하지."

"잠깐, 그건 좀 이상하지 않소?"

"뭐가?"

"주군께서 하신 질문에, 난 우선 아사이를 쳐야 한다고 했소 그러나 지금 오다 가가 뭘 어떻게 해야 하는지, 누가 보아도 뻔한 일이 아니오?"

"바로 그런 생각을 듣고 싶으셨을 게요."

"그럼 묻겠는데, 만일 아사이를 치지 않는다면 대체 뭘 어떻게 한단 말이오? 아사이를 치기에 앞서서 뭘 하겠다는 말이오?"

"그게 말이오……."

가즈마스는 잠시 생각한 후에 입을 열었다.

"가령 나가시마를 공격하는 것도 한 방법이겠지. 동생인 노부오키 님의 원한을 갚기 위해 나가시마를 전멸시킬 수도 있을 게요."

세이노스케가 웃었다.

"도저히 가즈마스님의 말이라고는 믿을 수가 없군그려. 주군께서 사적인 원한을 우선하는 분이 아니시라는 사실은 그대도 잘 알고 있지 않소? 그런 마음이라면 애당초 노부오키님을 죽게 내버려두지 말았어야지."

"……"

"내 말이 틀렸소?"

"그 말이 맞소."

가즈마스는 시원하게 인정했다.

"그럼 무슨 생각을 하고 계시고, 어디서부터 시작하시려는 건지, 도저히 우리 생각으론 알 수가 없단 뜻이오?"

"그건 모를 일이지."

가즈마스는 고개를 가로저었다.

그건 아무래도 좋았다. 가즈마스는 오로지 노부나가의 지시에 따라 움직이기만 하면 된다는 생각이었다.

그러나 세이노스케는 뭔지 모를 불길한 예감이 들었다.

5

세이노스케의 예감은 적중했다.

5월 들어, 노부나가는 일단 나가시마로 출병했다. 그러나 나중에 알게 된 일이지만, 그것은 본래의 목적에서 적의 눈을 돌리기 위한 전술에 지나지 않았다.

8월로 접어들자, 노부나가는 이만오천의 병사를 이끌고 기후를 출발하여, 북 오미의 요코야마 성으로 들어갔다. 그곳은 아사이에 대한, 오다의 최전선 기지였다. 노부나가는 며칠 머문 후에 인근 마을을 불 지르게 했다. 그 누구가 보더라도 그것은 아사이 가의 식량 생산을 방 해하고 약화시키려는, 총공격의 전조였다.

그러나 노부나가는 갑자기 공격을 중지하고, 이번에는 전군을 이끌 고 교토로 향했다. 그리고 전군이 오미 사카모토에 들어서자 갑자기 명령을 바꾸었다.

"적은 히에이잔에 있다. 절을 불태우고, 산 위에 있는 자는 한 놈도 살려두지 말라!"

경천동지할 명령이었다.

승병 삼천을 이끄는 히에이잔이었지만, 불의의 습격을 받자 제대로 응전할 수조차 없었다. 노부나가 군은 근본중당根本中堂을 비롯한 모든 건물과 탑을 불태우고, 승려를 불문하고 산 위에 있는 사람이란 사람 은 모두 죽였다.

불교의 성지인 산 위에는 여자가 없어야 한다. 그러나 건물이 불타 오르자 여기저기서 수많은 여자들이 나왔다. 목숨을 구걸하는 자도 있 었지만, 노부나가는 어떤 예외도 인정하지 않고 모두 목을 베게 했다. 어떤 고승이라도 용서하지 않았다. 히에이잔은 이 세상의 지옥으로 변 했고, 산 위에 쌓인 시체들이 또 하나의 산을 만들었다.

이 소식은 즉시 전국으로 퍼져나갔다.

신겐도 고후의 관에서 이 소식을 들었다.

"히에이잔을 불태우다니!"

천하의 신겐도 놀라지 않을 수 없었다.

예전에 신겐도 시나노의 상징인 선광사를 억지로 가이로 옮겨버렸 지만, 그 선광사를 불태우겠다는 생각은 단 한 번도 한 적이 없었다.

출가하여 법명을 가진 신겐으로서는 상상도 할 수 없는 일이었다.

"노부나가, 정말 악독한 놈이로다."

신겐은 욕을 퍼부었다. 겐고로도 경악을 금치 못했지만, 금방 정신을 가다듬고 입을 열었다.

"이 일은 결코 우리에게 불리하지만은 않나이다. 이 기회를 잘 활용해야 하옵니다."

"흠, 그래야겠지."

"그러하옵니다. 노부나가는 히에이잔을 없애버렸나이다. 득의양양해할지도 모르겠지만, 이건 제 무덤을 판 꼴이 아니겠사옵니까?"

그리고 겐고로는 무릎을 앞으로 끌며 덧붙였다.

"노부나가 놈은 자신에게 거역하면 용서하지 않겠다, 모두 죽여버리겠다고 선언하고 있사옵니다. 모두 죽여버린다면, 노부나가에게 항복할 자는 아무도 없을 것이옵니다. 혼간지도 그러할 것이고"

신겐은 겐고로의 말에 고개를 끄덕였다.

노부나가는 종교 세력과 어떠한 타협도 하지 않겠다고 선언한 셈이었다. 그렇다면 혼간지와도 타협은 없을 것이다. 혼간지는 최강의 군대를 보유하고 있었고, 또한 다케다와 손을 잡고 있었다.

'절대로 유리하다.'

겐고로는 이렇게 생각했다. 아니, 이렇게 생각하고 싶었다.

"이번 기회에 히에이잔 종단을 가이로 옮기는 게 어떨까?"

"예?"

신겐의 갑작스런 말에 겐고로는 가벼운 충격에 사로잡혔다.

신겐은 진술한 표정을 짓고 있었다.

"그렇게 어려운 일도 아니야. 히에이잔은 불에 타서 기와 조각 하나 남지 않았지만, 팔백 년의 법등을 꺼서야 되겠느냐? 가까운 오미에는 이미 절을 지을 만한 땅도 없을 테고.”

“옳으신 말씀!”

겐고로는 감탄했다. 듣고 보니 묘안이었다. 절을 재건할 만한 경제력도 있었다. 전혀 불가능한 일은 아니었다.

신겐은 천하 사람들이 상상도 못했던, 선광사 이전을 결행하여 성공시킨 장본인이 아닌가.

“겐고로, 한번 움직여보도록.”

“핫, 명을 받드옵니다.”

우선 히에이잔 승려 가운데 살아남은 자를 찾아내야 할 것이다. 겐고로의 머릿속에는 하나의 계획이 세워져가고 있었다.

회자정리會者定離

1

오와리 국 오다카(大高). 여기는 11년 전, 이마가와 요시모토와 노부나가가 싸운 장소였다. 그 가마쿠라 가도를 따라 서쪽으로 향하는, 서른 안팎의 승려 한 사람이 있었다.

비록 한쪽 발을 절기는 했지만, 햇볕에 그을린 얼굴, 단단해 보이는 육체만 보아도 대단한 수도승임을 알 수 있었다.

"……?"

승려가 문득 발걸음을 멈추었다. 길가에 한 사람이 쓰러져 있는 것을 보았던 것이다. 더러운 옷차림의 젊은 사무라이였다. 생기라고는 찾아볼 수 없는 흙빛 얼굴이었다.

"괜찮으시오?"

승려가 말을 걸었다.

젊은 사무라이의 몸이 움찔 움직였다. 그리고 어렴풋이 눈을 뜨고 승려의 얼굴을 올려다보더니, 눈을 휘둥그렇게 뜨고 놀라는 것이었다.

"겁낼 것 없소이다. 출가한 승려라오"

승려가 따스하게 말을 건넸지만, 젊은 사무라이는 무작정 도망치려 했다. 그러나 몸이 제대로 말을 듣지 않아, 두세 걸음 가다가 쓰러지고 말았다.

승려는 달려가서 젊은 사무라이의 몸을 받쳐주었다. 열이 높았다.

"이것 큰일이로군."

승려는 젊은 사무라이를 업고서 불편한 다리를 끌며 걸어가기 시작했다. 젊은 사무라이가 의식을 되찾은 것은 그로부터 몇 각이 지난 후였다.

날은 이미 저물었다.

"기분은 좀 어떠시오?"

승려가 물었다.

젊은 사무라이는 자신이 오두막 속의 짚더미 위에 누워 있다는 것을 알았다. 온몸에 통증이 일었다.

"온몸에 멍이 들어, 그 때문에 고열이 난 것 같소이다. 약을 발라두었으니 곧 괜찮아질 게요. 이제 체력만 잘 보전하면 될 것이오"

승려는 불을 지펴 솥을 걸어두었다. 그리고 그릇 하나를 꺼내더니 젊은 사무라이 쪽으로 들고 갔다.

"약이라오. 마시도록 하시오"

젊은 사무라이는 그 약을 받을 생각도 않고 승려의 얼굴만 뚫어져라 바라보고 있었다.

"어느 종파요?"

"……?"

"어느 종파냐고 묻지 않소?"

"난 천태종이라오."

승려는 기묘한 표정을 지었다.

"천태종? 설마 잇코 문도는 아니겠지?"

"문도? 하하하, 문도는 아니오. 문도에게 원한이라도 있소이까?"

승려가 웃으면서 되물었다.

젊은 사무라이의 몸에는 타박상 흔적이 있었다. 많이도 맞은 것 같았다.

"그럼 됐소."

젊은 사무라이는 그릇을 낚아채듯이 잡고서는 탕약을 벌컥벌컥 들이켰다.

"지금 죽을 끓이고 있소. 잠시만 기다리면 되오."

승려는 자리에서 일어나 화톳불 쪽으로 가서 솥뚜껑을 열었다.

"스님 법명은?"

승려의 뒤를 향해 사무라이가 물었다. 여태까지와는 달리 온화한 말투였다.

"신카이라 하오이다. 시나노 선광사의 다이칸진에 속한 중이지요. 그대는?"

"기타바타케 이치사부로."

젊은 사무라이가 이름을 댔다.

"기타바타케라면 이세의 기타바타케?"

"그렇소."

"명문이로구려."

"명문은 무슨 명문. 지금은 벼락출세한 오다 영주에게 빼앗겨, 가문도 풍비박산이 나고 말았소."

"오다? 그렇다면 그 부상도 오다의 부하에게?"

"그렇소. 오다 가의 모치즈키 세이노스케라는 작자에게 당했소."

"모치즈키!"

신카이는 저도 모르게 비명을 지를 뻔했다.

"스님은 그 성을 아시오?"

"모치즈키라면 시나노에서도 드문 성姓인데……."

신카이는 말꼬리를 흐렸다.

"그놈은 원래 스와 출신이라고 하더군."

"그 작자가 당신을 이렇게 만들었소이까?"

신카이가 떨리는 가슴을 억누르며 물었다. 세이노스케는 형이 아닌가. 헤어진 지 수년이 지났지만, 그래도 형은 형이다.

"내 아버지를 베었소."

"……!"

"그런 놈을 두고 불구대천지 원수라고 하지. 세이노스케 놈, 그렇게 교활한 놈은 이 세상에 다시없을걸? 이 상처도 그놈 탓이었소. 자칫하면 목숨을 잃을 뻔했지."

이치사부로는 격분한 어투로 이세 나가시마의 일을 이야기했다.

그때 이치사부로는 문도들에게 몰매를 맞아 죽을 뻔했다. 문도들은 이치사부로를 반쯤 죽여놓고 오다에 대해 심문하려 했다. 그 때문에 목숨을 부지할 수 있었다.

그러나 그후 심한 고문을 받으면서, 자신은 오다와 원수지간이라고 아무리 설명했지만 받아들여지지 않았다. 다행히 문도 가운데 기타바타케 가에 대해 잘 아는 자가 있어서 목숨을 건질 수 있었다.

이치사부로는 그대로 그곳에 남아 오다와 싸우고 싶다고 했지만 문도가 아니라는 이유로 거절당하자, 서쪽으로 가지 않고 동쪽으로 하염없이 걸었던 것이다.

“그럼 앞으로 어떻게 할 생각이오?”

신카이는 죽을 권하면서 물었다.

“가이로 갈 생각이오.”

“가이로? 다케다에게 말이오?”

이치사부로가 고개를 끄덕였다.

“스님도 선광사의 승려였다면 잘 아실 테지. 다케다 신겐이야말로 천하를 통일하실 분, 나는 다케다님의 신하가 되어 다시 한 번 이세로 돌아갈 생각이오. 그때에는 다케다 가의 선봉이 되어 그놈, 세이노스케의 목을 베고야 말겠소.”

신카이는 격정을 토해내는 이치사부로를 착잡한 눈길로 바라보았다. 세상에 이렇게 기묘한 인연도 있다니. 이 모습은 그야말로 수년 전의 세이노스케의 모습 그대로가 아니던가.

형인 세이노스케도 스와 가가 멸망당한 데 원한을 품고, 그 원수를 갚기 위해 스와를 떠났다.

스와 가를 멸망시킨 다케다 신겐에 대항하여, 언젠가는 다케다 토벌의 선봉에 서서 돌아오기 위해서였다.

그 형이 모시는 오다 가의 힘에 주가主家를 잃은 이 젊은이는, 복수를 위해 형의 적인 다케다 쪽으로 가려 하고 있었다.

‘업이로다, 업이로다.’

거대한 다케다의 힘에 눈물을 흘렸던 형이, 이제 남의 가슴에 한을 품게 만들었다. 복수, 그 얼마나 허망한 욕망인가.

신카이는 그 허망함을 말하고 싶었다. 그러나 이 젊은이가 그것을 이해할 수 있을까? 결코 받아들일 수 없을 것이다.

그래도 신카이는 설득하고 싶었다.

“세이노스케라는 그 사람, 나이는 얼마나 돼 보였소?”

"음?"

이치사부로는 의아한 표정을 지었다.

"마흔이 좀 안 된 것 같아 보였소만."

사실은 마흔이 넘었다. 물론 신카이는 그것을 알고 있었다.

그러나 신카이는 거기에 대해 아무 말도 하지 않았다.

"앞으로 십 년, 아니 이십 년이 지나면 아마도 그 세이노스케라는 사람도 이 세상에 없을 것이오."

"……."

"그냥 내버려둬도 이십 년이 지나면 죽을 게요. 당신은 아직 젊지 않소? 원수를 갚기 위해 평생을 보낸다는 것은 아까운 일이 아니겠소 이까?"

"그렇지 않소!"

이치사부로가 외쳤다.

"그렇지 않다니요?"

"난 그리 생각지 않소. 세이노스케는 아버지를 죽인 원흉이오. 원수를 갚을 때까지 아버지는 결코 눈을 감지 못할 것이오."

"글쎄요. 아버님께서는 이미 극락에서 모든 은원恩怨을 잊으셨을 겝니다."

"스님, 날 구해줘서 고맙긴 하지만, 더 이상 그런 말은 듣고 싶지 않소이다."

이치사부로는 약사발을 던져버리고 자리에서 벌떡 일어섰다.

"언젠가 은혜를 갚을 날이 오겠지. 잘 가시오."

이치사부로는 신카이의 팔을 뿌리치고 밖으로 나갔다.

신카이는 남은 죽을 뱃속으로 밀어넣었다.

'형이 오다 가에 몸을 맡긴 건가?'

그날이 언제였던가, 가와나카지마에서 형과 헤어졌을 때가.

형은 신겐에 대한 복수심을 불태웠다. 그 소망을 이루기 위해, 과감히 무라카미 요시키요의 곁을 떠나 서쪽으로 향했던 것이다.

신카이는 형을 말렸다.

그러나 세이노스케는 듣지 않았다. 언젠가 신겐을 칠 그날, 반드시 시나노로 돌아오겠다는 말을 남기고 세이노스케는 시나노를 떠났던 것이다. 꼭 지금의 이치사부로 나이에.

'형을 만나야 할까?'

신카이는 망설였다.

신카이가 시나노를 떠나 서쪽으로 향한 것은 기묘하게도 오다 노부나가 때문이었다. 노부나가가 불태운 히에이잔은 신카이가 속한 천태종의 대본산이었다. 히에이잔에는 신카이의 지기知己가 몇 사람 있었다.

그 사람들의 안위가 걱정스러워서 서쪽으로 향하고 있는 것이었다.

'지금 천태종과 오다 가는 원수 사이. 역시 형을 만나지 않는 게 좋겠다.'

형에게 해를 끼칠 가능성이 있기 때문이었다. 신카이는 일부러 형이 있는 이세를 피해, 미노에서 오미로 빠져나가는 길을 택하려 했다.

2

세이노스케는 고즈쿠리 도모마사의 딸인 후유를 아내로 맞이하기로 했다.

히에이잔 공략이 끝난, 1571년(겐키元龜 2년) 겨울의 일이었다.

"마흔을 넘긴 이 나이에 이렇게 청혼을 해도 되는 일인지 모르겠사옵니다."

세이노스케는 고즈쿠리 성의 성주인 도모마사를 만나 정식으로 청혼했다. 그때 저도 모르게 튀어나온 말이었다.

"무슨 말을 하는 겐가."

도모마사의 얼굴에 웃음이 번졌다.

"그대처럼 용맹무쌍한 사무라이가 아직까지 독신이라니, 믿을 수 없는 일이네. 정말 잘 생각했네. 우리 가문의 경사요, 오다 가의 경사가 아니겠는가. 이보다 더 기쁜 일이 어디 있겠나."

닷새 후에 정식으로 식을 거행하기로 했다.

세이노스케는 가즈마스에게 모든 일을 맡겼다.

"흠, 드디어 결심이 섰구먼."

가즈마스는 기꺼이 혼례 준비에 필요한 모든 일을 맡아주었다.

"정말 면목이 없소."

"다 제 복에 겨워하는 말이야."

가즈마스는 눈웃음을 지으며 질투하듯이 말을 이었다.

"이렇게 된 바에야 빨리 자식을 낳도록 하오."

"자식?"

"그렇소. 자식을 두어야 모치즈키 가의 대를 이을 수 있지 않겠소?"

"그건 그렇지만……."

솔직히 말해, 그럴 마음은 없었다. 모치즈키 가의 대를 잇기 위해 결혼해서 자식을 낳고 싶다는 생각은 없었다. 스와를 떠난 이래로 그런 생각은 단 한 번도 해본 적이 없었다.

"그렇다면 왜 후유님을 아내로 삼는 거요?"

같은 말을 후유에게서도 들었다.

결혼식을 올린 그날 밤, 침상에 들기 전이었다.

“왜 나를 아내로 맞이하시는 건가요?”

“난 평생 결혼은 하지 않으리라 생각하며 살아왔소”

세이노스케는 솔직히 말했다.

“스와 공주님에게 정절을 지키기 위해?”

세이노스케는 고개를 가로저었다.

“그렇지 않소 난 다케다 신겐을 치는 일에 평생을 바치리라 결심했소 그 목적을 달성하기 위해 아내도, 자식도, 모치즈키라는 가문도 필요없다고 생각했지. 오로지 사무라이로서 살아가면 그만이라고 생각해왔던 거요”

“……”

후유는 세이노스케의 얼굴을 뚫어져라 쳐다보았다.

세이노스케는 은은한 미소를 띠며 말했다.

“그런데 나가시마의 간쇼지에서 목숨이 위태롭던 그 순간, 내 머릿속에 뭐가 떠올랐는지 아오?”

후유는 말없이 세이노스케를 바라보고 있었다.

“원수인 신겐의 얼굴이 아니었소 아버지도, 어머니도, 동생도 아니었소 그대 얼굴이 떠오르더군.”

“아!”

후유가 세이노스케의 가슴에 안기자 세이노스케는 후유를 꼭 끌어안았다.

“앞으로 몇 년을 더 살 수 있을지 모르지만, 그 세월을 그대와 함께 지내고 싶소”

“사셔야 해요 절대로 돌아가시면 안 돼요”

후유는 애절한 목소리로 속삭였다.

세이노스케는 후유를 더욱더 세차게 끌어안았다.

3

신카이는 오미에 와 있었다.

히에이잔은 상상 이상으로 처참했다. 철저히 파괴되고 불타서, 온전한 건물은 하나도 없었다. 산에 있는 승려, 속세의 남녀 삼천을 하나도 남김없이 죽였다는 말은 거짓이 아닌 것 같았다.

신카이의 사우(師友)들도 행방이 묘연했다.

이런 상황이니 죽었다고 보는 것이 옳았다.

'노부나가라는 사내, 하늘이 내린 악마라는 소문이 있더니만……'

신카이는 두 눈으로 보고서도 믿기지가 않았다.

덴교(傳敎) 대사 이래로 팔백 년의 전통을 자랑하던 연력사를 모조리 불태워버렸을 뿐만 아니라, 산 위에 사는 승려, 신자 할 것 없이 모두 죽여버릴 줄이야 누가 상상이나 했겠는가.

'이대로 돌아가야 하는가.'

신카이는 망설였다.

애써서 미야코 부근까지 온 김에 일본의 중심을 한번 보고 싶었다. 하지만 이런 상황에 미야코를 본들 무얼 하나, 하는 생각도 들었다.

'그냥 돌아갈까.'

신카이는 오사카(逢坂) 산 앞에 이르러 발길을 돌렸다. 그대로 오즈를 지나 조라쿠지 부근을 지나는데, 어디서 신음소리 같은 것이 들려왔다.

길가의 숲 속이었다. 신카이는 그곳으로 들어가보았다.

큰 나무에 몸을 기댄 채 백성 차림의 중년 남자가 신음하고 있었다. 복부에 난 큰 상처에서 피를 쏟고 있는 남자의 얼굴은 이미 흙빛에 가까웠다.

“어쩌다 이리 다치셨소?”

신카이가 남자의 어깨에 손을 올리자 남자는 감은 눈을 힘겹게 떴다.

“내가 상처를 봐주겠소”

그러나 남자는 고개를 흔들었다.

“쓸데없는 일이오 피를 너무 많이 흘렸어. 이미 늦었소”

“마음 약한 소리 하지 마시오 내가 피를 멈추게 하겠소”

“그만두시오 그런데 스님은 어느 종파이시오?”

남자가 날카로운 눈길로 신카이를 쏘아보았다.

“소승은 시나노 국 선광사 다이칸진에 속해 있으며, 신카이라 하오”

“선광사 다이칸진이라. 종지는?”

“천태종이라오”

“오, 하늘이 도우셨어!”

남자는 신카이의 옷자락을 부여잡고 말했다.

“스님, 부탁드릴 게 있소이다. 내 마지막 소원이오”

“어서 말씀하시오”

신카이는 무릎을 꿇고 남자의 손을 잡아주었다.

남자의 말대로, 이미 때는 늦은 것 같았다. 의술에 능통한 신카이라 누구보다도 잘 알 수 있었다.

“정말 고맙소”

남자는 머리 뒤로 손을 돌렸다. 상투를 묶은 끈을 풀려고 했다.

신카이가 도와주었다. 상투 끈처럼 보였지만, 사실은 종이를 똘똘 만 것이었다.

“서찰이오 이것을 미야코에 계시는 쇼군께 꼭 좀 전해주시오”

신카이는 놀랐다.

“누가 쓴 서찰이오?”

“······.”

“나도 알아야 전하지 않겠소이까?”

“그럼 말하지요.”

남자는 고개를 끄덕이며 침을 한 번 꿀꺽 삼키더니, 힘들게 말을 이어갔다.

“소인은 북 오미 오다니 성주인 아사이 나가마사의 신하, 에지마 다몬(江島多門)이라 하오. 주군인 나가마사의 명을 받고 쇼군께 밀서를 전하기 위해 오다니 성을 나섰지만, 오다의 병사들에게 발각되어 여기까지 도망쳐 온 것이라오. 제발 부탁드리오.”

목소리는 약했지만, 마지막 있는 힘을 짜내 또박또박 말했다.

“잘 알았소이다. 마음놓으시구려. 반드시 이 서찰을 전해드리리라.”

“정말 고맙소. 오다의 눈에 띄지 않게 조심하시오.”

에지마 다몬이라는 남자는 이렇게 말하고 나서 목을 꺾었다.

“혹시······? 에지마님!”

신카이가 어깨를 흔들어 깨우려 했지만, 이미 에지마는 이 세상 사람이 아니었다.

신카이는 그 유해를 향해 합장했다. 신카이는 그 길로 가까운 마을로 가서, 촌장에게 부탁하여 에지마를 가까운 절에 옮긴 뒤에 매장했다. 에지마의 유해를 절로 옮기고 나서 간단한 법요식을 치르고 있는데, 아시가루 몇 명을 거느린 사무라이가 나타나 유해의 얼굴을 확인했다.

“뭘 하는 게요?”

신카이가 항의했다.

“자네가 이자의 최후를 지켰는가?”

대장으로 보이는 사무라이가 물었.

"그러하오."

"이자가 무슨 말을 하지 않았나?"

"무슨 말이라니요?"

"있는 그대로 말하는 게 좋을 게야. 하나라도 숨기면 용서치 않겠다."

사무라이는 엄한 말로 위협하며 신카이를 노려보았다.

신카이는 분노를 억누르며 말했다.

"도대체 당신들은 어디서 왔소?"

"나는 오다 가의 신하인 후지이 사마노스케(藤井左馬助)라 한다."

사무라이가 신카이를 노려보며 말했다.

"소승은 시나노 국 선광사 다이칸진의 승려이며, 신카이라 하오."

"선광사? 다이칸진이라면 어느 종파인가?"

신카이는 솔직히 대답했다.

"천태종이오."

"뭣, 천태종!"

후지이의 얼굴에 경계의 빛이 떠올랐다.

"천태종이라면, 그냥 보낼 수야 없지."

"왜 수상하다고 하시오?"

"히에이잔의 승려는 우리 주가의 적이다."

"나하고는 아무 상관도 없는 일이오."

"닥쳐라! 너, 이자에게서 뭘 전해받지 않았는가?"

"소승이 보았을 때는 이미 숨이 끊어져 있었소이다."

신카이는 거짓말을 했다. 거짓말을 해도 가책이 느껴지지 않았다.
후지이의 태도가 그만큼 무례했기 때문이었다.

"몸을 뒤져라."

아시가루가 신카이의 몸에 손을 댔다.

"쓸데없는 짓이오."

신카이는 한마디 항의를 했지만, 아시가루에게 몸을 맡겨버렸다. 신카이의 몸 어디서도 수상쩍은 물건은 발견되지 않았다.

"자, 이제 공양을 올려도 좋겠지요?"

흐트러진 옷을 추스르고, 신카이는 후지이를 향해 말했다.

"이놈은 아사이의 첩자야."

"지금은 부처님이 되셨소이다."

"……."

신카이는 비꼬는 투로 되받고, 태연히 독경을 했다

후지이는 벌레 씹은 표정으로 조용히 법요식을 지켜보았다.

4

다케다 가에 새로운 바람이 불고 있었다. 그것은 동쪽에서 불어온 행운의 바람이었다. 호조 우지야스가 죽어간다는 것이었다. 신겐과 우지야스, 가이와 사가미는, 함께 하늘을 마주할 수 없는 천적이었다. 신겐이 여태 천하를 호령하지 못했던 것도 그 배후에 우지야스라는 적이 있었기 때문이다.

원래 이 두 가문은 스루가의 이마가와와 더불어 삼국동맹을 맺은 사이였다. 그러나 이마가와의 태수인 요시모토가 오케하자마의 전투에서 횡사한 이래, 그 동맹관계도 무너지고 말았다.

사방을 둘러보아도 산밖에 없는 국토를 벗어나 바다로 진출하려는 염원을 지닌 신겐은 즉시 스루가로 치고 들어갔다.

가이와 시나노, 그리고 바다에 면한 아름다운 나라인 스루가, 이 세

나라를 병합하면 천하를 호령하는 것도 한낱 꿈만은 아니었다.

신겐은 스루가를 손에 넣기 위해, 스루가 침공에 반대하는 장남 요시노부를 죽였다. 요시노부는 스루가에서 아내를 맞이했으나 그 아내를 스루가의 이마가와 가로 돌려보냈다.

신겐의 침공에 맞서서, 우둔한 이마가와의 영주 우지자네는 사가미의 우지야스에게 지원을 요청했다. 우지야스는 삼국동맹을 깨뜨린 신겐을 비난하고, 다케다 가로부터 장남인 우지마사에게 시집온 공주를 가이로 되돌려보냈다.

그 이래로 우지야스와 신겐은 원수가 되었다.

우지야스는 동맹을 깨뜨린, 의리 없는 신겐에 대해 화가 나서 그랬던 것만은 아니었다. 천하에서 가장 풍성한 스루가는 바다와 산과 들판이 있고, 무역으로 돈을 벌 수 있는 '항구'가 있으며, 금광과 비옥한 농지가 있다. 그것을 신겐에게 넘겨주고 싶지 않았던 것이다.

그 이후로 우지야스는 몇 번이나 스루가로 출병했고, 또한 신겐도 오다와라 성을 공략하고 미마세 고개에서 결전을 벌였지만, 아직 결판이 나지 않고 있었다.

우지야스는 또한, 신겐을 견제하기 위해 에치고의 우에스기 데루토라(겐신)와 손을 잡았다.

소에쓰(相越 : 사가미와 에치고) 동맹이었다.

그러나 그 동맹은 제대로 기능하지 못했다.

'나도 이제 갈 때가 된 건가.'

우지야스는 최후가 다가왔음을 깨달았다.

그래서 장남인 우지마사에게 앞으로의 일에 대해 말해두고 싶었다.

우지마사가 긴장된 표정으로 다가왔다. 아버지인 우지야스와는 하나도 닮은 데가 없는 아들이었다. 그러나 이마가와의 우지자네만큼 어리석지는 않았다.

그렇다면 앞으로 호조 가가 살아남을 길은 하나뿐이었다.

"신겐과 손을 잡도록 해라."

사람들을 물리고 나서 우지야스는 우선 이렇게 말했다.

아니나다를까, 우지마사가 눈을 동그랗게 뜨고 항의하듯이 되받았다.

"그건 평소 때의 말씀과는 다르지 않사옵니까?"

우지마사는 아버지가 삼국동맹을 깨뜨린 배신자 신겐을 용서할 수 없어서, 이마가와 우지자네와 손을 잡고 신겐에게 제재를 가하려 한다고 생각했던 것이다.

'어리석은 놈, 내가 우지자네와 손을 잡은 것은 스루가를 장악하기 위해서란 것을 모르느냐? 신겐 같은 자에게 스루가를 그냥 내주면 감당할 수 없게 된다. 언젠가 호조 가도 위협받게 될 게 분명한 일.'

그 때문에 우지야스는 신겐과 대립했다.

이마가와 우지자네는 그 대립에 명분을 주는 도구에 지나지 않았다. 그러나 그 모든 것도 우지야스이기에 가능했다. 신겐에게 대항할 힘을 가진 우지야스이기에 가능했던 일이었다.

우지야스의 눈으로 볼 때, 아들인 우지마사가 자신과 같은 방법으로 신겐과 대립한다는 것은 절대로 불가능했다. 그렇게 하다가는 호조 가도 금방 멸망당하고 말 것이다.

그걸 방지하기 위해서는 신겐과 손을 잡는 방법밖에 없었다.

"내가 잘못 생각했던 게야."

우지야스는 일부러 이런 식으로 말했다. 사실은 이렇게 말하고 싶었다. 너의 기량으로 신겐과 싸우는 것은 무리다, 그러므로 신겐에게 머리를 숙이고 시키는 대로 말을 잘 듣도록 해라, 하고

그러나 그렇게 말할 수는 없었다.

우지마사에게도 자존심은 있었다. 또 아버지에게 지고 싶지 않다는 오기도 있었다. 신겐을 적으로 삼아서는 이길 가능성이 없었다. 그랬다가는 호조 가문은 멸망의 길을 걷게 될 것이다. 그걸 막기 위해서라도 반드시 신겐과 화친을 맺어야 한다.

우지마사의 자존심을 건드리지 않으면서 그 이야기를 꺼내야 했다.

그 때문에 우지야스는 일부러 자신이 잘못 생각했다고 말한 것이다.

"잘 들어라, 우지마사. 나는 우에스기 데루토라와 손을 잡고 신겐과 대결하려 했다. 그러나 이제 와서 생각해보니, 그 외교 정책은 잘못된 것이었어."

"왜 그런 말씀을 하시는지요?"

"넌 우리 호조 가가 앞으로 어떻게 힘을 길러야 한다고 생각하느냐?"

우지야스는 오히려 아들에게 되물었다.

"그건 역시 관동을 장악하는 일이옵니다."

우지마사가 주저주저하며 대답하자 우지야스가 미소를 지으며 다시 물었다.

"그래, 네 말이 맞다. 우리 호조 가는 관동 8주를 장악하여, 그 옛날의 미나모토 요리토모 쇼군과 같은 길을 걸어야 한다고 생각한다. 그러나 여기서 잘 생각해보아라. 우에스기 데루토라가 과연 어떤 인물인가를."

"……."

"데루토라는 에치고의 영주이면서 관동 관령이 아니더냐. 그게 이름뿐이라면 상관없다. 그러나 데루토라는 융통성이라고는 눈곱만큼도 없는 사람이 아니냐? 관동 관령의 임무를 다하려고 절치부심하는 사람이다."

“그러하옵니다.”

“관동 관령의 임무란 무엇이냐?”

“그것은 쇼군 가를 대신해 관동의 사무라이를 결집시켜, 관동 지방을 다스리는 것이옵니다.”

“그러니까 우리 가문과는 공존할 수 없다는 게야.”

이렇게 우지야스는 하나하나 되짚으며 알기 쉽게 설명했다.

우지마사는 허를 찔린 듯이 멍한 표정을 지었다.

“데루토라와는 어차피 물과 기름, 영원히 함께 할 수 없는 자란 것을 명심해라. 그렇다면 손을 끊는 게 옳지 않겠느냐?”

“예.”

우지마사는 저도 모르게 고개를 끄덕였다.

“이제야 그런 사실을 깨달은 게야.”

우지야스는 이제야 비로소 알게 되었다는 듯이 회한에 찬 표정으로 말을 이어갔다.

“그에 비해 신겐은 어떠한가? 신겐은 관동 따위에는 흥미가 없다. 오로지 서쪽을 노리고 있어. 미야코로 가는 길목 말이야. 따라서 신겐의 입장에서 볼 때, 우리 호조 가와 손을 잡는 게 유리할 게다. 우리와 손을 잡으면 안심하고 서쪽으로 나아갈 수 있을 테니까 말이다. 그리고 우리도 안심하고 관동으로 출병하여 데루토라의 세력을 물리칠 수 있고 신겐과 손을 잡으면 이렇게 우리에게 유리한 점이 많아.”

“그렇지만 이제 와서 우리가 화친을 제의하면 신겐이 과연 믿어줄지…….”

우지마사가 난색을 표명했다.

“믿고말고 두 가지만 실행하면.”

“두 가지?”

"그 하나는, 우선 이마가와 우지자네를 사가미에서 추방하는 일."

"또 하나는요?"

"우에스기 데루토라와 단교하는 일."

"소자는 모르겠나이다. 데루토라님과의 단교는 물론이고 왜 우지자네님을 추방해야 하옵니까?"

"우지자네가 여기에 있는 한, 신겐은 우리 호조 가가 스루가를 빼앗으려 한다는 의구심을 떨치지 못해. 그래서는 동맹을 맺을 수 없지."

"아버님, 우지자네님은 의지할 곳 없는 몸이 아니옵니까? 그런 분을 추방하다니, 너무 무정한 처사가 아니옵니까?"

"어쩔 수 없는 일이다. 우리 호조 가의 백년대계를 위해서다. 잘 들어라. 내가 죽으면 즉시 이 두 가지 사안을 실행에 옮기고, 신겐과 손을 잡도록 해라. 알겠느냐? 이것은 나의 유언이니라. 이 유언으로 중신들을 설득토록 해라. 후일의 증거를 위해 내가 글을 써두겠다."

우지야스는 아들인 우지마사의 부축을 받으며 병든 몸을 일으키고는, 측근에게 명하여 필묵을 가져오게 했다.

마지막 남은 힘을 짜내 유언을 작성한 후, 우지야스는 깊은 잠에 빠져들었다. 우지야스는 그대로 의식을 되찾지 못하고 오다와라 성에서 파란만장한 일생을 마쳤다.

쉰다섯의 나이였다.

5

"우지야스 놈, 묘한 짓을 하는군."

노부나가가 입맛을 다시며 입을 열었다. 이 즈음에 노부나가는 기후에 있었다. 아사이, 아사쿠라도, 혼간지도 움직임을 보이지 않았다.

겨울이라는 계절 탓인지도 몰랐다.

그러나 노부나가에게는 이런 소강 상태가 음침하게 느껴졌다. 아니 나다를까, 가이, 사가미 방면에 심어둔 첩자로부터 어처구니없는 소식이 전해져 왔다.

노부나가는 우선 이세에 있는 세이노스케와 가즈마스를 불러들였다. 그리고 기후 성의 방에서 면담이 이루어졌다.

노부나가는 간략하게 호조 우지야스의 죽음과, 우지야스의 뒤를 이은 우지마사가 다케다와 동맹관계를 부활하려 한다는 것을 알렸다.

세이노스케와 가즈마스는 서로의 얼굴을 마주보았다.

심각한 사태가 아닐 수 없었다.

노부나가는 두 사람을 번갈아 쳐다보며 말했다.

"신겐이 올 것이야. 내년, 아니, 2년 후가 될지도 모르겠지만, 신겐은 대군을 이끌고 반드시 이 서쪽으로 치고 들어올 게야."

호조와 동맹을 맺었으니 이제 신겐은 그 배후를 걱정할 필요가 없어졌다. 신겐은 오래 전부터 서쪽으로 진군하여 미야코를 장악하고 천하를 호령하고 싶은, 간절한 바람을 가지고 있었다. 그러기 위해서는 대군을 이끌고 가야 하므로 영지가 텅 비고 만다.

특히, 호조의 사가미와 인접한 스루가가 문제였다. 스루가는 다케다 령 가운데에서도 가장 풍성한 나라였다. 호조는 그 나라를 호시탐탐 노려왔다. 바로 그 때문에 신겐은 움직이지 못하고 있었던 것이다. 서쪽을 정벌하는 사이에 스루가를 빼앗기면 아무것도 아니었다.

그런데 다케다와 호조가 손을 잡게 된 것이다.

이것으로 신겐은 뒤를 걱정하지 않고, 서쪽으로 마음껏 진출할 수 있게 되었다.

“주군, 어떻게 호조가 다케다와 손을 잡게 되었사옵니까?”

가즈마스는 그게 이상해서 견딜 수 없었다.

한 나라의 외교 방침이 하루아침에 정반대로 바뀌어버린 것이었다.

노부나가가 떨떠름한 표정으로 말했다.

“이건 우지야스의 머리에서 나온 게야. 호조는 다케다에게 머리를 숙였어. 항복이라 해도 좋아.”

“항복? 왜 항복하였사옵니까?”

“그건 간단한 일이다. 우지마사의 기량으로는 신겐에게 이길 가능성이 없기 때문이지. 그 때문에 유언을 남겨, 우지마사에게 화친을 맺게 한 게야. 아마도 화친을 맺기 위해 먼저 머리를 숙였겠지. 신겐이 그것을 받아들였어. 그것을 받아들이면 오랜 숙원을 이룰 수 있으니까. 우지야스 놈, 그걸 읽고 있었어.”

“그럼 우지마사는 그것이 항복이라는 사실을…….”

“모르고 있을 게야. 또는 아버지는 아버지, 나는 나의 길을 가야겠다고 생각했을지도 모를 일이지. 어차피 천하를 담을 그릇은 아니니까.”

“소인은 모르겠사옵니다. 호조가 다케다와 손을 잡는 것을 왜 항복이라 하시는지?”

세이노스케가 참지 못하고 물었다.

노부나가는 세이노스케 쪽을 흘끗 바라보고 나서 대답했다.

“모르겠느냐? 우지야스는 천하를 노리는 자다. 그 때문에 별 이득도 없는 우에스기 데루토라와 손을 잡고, 있는 힘을 다해 신겐의 서쪽 진출을 막으려 했던 게야. 우지야스로서는 관동을 완전히 장악하기 위해 신겐과 다시 동맹을 맺지 않을 수 없었겠지. 그러나…….”

노부나가가 이번에는 싱긋 웃으며 말했다.

“화친을 맺으면 어떻게 되겠느냐? 우선 스루가가 다케다의 영지임을 인정하는 것과 같다. 그런 대국을 고스란히 신겐에게 바칠 이유가 없지 않으냐?"

"과연 그러하옵니다."

세이노스케는 감탄했다. 듣고 보니 옳은 말이었다.

"게다가 신겐은 마음놓고 서쪽으로 진출할 수 있다. 잘만 풀리면 신겐은 나를 쳐부수고 천하의 주인이 될 수도 있는 게야. 그렇게 되면 호조는 그런 신겐과 싸우든지, 머리를 숙이고 신하가 되든지 양자택일을 하지 않을 수 없게 된다. 화친을 맺으면 이렇게 손해가 많아."

"과감히 그런 손해를 감수한다는 것은 스루가를 다케다령으로 인정하고, 원하신다면 서쪽을 치사이다, 라고 말하는 것이나 다름없다는 것이옵니까?"

"그렇고말고. 그래서 항복이라고 한 게야. 우지야스는 자존심을 버리고, 아들인 우지마사에게 신겐의 신하가 되는 길을 선택하게 한 것이지."

노부나가가 단호하게 말했다.

세이노스케는 우지야스라는 인물을 다시 평가하지 않을 수 없었다.

자신은 천하를 노렸지만, 아들은 그런 그릇이 못 된다. 그 때문에 체면도 버리고 안전한 길을 택하게 했던 것이다. 평범한 사람으로서는 도저히 생각할 수 없는 결단이었다.

그러나 감탄하고 있을 수만은 없었다. 신겐은 반드시 올 것이다. 가이의 정예군을 거느리고 미야코를 향해 진격을 개시할 것이다.

'지금 오다 군으로는 신겐이 이끄는 정예군을 이길 수 없다.'

세이노스케의 불안은 동시에 노부나가의 불안이기도 했다.

"세이노스케, 그대는 오늘부터 기후에 머물도록 해라."

노부나가의 갑작스런 명이었다.

"핫!"

세이노스케는 바닥에 엎드렸다.

"그대는 나의 직속 신하로서 다케다 공략의 선봉에 서야 할 것이다. 가즈마스, 이의는 없겠지?"

노부나가는 지금까지 세이노스케의 후견인이었던 가즈마스의 양해를 구했다.

"핫! 헤어지기 섭섭하오나, 주군의 명을 받드옵니다."

가즈마스는 바닥에 손을 짚고 승복했다.

"그럼 세이노스케, 곧 주거를 마련해주도록 하마."

노부나가는 자리에서 일어서더니 뭔가 잊었다는 듯이 뒤를 돌아보며 말했다.

"아, 자네에게 젊은 아내가 생겼다고 했지? 빨리 모시도록 해."

"핫, 황공하옵니다."

"하루빨리 자식을 낳아야지. 신겐이 오면 그럴 여유도 없을 게다."

빙긋 웃어 보이고 나서 노부나가는 나가버렸다.

가즈마스는 세이노스케를 바라보며 말했다.

"드디어 그대의 소원이 이루어질 날이 왔군. 정말 축하하오"

세이노스케는 자세를 고쳐 앉으며 정중하게 머리를 숙였다.

"가즈마스님, 오늘날까지 소인을 잘 보살펴주신 데 대해 깊이 감사드리오. 그대를 평생의 은인으로……"

"아, 왜 이러시는가. 내가 몸둘 곳을 모르겠소"

가즈마스가 세이노스케의 말을 가로막았다.

"앞으로도 우린 같이 일할 날이 있을 게요. 우리 주군은 변덕이 심하신 분이니 말이오. 그렇지만 다케다 신겐은 어려운 상대요. 우리끼리 하는 말인데, 정말 이길 수 있을까?"

가즈마스는 목소리를 한층 더 낮추어 다시 물었다.

"이길 수 있겠소, 우리가?"

"반드시 이겨야 하오"

세이노스케는 단호한 어조로 대답했다.

"그게 아니라 이길 수 있느냐, 없느냐를 묻고 있소"

"그건 싸워보지 않고서는 알 수 없는 노릇이 아니오?"

세이노스케는 이렇게 말하면서도 불안을 감출 수 없었다.

다케다 군은 일본 최강의 부대이기 때문이었다.

6

신카이는 무거운 다리를 끌며 미야코로 들어섰다.

후지이 사마노스케의 심문은 집요했다. 그러나 신카이는 아무것도 가지고 있지 않았다. 실은 만일을 위해, 그 밀서를 마을에서 떨어진 성황당 돌부처 밑에 감추어두었던 것이다.

지금 그 밀서는 품속에 있었다. 그러나 그 밀서를 전해주어야 할지, 신카이는 망설여졌다.

아사이 나가마사가 쇼군인 아시카가 요시아키에게 보내는 서찰이었다. 요시아키는 노부나가의 비호 아래에 있으며, 나가마사는 그 노부나가와 대립하고 있었다.

이런 상황에서, 아무리 죽어가는 자의 부탁이라고는 하지만 밀서를 전하다가 자칫하면 목숨이 위태로워질 수도 있는 노릇이었다. 아사이 쪽의 첩자라는 누명을 쓴다 해도 자신의 결백을 증명할 방법이 없었다.

'그렇다고 형의 이름을 팔 수도 없는 노릇이고……'

그랬다가는 형이 곤란해질 수도 있었다.

신카이는 에지마 다몬이 죽어가며 한 부탁이니만큼, 무슨 일이 있어도 밀서를 전하고 싶었다.

그러나 쇼군 가의 누구에게 전해야 한단 말인가. 쇼군 가의 가신 가운데는 오다파도 있을 것이고, 반 오다파도 있을 터였다. 자칫 잘못해서 오다파에게 건넸다가는 목숨이 위험하다.

쇼군에게 직접 전할 수만 있다면 더없이 좋겠지만, 이름도 없고 관직도 없는 몸으로 쇼군을 만난다는 것은 하늘의 별 따기였다. 만일 이대로 오다 가의 사무라이에게 붙잡힌다면, 그거야말로 죽음을 의미하는 일이다.

가장 안전한 방법은 밀서를 그냥 버리는 것이다. 하지만 그 남자가 목숨을 걸고 전하려 했던 물건을 아무렇게나 길거리에 버린다는 것은, 양심이 허락하지 않았다.

망설이면서 신카이는 고쇼 앞에 섰다. 더 이상 접근하다가는 수상한 자로 지목되어 조사를 받게 될지도 모른다.

'이 일을 어떡한다?'

아무리 생각해도 해답이 떠오르지 않았다.

그때 고쇼의 정문 앞으로, 서른이 갓 넘은 듯한 무사 하나가 걸어나오고 있었다. 종복從僕도 없이 혼자 걷고 있었지만, 기품 넘치는 얼굴로 보아 결코 낮은 직위의 사무라이는 아닌 것 같았다. 신카이는 결단을 내리고 말을 걸었다.

"실례합니다. 혹시 쇼군 가의 사무라이시오?"

갑자기 다 떨어진 승복을 걸친 수도승이 말을 걸어오자, 사무라이는 발걸음을 멈추고 당혹스런 표정으로 신카이의 얼굴을 바라보았다.

"그렇소만."

사무라이가 가슴을 활짝 펴고 말했다.

"그럼 용건을 말씀드리지요. 소인은 석 달 전에 고슈(江州)의 조라쿠지 가까운 길가에서 죽어가는 사무라이 한 사람을 만난 적이 있소이다. 그때 사무라이한테서 부탁받은 일이 있지요"

신카이는 가볍게 고개를 숙이며 빠른 어조로 말했다.

"호오, 무슨 부탁을?"

"이것이오"

신카이는 품속에서 끈처럼 돌돌 말린 서찰을 꺼내어 그 사무라이에게 건네주었다.

"이건?"

"밀서라오. 아사이 나가마사님이 쇼군께 보내는 글이라 했소이다."

"뭣!"

사무라이의 안색이 바뀌었다.

"좀 전해주시지 않겠소? 사실 소승도 어쩔 줄 모르겠소이다. 죽어가는 사람의 부탁이니 함부로 무시할 수도 없는 노릇이지만, 남의 일로 귀찮은 일에 말려들기도 뭣한 일이니 말이오"

"잘 알았소"

사무라이는 밀서를 가슴에 품은 다음에 말했다.

"스님의 법명은?"

"시나노 국 선광사 다이칸진 소속의 신카이라 하오이다."

"신카이님이시군. 소인은 쇼군의 측근으로, 이름은 마키시마 사다미쓰(眞木島貞光)라 하오"

"사다미쓰님, 그럼 내 할 일은 다했소이다."

신카이는 가슴을 쓸어내리며 즉시 그 자리를 떠나려 했다. 그러나 사다미쓰가 붙잡았다.

“잠깐만.”

“무슨 용건이라도?”

신카이는 귀찮은 질문을 받지는 않을까 걱정스런 표정으로 사무라이 쪽을 돌아보았다.

“주군께서 무척 기뻐하실 게요. 신카이님, 나와 같이 가지 않겠소?”

“고쇼로 가는 게요?”

“아니, 다른 장소라오.”

신카이가 거절하려 했지만, 사다미쓰는 억지로 신카이의 손을 끌고 북쪽의 오래 된 절로 데려갔다.

거기에서는 다도회茶道會가 열리고 있었다.

“쇼군께서 곧 나오실 게요.”

사다미쓰는 이렇게 말하면서 신카이를 정원으로 데리고 갔다.

“잠시 기다려주시오.”

신카이는 거기서 1각 정도를 기다렸다. 거의 지칠 때쯤, 사다미쓰가 한 귀인과 함께 나타났다. 그 귀인은 귀족의 예복을 입고 있었다. 얼굴도 귀족 특유의, 길다란 얼굴이었다.

사다미쓰가 신카이에게 귓속말로 속삭였다.

“쇼군이시오.”

신카이는 깜짝 놀라 그 자리에 엎드렸다.

“아아, 괜찮아. 어서 고개를 들라.”

마치 무대 위에서 연기하는 배우 같은 목소리가 들려왔다. 신카이는 얼굴을 들었다. 얼굴이 길고 가느다란 귀인이 눈앞에 서 있었다.

신카이가 다시 고개를 숙였다.

“괜찮다고 하지 않았느냐.”

귀인, 즉 아시카가 요시아키 쇼군은 신카이의 얼굴을 똑바로 응시하며 말을 이었다.

"그대의 충절에 정말 감탄했다."

"예."

"용감한 그 행동에 찬사를 보내는 바다. 적에게 발견되면 목이 달아날지도 모를 일. 게다가 얼굴도 모르는 사람의 부탁을 이런 위험을 무릅쓰고 들어주다니, 아무나 할 수 있는 일이 아니야."

"예, 황공하옵니다."

"신카이라 했느냐?"

"예."

"그대는 선광사 다이칸진 소속의 승려라 하였느냐?"

"그러하옵니다."

"그럼 내 묻겠다."

요시아키는 숨을 한 번 들이쉬고 나서 그 다음 말을 이었다.

"노부나가의 히에이잔 학살을 잘 알겠지? 천태종의 승적을 가진 그대의 입장에서 노부나가가 밉지 않으냐?"

"……."

"그렇게 생각지 않으냐?"

"예, 그건……."

"왜 확실히 대답을 하지 않느냐?"

요시아키가 불만스런 어조로 물었다.

"옳으신 말씀이옵니다."

"흠, 그래. 그렇게 생각한단 말이로군."

요시아키가 만면에 웃음을 머금고 말을 이었다.

"그렇다면 나의 사승使僧 노릇을 해보지 않겠느냐?"

"사승이라 하심은?"

“나의 사자란 말이다. 그대는 전국 각지를 여행하여 지리에도 밝은 것으로 알고 있다. 사승으로서 더없이 뛰어난 지식과 자질을 가졌다고 해야겠지.”

“……”

신카이는 당혹스러웠다. 정사에 관계하고 싶지 않았던 것이다.

“왜 대답이 없느냐?”

“황공하옵지만, 소승은 그렇게 할 수 없나이다.”

“왜 안 된다고 하느냐?”

“소승은 평소, 승려란 절대로 정사에 관계해서는 안 된다는 생각을 가져왔나이다.”

“그건 좋은 생각이다. 그러나 지금은 막부의 존망이 걸린 때, 나의 손발이 되어 전국으로 내 뜻을 전해줄 사람이 절대적으로 필요하다. 이렇게 부탁한다.”

요시아키는 정말로 고개를 숙였다.

신카이는 깜짝 놀랐다. 일개 승려에 불과한 자신에게 사무라이의 최고위직에 있는 귀인이 고개를 숙이다니, 들어본 적도 없는 일이었다.

“어떠냐, 내 제안을 받아들여주겠느냐?”

그러면서 요시아키는 신카이의 손을 꼭 잡았다.

‘어떻게 해야 하는가, 나는?’

신카이는 어쩔 줄 몰라했다.

드디어 거성巨星이 움직이다

1

에치고의 겨울은 빨랐다. 눈 덮인 가스가 산성에서, 관동 관령인 우에스기 겐신은 오다 가의 사자와 대면하고 있었다. 그는 가게토라, 마사토라, 데루토라에서 겐신으로 변신했다. 불식암不識庵 겐신(謙信).

"오다님은 내가 뭘 하길 바라시는가?"

겐신은 께느른한 눈길로 사자를 바라보았다.

사자가 황망히 말했다.

"아니옵니다. 뭘 해달라는 말씀이 아니오라, 단지 배신자인 호조와 싸울 각오로 있는 관동 사무라이들에게 관령으로서 힘을 빌려달라는 간절한 부탁을 드리러 온 것이옵니다."

"흠, 오와리 사람들이 말을 잘한다더니 과연 그렇군. 이것 하나만은 절대로 에치고 사람이 따라갈 수 없겠어."

겐신의 말에 가신들이 웃음을 터뜨렸다. 사자가 얼굴을 붉혔다.

‘노부나가의 속셈을 알 것 같군.’

겐신은 이렇게 생각했다.

호조 우지야스가 죽고, 그 뒤를 이은 우지마사는 일방적으로 겐신과 맺은 동맹을 파기하고 신겐과 손을 잡았다. 아들인 우지마사의 기량을 생각하여 우지야스가 그런 정책을 취하도록 유언을 남겼던 것이다.

신겐에게는 하늘이 내린 행운이었다. 다케다가 지금까지 미야코에 진출하지 못한 것도, 모두 그 배후에 호조가 버티고 있었기 때문이다. 아니, 호조가 적이었기 때문이다.

그러나 다케다와 호조의 동맹이 부활했다.

예전에 오다가 동쪽의 도쿠가와와 손을 잡고서 마음놓고 입경의 꿈을 이루었듯이, 지금 다케다도 입경이 가능한 상태에 이르렀다.

노부나가가 당황해하는 것도 무리는 아니었다.

지금까지 움직일 수 없었던 다케다가 움직이면, 노부나가는 다케다 군과 정면 대결을 벌이지 않을 수 없게 된다. 또 매제인 아사이 나가마사의 배신으로 아사쿠라 요시카게와 결판을 지을 일이 남아 있었다. 혼간지 세력도 건재했다.

그런 상태에서 유일하게 안전한 동쪽에서, 최대의 강적인 신겐이 서쪽으로 오려 하고 있었다.

‘지금 노부나가의 당면 과제는, 서쪽으로 다가오는 신겐의 발걸음을 조금이라도 늦추게 하는 것이다. 그걸 위해서라면 무슨 방법이든 다 동원할 것이다.’

그 방법 중의 하나를 실현하기 위해 이렇듯 사자를 보냈을 것이다. 겐신은 그런 노부나가의 속내를 꿰뚫어보고 있었다. 가장 바람직한 것은 신겐의 나라인 가이나 스루가에서 반란이 일어나는 것이다. 그러나 전술과 술수에 탁월한 노부나가에게도 그것만은 불가능한 일이었다.

다음 수단은 관동의 반 호조 세력을 부추겨, 호조 가에 대한 반란을 일으키게 하는 것이다. 이 전술은 생각대로 풀려나갔다. 원래 관동 지방은 소호족小豪族들이 곳곳에 산재해 있었고, 호조의 통치 방식에 불만을 품은 사무라이들도 많았다. 일단 반란이 일어나면, 호조 가는 군대를 파견하여 진압하지 않을 수 없었다.

바로 그 기회를 이용하여, 노부나가는 관동의 명목상 지배자인 겐신에게 반란 호족들을 돕게 하려는 것이다.

겐신은 에치고의 영주이면서 관동 관령이기도 했다. 관동 관령은 관동의 평화를 유지할 책임이 있었다. 물론, 명목상의 책임이다. 실질적인 관령은 오히려 호조 가라 해야 할 것이다.

그러나 명분을 중시하는 것이 겐신의 인간적인 특징이었다.

관동 호족들이 도움을 청하면 일어서지 않을 수 없다. 우지야스가 죽기 이전부터 우에스기와 호조는 동맹을 맺고 있었지만, 지금은 그 동맹도 파기되고 말았다.

겐신이 호조를 치는 데 아무런 걸림돌도 없었다.

'만일 내가 관동으로 출진하면 어떻게 될까?'

깜짝 놀란 우지마사는 새로운 동맹국인 신겐에게 원군을 요청할 터였다. 하루라도 빨리 서쪽으로 나아가고 싶은 신겐으로서는, 이제 막 동맹을 맺은 우호국이면서 서쪽 진출의 발판이 되어줄 호조에게 뭔가를 보여주어야 한다.

어느 정도의 병력을 관동으로 보내야만 한다. 그러면 당연히 힘이 달려, 전력을 기울여야 할 입경을 연기하지 않을 수 없게 될 것이다.

'오와리의 꼬맹이 놈, 잔머리 굴리는 솜씨가 보통이 아니군.'

겐신은 감탄했다. 그러나 감탄하고 있을 수만은 없었다.

양자택일을 해야 하는 입장이었다. 노부나가의 생각대로 움직여줄 것인가, 아니면 꼼짝도 않고 가만있을 것인가. 움직이고 싶지 않았다. 최근 에치고는 안정을 찾았지만, 언제 반란이 일어날지 알 수 없는 상황이었다. 엣추, 고가의 잇코잇기의 움직임이 심상치 않았다.

잇코 일당은 지금 신겐의 편을 들고 있었다. 아무 대비책 없이 에치고를 비우면, 그 틈을 타서 무슨 짓을 할지 모를 일이었다.

중신들도 바로 그런 이유 때문에 사자를 달갑게 생각지 않았다.

그러나 겐신은 이렇게 말했다.

"병사를 보내도록 하겠다."

"감사하옵니다."

사자는 넓죽 엎드렸다.

"주군!"

여기저기서 항의 섞인 목소리가 터져나왔다.

겐신은 괘념치 않고 입을 열었다.

"하루를 일 년처럼 나의 도움을 기다리는 사람들이 있다. 그냥 내버려둘 수야 없지 않느냐."

밖에는 눈이 내리고 있었다.

몇 년에 한 번 볼까말까한 폭설이었다.

2

그로부터 얼마 되지 않아, 겐신의 출진 소식이 고후의 신겐에게 날아들었다.

"겐신이 움직였다."

신겐은 쓴웃음을 지었다. 설마, 하고 생각했다. 그러나 마음 한구석에는 그럴지도 모른다는 생각도 있었다. 겐신 정도의 인물이 왜 관동에서 호조에 대한 반란이 일어났는지 모를 리 없었다. 그리고 자신의 출진이 누구에게 이익을 줄 것인지도 모를 리가 없었다.

"그걸 잘 알면서도 움직이다니, 천하에 그렇게 터무니없는 자가 또 어디 있을까."

이제 곧 호조 우지마사로부터 원군 요청이 올 게 분명했다.

"그런데 얼마나 보내야 하겠느냐?"

신겐은 중신들을 불러 물었다.

바바 노부하루(馬場信春)는 삼천, 야마가타 마사카게도 삼천이라고 대답했다. 나이토 마사토요는 이천이면 충분하다고 했고, 아들인 가쓰요리는 일만을 보내야 한다고 주장했다.

"호오, 일만이라."

신겐은 가쓰요리가 왜 그런 생각을 하게 되었는지 물었다.

"우에스기 겐신은 우리 가문의 숙적, 이 기회에 철저히 부숴야 하옵니다. 그러기 위해서는 바바님이나 나이토님 말대로 이천이나 삼천으로는 될 일이 아니옵니다. 호조 군과 힘을 합하려면 최저 일만은 있어야 하나이다."

가쓰요리는 자신에 찬 목소리로 이렇게 말했다. 겨우 그런 이유였는가 싶어 신겐은 실망했다. 가쓰요리는 지금이 서쪽으로 진출할 호기라는 사실을 전혀 모르고 있었다.

바바, 야마가타, 그리고 나이토는 그것을 잘 알고 있었다. 그러므로 동맹을 유지하는 정도의 병력인, 이천이나 삼천 정도로 충분하다고 한 것이었다. 그에 비해 가쓰요리는 일만이라 했다.

신겐은 뭔가 가쓰요리 나름대로 참신한 생각이 있지 않을까 하고 기대에 차서 물어보았으나 그것은 도저히 전략이라 할 수도 없는 사고방식이었다. 신겐은 사실, 이번 출병에는 병력이 많을수록 좋다는 생각을 하고 있었다. 하지만 그것은 가쓰요리가 생각하는, 그런 이유 때문이 아니었다.

'그렇지, 노부토모가 있었어.'

신겐은 구석 자리에 앉아 있는 아키야마 노부토모를 떠올렸다. 그의 본디 이름은 신자에몬이었으나 노부토모로 개명한 인물이었다.

젊은 시절, 겐고로와 함께 키워낸 인재였다. 단, 노부토모는 기소와 가까운 이나를 지키고 있어서 고후로 올 기회가 그다지 없었다.

"노부토모, 넌 어떻게 생각하느냐?"

신겐은 노부토모에게 말을 던졌다.

"핫!"

노부토모는 황공하다는 듯이 얼른 머리를 숙였다.

"네 생각을 묻고 있다. 이번 전투에 얼마나 보내면 되겠느냐?"

노부토모가 고개를 들고 말했다.

"감히 말씀드리건대, 역시 일만은 보내야 할 것이옵니다."

신겐은 의외라고 생각했다.

"왜 일만이지? 가쓰요리와 같은 생각인가?"

"아니옵니다."

노부토모는 고개를 저으며 말을 이었다.

"황공하옵게도, 젊은 군과는 조금 생각이 다르옵니다."

"호오, 어디 한번 말해보아라."

"아마도 이번 전투에 우에스기는 삼천, 많아야 오천 정도 파견할 것이옵니다."

"오천이라? 왜 그리 생각하느냐?"

신겐이 의아한 표정으로 물었다.

“사실 우에스기는 병력을 파견하고 싶지 않았을 것이옵니다. 이번 호조 가에 대한 반란은 오다 노부나가가 은밀히 뒤에서 조종하고 있기 때문이옵니다.”

“오다 노부나가가 말이지?”

신겐은 일부러 모른 척했다.

노부토모는 고개를 끄덕이며 말했다.

“그러하옵니다. 그러므로 우에스기로서는 선뜻 내키지 않는 일이옵니다. 단, 관동 관령이라는 체면 때문에 병력을 파견하는 일이라, 그 정도 선을 넘지 않을 것이옵니다.”

“겐신은 내가 군대를 파견하리라는 생각을 않고 있겠느냐?”

“당연히 생각하고 있을 것이옵니다. 그렇지만 우에스기는 주군의 목적이 미야코에 있다고 판단하여, 관동으로는 많은 병력을 보내지 않으리라고 생각할 게 분명하옵니다.”

“이천이나 삼천이면 족하리라 보는데?”

“그러하옵니다.”

“그렇다면 왜 일만이나 보내야 한다는 말이냐?”

“주군께서도 잘 알고 계시지 않사옵니까?”

노부토모가 빙긋이 웃으며 되물었다.

“난 모르겠으니, 어디 한번 말해봐.”

신겐은 알고 있었다. 단, 바바와 나이토 등에게 왜 삼천이 아니라 일만을 보내야 하는지, 노부토모의 입을 통해 가르쳐주고 싶었던 것이다.

노부토모는 신겐의 생각을 민감하게 포착했다.

“그럼 말씀 올리겠사옵니다. 적이 삼천밖에 보내지 않는다면, 그 두 배를 보내면 반드시 이길 수 있나이다. 아마 우리 군대를 보고 우에스기는 싸우지 않고 물러날 것이옵니다. 즉, 꼬리를 말고 도망칠 것이란 말이옵니다.”

“그걸 어떻게 알아? 삼천이라도 우에스기라면 한판 붙으려 할지도 모를 일이지 않은가?”

곁에 있던 가쓰요리가 참견하고 나섰다. 노부토모는 고개를 저었다.

“그렇지는 않사옵니다. 물론 우에스기는 용맹하옵니다. 그러나 그것은 자신에게 명백한 대의명분이 있을 때이옵니다. 이번 출진은 그렇지 않사옵니다. 목숨을 걸 만한 일이 아니므로, 곧 병력을 철수할 것이 분명하옵니다.”

“만일 자웅을 겨루자고 덤벼들면 어떻게 하는가?”

“군, 그렇다면 천재일우의 기회가 아니겠나이까?”

“……?”

“아군은 적의 두 배, 적을 포위하여 우에스기의 목을 치면 될 것이 아니옵니까? 그렇지만 그런 일은 없을 테지요.”

“겐신 놈이 물러난다는 말이로군.”

신겐이 말했다.

“그러하옵니다. 십중팔구는…….”

“그럼 됐다. 그게 오히려 우리에게도 좋아.”

신겐은 좌중을 둘러보고 나서 말을 이었다.

“그렇게만 되면 피 한방울 흘리지 않고, 우리는 겐신에게 이기는 것이다. 겐신이 우리 다케다의 위세에 겁을 먹고 도망쳤다는 소문이 퍼지겠지. 세상 사람들은 병력 수에 대해서는 따지지 않아. 단지 어느 쪽이 도망쳤는지 알고 싶어할 따름이지.

노부토모의 말대로, 이번 일의 배후에는 노부나가가 있다. 노부나가의 노림수는 말할 필요도 없겠지. 어차피 우리는 호조와의 맹약을 지키기 위해 병력을 파견하지 않을 수 없다. 그렇다면 대군을 보내는 편이 오히려 좋아. 그렇게 하면 겐신은 도망칠 것이고, 체면을 구기게 될 게야. 병력 수를 줄이면 오히려 싸움이 길어져. 겐신도 그 정도 숫자면 해볼 만하다고 생각할 테니까. 알겠느냐, 가쓰요리!"

신겐은 가쓰요리를 가리키며 힘주어 말했다.

"핫!"

가쓰요리가 짧고 힘차게 대답했다.

"이것이 바로 군략이란 것이다. 잘 기억해두어라. 병력 일만을 거느리고 관동으로 출진한다. 알겠느냐?"

신겐이 전원을 향하여 말하자 장수들은 일제히 머리를 숙였다.

'노부토모가 이렇듯 멋지게 성장했을 줄이야.'

즐거운 오판(誤判)이었다. 동년배인 고사카 겐고로에 비해, 노부토모는 용맹무쌍하지만 군략의 재능은 떨어진다는 것이 지금까지의 평가였다.

'이 정도면 총대장도 해낼 수 있겠다.'

신겐은 서쪽으로 출진하는 군의 대장으로 노부토모를 발탁하리라 생각하기 시작했다.

겐고로는 가이즈 성에서 다케다령의 북쪽 수비를 맡고 있어 자주 불러들일 수 없었다. 그러나 노부토모가 맡고 있는 이나는 비교적 안전한 장소였다. 어쩌면 노부토모를 그곳에 둘 필요가 없을지 몰랐다.

'오늘은 큰 걸 건졌어.'

신겐은 기분이 좋았다.

3

한 발 앞서서 관동으로 들어가 도네가와(利根川) 부근에 진을 친 겐신은, 이윽고 모습을 드러낸 다케다의 대군을 보고 눈이 휘둥그레졌다.

두 배는 되는 것 같았다.

'왜……?'

겐신은 생각에 잠겼다. 그리고 신겐의 생각을 읽어낸 순간, 얼굴이 새파랗게 질렸다.

'그렇군. 신겐 놈, 허를 찌르고 들어왔어.'

방심이라면 방심이었다. 서쪽이 궁극적인 목적이라면, 관동에 많은 병사를 할애할 수 없었다. 고작 이삼천으로 보았다. 그래서 오천으로 충분히 승산이 있을 것으로 판단했던 것이다.

다케다도 이제 별볼일 없어졌다는 사실을 천하에 알리기 위해 왔는데, 사태는 정반대가 되고 말았다. 본군 일만을 데리고, 더욱이 신겐 자신이 직접 지휘하고 있지 않은가?

'이래서는 승부가 안 된다.'

겐신은 재빨리 사태를 파악했다. 신겐이 지휘하지 않는다면 그래도 승부를 걸어볼 수 있었다. 나아가고 물러서는, 교묘한 작전으로 수적 열세를 충분히 만회할 수 있는 것이다.

그러나 상대는 신겐이었다.

'물러날 수밖에 없겠어.'

겐신은 입술을 깨물었다. 하지만 물러나고 싶지 않았다. 그랬다가는 관동 관령인 우에스기 가의 위신이 땅에 떨어지고 말 것이다. 겐신이 아닌 다른 대장이라면 오기로라도 퇴각하지 않고 버틸 것이다. 어떻게 든 시간을 끌어서 신겐을 이겨보려 할 것이다. 하지만 겐신은 전투를 아는 대장이었다. 신겐의 역량도 잘 알고 있었다.

'졌어.'

겐신은 솔직히 인정하고 결단을 내렸다. 즉시 전군에게 명을 내렸

다. 다케다 군이 퇴로를 차단하려 했을 때는 이미 우에스기 군이 안전
한 국경 지대까지 물러난 후였다.

"과연 겐신이로군. 도망치는 솜씨도 보통이 아냐."

신겐은 쓴웃음을 지었다. 그러나 만족스런 결과였다. 다케다는 우에
스기를 이긴 것이다. 우에스기는 처음으로 적에게 등을 보이고 도망치
고 말았다. 반란도 눈 깜짝할 사이에 진압되었다.

다케다의 대군을 두 눈으로 보았고, 원군이 되어줄 우에스기가 꼬리
를 말고 도망치는 것도 보았다. 반란군이 전의를 잃는 것은 당연했다.

"호조님께 안부 전해주게나."

원군 파견에 대한 감사의 뜻을 전하러 온 사자에게 신겐은 엄숙한
목소리로 이렇게 말했다.

"이제 관동 관령은 죽었다고 말이야."

"옛?"

사자는 그 의미를 몰라 신겐의 얼굴만 멀뚱히 바라보았다.

"겐신 놈, 이제 관동 관령이라고 어깨에 힘을 주어본들 아무도 따르
지 않을 게다. 관동은 이제 호조님의 것이야."

"황공하옵니다."

사자는 머리를 숙였다.

"하루라도 빨리 관동을 정비해야 할 것이다. 난 관동에는 흥미가 없
어. 우리는 이제 물러날 테니 뒷일은 좋으실 대로 하라고 전하라."

신겐이 끝없이 펼쳐진 평야를 바라보며 말했다.

"황공하옵니다."

이 땅이 탐나지 않는 것은 아니었다. 그러나 우선 미야코를 장악하
지 않으면 안 되었다. 그때까지 이 땅은 호조에게 맡겨두어야 한다. 그
것이 신겐의 솔직한 심정이었다.

4

고후에도 늦봄이 찾아왔다.

봄과 함께 서쪽에서 새로운 손님이 쓰쓰지가사키 관을 찾아왔다.

불타버린 히에이잔 연력사의 고운(豪雲) 장로를 비롯한, 여러 명의 천태종의 승려들이었다. 명목상으로는 매우 환영할 만한 선물을 가지고 온 손님들이었다. 신겐을 천태종 대승정으로 임명한다는 것이었다.

"호오, 그것 참 고마운 말씀이로군."

신겐은 얼굴 가득 희색을 띠었다. 관동 관령 따위에는 아무 흥미도 없고 관심도 없었지만, 대승정은 더없이 매력적이었다. 역사적으로 보아도, 무가 출신으로 대승정이 된 사람은 손꼽을 정도였다. 아니, 한 사람도 없을지도 몰랐다.

"분에 넘치는 영광이네."

신겐은 감사의 말을 건넸다.

"우리로서도 기쁜 일이옵니다. 다케다님께서 이렇게 기꺼이 받아주시니 우리도 더없이 기쁘옵니다."

말과는 달리, 고운의 표정은 어둡게 가라앉아 있었다.

무리도 아니었다. 그들의 총본산인 히에이잔은 오다 노부나가에 의해 철저히 파괴되고 유린되어버렸던 것이다. 고운 일행은 신겐에게 기대를 걸고 있었다. 불적(佛敵) 노부나가를 쓰러뜨리고 히에이잔을 부흥시켜주기를 바랐다.

대승정은 그것을 위한 선물이었다.

"신겐님, 우리의 부탁을 들어주시겠나이까?"

고운은 일부러 군이라 부르지 않고, 신겐이라고 불렀다. 법명을 부름으로써 친밀감을 나타내고 싶었던 것이다.

"불적 노부나가를 멸하고 히에이잔을 부흥시켜달라는 말씀이신가?"

신겐이 먼저 핵심을 말하자 고운은 고개를 끄덕였다.

"그것을 간절히 부탁드리러 왔사옵니다."

"당연히 그리해야지. 이 신겐에게 맡겨주시게. 내 약속하지. 반드시 노부나가를 멸하고, 히에이잔을 부흥시켜주겠네."

신겐이 힘차게 말했다.

"아, 정말 고맙사옵니다."

고운은 눈물을 글썽이며, 품에서 염주를 꺼내어 합장했다.

"그런데 장로, 노부나가를 멸하기 전에 우선 히에이잔을 부흥시키는 것이 어떻겠는가?"

생각지도 않은 말에 고운은 눈을 동그랗게 떴다.

"호오, 이렇게 고마우실 수가. 노부나가를 멸하지 않고 히에이잔을 부흥시킬 수 있단 말씀이옵니까?"

히에이잔이 있는 남 오미는 현재 노부나가의 지배하에 있었다. 그러므로 노부나가를 물리치지 않는 한, 히에이잔의 부흥은 불가능했다.

"일단 히에이잔을 이 고후로 옮기면 어떻겠는가?"

"고후에!"

신겐의 말에 고운은 놀라서 벌어진 입을 다물지 못했다.

"어떠신가?"

"그건 아니 될 말씀이옵니다."

고운의 대답은 단호했다.

신겐은 기대가 무너지자 불쾌한 표정을 지었다. 그러나 고운은 그 표정 앞에서도 조금도 굴하지 않았다.

"히에이잔은 원래 미야코의 귀문鬼門을 지키는, 왕성진호王城鎭護의 도량이 아니옵니까? 미야코에 있어야만 히에이잔일 수 있사옵니다. 아무리 부흥을 위해서라고 하지만, 그 땅을 벗어난다는 것은 가당치 않은 일인 줄 아옵니다."

고운이 물러난 후, 신겐은 오랜만에 겐고로를 불러 담소를 나누었다.

"겐고로, 역시 무리였다."

"미야코 사람들은 과연 자부심이 강하옵니다. 선광사 불상을 이곳으로 모신 주군이시지만, 히에이잔은 무리였나이다."

겐고로가 애석하다는 듯이 말했다. 겐고로도 이 일을 실현시키기 위해 여러 가지 뒷공작을 해보았지만, 어떤 시도도 성공하지 못했다.

"어쩔 수 없는 일이야."

"너무 섭섭하게 생각지 마옵소서. 어차피 미야코도 주군의 것, 미야코만 손에 들어오면 히에이잔 부흥은 간단한 일이 아니옵니까?"

겐고로는 이렇게 말하고 나서, 앉은자리에서 자세를 가다듬은 뒤에 다시 말을 이었다.

"드디어 때가 왔나이다. 우선 축하드리옵니다."

"그래, 드디어 왔느냐?"

신겐도 그것을 느끼고 있었다.

그러나 새삼 겐고로의 입으로 그 말을 듣고 보니 감개가 무량했다.

가이라는 가난한 나라의 젊은 영주가 된 지 몇 해나 되었던가. 그동안 고통스런 패배도 맛보았다. 적에게 주도권을 빼앗긴 적도 있었다. 창자를 끊는 듯한 아픔을 몇 번이나 겪어야 했던가. 그 모든 것이 미야코에 다케다의 깃발을 세우기 위한 일이었다. 그 때문에 모든 것을 참고 견뎌왔다.

이제 그 평생의 소원을 이룰 때가 온 것이다.

"우선 무엇을 어떻게 해야 하겠느냐?"

내심 흥분을 감추고 신겐이 물었다.

“돈이옵니다.”

“돈?”

“그러하옵니다. 자금이 없으면 전쟁을 치를 수 없나이다.”

“흠, 그런 뒤에는?”

“그 다음에는 사람이옵니다. 말이옵니다. 그리고 군량을 충분히 확보해야 하옵니다.”

겐고로는 이렇게 말하고 나서 한층 더 목소리를 낮추었다.

“그 다음엔 우리 군의 가장 큰 약점을 보완할 방법을 강구하는 일이옵니다.”

“큰 약점이라면?”

신겐의 물음에 겐고로는 무릎걸음으로 기어가 신겐의 귀에 입을 대고 속삭였다.

“일 년 내내 싸울 수 있는 체제를 만드는 것이옵니다.”

“흠.”

신겐도 그 점을 모르고 있는 것은 아니었다.

다케다 군의 주체는 징발된 백성이었다. 모내기와 추수 때문에 농번기에는 꼼짝도 할 수 없는 형편이었다. 그것을 무시하고 무리를 하면 쌀 생산량이 격감하여, 다케다 군의 재정은 파탄을 금치 못하게 된다.

그 문제를 어떻게 해결할 것인가, 그것은 승패를 가름할 만큼 중대한 문제였다.

신겐도 여러 가지로 노력해보았다.

영주 자리에 앉고부터 인구를 늘리기 위해 태어난 아기를 죽이지 못하도록 명했고, 산업을 발전시켜 잉여 인구를 먹여살리려고 애써왔다.

대국인 시나노와 스루가를 지배하에 둔 것이 결정적이었다. 특히, 스루가는 바다에 접해 있어 기후가 온난했고, 일본에서도 알아줄 정도로 풍요로운 땅이었다.

그 두 나라를 손에 넣은 이후, 다케다 군에도 전업 병사가 서서히 늘어났다. 그러나 그 비율은 아직 오다 가에 비할 바가 아니었다.

"겐고로, 무슨 대책이 있느냐?"

신겐이 잔뜩 기대를 품은 목소리로 물었다.

"있사옵니다. 우선 겨울에 전투를 벌이는 것이옵니다."

"겨울에?"

신겐은 놀랐다.

지금까지 겨울에 출전한 경우는 한 번도 없었다. 지난날, 겨울에 관동으로 출병한 적이 있긴 했지만, 그것은 상대의 움직임에 맞추기 위해 부득이 취한 조치였다.

국토의 대부분이 산악인 가이 사람들은 겨울에 출병할 수 있다는 생각 자체를 하지 못했다. 지금까지 적으로 삼았던, 시나노나 에치고 같은 나라는 가이처럼 눈이 많은 곳이었다. 그렇기 때문에 겨울에 군사 행동을 일으킨다는 것은 상상 밖의 일이었다.

"지금까지는 그래왔나이다. 하나 지금부터 우리가 싸워야 할 도토미, 미가와, 오와리, 오미는 모두 따스한 나라이옵니다. 이런 나라의 겨울 추위는 별것이 아니옵니다. 우리 병사들에게는 아무 문제도 없는 추위이옵니다."

"과연 그렇군."

"그러나 따스한 나라에서 자란 사람에게 겨울은 역시 겨울, 사기도 떨어지고 움직임도 둔해질 것이 분명하옵니다. 우리는 피한避寒 여행을 하는 기분으로 치고 들어가면 될 것이 아니옵니까?"

"피한 여행이라, 거참 좋은 말이야."

신겐은 크게 웃었다.

가이와 시나노의 병사들에게는, 겨울에 따스한 나라로 가는 것이야
말로 추위를 피하는 일과 같았다. 아군은 추위를 피하고 적군은 추위
에 떤다면, 누가 유리한지 생각해볼 필요도 없는 일이다.

"그리고 군사를 하나로 뭉치게 하지 말고, 셋으로 나누어 공략하는
것이옵니다."

"미노, 미가와, 도토미를 동시에 친단 말이냐?"

"그러하옵니다. 일반적으로 보면, 군대를 나누면 불리하옵니다. 그
러나 오다, 도쿠가와의 나라는 모두 넓사옵니다. 한쪽에 힘을 집중시
키면, 반드시 다른 쪽에서 협공을 가해올 것이옵니다. 또는 빈집을 노
리고 쳐들어올지도 모를 일이옵니다."

"그 문제는 나도 생각해보았다."

"또한, 이 전략에는 한 가지 이점이 있사옵니다."

"호오, 이점이라면?"

"토착 사무라이가 있지 않사옵니까? 이 세 나라에는 어쩔 수 없이
오다 쪽에 협력하는 자들이 많을 줄 아옵니다. 우리가 세 방향으로 치
고 들어가면, 그런 자들은 모두 우리편을 들 것이옵니다."

"그렇군, 그런 이점이 있었어."

신겐의 머릿속에는 이미 서쪽 나라 지도가 그려지고 있었다.

그러나 한 가지 문제가 있었다.

"겐고로, 네게 부탁이 있다."

"빈집을 지켜달라는 말씀이옵니까?"

겐고로는 이미 예상하고 있었다.

"그렇다. 이번 서진은 다케다 가의 모든 역량을 총동원해야 할 것이
다. 그래서 더욱 본국을 지키는 일이 중요한 게야."

"소인, 미야코에 가장 먼저 입성하고 싶은 마음 간절하오나, 어쩔 수

없는 일이옵니다. 명을 받들어 본국을 지키겠사옵니다.”

“흠, 자네만 믿겠다.”

신겐은 얼굴 가득 웃음을 떠올렸다.

그러나 곧 웃음이 사라졌다. 배에서 격통이 일었던 것이다. 신겐은 신음을 뱉어내며 그 자리에 엎어지고 말았다. 그리고 구토를 하기 시작했다.

“주군, 왜 그러시나이까!”

겐고로는 하얗게 질린 얼굴로 자리에서 벌떡 일어섰다.

5

시의(侍醫)인 미슈쿠 겐모쓰의 진단에 의하면 위장병이었다.

신겐은 한 달 정도 자리에 누워 있어야 했다.

다행히 병은 빠르게 회복되어갔다.

“과로한 탓인 것 같소이다. 충분히 휴양하시면 괜찮아지실 게요.”

겐모쓰의 말에 겐고로는 안도의 한숨을 내쉬었다. 오히려 불행 중 다행이라 생각했다. 서진 도중에 병으로 쓰러진다면 더 큰일이 아닌가.

“마침 좋은 기회인 줄 아옵니다. 충분히 몸을 보양하소서.”

어차피 출진은 가을 이후다. 추수가 끝나지 않으면, 다케다 군은 군사를 일으킬 수 없었다.

출진은 11월이 될 것이다. 그리고 전투는 11월에서 12월에 걸쳐, 우선 도토미와 미가와에서 벌어질 터였다. 그리고 1, 2월에 오와리와 오미를 함락하고, 아사이 나가마사, 아사쿠라 요시카게, 히에이잔의 잔당, 그리고 잇코슈를 총동원해 노부나가를 미야코에서 축출하여 기후로 몰아넣는다.

그 다음에는 별문제가 없을 것이다. 미야코만 장악하면 다케다 천지가 된 것이나 다름없다. 모내기 전까지 모든 상황을 끝내야 한다. 그러기 위해서는 바람처럼 달려, 불처럼 공략하지 않으면 안 된다. 그때를 위해서라도 휴식이 필요했다.

9월 들어 추수가 끝나기를 기다렸다가, 신겐은 작전 회의를 소집했다. 병에서 회복된 신겐은 그 자리에서 처음으로 서진 작전 계획을 밝혔다.

"군대를 셋으로 나눈다. 본군 이만오천은 도토미를 가로질러, 곧장 이에야스의 본거지인 하마마쓰 성으로 향한다. 이어서 선발대 오천은 본군에 앞서서 미가와에 침입하여, 도토미와 미가와의 연락을 차단한다. 이렇게 되면 이에야스는 미가와의 군대를 부를 수 없게 되고, 도토미의 군대만으로 싸워야 할 것이다."

신겐은 일동을 둘러보며 말을 이었다.

"다음으로 별동대 오천을 출진시킨다. 별동대는 미노에 침입하여, 미노에서 미가와와 도토미로 원군을 보낼 수 없게 만든다. 그러나 우리에게는 또 다른 목적이 있다. 노부토모, 알겠느냐?"

신겐은 장수들 가운데 한 사람, 아키야마 노부토모를 지명했다.

노부토모는 거침없이 대답했다.

"미노라면 오다 영지의 요충지라 할 수 있사옵니다. 그곳을 치면 노부나가의 발등에 불이 떨어질 것이옵니다. 본군이 도토미를 공략하면, 이에야스는 오다 가에 원군을 요청할 것이옵니다. 그러나 미노마저 공략당하는 입장에서 도토미에 원군을 보낼 수 없을 터, 그것이 바로 또 하나의 목적이 아니옵니까?"

"잘 보았다. 정확히 맞혔어."

신겐은 만족스럽게 고개를 끄덕이며 말을 이었다.

"그래서 자네를 미노 별동대의 대장으로 명한다."

자리를 가득 메운 장수들 사이에서 탄성이 터져나왔다. 노부토모 본인도 놀랐는지 눈을 크게 떴다.

"알겠느냐?"

"핫, 신명을 바쳐 명을 받들겠사옵니다."

"노부토모, 미노 국경의 이와무라(岩村) 성주가 여자란 사실을 알고 있느냐?"

"노부나가의 숙모라 하옵니다."

"소문이 빠르군. 그 숙모, 숙모라고는 하지만 아직 나이도 어린데다가 대단한 미인이라고 하더구먼. 어떠냐, 성과 같이 그 여자도 한번 함락해보지 않겠느냐?"

폭소가 터져나왔다.

노부토모는 머리를 긁적였다. 신겐이 이렇게 말하는 데는 이유가 있었다. 노부토모는 수년 전에 아내를 잃고 홀아비 신세였다.

"정말 꿩 먹고 알 먹고로군. 여자를 공략하다니, 나도 대장이 되고 싶은 심정이야."

야마가타 마사카게가 그렇게 말하자, 다시 폭소가 터져나왔다.

"선발대 대장은 자네가 맡도록."

신겐이 야마가타를 향해 이렇게 말했다. 야마가타는 신겐의 측근 경호를 맡으며 훈련을 받았던 오부 겐시로의 새로운 이름이었다.

"명심토록 하라. 출진하는 날이 정해지는 대로 연락하겠지만 우선은 미노, 그 다음엔 미가와, 그리고 도토미 순으로 공략할 것이다. 마음의 준비를 단단히 하도록."

환성이 터져나왔다.

신겐은 환호하는 신하들을 만족스런 눈으로 바라보고 있었지만, 갑자기 위통과 함께 구역질이 올라와 서둘러 고개를 숙였다.

'그래, 조금만 조용히 있어다오 이제 곧 미야코의 약을 먹여줄 테니.'

신겐은 자신의 위를 달래듯 이렇게 말했다.

6

계획대로 아키야마 노부토모가 이끄는 미노 공격대가 맨 먼저 나섰다. 목적지는 미노와 시나노의 국경에 위치한 이와무라 성이었다.

"이번에는 여자를 공략하신다고 들었소이다."

승려인 엔겐(円元)이 말했다. 엔겐은 이나 성 아래의 융광사隆光寺 주지였다.

노부토모는 이 승려의 머리를 빌리고 있었다.

"그 쓸데없는 말 좀 하지 마시오"

노부토모는 일소에 부쳤다.

신겐의 말은 농담이었다. 그 자리의 분위기를 부드럽게 하고 사기를 높이기 위해 한 말에 지나지 않았다. 무엇보다 이와무라 성은 동 미노에서 가장 견고한 성이라고 했다.

그것을 어떻게 손에 넣을 것인가, 그 생각만으로도 머리가 터져나갈 지경이었다. 사실 노부토모는 3년 전에도 그 성을 공략한 적이 있었다. 그때는 아직 오다 가와 지금처럼 심각하게 대립하지 않았을 때라, 가벼운 공방전을 펼치고 물러났다.

그러나 그때 절실히 느꼈다.

'이렇게 높은 산성이 다 있다니!'

높이로 치자면 도토미의 다카텐진(高天神) 성이 유명하지만, 이와무라 성이 그보다 더 높을지도 몰랐다. 노부토모는 그런 생각을 떨칠 수 없었다.

"정말 높은 성이로구먼!"

엔겐은 말 위에서 탄성을 질렀다.

성 안의 병사는 일천도 안 된다고 했기에, 오천이면 간단히 함락시킬 수 있으리라 생각하고 있었다. 그러나 엔겐은 그게 잘못된 생각임을 깨달았다.

"눈은?"

"이 부근에는 꽤 내린다 하오"

노부토모는 벌레 씹은 표정으로 대꾸했다.

"그럼 서둘러야겠소"

엔겐은 그제야 사태의 급박함을 깨달았다. 여자 공략은 고사하고, 자칫 잘못하면 참패를 면치 못할 수도 있다. 가을에서 겨울에 걸친 싸움이라 어쩔 수 없는 일이기도 했다. 본대와 야마가타 부대는 따스한 나라로 갔으니 그리 불리하지 않을 것이다. 오히려 유리하다고 보아야 했다.

노부토모도, 엔겐도 잘 알고 있었다.

그러나 이 미노는 달랐다. 따스한 나라도 아닐 뿐더러 거의가 산악지대다. 그리고 시나노 정도는 아니라 해도 만만치 않은 눈이 내린다.

"정말 견고한 성이로군."

엔겐이 산 위의 성을 올려다보며 또다시 중얼거렸다. 골치 아픈 일을 맡았다는 것이 솔직한 심정이었다. 노부토모가 행군 중에 그토록 떨떠름한 표정을 짓고 있던 이유를 알 것 같았다.

"그런데 대장, 무슨 방책이라도 있소이까?"

"없소"

노부토모는 짧게 대꾸하고는 머쓱하게 웃었다.

"대책이 없다니, 그럼 곤란하지 않소이까?"

"스님이 좀 생각해보시오."

농담도 진담도 아닌, 그런 어투로 노부토모가 되받았다.

"어허, 이것 참 골치 아프군."

엔겐이 심각한 표정을 지으며 말했다.

'성을 꼭 함락시킬 필요는 없어. 일단 오다 가의 주의를 이쪽으로 끌면 되는 거다. 여기서 시간을 끌면 오다는 절대로 도쿠가와에게 원군을 보낼 수 없을 게야.'

노부토모는 팔짱을 끼고 산 위의 성을 올려다보며 이런 생각을 하고 있었다.

7

신겐의 동정은 즉시 오미의 노부나가에게 전해졌다.

"신겐 놈, 묘한 짓을 하는군."

군대를 셋으로 나누리라고는 상상도 하지 못했다.

본군은 도카이도를 따라 도토미의 도쿠가와 이에야스를 공략한다. 그리고 도쿠가와가 또 하나의 영지인 미가와에서 원군을 부를 수 없도록, 별동대를 이나 가도를 따라 남하시켜 미가와를 친다. 그건 어느 정도 예상하고 있었다.

그러나 또 다른 별동대를 만들어, 나카센도를 따라 직접 미노를 치리라고는 전혀 예상치 못했다.

노부나가는 전군을 나카센도 아니면 도카이도 중 한 곳으로 보내리라 예측하고 있었던 것이다. 그것도 눈이 많이 쌓인 나카센도보다는 따스한 도카이도를 따라서 올 것이라고 생각했다. 그렇다면 이에야스에게 상당수의 원군을 보내어 하마마쓰 성의 도쿠가와 군과 오다의 원군으로 승부를 걸겠다는, 그런 자신의 예상이 빗나가고 만 것이다.

여하튼 이 겨울을 어떻게든 넘겨야 했다.

히에이잔을 불태우는 통에 이시야마 혼간지도 완전히 적의 편을 들고 있었다. 본래 히에이잔과 혼간지는 친하지 않았다. 오히려 원수지간이었다. 그러나 히에이잔을 불태운 이후부터 노부나가는 '불적'이 되고 말았다. 노부나가가 종교 세력을 철저히 탄압한다는 사실을 혼간지도 알게 되었던 것이다.

지금 노부나가가 가장 두려워하는 것은, 다케다 신겐의 서진西進이라기보다는 흩어져 있는 종교 세력이 반 노부나가를 외치며 하나로 뭉치는 일이었다. 그것만은 피해야 했다. 그러나 어차피 한 번은 거쳐야 할 절차임에 틀림없었다.

천하를 취하기 위해서는 모든 인간을 복종시켜야 한다. 모든 세력을 수중에 넣으려 하면, 언젠가 그 세력들이 일제히 들고일어날 것이 분명했다. 어쨌든 천하를 제패하려는 사람이라면 누구나 반드시 넘어야 할 고개였다.

지금 노부나가는 바로 그 험난한 고갯길 위에 서 있었다.

"이와무라 성이 버텨낼 수 있을까?"

당면한 걱정거리였다.

노부나가의 영지 가운데에서 가장 동쪽 끝이기는 하지만, 그 어디보다도 중요한 미노가 아닌가. 미노가 공략당하고 성이 함락되면, 그 영향력은 대단할 터였다.

견고한 성이지만, 이와무라는 그리 큰 규모가 아니다. 그러나 그 작은 성이 가진 정치적 의미는 말로 표현할 수 없을 정도로 컸다. 만일 함락된다면, 세상 사람들은 노부나가가 신겐에게 패한 것으로 보고 승리자인 신겐에게 붙을 것이다.

이와무라 성을 지키는 장수는 여성주인 쓰야였다.

쓰야는 노부나가의 숙모뻘이었다. 이와무라 성주인 도오야마 가게토(遠山景任)의 아내였으나, 가게토가 세상을 떠나고 아들도 없는 바람에 성주로 군림하고 있었다.

노부나가는 이 여자에게 자신의 다섯째 아들인 고보바루를 양자로 주기도 했다.

'이와무라 성은 그리 간단히 무너지지 않아.'

미리 걱정할 필요는 없다고 생각했다.

그 성은 오다 가의 성 가운데서도 가장 수비하기 좋은, 견고한 요새였다. 주위는 절벽으로 둘러싸여 있고, 길도 하나뿐이었다. 게다가 겨울이 되면 눈이 내려서 길을 막아버린다. 공격하는 쪽은 엄동설한에 바깥에 진을 치고, 추위에 떨면서 성 안의 병사들과 싸워야 했다.

'절대로 무너지지 않을 것이다.'

노부나가는 안심했다.

8

이와무라 성 공격대 대장인 아키야마 노부토모는 성과 연락을 취할 방법을 생각했다.

'누가 뭐라든 여자는 여자, 성주가 여자라면 분명 빈틈이 있게 마련이다.'

여자는 남자와 달랐다. 남자의 상식으로는 이해할 수 없는 일을 하지 않던가. 우선, 노부토모는 그 성주의 성격을 파악하고자 했다. 강압적인 방식은 피했다. 첩자를 보내, 마을사람에게 돈을 주어 탐색해보게 했다.

노부토모를 수행하고 있는 엔겐도 협력해주었다. 엔겐은 백성들에게 반감을 주지 않는 승려라는 이점이 있었다. 같은 종파의 승려일 경우에는 절대로 경계하지 않는다. 엔겐은 진을 빠져나가 성 아래의 절에 머물고 있었다.

엔겐이 얼마 후에 모습을 나타냈다.

"어떻소, 마을 분위기는?"

노부토모가 물었다.

"성주님이 대단한 미인이라 하오이다."

엔겐이 빙긋이 웃으면서 입을 열었다.

"호오, 그런가? 그렇지만 이미 서른을 넘긴데다 자식도 있다지, 아마? 다 시들어버린 꽃이겠지."

노부토모는 별 흥미를 느끼지 않았다. 아니, 정확히 말해서 용모에는 흥미가 없었다. 노부토모의 관심은 오로지 성격이었다. 전황을 유리하게 이끌기 위해서는 그 여자의 성격을 이용해야 한다.

"아니지요, 절대로 그렇지 않소이다. 천하일색이라 하오. 오다 가는 원래가 미남, 미녀의 가문으로 유명하오. 오미 아사이 가의 며느리가 된 노부나가의 여동생이 절색이란 소문이 자자한데, 그 숙모뻘인 성주도 그에 못지않은 미인이라 하더이다."

"자식은?"

"아들인 고보마루는 노부나가의 다섯째라고 하더이다. 양자를 얻은 게지요."

"흠, 그렇게 됐군."

노부토모는 고개를 끄덕였다. 정말 미인일지도 모른다.

"남편이 죽은 지 몇 년이나 되었다고 합디까?"

"이미 일 년이 지났다 하오이다."

"일 년이라. 남자는 없다던가?"

"……?"

엔겐은 묘한 표정을 지었다.

"정부情夫는 없느냐 말이오."

"글쎄요, 그건 잘 모르겠소이다."

그때 노부토모의 머릿속에 기상천외한 생각이 떠올랐다. 어느 누구도 상상하지 못할, 기발한 착상이었다. 의외로 잘 풀릴 것 같은 직감이 들었다. 그것은 동물적인 감각이었다. 여태까지 위급한 상황에 처했을 때, 노부토모의 감은 틀린 적이 단 한 번도 없었다.

"왜 그러시오?"

엔겐이 이상하다는 표정으로 바라보며 물었다.

"좋은 생각이 떠올랐소."

노부토모가 웃으며 말했다.

"호오, 어떤 생각이?"

엔겐도 따라 웃으며 물었다.

"아니, 아직 말할 단계가 아니오."

노부토모가 이렇게 말한 이유는, 아무리 엔겐이라 해도 이것만은 진심으로 받아들이지 않을 것이라고 생각했기 때문이었다. 성주를 아내로 맞이하면, 이와무라 성은 저절로 노부토모의 손에 굴러든다.

'고사카가 이 말을 들었다면 어떤 반응을 보일까?'

젊은 시절부터 호적수였던 겐고로, 즉 고사카 마사노부의 얼굴이 문득 떠올랐다.

도쿠가와 이에야스는 하마마쓰 성에 있었다.

고향인 미가와의 오카자키(岡崎) 성에서 도토미의 하마마쓰 성으로 옮긴 지도 벌써 2년, 지금은 이곳이 근거지였다.

넓은 바다에 접하여 기후가 온난하고, 수확도 풍성했다. 이마가와의 영지인 스루가와 도토미, 이 두 나라를 오이가와(大井川)를 경계로 하여 다케다 가와 도쿠가와 가가 양분하여 지배하게 된 것은 지금으로부터 3년 전의 일이었다.

이마가와 요시모토가 노부나가에 의해 오케하자마에서 죽음을 당한 이후, 후계자인 우지자네의 무능 때문에 이마가와 가는 혼란에 빠져 있었다.

이마가와의 영지는 주인 잃은 보물선이나 마찬가지였다.

스루가, 도토미 두 나라는 기후가 온난하고 토지가 비옥하여 일본 최고의 생산량을 자랑하는 땅이며, 해산물이 풍부하고 금도 생산되는 곳이다. 항구가 있어서 무역하기에도 그만이었다.

그런데 노부나가는 왜 오케하자마에서 대승을 거둔 후에도 스루가와 도토미를 손에 넣으려 하지 않았을까.

이에야스는 몇 년 동안 그 수수께끼를 풀지 못하고 있었다. 그 두 나라 모두 보물덩어리가 아닌가? 게다가 그 주인을 죽인 것은 노부나가 자신이었다. 그러므로 나라를 빼앗아도 아무 상관이 없는 일이었다. 한 나라의 영주로서 자신의 세력권을 넓히려면 반드시 그렇게 해야 했다.

그러나 노부나가는 그렇게 하지 않았다. 오히려 두 나라에 대한 야심을 버리고 도쿠가와와 동맹을 맺은 후, 가지고 싶으면 가지라고 했던 것이다. 처음에 노부나가로부터 동맹 제의를 받았을 때, 이에야스는 그 진의眞意를 의심했다. 너무 달콤한 제안이었기 때문이다.

하지만 노부나가는 진심이었다. 그의 구실은 이러했다. 즉, 미노를 가지는 것이 급선무이므로 스루가와 도토미는 필요없다는 것이었다. 그런 조건으로 동맹이 성립되었다. 왜 보물을 버리고 산이 깊은 미노를 원할까, 하고 이에야스는 이상하게 생각했다.

'노부나가는 그때부터 이미 천하를 노리고 있었다. 스루가, 도토미가 보물임에 틀림없을지 모른다. 그러나 미야코와는 반대 방향이다. 그곳을 지키고 있다가는 미야코 진출이 늦어지고 만다.'

"자네들은 어떻게 생각하나?"

이에야스는 중신의 우두머리인 사카이 다다쓰구와 이시카와 가즈마사를 향해 이렇게 물었다.

"그렇지만 주군, 스루가를 취하고 힘을 비축한 다음에 천하를 노려도 결코 늦지 않사옵니다."

다다쓰구가 반대 의견을 피력했다.

"오다님의 깊이는 바로 거기에 있는 게야."

이렇게 말하고 이에야스는 길게 한숨을 내쉬며 말을 이었다.

"스루가라면 누구나 원할 것이다. 다케다도, 호조도 그러므로 스루가를 지키기 위해서는 그런 세력들과 처절하게 싸워야 한다. 그렇게 되면 아무리 세월이 흘러도 미야코로 들어갈 수가 없어."

이제야 그것을 깨달았다.

결국 노부나가는 이마가와 가의 영지를 이에야스에게 미끼로 던져 주었던 것이다. 당시에는 정말 마음 좋은 사람이라고 생각했지만, 그건 착각이었다. 그 미끼에는 강력한 독이 들어 있었던 것이다.

신겐이라는 강적이 있지 않은가? 스루가를 손에 넣는다는 것은, 결국 신겐을 상대로 처절한 싸움을 벌여야 함을 뜻했다.

일단 스루가라는 큰 먹이는 신겐이, 도토미라는 작은 먹이는 도쿠가와가 먹었다. 그러나 신겐은 끊임없이 도토미에 대해 시비를 걸어왔다. 노부나가와 신겐은 동맹관계를 맺었다. 한편, 이에야스와 노부나가도 동맹을 맺고 있었다. 따라서 신겐도 당연히 그런 관계를 고려해야 했다. 아무리 직접적인 동맹을 맺은 사이가 아니라 하더라도, 일종의 맹우盟友관계임은 분명했다.

그러나 신겐은 그런 것을 전혀 고려하지 않았다. 틈만 나면 도토미를 침략하여 조금이라도 더 영지를 넓히려 애썼다.

그 때문에 이에야스는 동쪽에서 눈을 뗄 수 없는 형편이었다. 노부나가의 입장에서 보자면, 그것은 이에야스가 노부나가의 충견이 되어 늘 동쪽의 신겐으로부터 지켜준다는 것을 의미했다. 이에야스는 동쪽에 신경을 쓰느라 미야코는 고사하고, 노부나가가 집을 비운 틈을 타서 오와리를 치리라고는 꿈에도 생각하지 못했던 것이다.

'정말 대단해.'

원래 미가와와 오와리는 원수지간이었다. 마쓰다이라 시대부터 오다와 몇 번이나 싸워왔다. 특히, 이마가와 요시노부 시대부터는 미가와는 거의 이마가와의 속국이 되어, 오다와 싸울 때면 늘 최전선에 서는 신세였다.

당연히 오다 가의 사무라이를 수없이 죽였고, 오다 가의 병사들에 의해 죽음을 당한 미가와의 사무라이 수도 적지 않았다. 누가 봐도 도저히 손을 잡을 상대가 아니었다.

그런데도 노부나가는 이에야스와의 동맹을 원했다. 이에야스도 결코 손해보는 장사는 아니라고 판단하여 그 제의를 받아들였다. 그 진의를 이제야 깨닫게 된 것이다.

노부나가는 스루가, 도토미라는 미끼를 신겐과 이에야스에게 아낌

없이 던져주었던 것이다. 당연히 두 사람은 미친 듯이 그 먹이에 달려들었다. 그러는 동안 미야코를 손에 넣고 천하를 평정해버리자는 것이 노부나가의 책략이었다.

오케하자마에서 요시모토의 목을 날린 시점부터 그런 생각을 하고 있었을 줄이야…… 그때 노부나가는 겨우 스물일곱 살이었다.

이에야스는 노부나가의 조치에 대해 딱히 불만을 품고 있는 건 아니었다. 요시모토의 신하와도 같은, 굴욕적인 처지에 놓인 자신을 구원해준 장본인이 바로 노부나가가 아닌가. 인간적인 도량과 재간이 너무도 달랐다. 노부나가와 경쟁을 벌여 천하를 취하겠다는 생각은 털끝만큼도 없었다. 그러므로 결코 미운 생각이 들지 않았다. 그냥 쓴웃음을 짓고 있을 뿐이었다.

"주군, 웃을 때가 아닌 줄 아옵니다."

다다쓰구가 주인에게 일침을 가했다.

옳은 말이라고 이에야스는 생각했다.

마침내 신겐이 대군을 이끌고 고후를 출발했다. 정찰대의 보고에 의하면 선발대는 미가와를 향하고 있고, 본대가 이쪽으로 온다는 것이다.

신겐이 무엇을 원하고 있는지 훤히 보이는 것 같았다.

'이 도토미를 빼앗고, 노부나가 공과 결전을 벌일 심산이다.'

이에야스는 이미 신겐의 동정을 오미에 있는 노부나가에게 보고함과 동시에, 원군 파견을 요청해두었다. 덧붙이자면 이에야스의 본군은 팔천 모두가 여기 하마마쓰에 있었다. 나머지는 미가와와 도토미의 각 성에 흩어져 있었다. 그 군사들을 모두 끌어모은다 해도 고작 일만이천. 그에 비해 적은 삼만오천. 그 가운데 이에야스의 영지에 침입해 들어온 군세는 삼만, 세 배에 가까운 숫자였다.

정면으로 부딪쳐서는 도저히 승산이 없는 싸움이었다.

"오다 님의 원군은 도대체 언제나 돼야 온단 말인가?"

가즈마사는 도쿠가와 가의 원로元老로서, 다다쓰구 다음가는 위치에 있었다.

"그렇게 많이 오지는 않을 게야."

이에야스의 말에 가즈마사가 격분한 어조로 말했다.

"왜 그러하온지요? 오다 님은 주군께 빚을 지고 있지 않사옵니까?"

가즈마사의 말은, 작년에 있었던 오미 아네가와 전투를 두고 하는 말이었다.

그때 이에야스의 전면적인 지원이 없었더라면 노부나가는 아사이, 아사쿠라 연합군에 패하고 말았을 것이다. 만일 그때 패배했더라면 반 노부나가 세력이 일제히 들고일어나, 노부나가의 천하제패는 물거품이 되고 말았을 터였다.

그러나 그렇다 하더라도 노부나가는 결코 많은 병사를 보낼 수 없음이 분명했다.

"왜 그러하온지요?"

가즈마사뿐 아니라 다다쓰구도 분개하여 외쳤다.

"오다 님이 가령 이만의 대군을 보내준다 해도 신겐에게 이긴다는 보장이 없다. 오다 님은 나더러 성에 숨어서 싸우라고 할 게야."

이에야스는 계속 설명해 나갔다.

"성에 틀어박히면 얼마간은 시간을 끌 수 있다. 그러다 보면 신겐의 군량도 떨어지고 말 게야. 아무리 험한 산에서 자란 병사들이라지만, 이런 엄동설한의 들판에서 오래 버티기는 힘들겠지."

"그 때문에 원군이 적게 올 거라는 말씀이신지요?"

다다쓰구가 물었다.

"그렇고말고. 잘 생각해봐. 성에 틀어박혀 싸우는데 병사가 많은들 무엇하겠나? 성의 양식만 빨리 떨어지고 말아.”

“그렇다면 우리는 오다님의 방패가 되어야 한다는……?”

원래가 그래, 하고 이에야스는 말하고 싶었다. 그러나 이에야스는 이렇게 대답했다.

“그렇지 않아. 오다님은 지금 아사이, 아사쿠라와 싸우고 있다. 그쪽이 정리될 때까지는 이쪽으로 병사를 많이 보낼 수 없는 게야. 아사이, 아사쿠라만 정리하면 당장이라도 대군을 거느리고 올 게 분명하다.”

“그때까지 농성전을 벌여야겠군요.”

중신들이 동시에 한숨을 내쉬었다.

원래가 용맹한 도쿠가와 병사들이라 농성전과 같은, 소극적인 전투를 싫어했다.

‘그러나 이번만은 어쩔 수 없다.’

이에야스는 이렇게 결단을 내렸다.

신겐은 지금 도토미에서 둘째가는 후타마타二俣 성을 공략하고 있었다. 후타마타가 언제까지 버텨줄 수 있을까? 이에야스의 마음에 걸리는 유일한 문제였다.

10

모치즈키 세이노스케는 기후에 있었다. 아내인 후유도 불러들였다.

세이노스케는 자신의 후견인 역할을 하던 다키가와 가즈마스를 떠나, 지금은 노부나가의 직속 신하가 되어 있었다. 말할 것도 없이, 신겐과의 싸움에 대비하기 위해서였다.

요즘 들어 후유는 불만스런 표정을 짓는 일이 잦아졌다.

“다케다 신겐은 강하잖아요?”

“흠, 강하지.”

세이노스케의 대답을 듣자 후유의 표정은 더욱 불만스럽게 바뀌었다.

“그 강한 장수하고 이제 싸워야 할 때가 왔군요.”

“그렇지.”

“주군께선 당신을 기후로 불렀어요. 그것은 신겐과 싸우기 위해 당신을…….”

“그렇고말고 원래 신겐과 싸우는 게 내 인생의 목적이니까.”

후유는 입을 다물었다. 그리고 가볍게 고개를 돌렸다.

“아직도 그분을 잊지 못하세요?”

“음?”

처음에 세이노스케는 후유가 무슨 말을 하는지 알아듣지 못했다.

후유는 입을 비쭉 내밀었다. 그제야 세이노스케도 그 말뜻을 알아챘다. 후유는 스와의 미사 공주를 말하고 있는 것이었다.

“후유.”

세이노스케는 아내의 이름을 부르며 품으로 끌어당겼다.

후유는 가볍게 저항했다.

“내 이 말은 꼭 해야겠소.”

세이노스케는 후유의 머리카락을 쓰다듬으며 말을 이었다.

“공주는 이미 잊었소.”

“거짓말.”

“아냐, 당신이 지금 말할 때까지 잊고 있었으니까. 지금 내게는 당신밖에 없소.”

“아, 고마워요.”

후유는 세이노스케의 품으로 깊이 파고들었다.

“그럼 전투도 그만둬주세요.”

모깃소리보다 더 작게 후유가 속삭였다.

“그건 안 돼.”

세이노스케는 씁쓰레하게 웃었다.

“난 오다 가의 사무라이가 아니오?”

“신겐과 싸우지 않고도 주군을 모실 길은 얼마든지 있잖아요?”

“주군은 나를 다케다 공략에 대비하여 직속 사무라이(하타모토)로 발탁하신 게요. 그 은혜에 보답해야 되지 않겠소?”

“……”

“더욱이 신겐은 아버지와 할아버지를 비롯한, 우리 모치즈키 일족의 철천지원수가 아니오?”

“그렇지만 신겐은 강하잖아요?”

“강하고말고 그건 말할 것도 없지. 그렇다고 싸우지 않으면 오다 가는 망하고 말 게요. 이건 죽느냐, 사느냐를 결정하는 싸움이오.”

세이노스케는 마지막에 이르러 스스로에게 다짐하듯이 말했다.

다음날 아침, 세이노스케는 노부나가의 부름을 받았다.

비밀스런 호출이었다. 그 자리에는 다키가와 가즈마스도 와 있었다.

“명을 받잡고 대령했사옵니다.”

세이노스케가 머리를 숙이자 노부나가는 가볍게 고개를 끄덕였다.

“명을 내리겠다. 은밀히 동쪽으로 가서 다케다 군의 동정을 살피고 오너라.”

세이노스케는 가즈마스 쪽을 돌아보았다.

가즈마스는 예상하고 있었다는 듯, 즉시 머리를 숙이며 대답했다.

“명을 받드옵니다.”

“세이노스케, 자네도 잘 알겠지?”

“핫!”

“자네는 특히 조심해야 해. 신겐을 살피는 건 좋지만, 함부로 목을 따려 하지 말도록.”

“명심하겠사옵니다.”

“잘 들어라. 이건 절대로 원수를 갚으라는 명이 아니다. 우리 오다 군이 신겐을 이기기 위한 정탐이야. 이 점을 절대로 잊지 말도록 하라. 돈은 얼마든지 사용해도 좋다. 내 말을 깊이 명심하도록.”

노부나가는 이렇게 말을 던진 다음, 자리를 떠버렸다.

이제 세이노스케와 가즈마스만 남았다.

“정말 어려운 임무를 맡았소.”

세이노스케의 말에 가즈마스가 고개를 끄덕였다.

“주군은 역시 신겐이 마음에 걸리는 모양이오. 하기야 무리도 아니지. 그런데 세이노스케, 정말 괜찮소?”

“뭐가 말이오?”

“주군께서도 말씀하시지 않았소? 혹여 신겐을 보고 흥분해서 정탐 활동을 할 수 없지 않을까 하고 말이오.”

“그건 걱정 마시오. 난 이제 신겐을 물과 같은 마음으로 바라볼 수 있으니까.”

세이노스케는 이렇게 말하고 나서, 그것이 자신의 진심임을 깨닫고는 스스로 깜짝 놀랐다.

“그렇다면 다행이오만.”

가즈마스는 믿을 수 없다는 표정이었다.

두 사람은 그 길로 자택으로 돌아가 간단히 준비하고 길을 떠났다.

일단 동 미노에서 시나노로 들어가, 시나노에서 다케다 군의 뒤를 따르기로 했다.

"시나노……."

몇 년 만의 귀향인가.

회한이 밀려왔지만, 옛 생각에 젖어들고 싶은 생각은 추호도 없었다.

11

엔겐은 이와무라 성 아래의 절에서 주지를 설득하여, 이와무라 성으로 들어가는 데 성공했다.

주지의 이름은 료안(了安), 예순이 넘은 노승이었다. 그는 엔겐이 다케다 군에 속한 승려임을 알고 있었다. 그래서 이대로 가면 이와무라의 백성들이 피해를 입을지도 모르니, 협상을 벌일 수 있도록 해달라는 엔겐의 말을 받아들였던 것이다.

엔겐은 료안의 제자 신분으로 성내로 들어가 성주를 만났다.

'호오, 대단한 미인이군!'

정말 미녀였다. 길게 찢어진 눈에 수심 어린 빛이 가득했다. 주위에 남자는 없었다. 바로 이 점이 승려의 특권이었다. 아무리 여자 성주라고는 하지만 엔겐이 사무라이라면 시녀만을 거느리고 만날 리가 만무했다.

"주지 스님께 이런 제자분이 계셨을 줄이야."

목소리도 젊었다. 사람의 마음을 움직이는, 매력적인 울림을 가진 목소리였다. 료안은 어떻게 대답해야 좋을지 몰라 엔겐 쪽을 흘끗 바라보았다.

엔겐이 대답했다.

"사실을 말씀드리자면, 소승은 지금 성을 포위하고 있는 다케다 군과 함께 왔나이다."

갑자기 방 안 공기가 팽팽하게 긴장되기 시작했다.

성주인 쓰야는 엔겐을 물끄러미 바라보았다.

"그렇다면 당신은 다케다 군의 첩잔가?"

"첩자는 아니옵니다. 단지 백성을 구할 방도를 생각하고 있는데, 다케다 군의 대장인 아키야마 노부토모님께서 소승에게 화친을 맺도록 주선해보라고 하셔서 이렇게 찾아뵈었나이다."

엔겐은 상대가 당황하는 틈을 놓치지 않고, 품속에서 서찰을 꺼내어 앞으로 내밀었다.

"이건?"

"노부토모님의 서찰이옵니다. 살펴봐주시옵소서."

쓰야가 고개를 끄덕이자 시녀가 서찰을 받아 쓰야에게 건네주었다.

쓰야는 그 서찰을 읽고 놀란 표정을 지었다. 그리고 아름다운 눈썹을 찡그리며 입을 열었다.

"스님은 이 서찰의 내용을 알고 있소?"

"모르옵니다."

엔겐은 이상한 분위기를 감지했다.

"이건 연서가 아닌가?"

그 말에 모두가 눈을 동그랗게 떴다.

연서戀書라면, 연인에게 보내는 편지가 아닌가.

"호호호"

쓰야는 한 손으로 입을 가리며 웃었다.

"정말 재미있는 사자요."

엔겐은 얼굴을 붉히며 그 자리에서 물러났다.

"노부토모 장군, 이건 좀 심하지 않소이까?"

본진으로 돌아온 엔겐이 노부토모에게 불평을 늘어놓자, 노부토모가 빙긋 웃었다.

"하필이면 연서라니, 이래서야 어떻게 화친을 맺을 수 있겠소이까?"

"성주가 화를 냅디까?"

노부토모는 우선 그것부터 물었다.

"당연한 일이 아니오?"

"정말로 화를 내더란 말이오?"

"어이가 없어 웃기만 하더이다."

"어떻게?"

노부토모가 무릎을 내밀며 몸을 수그렸다.

"그걸 어떻게 설명해야 좋을지 모르겠소이다. 그냥 호호호, 하고 웃더이다."

엔겐이 묘한 표정을 짓자 노부토모의 얼굴이 활짝 펴졌다.

"밝게 웃었단 말이지? 이건 가능성이 있어."

노부토모는 크게 고개를 끄덕였다.

"노부토모 장군, 농담하고 있을 때가 아닌 줄 아오"

"농담하는 게 아니오"

노부토모는 갑자기 심각한 표정을 지었다.

"이제 곧 전투가 벌어질 판에 여자 생각이라니……."

"성만 차지할 수 있다면 무슨 상관이오?"

노부토모의 말에 엔겐은 눈을 동그랗게 떴다.

"어떻게 성을 손에 넣는다는 말이신지?"

"스님은 그것도 모르시는가. 상대는 여자가 아니오?"

"여자?"

"성주의 마음만 빼앗으면 성은 저절로 굴러 들어오게 되어 있지."

"……?"

"역시 출가한 몸이라 여자의 마음을 모르시는군. 여자란……."

노부토모는 거기서 말을 멈춰버렸다.

승려에게 여자를 설명해봐야 아무 소용이 없다는 생각이 들었기 때문이다. 그보다 먼저 말해두어야 할 게 있었다.

"저 성 안에 있는 사무라이의 반은 아직도 우리 다케다에게 마음을 두고 있소."

"아직도?"

"전성주인 도오야마 가게토의 아버지 대에 도오야마는 다케다에 속해 있었소. 가게토 대에 들어서서 오다에게 마음을 주었지. 지금도 다케다를 그리워하는 사람이 많을 게요."

"그러나 성주가 노부나가 공의 숙모라고 하는데……."

"그러니까 성주의 마음만 빼앗으면 성은 우리 거란 말이오."

"과연 그렇군요."

엔겐은 노부토모가 거기까지 생각하고 있다는 것을 알고 감탄했다.

"스님, 다시 한 번 부탁하오."

"뭐든 말씀만 하시오."

"다시 한 번 성으로 가주시오."

"연서의 답장을 받아오라는 게요?"

"아니, 서찰을 전해주시오."

"성주에게?"

노부토모가 고개를 끄덕였다.

"성주와 성내의 다케다파에게."

엔겐은 긴장했다. 이번에야말로 목숨이 위태로운 임무였다.

노부토모도 그런 위험을 충분히 알고 있었다. 그러나 저토록 견고한

이와무라 성을 힘으로 공략해서는 언제 함락시킬 수 있을지 모를 일이었다. 실패한들 본전이 아닌가.

그러나 충분히 해볼 가치가 있는 일이었다.

12

신겐이 이끄는 본군이 고후를 출발한 것은 1572년(겐키 3년) 10월 3일의 일이었다.

출진에 앞서서, 신겐은 오미의 아사이 나가마사와 아사쿠라 요시카게에게 급히 사자를 파견했다.

7월에 노부나가는 북 오미로 출진하여, 아사이 나가마사의 본거지인 오다니 성과 대치하는 도라고제(虎御前) 산에 성을 쌓았다.

본격적으로 오다니 성을 공략할 기세였다. 그런 한편으로, 눈엣가시와도 같은 아사이 세력을 오다니 성 방위에만 전념하도록 봉쇄하여, 기후와 미야코의 교통로를 안전하게 확보했다.

나아가 노부나가는 또 하나의 중요한 수단을 썼다.

쇼군인 아시카가 요시아키에게 강렬하게 자신의 견해를 밝히는 서찰을 보냈던 것이다. '이견異見 17조'가 바로 그것인데, 노부나가는 그것을 천하에 공개했다.

요시아키는 노부나가의 지원으로 쇼군이 되었다. 요시아키는 그 은혜를 잊을 수 없어, 한때 노부나가를 '아버지'라 부르기도 했다. 그러나 노부나가가 요시아키를 옹립한 것은 자신이 천하의 주인이 되기 위해서였다. 그 목적을 위해 일시적인 간판으로 세웠을 뿐이다.

그러므로 노부나가는 요시아키의 간절한 요청에도 불구하고 부쇼군이나 관령의 자리에 오르지 않았다. 아무 생각 없이 부쇼군 자리에 올랐다간 스스로 요시아키의 신하임을 인정하는 꼴이 되고, 만약 요시아키와 대립하다가는 '반역자'라는 오명을 뒤집어쓰고 만다.

그래서 노부나가는 그 제의를 물리쳤다.

그러는 사이에 요시아키는 노부나가의 속셈을 알아채게 되었다.

그후로 요시아키는 쇼군의 권위를 이용해 각지의 영주에게 서찰을 보냈다. '불충한 신하인 노부나가를 쳐라'는 내용이었다.

이제 노부나가는 요시아키를 추방하지 않을 수 없게 되었다. 그러나 그냥 추방해버리면, 요시아키의 견해가 옳았음을 스스로 인정하는 꼴이 되고 만다. 그래서 요시아키를 추방하기 전, 그가 얼마나 악덕한 쇼군인가를 천하에 알릴 필요가 있었다.

그것이 바로 '이견 17조'였던 것이다.

그 제1조에서 노부나가는, 요시아키가 천황에 대해 불경죄를 범했음을 따졌다. 쇼군 신분에 있는 사람이 천황을 무시한다는 것은 도저히 용서할 수 없다는 논리였다.

그래서 '천황에 불충한' 악덕 쇼군임을 만천하에 알리고자 했다.

요시아키는 그 굴욕적인 비판에도 불구하고 꾹 참았다. 그리고 각지의 반 노부나가 세력에 서찰을 보내, 노부나가 포위망을 구축하려 했다. 신겐도 움직였다. 신겐은 아사이 나가마사에게 서찰을 보내어 강력한 행동 개시를 촉구했다.

'한시라도 지체해선 안 된다. 즉각 아사쿠라 요시카게와 의논하여 노부나가를 쳐야 한다'고 주장했다.

한편, 아사쿠라에게도 서찰을 보냈다.

'도토미를 치고 있다. 후타마타 성도 곧 함락될 것이다. 또한 미노, 미가와에서도 전과를 올리고 있다. 앞으로의 정세에 대해 의논하고 싶다'는 내용이었다.

그 정보는 요시아키에게도 흘러 들어갔다.

"흠, 신겐이 행동을 개시했다. 노부나가 놈, 어디 두고 보자."

요시아키는 힘이 마구 솟구치는 기분이었다.

지금까지 노부나가는 배후의 동쪽을 동맹군인 도쿠가와 이에야스에게 맡겨두었기 때문에, 안심하고 미야코와 오미에서 싸울 수 있었다.

그러나 그 방벽이 신겐에 의해 무너지고 있었다.

게다가 오미에서 아사이와 아사쿠라가, 셋쓰에서 혼간지와 미요시가 일어서면, 노부나가는 본거지인 기후에서 한 발짝도 움직이지 못하고 양쪽에서 적의 협공을 받을 수밖에 없게 된다.

그것은 신겐의 노림수이기도 하고, 요시아키의 노림수이기도 했다.

신겐은 후타마타 성에 맹공을 퍼부었다. 이 성은 천혜의 요새이기는 하지만 규모가 작았고, 군량도 그리 많지 않았다. 신겐은 성난 불길처럼 공격을 가했다.

성주인 나카네 마사아키(中根正照)는 팔백의 병사로 그 맹공을 잘 견뎌냈다. 그러나 이만오천 대군의 공격을 견디는 데는 한계가 있었다.

후타마타 성은 11월에 함락되었다.

신겐이 올린 최초의 커다란 전과였다. 무엇보다 다행스러운 일은, 이 승리에 의해 다케다냐, 오다와 도쿠가와냐를 놓고 망설이던 토착 사무라이들이 다케다 쪽으로 기울어지기 시작했다는 것이다.

후타마타 성으로 들어선 신겐 앞으로 복속을 바라는 토착 사무라이들이 줄을 지었다.

'다음은 하마마쓰다!'

하마마쓰의 이에야스가 어떻게 나올까. 그것은 충분히 예상할 수 있는 일이었다. 농성전이다. 성에 틀어박혀 신겐을 끌어들인다. 끌어들여

서 시간을 번다.

다케다 군의 약점은 장기 원정을 할 수 없다는 것이었다. 병사의 8할이 농민이므로, 내년 봄까지는 반드시 본국으로 돌아가야 했다. 그러므로 이에야스는 오다의 지원을 받아 성에 틀어박혀, 하루라도 더 신겐을 도토미에 붙잡아두려 할 터였다.

하마마쓰 성은 평지에 세운 성이라 그리 견고하지는 않았지만, 병사가 팔천이니 후타마타 성의 열 배나 되었다. 게다가 나약하기로 소문난 오와리 병사와는 달리, 미가와 사무라이를 주체로 하는 이에야스 병사들은 강했다. 군량도 충분히 비축해둔 상태일지도 몰랐다.

정면으로 공격하다가는 몇 달이 걸릴지 누가 알겠는가.

'그냥 지나쳐버리면 된다.'

신겐은 이렇게 결정했다.

그러면 하마마쓰에 잡혀 있을 필요도 없었다. 신겐은 자신의 생각을 작전 회의에서 밝혔다. 그 자리에는 바바 노부하루, 아나야마 노부키미, 오야마다 노부시게를 비롯한 중신들과, 별동대 대장인 야마가타 마사카게도 미가와에서 달려와 참석했다.

신겐의 안案에 아들인 가쓰요리가 먼저 반대하고 나섰다.

"왜 싸우지 않사옵니까? 적을 앞에 두고 그냥 지나쳐버리면 도망치는 것과 같은 것, 무조건 싸워야 하나이다!"

가쓰요리가 포효하듯이 외쳤다.

신겐은 아들의 그런 모습을 보고 진저리를 쳤다. 가쓰요리는 용맹했다. 아마 사무라이 대장으로서 이보다 더 훌륭한 자질은 없을 것이다. 그러나 가쓰요리는 다케다 가를 이어받을 유일한 존재였다.

하지만 총대장은 칼을 휘두르며 적진으로 뛰어들어서는 안 된다. 아니, 절대로 그렇게 해서는 안 된다. 오히려 가쓰요리는 신하를 모두 죽이는 한이 있어도 살아남아야 한다.

지금은 사무라이 대장의 신분이므로 어느 정도 용맹스러울 필요는 있겠지만, 가벼운 행동은 절대 금물이었다.

그런데 쓸데없는 전투를 벌인다니, 그건 말도 안 되는 소리였다.

"가쓰요리, 잘 들어라. 우리가 왜 여기까지 왔는지를 생각해보면 알 것이다. 이에야스라는 잡어雜魚를 잡기 위해 온 게 아니야. 우리의 목적은 노부나가가 아니냐? 노부나가의 숨통을 끊어놓는 것이 우리의 목적이다. 그 목적 달성을 위해 쓸데없는 일에 신경을 써선 안 돼."

"잡어이기에 출진의 희생양으로 삼아 후환을 없애야 하지 않사옵니까?"

가쓰요리는 그래도 말대꾸를 하고 나섰다.

"잡어라고는 하지만, 성을 함락시키는 일은 그리 간단치가 않다. 후타마타와 하마마쓰는 격이 달라. 여기서 발목을 잡히기보다는 한시라도 빨리 오와리, 미노로 들어가 아사이, 아사쿠라와 힘을 모아 노부나가를 협공해야 한다. 여기서 우물쭈물할 겨를이 없어."

"그럼 이에야스가 우리의 배후를 치고 들어오면 어떡하옵니까?"

"이에야스는 그렇게 어리석은 자가 아니다. 팔천으로 이만오천을 상대할 수 없다는 것은 너무도 당연한 일, 아마 성문을 굳게 닫아걸고 꼼짝도 않을 게다."

"그렇지만 아버님, 여기에 팔천의 적을 그냥 내버려두면 우리와 본국의 연락이 끊어져버리지는 않겠사옵니까?"

'호오, 그래도 조금은 머리가 돌아가는군.'

신겐은 그 말에 조금 기분이 풀렸다. 이 작전에서 가장 문제가 되는 것이 바로 그 점이었다. 즉, 이에야스가 팔천의 병사와 함께 아무런 상처도 입지 않고 여기에 남는 것이다. 그 때문에 신겐의 영지인 스루가,

가이, 시나노와 원정군 사이의 보급로가 끊어질 가능성이 있었다.

그것이 가장 큰 걱정거리였다.

단기간에 이에야스 군에 결정적인 타격을 입히고 서진하는 것이 무엇보다 바람직하지만, 그러기 위해서는 야전野戰을 벌여야 했다.

그러나 이에야스가 야전에 응해올 리가 없었다.

'잠깐!'

신겐의 뇌리에 섬광처럼 하나의 묘안이 스쳐 지나갔다. 만일 이에야스를 끌어낼 수만 있다면, 야전으로 철저하게 타격을 가할 수 있었다. 그러나 세 배나 되는 병력을 거느린 적에 대해, 돌다리도 두들겨보고 건넌다는, 저 교활한 사내가 승부를 걸어올 가능성은 없지 않은가.

'간스케라면 어떻게 했을까?'

욕망의 눈이다. 욕망의 눈이란, 인간이 사물을 관찰하는 관점을 말한다. 욕망에 휘둘리는 사람은 반드시 그 눈이 흐려진다. 그것을 간스케는 욕망의 눈이라 했다. 욕망의 눈을 가질 때, 그는 금방 속임을 당한다. 그것이 군략의 요체다.

'이에야스를 끌어내기 위해서는 팔천의 병사로 이길 수 있다고 생각하게 만들어야 한다. 즉, 우리가 틈을 보여야 한다.'

신겐은 주변 지도를 가져오게 했다.

'이에야스가 승기를 잡을 수 있을 것으로 생각할 만한 장소가 어디 없을까?'

신겐은 '이에야스의 눈'으로 지도를 살펴보았다.

간스케는 늘 두 눈으로 사물을 보라고 하지 않았던가.

"여기다!"

신겐은 자신도 모르게 소리치며 지도 위의 한 점을 가리켰다.

중신 모두가 놀라면서 그곳을 보았다. 미카타가하라(三方ヶ原)라는 곳이었다.

"주군, 이곳은?"

가신을 대표하여 바바가 물었다.

"이에야스를 여기로 끌어내는 거다."

신겐이 소리 높여 웃었다.

13

아키야마 노부토모의 이와무라 성 공략은 착착 성과를 올리고 있었다. 엔겐의 활약으로 마침내 성 안에 내통자를 만들었다. 그 내통자로부터, 성주인 쓰야가 노부토모에게 상당한 관심을 보이고 있다는 정보가 들어왔다.

"기회가 왔다!"

노부토모는 다음날부터 너무도 자연스럽게 화살에 편지를 꽂아 성 안으로 쏘아 보냈다.

　성 안 사람들에게 고한다.
　그대들의 반은 이미 다케다 편에 들어왔다.
　나머지 사람들도 빨리 생각을 고치도록 하라.

물론 '반'이란 말은 과장된 것이었다. 그러나 성 안 사람들이 그런 사정을 알 리 없었다. 동료를 의심스런 눈길로 바라보는 자, 동료들과 성내의 한구석에 모여 꼼짝도 하지 않는 자, 말싸움을 벌이는 자……. 이렇게 성 안에서는 상하를 막론하고 큰 소동이 벌어지고 있었다.

바로 그때 노부토모는 최후의 일격을 날렸다.

엔겐을 정식 사자로 성에 파견한 것이었다. 상식적으로는 상상도 할 수 없는, 사자의 한마디에 성 사람들은 경악하고 말았다.

엔겐의 말은 이랬다.

"성주인 쓰야님을 우리 대장, 아키야마 노부토모님의 부인으로 맞이하고 싶사옵니다."

"말도 안 되는 소리. 무슨 얼빠진 소리냐!"

가로인 노다 가몬(野田嘉門)이 화를 벌컥 내며 외쳤다.

"성주님의 답을 듣고 싶사옵니다."

엔겐은 당당한 눈길로 쓰야를 바라보았다.

쓰야는 결코 화를 내지 않았다.

"그 전에 한 가지 묻고 싶은 것이 있소."

쓰야가 입을 열었다.

"예, 무슨 말씀이시온지?"

엔겐의 얼굴에 긴장감이 떠올랐다.

성의 병사를 어떻게 하겠냐는 말일까, 아니면 노부나가의 자식인 고보마루를 어떻게 처리할 것이냐고 물을까? 여하튼 화친 조건의 하나임이 틀림없을 거라고 엔겐은 생각했다.

그러나 쓰야의 입에서 나온 말은 전혀 의외였다.

"노부토모님은 본국에 아내가 계시지 않으시오?"

엔겐은 어이가 없었다.

'역시 여자는 알다가도 모를 존재로군.'

성 안 사람들이 이렇게 소동을 벌이고 있는데, 성주라는 사람의 관심은 노부토모에게 아내가 있느냐, 없느냐라니.

"엔겐님, 왜 대답이 없으시오?"

쓰야가 재촉하자 엔겐은 황망히 대답했다.

"아니 계시옵니다. 지난해, 부인께서 세상을 떠나셨나이다."

"그게 정말이오?"

쓰야는 긴장된 표정으로 확인하듯이 물었다.

"사실이옵니다."

"그렇다면 좋소."

쓰야는 활짝 웃었다.

엔겐은 그 진의를 알 수 없어서 물었다.

"받아들이신다는 말씀이온지?"

"뜻에 따르겠다는 말이오."

"엣?"

"스님이 말귀가 어둡구려. 제의를 받아들이겠다는 말이오."

쓰야는 마치 화가 난 사람처럼, 내뱉듯이 이렇게 말했다.

"쓰야님, 그런 말도 안 되는……."

도저히 두고 볼 수 없었는지, 가로인 노다 가몬이 반론을 펼치려 했다. 그러나 쓰야는 단호하게 그 입을 막아버렸다.

"물렀거라! 이 성의 운명은 내가 결정할 것이다."

이로써 이야기는 성립되었다.

엔겐은 고개를 갸웃거리며 노부토모에게 보고했다.

노부토모는 그냥 웃고 있을 뿐이었다.

길일을 가려, 노부토모와 쓰야는 식을 올렸다.

이렇게 하여 동 미노의 이와무라 성은 피 한방울 흘리지 않고 다케다의 수중으로 들어가게 되었다.

〈2권에 계속〉

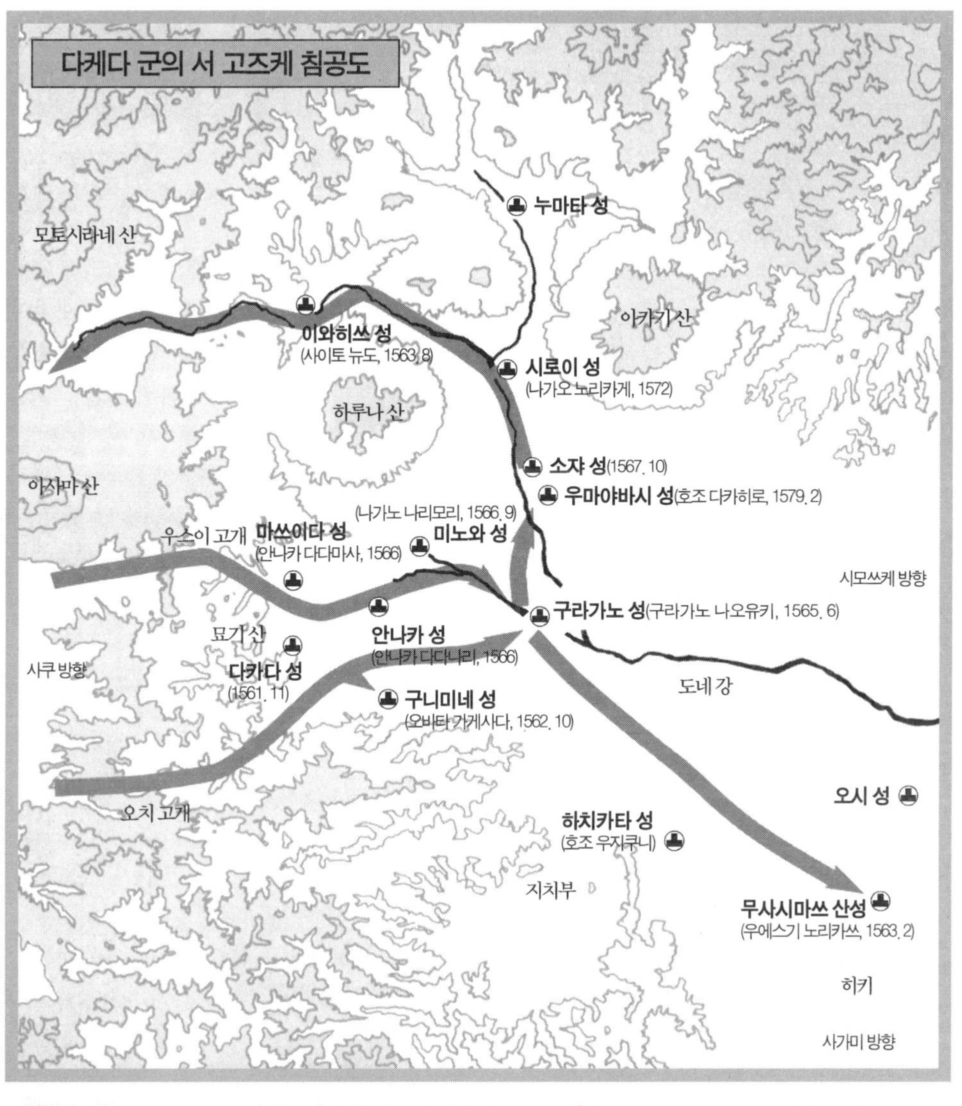

서 고즈케 침공 연표			
	1554	3	가이 · 사가미 동맹
	1557		고즈케로 출병
	1561	11	구라가노 성 공격. 이어서 호조의 원병과 함께 무사시마쓰 산성을 공격하다
	1562	9	미노와, 소쟈, 구라가노의 농촌에 난입
		11	호조 우지야스와 함께 무사시마쓰 산성을 공격
	1563	2	무사시마쓰 성을 함락시키다
		10	이와히쓰 성 공략
	1564		봄. 이와히쓰, 무사시마쓰 성에 시나노 선발대를 배치
	1565	6	구라가노 성을 기습, 함락시키다
	1566	9	미노와 성 공략
	1567	10	호조 군과 함께 소쟈 성 공략

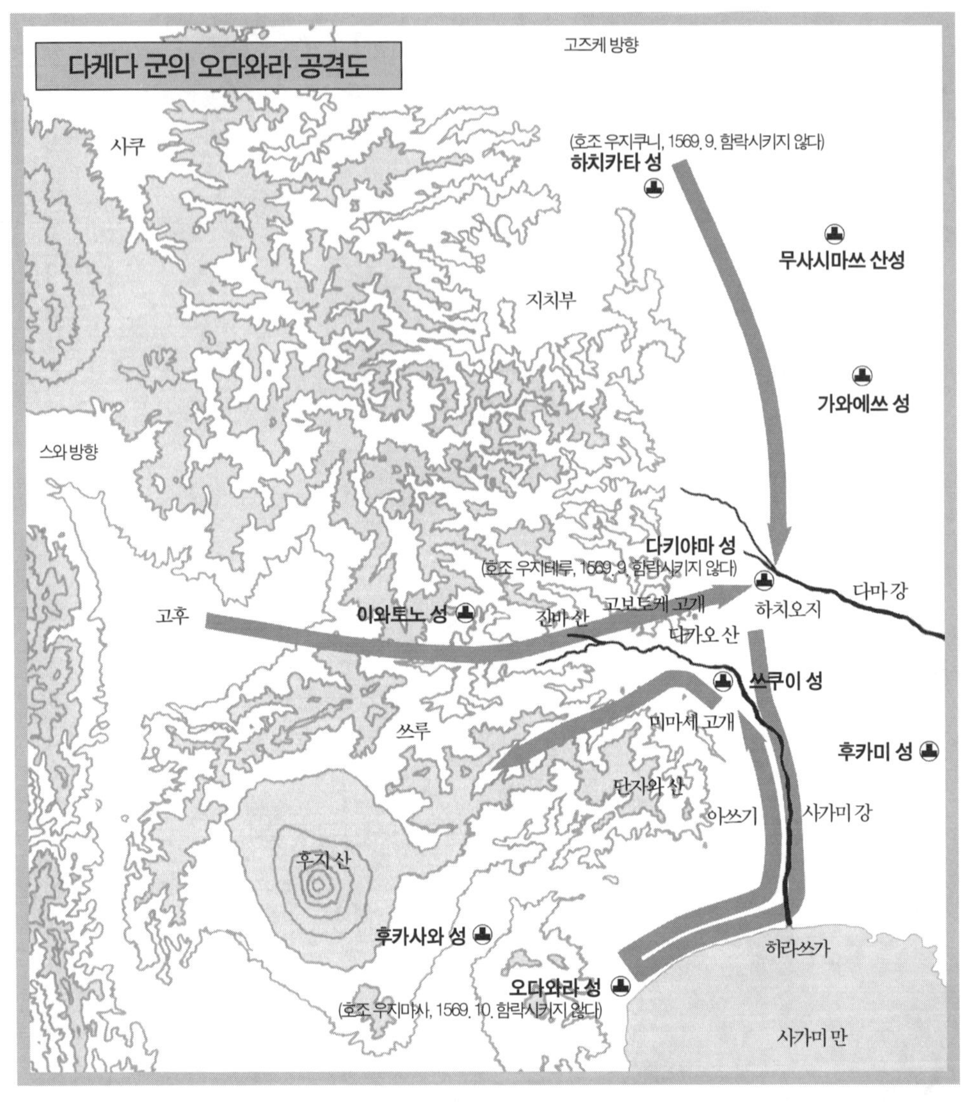

<table>
<tr><td rowspan="7">오다와라 공격연표</td><td>1561</td><td>3.</td><td>겐신의 오다와라 공격에 맞서 구원병을 보내다</td></tr>
<tr><td>1568</td><td>10.</td><td>가이 · 사가미 · 스루가 삼국동맹 파기</td></tr>
<tr><td>1569</td><td>9. 1</td><td>호조 우지쿠니의 하치카타 성을 공격했지만 함락시키지 않다.</td></tr>
<tr><td></td><td></td><td>남하하여 다키야마 성을 공격. 기타 여러 성들을 그대로 두고 남하</td></tr>
<tr><td></td><td>10. 1</td><td>오다와라 성 밑에 진출하여 방화</td></tr>
<tr><td></td><td>10. 4</td><td>전군에 철수령을 내리고 쓰쿠이로 향하다</td></tr>
<tr><td></td><td>10. 6</td><td>미마세 고개에서 호조 군과 싸우다</td></tr>
</table>

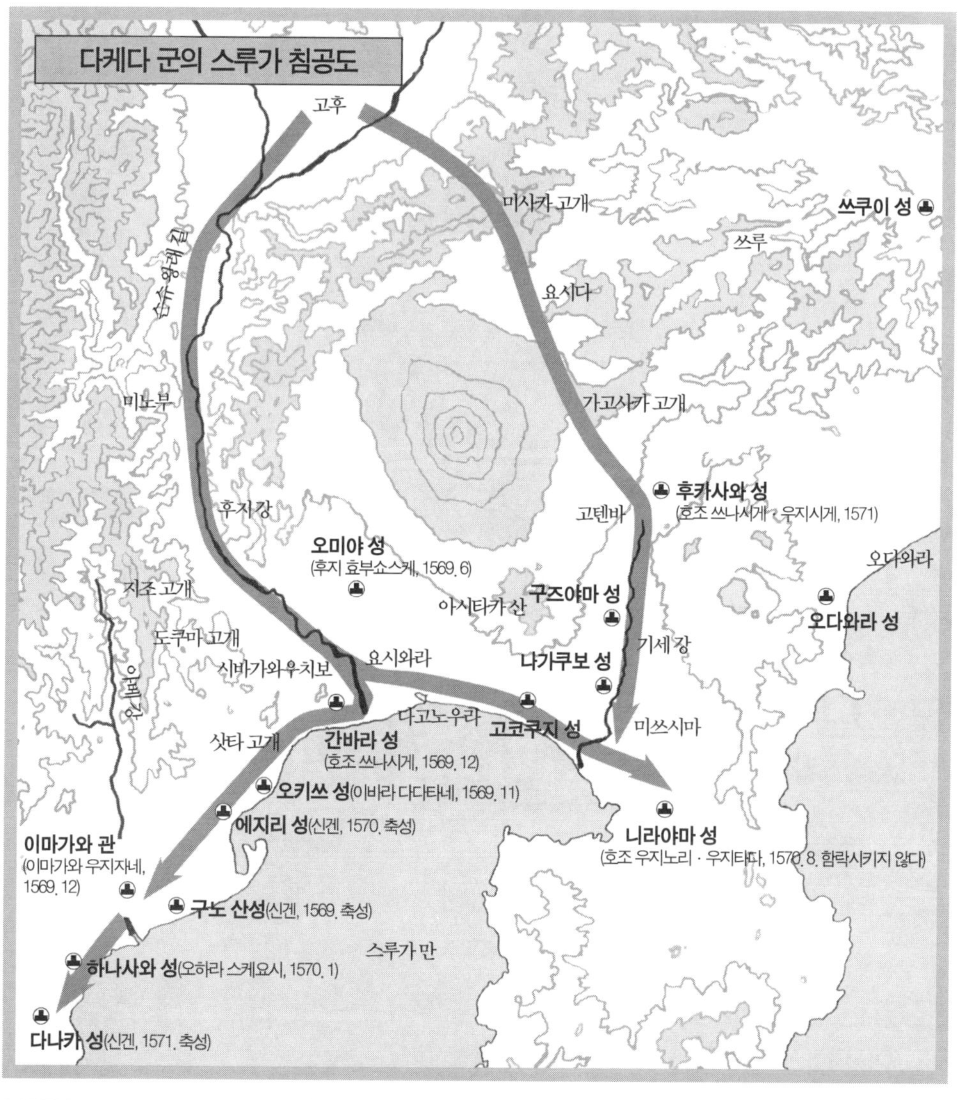

스루가 침공연표			
	1545	9	요시와라에서 호조 군 공격
	1554	10	가이 · 사가미 · 스루가 삼국동맹
	1568	12	스루가 점령, 가이 · 사가미 · 스루가 삼국동맹 파기
	1569	1~4	오키쓰, 삿타 고개 등에서 호조 군과 싸우다
		6	후카사와 성 · 미쓰시마 공격, 돌아오는 길에 오미야 성 공략
		11	오키쓰 성 공략. 이어서 삿타 고개를 점령
		12	간바라 성 공략, 이마가와 관(슨푸 성)을 점령하다
	1570	1	하나사와 성 함락
		8	니라야마 성, 고코쿠지 성 공격
	1571	1	고코쿠지 성, 후카사와 성 공격
		12	가이 · 사가미 동맹 부활

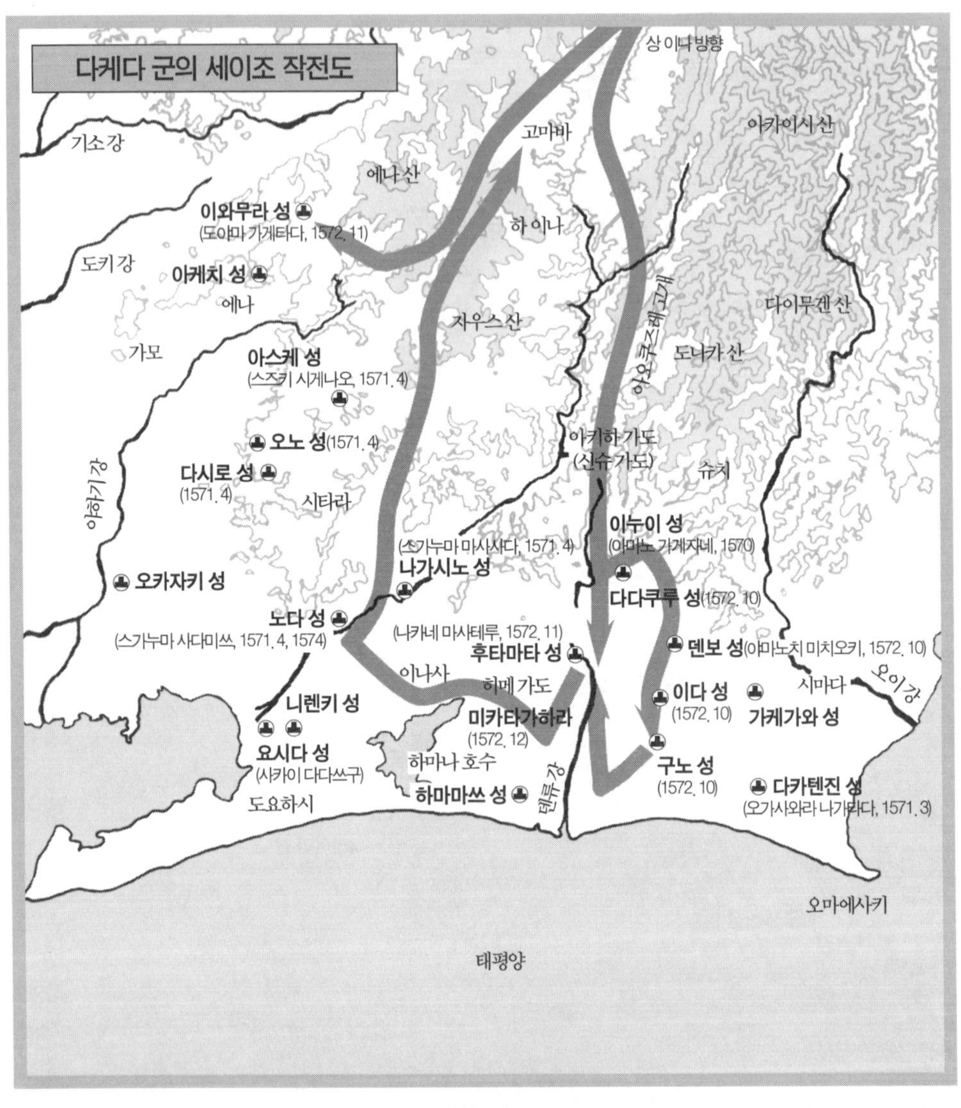

세이조 작전 연표			
1571	3.		다카마가미 성 공략, 이누이 성을 거쳐 디카토로 돌아오다
	4. 19		아스케 성 함락
	26		노다 성 함락
	29		요시다 성 공격
1572	10. 10		도토미에 들어가다. 같은 달 중순 구노 성 함락
	11. 14		이와무라 성 함락. 같은 달 말, 후타마타 성 함락
	12. 22		미카타가하라에서 도쿠가와 군을 대파. 도토미에서 해를 넘기다
1573	2. 10		노다 성을 무너뜨리다. 이 무렵 신겐의 병 악화
	4. 12		신겐, 이나의 고마바에서 병사하다

◆ 이마가와 요시모토에게로 추방되는 노부토라 일행

1541년 6월, 다케다 노부토라는 아들에 의해 스루가의 이마가와 요시모토에게 추방되고, 신겐이 다케다 가의 제17대 가주가 되었다.

◆ 신겐, 야마모토 간스케를 군사로 채용하다

중신인 이타가키 노부카타의 소개로 간스케를 만나게 된 신겐은 한눈에 그의 비범한 재능을 알아보고 군사로 채용했다.

◆ 무라카미 요시키요와 싸우는 다케다 군

신겐은 요시키요로부터 최초의 패배를 맛보았다. 신겐은 이 싸움에서 '10할의 승리보다 5할의 승리'가 최상임을 깨닫게 된다.

◆ 에치고로 도망가는 무라카미 요시키요 군대를 바라보는 신겐

신겐은 몇 차례의 패배를 당한 후, 사나다 유키타카로 하여금 요시키요를 무찌르게 한다. 결국 요시키요는 에치고의 우에스기 겐신 밑으로 들어가, 영토 수복을 위해 절치부심한다.

◆ 신겐, 새로운 선광사를 건립하다

신겐은 선광사에 보존되어 있던 불상을 고슈로 옮기고, 그곳에 새로운 선광사를 건립했다.

◆ 1561년에 벌어진 가와나카지마 전

에치고의 용 우에스기 겐신과 가이의 호랑이 다케다 신겐은 가와나카지마에서 센코쿠 시대 최고의 명승부를 연출한다.

◆ 할복하는 다케다 요시노부

이마가와 요시모토가 오다 노부나가에 의해 죽은
뒤 그 자리를 어리석은 아들 우지자네가 물려받
자, 신겐은 스루가로 침공의 눈길을 돌리게 되었
다. 그러나 신겐의 아들 요시노부는 처남(우지자
네)의 나라를 침공하는 것에 반대했고, 이는 결
국 할복이라는 사태로 이어졌다.

◆ 호조의 요청으로
진(陣)을 같이한 신겐

1571년 호조 우지야스는 임종에 이
르러 그의 아들 우지마사에게, 겐신
과의 관계를 끊고 신겐과 동맹을 맺
으라고 한다. 미야코로의 서진(西
進)을 결심한 신겐은 호조의 요청에
따라 진을 같이하거나 또는 출병함
으로써 동쪽 사가미의 호조 가를 우
군으로 두고자 했다.

◆ 오다 노부타다와 마쓰 공주의
혼약을 축하하기 위해 노부나가
에게 예물을 보내다

노부나가는 동쪽의 강자 신겐과 우
호관계를 설정할 목적으로 그의 장
자인 노부타다와 신겐의 딸 마쓰와
의 혼약을 요청했다. 그러나 이 혼약
은 시대의 격변에 따라 결혼으로 맺
어지지 못하고, 마쓰는 미혼녀로 일
생을 마치게 된다.

◆ 이와무라 성을 함락시킨 후 병에 걸린 신겐

천하통일을 위한 본격적인 장정에 나선 신겐은 그 탁월한 전략으로 정복사업을 순조롭게 진행하지만, 하늘의 외면을 받았음인지 치명적인 병에 걸리고 만다.

◆ 신겐, 3년 간 죽음을 알리지 말라는 유언을 남기고 세상을 뜨다

신겐은 천하통일을 목전에 두고 세상을 뜸에 있어, 가신들에게 자신의 죽음을 알리지 말며 동생 쇼요켄을 가게무샤(그림자 무사)로 내세워 다케다가 건재함을 보이라는 말을 남긴다.